RACHEL GIBSON

Frühstück im Kornfeld

Buch

Als die kalifornische Sensationsreporterin Hope Spencer mit ihrem silbergrauen Porsche und ihren türkisblauen Designerschuhen in dem kleinen Städtchen Gospel, Idaho, ankommt, erkennt Sheriff Dylan Taber sofort, dass die blonde Schönheit Ärger bedeutet. Besonders die männlichen Einwohner von Gospel sind fasziniert, und so lässt der erste Zwischenfall nicht lange auf sich warten. Auch Sheriff Dylan, allein erziehender Vater und begehrtester Junggeselle der Stadt, verliebt sich Hals über Kopf in die schöne Großstädterin. Aber ein Verhältnis mit einer Fremden vor den Augen seiner braven Mitbürger und seines kleinen Sohnes kann er überhaupt nicht gebrauchen.

Auch Hope hat andere Pläne für ihren Sommeraufenthalt, als sich in den Sheriff eines kleinen Kaffs in Idaho zu verlieben. Sie will sich von ihrer gescheiterten Ehe erholen und endlich wieder gute Geschichten für ihr Sensationsblättchen schreiben. Doch die Wege der beiden kreuzen sich immer häufiger, und eine turbulente Begegnung jagt die andere …

Autorin

Seit sie sechzehn ist, erfindet Rachel Gibson mit Begeisterung Geschichten. Damals allerdings brauchte sie ihre Ideen vor allem dazu, um sich alle möglichen Ausreden einfallen zu lassen, wenn sie wieder etwas ausgefressen hatte. Ihre Karriere als Autorin begann viel später, und mittlerweile hat sie nicht nur die Herzen ihrer Leserinnen erobert, sie wurde auch mit dem *Golden Heart Award* und dem *National Readers Choice Award* ausgezeichnet. Rachel Gibson lebt mit ihrem Ehemann, drei Kindern, zwei Katzen und einem Hund in Boise, Idaho. Weitere Titel der Autorin sind bei Goldmann in Vorbereitung.

Außerdem von Rachel Gibson bei Goldmann lieferbar:

Das muss Liebe sein. Roman (45126)

Rachel Gibson

Frühstück im Kornfeld

Roman

Aus dem Amerikanischen
von Elisabeth Hartmann

GOLDMANN

Die amerikanische Originalausgabe erschien 2001 unter dem Titel
»True Confessions« bei Avon Books, Inc.,
Imprint of Harper Collins Publishers, New York

Umwelthinweis:
Alle bedruckten Materialien dieses Taschenbuches
sind chlorfrei und umweltschonend.

Deutsche Erstausgabe November 2002

Umschlaggestaltung: Design Team München
Umschlagfoto: Zefa/Peisl
Satz: deutsch-türkischer fotosatz, Berlin
Druck: Elsnerdruck, Berlin
Verlagsnummer: 45314
Redaktion: Kristina Zapp
AL · Herstellung: Katharina Storz/Str
Made in Germany
ISBN 3-442-45314-3
www.goldmann-verlag.de

1 3 5 7 9 10 8 6 4 2

Voller Dankbarkeit widme ich dieses Buch
dem großen Kahuna
für seine unzähligen Recherchestunden.

1. KAPITEL

Gottes Angesicht, fotografiert in Wolken

Zwei allumfassende Wahrheiten kannte man in Gospel, Idaho. Erstens: Mit der Erschaffung des Sawtooth-Wildnisreservats hatte Gott sein Meisterstück vorgelegt. Und abgesehen von dem unglückseligen Zwischenfall im Jahre 1995 war Gospel seit jeher der Himmel auf Erden.

Zweitens – eine Wahrheit, an die man fast genauso unerbittlich glaubte wie an die erste –: Jegliche zwischen Himmel und Erde bekannte Sünde war Kaliforniens Schuld. Kalifornien wurde für alles und jedes verantwortlich gemacht, vom Ozonloch bis zu der Marihuanapflanze im Tomatenbeet der Witwe Fairfield. Schließlich hatte ihr Enkel gerade erst im vergangenen Herbst Verwandte in L. A. besucht.

Es gab noch eine dritte Wahrheit – wenngleich diese eher als unumstößliche Tatsache gehandelt wurde –: Mit jedem Sommer war damit zu rechnen, dass sich Idioten aus dem Flachland zwischen den Granitgipfeln der Sawtooth-Berge verirrten.

In diesem Sommer belief sich die Zahl der verirrten geretteten Wanderer bereits auf drei. Falls sie sich nicht erhöhte und falls noch ein weiterer Bruch und zwei weitere Fälle von Höhenkoller hinzukamen, dann würde Stanley Caldwell den Jackpot aus den Wetten über die Zahl vermisster Flachländer gewinnen. Doch Stanley war allgemein als optimistischer Spinner bekannt. Kein Mensch, nicht einmal seine Frau, die ihr Geld auf acht Vermisste und sieben Brüche gesetzt und um des Nervenkitzels wegen noch ein paar

Fälle von Giftsumach draufgelegt hatte, erwartete, dass Stanley gewann.

So ziemlich jeder in der Stadt spielte mit und versuchte, die anderen zu übertrumpfen und den beträchtlichen Einsatz einzustreichen. Dank der Wette hatten die Leute aus Gospel etwas, das sie über die Gedanken ans Vieh, die Schafe und das Holzfällen hinaus beschäftigte. Sie sorgte neben den Bäume umarmenden Umweltschützern für Gesprächsstoff, gab Anlass zu Spekulationen jenseits der Frage nach dem Vater von Rita McCalls neugeborenem Jungen. Immerhin warf die Tatsache, dass Roy und Rita inzwischen schon bald drei Jahre geschieden waren, den Mann nicht gleich aus dem Rennen. Doch in erster Linie bot die Wette den Einheimischen einen harmlosen Zeitvertreib während der heißen Sommermonate, in denen sie den Touristen das Geld aus der Tasche zogen und auf den relativ ruhigen Winter warteten.

In der Bierabteilung des M&S-Supermarkts drehten sich die Gespräche um das Angeln mit Fliegen im Gegensatz zum Angeln mit Lebendködern, um die Jagd mit dem Bogen im Gegensatz zur »echten« Jagd und natürlich um den Zwölfender-Bock, den der Eigentümer des Supermarkts, Stanley, seinerzeit im Jahre 1979 geschossen hatte. Das riesige, glänzend polierte Geweih hing hinter der verbeulten Registrierkasse, wo es schon länger als zwanzig Jahre zur Schau gestellt wurde.

Drüben im Sandman-Motel an der Lakeview Street redete Ada Dover immer noch von damals, als Clint Eastwood in ihrem Haus abgestiegen war. Er war richtig freundlich gewesen und hatte sogar mit ihr gesprochen.

»Sie führen ein nettes Haus«, hatte er gesagt, und seine Stimme klang eindeutig nach Dirty Harry: Dann hatte er nach der Eismaschine gefragt und um zusätzliche Handtücher gebeten. Ada wäre um ein Haar hinter ihrem Empfangstresen tot umgefallen. Es folgten Spekulationen, ob seine Tochter mit Frances Fisher wohl in Zimmer neun gezeugt worden sein könnte oder nicht.

Die Bürger von Gospel lebten vom neuesten Klatsch. Im Friseursalon war der Sheriff von Pearl County, Dylan Taber, das beliebteste Gesprächsthema, meistens weil die Besitzerin persönlich, Dixie Howe, beim Plaudern während des Shampoonierens und Frisierens seinen Namen fallen ließ. Sie hatte ihre Angel nach ihm ausgeworfen und plante, ihn wie eine fette Forelle an Land zu ziehen.

Freilich hatte auch Paris Fernwood ihren Köder für Dylan ausgelegt, doch darüber machte sich Dixie keine Sorgen. Paris arbeitete für ihren Daddy im Cozy Corner Café, und Dixie betrachtete eine Frau, die Kaffee und Rührei servierte, nicht als Konkurrenz für eine Geschäftsfrau ihres Formats.

Noch andere Frauen wetteiferten um Dylans Gunst, zum Beispiel eine geschiedene Mutter von drei Kindern im benachbarten Bezirk und wahrscheinlich weitere, von denen Dixie nichts wusste. Doch auch deswegen zerbrach sie sich nicht den Kopf. Dylan hatte eine Zeit lang in L. A. gelebt und würde daher natürlich jemanden mit Pep und Weltgewandtheit bevorzugen. Und in Gospel fand sich keine einzige Frau mit mehr Pep als Dixie Howe.

Eine Virginia-Slim-Zigarette zwischen die Finger geklemmt, die blutroten Fingernägel blitzend im Licht, lehnte sich Dixie in einem der beiden Friseursessel aus schwarzem Vinyl zurück und wartete auf ihre für zwei Uhr angekündigte Kundin zum Schneiden und Färben.

Ein dünner Rauchfaden kräuselte sich von ihren Lippen, während sie an ihr Lieblingsthema dachte. Es ging nicht nur darum, dass Dylan der einzige heiratsfähige Mann über fünfundzwanzig und unter fünfzig Jahren im Umkreis von siebzig Meilen war. Nein, er hatte auch so eine gewisse Art, eine Frau anzusehen. Er legte dann kaum merklich den Kopf in den Nacken und blickte sie aus seinen tiefgrünen Augen an, sodass es bei ihr an ganz gewissen Stellen zu kribbeln begann. Und wenn seine Lippen sich langsam zu einem freundlichen Lächeln bogen, dann war es ganz aus.

Dylan hatte noch nie einen Fuß in den Friseursalon gesetzt, sondern fuhr lieber den ganzen Weg bis nach Sun Valley, um sich die Haare schneiden zu lassen. Das nahm Dixie nicht persönlich. Manche Männer genierten sich eben, einen so schicken Salon wie den ihren wegen eines Fasson-Schnitts aufzusuchen. Aber liebend gern wäre sie einmal mit den Fingern durch sein dichtes Haar gefahren. Liebend gern hätte sie ihn mit Händen und Mund überall gestreichelt. Wenn sie den Sheriff erst einmal in ihrem Bett hatte, würde er bestimmt nicht wieder gehen wollen. Man hatte ihr schon versichert, sie wäre die beste Nummer diesseits der kontinentalen Wasserscheide. Sie glaubte es, und es war an der Zeit, dass sie auch aus Dylan einen Gläubigen machte. Es war an der Zeit, dass er seinen großen, durchtrainierten Körper für etwas anderes benutzte als zum Schlichten von Schlägereien in der Buckhorn-Bar.

In Dixies Zukunftsplänen gab es nur eine einzige potenzielle kleine Gewitterwolke, und das war Dylans siebenjähriger Sohn. Der Kleine mochte Dixie nicht. Kinder mochten sie grundsätzlich nicht. Vielleicht, weil sie sie für eine Landplage hielt. Aber mit Adam Taber hatte sie sich wahrhaftig Mühe gegeben. Einmal hatte sie ihm ein Päckchen Kaugummi gekauft. Er hatte sich bedankt, etwa zehn Streifen in den Mund geschoben und sie dann nicht mehr beachtet. Wogegen weiter gar nichts einzuwenden gewesen wäre, hätte er sich nicht mit seinem mageren Hinterteil auf das Sofa zwischen sie und seinen Daddy gedrängt.

Doch wegen Adam machte Dixie sich auch keine Sorgen. Sie hatte einen neuen Plan. Am Morgen hatte sie von Dylans Sekretärin Hazel erfahren, dass er seinem Sohn einen jungen Hund gekauft hatte. Dixie plante, nach Ladenschluss nach Hause zu gehen und ihre augenfälligsten Vorzüge in ein knappes Oberteil zu zwängen. Dann würde sie mit einem großen, saftigen Knochen für den neuen Hund vorbeikommen. Damit musste sie den Kleinen doch endlich gewinnen. Genauso, wie sie mit ihrer Körbchengröße DD endlich den Daddy gewinnen musste. Falls Dylan nichts merkte und nicht nahm, was sie ihm offerierte, dann war er eindeutig schwul.

Natürlich wusste sie, dass er nie im Leben schwul war. Damals in der High School war Dylan Taber ein wilder Draufgänger gewesen, hatte mit seinem schwarzen Dodge Ram, eine Hand am Steuer, die andere auf dem Oberschenkel irgendeines glücklichen Mädchens, die Straßen von Gospel unsicher gemacht. Meistens, wenn auch nicht immer, war Dixies ältere Schwester Kim dieses glückliche Mädchen gewesen. Dylan und Kim hatten nach Dixies Einschätzung eine echte heiß-kalte Beziehung. Entweder loderte es zwischen ihnen, oder es war eisig. Dazwischen gab es nichts. Und wenn es gerade mal loderte, dann heizte es Kims Zimmer zu höllischen Temperaturen auf. Damals hatte Dixies Mutter den Großteil ihrer Zeit in einer der Bars am Ort verbracht, und Kim hatte ihre Abwesenheit schamlos ausgenutzt – was nicht heißt, dass ihre Mutter es gemerkt hätte, wenn sie zu Hause gewesen wäre. Vor ihrer »Wiedergeburt« hatte Lilly Howe die meiste Zeit mit Trinken, Betrunkensein oder im Koma zugebracht.

Zwar war Dixie zu jener Zeit erst elf Jahre alt, doch sie wusste wohl, was die Geräusche auf der anderen Seite ihrer Schlafzimmerwand zu bedeuten hatten. Das schwere Atmen, das tiefe kehlige Stöhnen, die lustvollen Seufzer. Mit elf wusste sie längst genug über Sex, um sich vorstellen zu können, was ihre Schwester trieb. Doch es sollte noch ein paar Jahre dauern, bis sie zu würdigen wusste, wie lange die beiden die Sprungfedern zum Quietschen brachten.

Dylan war siebenunddreißig, Sheriff von Pearl County und Vater eines siebenjährigen Jungen. Er war angesehen, doch Dixie hätte ihre letzte Flasche Blondtönung darauf verwettet, dass er unter seiner Uniform draufgängerischer war denn je. Dylan Taber war inzwischen eine Respektsperson in der Gemeinde, und den Gerüchten zufolge, die in der Stadt kursierten, hatte er auch dort, wo es zählte, Respektables aufzuweisen. Es war an der Zeit, dass Dixie sich selbst davon überzeugte.

Während Dixie Pläne schmiedete, zog das Objekt ihrer Begierde sich den schwarzen Stetson tief in die Stirn und trat hinaus auf die verzogene Veranda vor dem Büro des Sheriffs. Vom schwarzen Asphalt und den Motorhauben der zu beiden Seiten längs der Main Street geparkten Autos stieg wellenförmig Hitze auf. Der Geruch füllte seine Nase.

»Die Wanderer wurden zuletzt auf halber Höhe vom Mount Regan gesehen«, informierte Dylan seinen Stellvertreter, Deputy Lewis Plummer, als sie zum Wagen des Sheriffs, einem braun-weißen Blazer, gingen. »Doktor Leslie ist schon auf dem Weg hinauf, und ich habe Parker angefunkt, dass er mit den Pferden am Basislager zu uns stoßen soll.«

»Ich habe nicht die geringste Lust, den Tag mit einem Marsch in die Wildnis zu verbringen«, nörgelte Lewis. »Es ist viel zu heiß, verdammt noch mal.«

Gewöhnlich störte es Dylan nicht, wenn er helfen musste, verirrte Rucksacktouristen zu suchen. So kam er aus dem Büro heraus und weg von dem verhassten Papierkram. Aber Adams Hund hatte ihn fast die ganze Nacht nicht schlafen lassen, und daher freute er sich nicht unbedingt auf einen Aufstieg auf über zweitausendsiebenhundert Meter. Er ging zur Beifahrertür des Blazer und schob eine Hand in die Tasche seiner braunen Hose, entnahm ihr den »coolen« Stein, den Adam ihm am Morgen geschenkt hatte, und steckte ihn in die Brusttasche. Es war noch nicht einmal Mittag, und trotzdem klebte ihm das baumwollene Uniformhemd schon am Rücken. Scheiße.

»Was zum Teufel ist das?«

Dylan sah Lewis über das Dach des Chevy hinweg an, dann richtete er seine Aufmerksamkeit auf den silbernen Sportwagen, der auf sie zukam.

»Der muss kurz vor Sun Valley falsch abgebogen sein«, vermutete Lewis. »Hat sich bestimmt verfahren.«

In Gospel, wo die Farbe eines Männernackens vorzugsweise rot ist und wo Pick-ups und Nutzfahrzeuge die Straßen beherrschten, war ein Porsche etwa genauso unauffällig wie eine Demo für die Rechte der Schwulen vor dem Himmelstor.

»Wenn er sich verfahren hat, wird ihm schon jemand Bescheid sagen«, bemerkte Dylan, schob erneut die Hand in die Hosentasche und zog dieses Mal seine Schlüssel heraus. »Früher oder später«, fügte er hinzu. In dem Urlaubsort Sun Valley war ein Porsche kein so seltener Anblick, doch hier in der Wildnis war er schon verdammt ungewöhnlich. In Gospel waren manche Straßen nicht einmal gepflastert. Und von diesen Straßen wiesen einige zudem noch Schlaglöcher auf, die so groß wie ein Basketball waren. Wenn dieser kleine Wagen sich einen falschen Schlenker erlaubte, konnte es ihn durchaus die Ölwanne oder eine Achse kosten.

Der Wagen rollte langsam vorüber, die getönten Scheiben verbargen die Insassen. Dylan senkte den Blick zu den reflektierenden Kennzeichen, bestehend aus sieben Buchstaben: MZBHAVN. Miz Behaving – Miss Anständig. Als wäre das noch nicht schlimm genug, wies das Schild am oberen Rand auch noch in roter Farbe, grell wie eine Neonreklame, das Wort »Kalifornien« auf. Dylan hoffte von Herzen, der Wagen würde eine verbotene Kehrtwende machen und die Stadt auf schnellstem Wege wieder verlassen.

Stattdessen wurde der Porsche vor dem Blazer eingeparkt, der Motor abgeschaltet. Die Fahrertür öffnete sich. Ein türkisfarbener Tony-Lama-Stiefel mit silberner Spitze traf aufs Pflaster, ein schlanker nackter Arm hob sich zum oberen Türrahmen. Das Licht fing sich glitzernd auf einer schmalen goldenen Uhr an einem grazilen Handgelenk. Und dann stand Miss Anständig vor ihnen und sah aus, als wäre sie soeben einem Hochglanzmagazin für Schönheitstipps entstiegen.

»Heilige Scheiße«, bemerkte Lewis.

In ihrem glatten blonden Haar schimmerte das Sonnenlicht so golden wie auf ihrer Uhr. Von einem Seitenscheitel aus fiel das glänzende Haar ohne eine Spur von widerspenstigen Locken oder Wellen auf ihre Schultern. Die Spitzen waren so gerade, als wären sie mit der Wasserwaage geschnitten worden. Eine schwarze Sonnenbrille verbarg die Augen, nicht aber die Bögen ihrer blonden Brauen und ihre glatte, makellose Haut.

Die Autotür schlug zu, und Dylan sah Miss Anständig auf sich zukommen. Diese vollen Lippen waren schlicht unmöglich zu übersehen. Ihr glänzender roter Mund zog seine Aufmerksamkeit auf sich wie die leuchtendste Blume im Garten Schwärme von Bienen, und er fragte sich, ob sie ihre Lippen wohl hatte unterspritzen lassen.

Als Dylan Julie, die Mutter seines Sohnes, zum letzten Mal gesehen hatte, hatte sie der Natur gerade nachgeholfen, und ihre Lippen hatten irgendwie unbeteiligt auf ihrem Gesicht aufgelegen, wenn sie sprach. Richtig unheimlich.

Selbst wenn er nicht das kalifornische Autokennzeichen dieser Frau gesehen hätte und wenn sie noch dazu in einen Kartoffelsack gekleidet gewesen wäre, hätte er doch gewusst, dass sie der mondäne Typ war. Er erkannte es an der Art, wie sie sich bewegte, selbstbewusst, zielstrebig und eilig. Mondäne Großstadtfrauen hatten es immer so eilig. Sie sah aus, als gehörte sie auf den Rodeo Drive, aber doch nie im Leben in die Wildnis von Idaho. Ein weißes Stretch-Top bedeckte die vollen Rundungen ihres Busens, und ihre Jeans klebten an ihr wie Frischhaltefolie.

»Entschuldigen Sie«, sagte sie und blieb neben der Motorhaube des Blazer stehen. »Ich dachte, Sie könnten mir vielleicht helfen.« Ihre Stimme war glatt wie alles an ihr, klang aber ausgesprochen gereizt.

»Haben Sie sich verfahren, Madam?«, fragte Lewis.

Sie stieß den Atem aus mit diesen tiefroten Lippen, die bei näherer Betrachtung jedoch völlig natürlich erschienen. »Ich suche die Timberline Road.«

Dylan tippte mit dem Zeigefinger an seinen Hut und schob ihn höher in die Stirn. »Sind Sie mit Shelly Aberdeen befreundet?«

»Nein.«

»Nun ja, außer Shelly und Paul Aberdeens Haus gibt es nichts an der Timberline.« Er zog seine verspiegelte Sonnenbrille aus der Brusttasche und setzte sie auf. Dann verschränkte er die Arme vor der Brust, verlagerte sein Gewicht auf einen Fuß, ließ den Blick ihren schlanken Hals entlang bis zu ihren vollen, runden Brüsten wandern und lächelte. Sehr hübsch.

»Sind Sie sicher?«, fragte sie.

Ob er sicher war? Paul und Shelly wohnten seit ihrer

Hochzeit vor etwa achtzehn Jahren dort in ihrem Haus. Er lachte leise und blickte wieder auf in ihr Gesicht. »Ziemlich sicher. Ich war heute Morgen noch bei ihnen, Madam.«

»Man hat mir gesagt, Haus Nummer zwei Timberline läge an der Timberline Road.«

»Sind *Sie* da ganz sicher?«, fragte Lewis und warf Dylan einen Blick zu.

»Ja«, antwortete die Frau. »Ich habe die Schlüssel beim Makler in Sun Valley abgeholt, und der hat mir diese Adresse genannt.«

Allein die Erwähnung des Hauses beschwor bei den Bewohnern von Gospel grausige Erinnerungen herauf. Dylan hatte gehört, dass das Haus endlich an einen Immobilienmakler verkauft worden war, und offenbar hatte die Firma jetzt ein Opfer gefunden.

»Und Sie wollen wirklich zu Timberline Nummer zwei?«, vergewisserte sich Lewis und wandte sich wieder der Frau zu. »Da haben früher die Donnellys gewohnt.«

»Ganz recht. Ich habe es für das kommende halbe Jahr gemietet.«

Dylan zog sich den Hut wieder tiefer in die Stirn. »Dort hat seit einiger Zeit niemand mehr gewohnt.«

»Tatsächlich? Davon hat der Makler kein Wort gesagt. Wie lange steht es schon leer?«

Lewis Plummer war ein Kavalier von altem Schrot und Korn und zählte zu den wenigen in der Stadt, die Flachländern gegenüber nicht schamlos schwindelten. Außerdem war Lewis in Gospel geboren und aufgewachsen, und hier galten Ausflüchte als Kunst. Er hob die Schultern. »Ein, zwei Jahre.«

»Ach, ein, zwei Jahre, das ist nicht so schlimm, wenn das Haus in Stand gehalten wurde.«

In Stand gehalten, Teufel auch. Als Dylan das letzte Mal

das Haus der Donnellys betreten hatte, lag überall fingerdicker Staub – selbst auf dem Blutfleck im Wohnzimmer. Miss Anständig stand ein gehöriger Schock bevor.

»Bleibe ich einfach auf dieser Straße?« Sie drehte sich um und deutete die Main Street entlang, die den natürlichen Kurven der Uferlinie des Gospel-Sees folgte. Sie trug diesen zweifarbigen französischen Nagellack, den Dylan schon immer irgendwie sexy fand.

»Ja«, antwortete er. Hinter seiner verspiegelten Sonnenbrille folgte sein Blick den natürlichen Kurven ihrer schlanken Hüften und Schenkel, glitt an ihren langen Beinen hinab bis zu den Füßen. Ein Mundwinkel zuckte, und Dylan kämpfte gegen den Drang, laut über die auf ihre Stiefel mit den silbernen Spitzen gemalten Pfauen zu lachen. Derartiges hatte er bisher höchstens mal an einer Rodeo-Tunte gesehen. »Fahren Sie etwa vier Meilen weiter, bis Sie zu einem großen weißen Haus mit Blumenkästen voller Petunien und einem Schaukelgerüst im Garten kommen.«

»Ich liebe Petunien.«

»Aha. Bei dem Haus mit den Petunien biegen Sie links ab. Das Haus der Donnellys liegt gegenüber auf der anderen Straßenseite. Sie können es gar nicht verfehlen.«

»Man sagte mir, das Haus sei grau und braun. Stimmt das?«

»Ja, so würde ich es auch beschreiben. Was meinst du, Lewis?«

»Ja. Es ist braun und grau, genau.«

»Schön. Danke für Ihre Hilfe.« Sie wandte sich zum Gehen, doch Dylans nächste Frage hielt sie zurück.

»Keine Ursache, Ms. –?«

Sie sah ihn lange an, bevor sie antwortete: »Spencer.«

»Willkommen in Gospel, Ms. Spencer. Ich bin Sheriff Taber, und das ist Deputy Plummer.« Sie sagte nichts darauf, und er fragte: »Was wollen Sie da draußen an der Timberline Road?« Nach Dylans Meinung hatte jeder Mensch Anspruch auf seine Privatsphäre, ebenso gut aber auch das Recht zu fragen.

»Nichts.«

»Sie mieten ein Haus für ein halbes Jahr und haben keinerlei Pläne?«

»Ganz recht. Gospel erschien mir als der richtige Ort für einen schönen Urlaub.«

Dylan hegte gewisse Zweifel an der Aufrichtigkeit ihrer Antwort. Frauen, die flotte Sportwagen fuhren und Designer-Jeans trugen, verbrachten ihren Urlaub in »netten« Ferienorten mit Zimmerservice und Animateuren, zum Beispiel im Club Med, aber nicht in der Wildnis von Idaho. Zum Kuckuck, das Einzige, was in Gospel entfernte Ähnlichkeit mit Erholungseinrichtungen hatte, war Petermans Whirlpool.

»Hat der Makler was über den alten Sheriff Donnelly verlauten lassen?«, fragte Lewis.

»Über wen?« Sie zog die Brauen zusammen, sodass sie unter ihrer Sonnenbrille verschwanden. Ungeduldig schlug sie sich mit der flachen Hand auf den Schenkel und sagte: »Also, vielen Dank für Ihre Hilfe, meine Herren.« Dann machte sie auf dem Absatz kehrt und marschierte zurück zu ihrem Porsche.

»Glaubst du der?«, wollte Lewis wissen.

»Dass sie hier Urlaub macht?« Dylan zuckte mit den Achseln. Ihm war es gleich, was sie tat, solange sie keinen Ärger machte.

»Sie sieht nicht aus wie eine Rucksacktouristin.«

Dylans Blick heftete sich auf ihr Hinterteil in den engen Jeans. »Oh, nein.« Das Dumme an jeder Art von Ärger war, dass er sich früher oder später eben doch einstellte. Kein Grund, ihn zu suchen, wenn man Besseres zu tun hatte.

»Möchte wissen, warum eine Frau wie die den alten Kasten mietet«, sagte Lewis, als Ms. Spencer die Wagentür öffnete und einstieg. »So was wie die hab ich lange nicht gesehen. Vielleicht noch nie.«

»Du kommst nicht genug aus Pearl County raus.« Dylan setzte sich hinters Steuer des Blazer und schlug die Tür zu. Dann schob er den Schlüssel ins Zündschloss und blickte dem davonfahrenden Porsche nach.

»Hast du dir diese Tony-Lama-Stiefel mal genau angesehen?«, fragte Lewis und ließ sich auf dem Beifahrersitz nieder.

»Die waren nicht zu übersehen.« Als Lewis die Tür geschlossen hatte, ließ Dylan den Motor an und fuhr los. »Sie hält's dort keine sechs Minuten aus, geschweige denn sechs Monate.«

»Wollen wir wetten?«

»So blöd bist nicht mal du, Lewis.« Dylan riss das Steuer herum und folgte der Straße stadtauswärts. »Wenn sie das alte Donnelly-Haus sieht, hält sie gar nicht erst an, sondern fährt gleich weiter.«

»Mag sein, aber ich hab 'nen Zehner in der Brieftasche, und der sagt, sie bleibt eine Woche.«

Dylan dachte daran, wie Miss Anständig auf ihn zugekommen war: glatt, glänzend und kostspielig. »Ich setze dagegen, alter Freund.«

2. KAPITEL

Blutdürstige Fledermäuse greifen ahnungslose Frau an

Hope Spencer schlug die Wagentür zu, verschränkte die Arme unter der Brust und lehnte sich mit dem Hinterteil an ihren silbernen Porsche. Die Sonne brannte weißglühend von einem endlosen blauen Himmel und versengte unversehens ihre bloßen Schultern und ihren Scheitel. Nicht einmal die Ahnung von einem Lufthauch fächelte ihr Gesicht oder durchdrang das Top aus einem Baumwoll-Lycra-Gemisch, das auf ihrer Haut klebte. Das unablässige Summen von Insekten gesellte sich zum Jaulen eines schnulzigen Countrysongs aus dem einsamen Haus jenseits des Kieswegs.

Hopes Augen wurden schmal, und ihre Ray-Ban-Sonnenbrille glitt ihren Nasenrücken herab. Timberline Nummer zwei war tatsächlich braun und grau. Braun an den Stellen, wo die graue Farbe abgeblättert war.

Das Haus erinnerte an das Motel in dem Film *Psycho*, keineswegs an das »Sommerhaus«, das sie nach der Schilderung des Maklers erwartet hatte. Sicher, die »Ländereien« waren kürzlich gemäht worden. Im Umkreis von sechs Metern um das Haus und an einem Weg, der zum Strand führte, waren hüfthohes Unkraut und Wiesenblumen niedergemacht worden. Von Hopes Standpunkt aus wirkte der See wie eine Mischung aus Licht und dunklen Grüntönen. Sonne kollidierte mit Schatten und prallte von kleinen Kräuselwellen ab, als ob Aluminiumfolie auf dem Wasser trieb. Ein

Fischerboot war am sandigen Ufer festgemacht und schaukelte auf den sanften Wogen.

Hope rückte ihre Sonnenbrille zurecht und blickte zu den zerklüfteten Sawtooth-Bergen auf, die so nah wirkten, als stünden sie in ihrem Garten. Der Anblick stimmte vollkommen mit den Ansichtskarten dieser Gegend überein, die ihr Arbeitgeber ihr gezeigt hatte. Das schöne Amerika. Dicke, hohe Fichten und granitene Gipfel ragten steil auf und berührten den unendlichen Himmel. Vermutlich weckten die aromatische Luft und diese gewaltige Bergherrlichkeit in den meisten Leuten ein Gefühl der Ehrfurcht. Als würde Gott seine Gnade ausgießen. Wie eine religiöse Offenbarung.

Hope glaubte ungefähr genauso sehr an religiöse Offenbarungen wie an Bigfoot-Sichtungen. Während ihrer Berufszeit hatte sie zu viel gelernt, um Geschichten von haarigen, wilden Affenmenschen, weinenden Statuen oder Strychnin trinkenden Eiferern für bare Münze zu nehmen. Sie glaubte keinem Menschen, der Bigfoot, den riesigen Affen, durch den Wald hatte laufen sehen oder behauptete, das Antlitz Jesu auf einer Tortilla erkannt zu haben.

Himmel, einer ihrer erfolgreichsten Artikel, »Verlorene Arche des Alten Bundes im Bermudadreieck entdeckt«, hatte eine riesige religiöse Gefolgschaft nach sich gezogen und zwei weitere ebenso erfolgreiche Artikel inspiriert: »Garten Eden im Bermudadreieck gefunden« und »Elvis lebt im Garten Eden im Bermudadreieck«. Elvis und das Bermudadreieck kamen bei ihren Lesern immer gut an.

Doch wenn Hope die mächtigen Berge und den endlosen Raum vor ihren Augen betrachtete, fühlte sie sich in erster Linie klein. Unbedeutend. Allein. Die Art von Alleinsein, die sie überwunden geglaubt hatte. Die Art, die aus der trockenen Gebirgsluft nach ihr zu greifen und sie zu ersticken drohte, falls sie es zuließ. Dass sie sich in diesem Augenblick nicht wie der letzte Mensch auf dem Planeten fühlte, verdankte sie einzig und allein dem entnervenden Jaulen der elektrischen Gitarre im Radio der Nachbarn.

Hope nahm ihre Tasche aus dem Wagen und ging den unbefestigten Holperweg entlang zur Haustür. Vorsicht lenkte sie jeden Schritt ihrer Tony-Lama-Stiefel. Sie hatte gründlich recherchiert. In diesem Teil des Landes gab es Schlangen. Klapperschlangen.

Der Makler hatte ihr versichert, dass die Klapperschlangen in den Bergen blieben, und demzufolge befand sich Timberline Nummer zwei ihrer Meinung nach mitten drin im Klapperschlangengebiet. Sie überlegte, ob Walter sie mit Absicht hierher geschickt hatte, um sich für den Ärger zu rächen, den sie ihm und dem Blatt in letzter Zeit bereitet hatte.

Eine feine Staubschicht bedeckte die Veranda, und die alten Stufen knarrten ein bisschen unter ihren Füßen, doch zu ihrer maßlosen Erleichterung fühlte sich das Holz solide an. Wenn sie auf der Veranda einbrach, würde drei Tage lang kein Mensch sie vermissen. Erst, wenn ihr Ultimatum abgelaufen war, käme überhaupt jemand auf die Idee, nach ihr zu suchen, und vielleicht nicht einmal dann.

Weder ihr oberster Chef noch ihr Verleger noch ihr Herausgeber, Walter Boucher, war im Augenblick sonderlich zufrieden mit ihr. Dieser »Arbeitsurlaub« war deren Idee gewesen. Sie hatte seit Monaten nichts Gutes mehr zu Stande gebracht, und sie hatten sie nachhaltig bekniet, doch mal einen Tapetenwechsel vorzunehmen. Irgendeine Gegend, die sie zu Bigfoot-Geschichten und Außerirdischen-Artikeln inspirierte. Und dann war da natürlich noch das endlose Fiasko wegen Micky, dem magischen Gnom. Deswegen waren sie immer noch sauer.

Hope schob den Schlüssel ins Schloss und stieß die Tür auf. Sie wusste nicht, was sie erwartet hatte, aber nichts geschah. Kein Messer schwingender Psychopath in den Kleidern seiner Mutter, keine Gespenster, keine wilden Tiere, die sie in Angst und Schrecken versetzten. Nichts. Nur der Geruch nach abgestandener Zimmerluft und nach Staub, und hinter ihr ergoss sich das Sonnenlicht in den Hauseingang und erhellte den Raum zu ihrer Rechten. Hope fand einen Lichtschalter direkt neben der Eingangstür und betätigte ihn. Die Deckenleuchte summte kurz und warf dann schimmerndes Licht über die verbliebenen Schatten.

Sie schob ihre Sonnenbrille in die Tasche, ließ für alle Fälle die Tür offen stehen und drang tiefer ins Haus vor. Das Speisezimmer links von ihr war angefüllt mit schweren Anrichten und einem geschnitzten Geschirrschrank. Alles schrie geradezu nach Möbelpolitur und Glasklar. Ein langer Tisch nahm den Großteil des Raums ein, eine Ausgabe einer Jagdzeitschrift und ein Holzblöckchen waren unter ein Bein geschoben. Alles war von einer feinen Staubschicht bedeckt.

Während das Speisezimmer den Eindruck vernachlässigter Eleganz erweckte, erinnerte das Wohnzimmer zu ihrer Rechten an eine Jagdhütte. Prall gepolsterte Leder- und Holzmöbel, ein Fernseher mit Antenne, ein Bärenfell über dem Kamin aus Felssteinen. Auf der Umrandung stand ein ausgestopfter Luchs mit gefletschten Zähnen und ausgestreckten Krallen. Couch- und Beistelltische bestanden aus auf Geweihen angebrachten Glasplatten. An die Wände oberhalb der Holzverkleidung waren noch mehr Geweihe und Dutzende von imposanten Tierköpfen genagelt. Hemingway hätte seine helle Freude daran gehabt, doch nach Hopes Meinung sah es aus wie ein Unfall, der auf ein Opfer wartet. Sie konnte sich gut vorstellen, dass sie sich hier aufspießte, wenn sie bei Nacht durch den Raum ging.

Das Klappern ihrer Absätze hallte durch das leere Haus, als sie den Weg zur Küche suchte. Bis auf die letzten drei Jahre hatte Hope immer mit jemandem zusammengelebt. Mit ihren Partnern, Zimmergefährtinnen auf dem College und dann mit ihrem Ex-Mann. Jetzt lebte sie allein, doch wenngleich ihr das wirklich gefiel, wünschte sie sich zum ersten Mal seit langer Zeit einen großen kräftigen Mann, der ihr vorausging und sie vor dem Unbekannten beschützte. Einen Mann, bei dem sie sich anschmiegen und hinter dem sie sich verstecken konnte. Einen Mann von der Größe des Sheriffs, den sie kurz zuvor kennen gelernt hatte. Hope war eins vierundsiebzig groß, und der Sheriff überragte sie locker um mindestens fünfzehn Zentimeter, hatte breite Schultern, stahlharte Muskeln und kein Gramm Fett am Körper.

Sie betrat die Küche und schaltete das Licht ein. Golden. Das Linoleum, die Arbeitsflächen und die Installationen – alles bis auf das schmiedeeiserne Topf- und Pfannenregal über dem Herd. Sie öffnete die Ofenklappe und fand eine tote Maus, die auf dem Grillrost alle viere von sich streckte. Hope ließ los, die Klappe schnellte zurück und schloss krachend, und sie dachte erneut an den Sheriff und daran, dass Männer manchmal doch ganz nützlich sein konnten.

Bevor Sheriff Taber seine Sonnenbrille aufsetzte, hatte er sie mit tief grünen Augen genau gemustert, und zu diesen Augen gehörte ein Gesicht, das entschieden besser auf eine Kinoleinwand passte als in die Wildnis von Idaho.

Er war attraktiv, aber nicht wie ein hübscher Junge. Hübsche Jungen verloren ihre Schönheit, wenn sie in die Jahre kamen, und kein Mensch wäre je auf die Idee gekommen, den Sheriff für einen Jungen zu halten. Er war ein Mann durch und durch, ein großer schöner Mann mit einem Lächeln, das ohne weiteres ein Nein in ein Ja umwandeln konnte, eine schwache Frau straffer stehen und die Brust rausstrecken ließ und den Wunsch weckte, ihr Haar in den Nacken zu werfen. Hope betrachtete sich nicht als schwache Frau, doch selbst sie musste sich eingestehen, dass sie während ihres kurzen Gesprächs mehrere Male ihre Haltung kontrolliert hatte.

Sie wusste nicht, was sie vom Aussehen der Hüter von Recht und Ordnung in diesem Teil der Welt erwartet hatte. Vielleicht hatte sie sich diese eher wie den bleistiftdünnen Deputy vorgestellt oder vielleicht wie Andy Griffith. Wie einen Bauernlümmel. Doch hinter diesen grünen Augen und dem bereitwilligen Lächeln steckte unübersehbar eine Intelligenz, die nicht mit einem Strohkopf zu verwechseln war.

Hope ging durch das Wohnzimmer zurück zur Treppe in den ersten Stock. Am Fuß der Treppe betätigte sie den Lichtschalter, aber nichts geschah. Entweder funktionierte das Licht nicht, oder die Glühbirne war hinüber. Einen Moment lang stand sie da und blickte nach oben in die tiefen Schatten im ersten Stock, dann überwand sie sich und stieg die dunkle Treppe hinauf. Das Herz klopfte ihr bis zum Halse.

Aus vier oder fünf offenen Türen ergoss sich Sonnenlicht in den Flur, und die heiße Luft war durchdrungen von einem schwachen Geruch nach etwas, das ihr aus Kindertagen verschwommen vertraut war, wie eine lange verschüttete Erinnerung. Hope ging weiter zum ersten Zimmer und spähte hinein. Die schweren Vorhänge waren geschlossen und sperrten das Licht aus, doch sie konnte den Umriss des Betts erkennen und die Kommoden, auf denen Deckchen lagen. Sie sah die Silhouette eines alten Schranks mit offenen Türen. Der Geruch wurde intensiver, und Hope erahnte Ammoniak und erinnerte sich schwach an den Sommer

1975 – das einzige Mal, dass sie an einem Zeltlager der Pfadfinderinnen teilgenommen hatte.

Sie tastete nach dem Lichtschalter neben der Tür. Auf dem Fußboden und den Deckchen bemerkte sie Flecken wie von getrocknetem Schlamm; und was das war, wurde ihr nur eine Sekunde später, bevor sie das verräterische Kreischen, das Kratzen scharfer Krallen und Flattern von Flügeln vom Schrank her hörte, klar.

Zwei Schatten schossen auf sie zu, und als wäre sie wieder zehn Jahre alt und stünde in der Tür ihrer Hütte im Camp von Piney Mountain, riss sie den Mund auf und schrie. Doch im Gegensatz zu jener Zeit vor fünfundzwanzig Jahren wirbelte sie nun auf ihren Stiefelabsätzen herum und rannte, was das Zeug hielt. Dieses Mal wartete sie nicht, bis sie das Klatschen von Fledermausflügeln an der Wange oder das Festhaken von Krallen in ihrem Haar spürte.

Sie hetzte die Treppe hinunter, vorbei an der Wand mit den Geweihen und zur Haustür hinaus. Sie schrie noch, als sie von der Veranda sprang und ihre Füße vorwärts strebten, bevor sie den Boden berührt hatten. Ihr Herz raste noch schneller als ihre Füße, und sie blieb erst stehen, als sie sich hinter ihrem Auto in Sicherheit gebracht hatte. Ihre Lungen brannten, als sie auf den Knien durch den Schmutz kroch und keuchend nach Luft rang.

»O mein Gott, o mein Gott«, japste sie und fuhr sich mit den Händen an die Kehle. Vor ihren Augen tanzten Sterne, und ihr Puls raste wie verrückt. Wenn sie sich nicht beruhigte, würde sie umkippen oder einen Herzinfarkt kriegen, oder in ihrem Kopf würde eine lebenswichtige Ader platzen. Sie wollte nicht sterben. Nicht hier im Dreck. Nicht in der Wildnis von Idaho.

Hope holte tief Luft und senkte den Kopf zwischen die Knie. Diesen Makler würde sie umbringen. Sobald sie wieder bei Atem war, würde sie ins Auto springen, nach Sun Valley fahren und ihn zur Schnecke machen. Sie stellte sich das Gesicht des Maklers vor, und sie hörte zum ersten Mal das Gelächter – wirkliches Gelächter.

Als sie den Blick hob, erspähte sie links von ihr zwei kleine Jungen, die sich krümmten vor Lachen. Beide hatten kein Hemd an, und beide trugen nichts als blaue Nylon-Shorts und braune Cowboy-Stiefel. Einer zeigte auf sie, während der andere sich einen gewissen Körperteil hielt, als fürchtete er, in die Hose zu machen. Sie amüsierten sich großartig auf ihre Kosten. Es war ihr gleich. Sie spürte praktisch schon, wie in ihrem Kopf etwas platzte, und hatte längst nicht mehr die Kraft, sich auch nur annähernd beschämt zu fühlen.

»Du-du-du«, stammelte der Junge, der auf sie zeigte, bevor er sich mit vor lauter Lachen bebenden, mageren Schultern auf der Straße wälzte.

Hope erhob sich so weit, dass sie über das Heck ihres Wagens hinweg zum Haus hinüberblicken konnte. »Habt ihr gesehen, ob Fledermäuse aus dem Haus hinter mir hergeflogen sind?«, fragte sie laut, um das schrille Lachen zu übertönen.

Der Junge mit der Hand im Schritt schüttelte den Kopf.

»Bist du sicher?« Sie stand auf und wischte sich den Staub von den Knien.

»Ja.« Er kicherte und ließ endlich die Hände sinken. »Hab nur gesehen, wie du rausgeflogen kamst.«

Sie griff nach der Sonnenbrille in ihrer Handtasche, die nicht mehr über ihrer Schulter hing. Sie überschattete die Augen mit einer Hand und spähte über den staubigen Vorgarten hinweg. Keine Tasche. Keine Sonnenbrille. Keine Autoschlüssel. Wahrscheinlich hatte sie ihre Tasche da drinnen fallen gelassen. Wahrscheinlich oben. Beim Fledermauszimmer.

»Jungs, wollt ihr euch ein paar Dollar verdienen?«

Die Aussicht auf ein wenig Geld ließ den Jungen, der auf der Straße lag, auf die Füße springen, obwohl er sein Lachen noch immer nicht ganz unter Kontrolle hatte. »Wie viel?«, brachte er schließlich hervor.

»Fünf Dollar.«

»Fünf Dollar!«, staunte der andere. »Zusammen oder für jeden?«

»Für jeden.«

»Wally, wir könnten uns einen Haufen Pfeile für unsere Schießeisen holen.«

Jetzt erst bemerkte Hope die neon-orangefarbenen Gewehre und dazu passenden Gummipfeile, die beide Jungen im Bund ihrer Shorts trugen.

»Ja, und obendrein noch Süßigkeiten«, fügte Wally hinzu. »Was sollen wir machen?«

»Geht ins Haus und holt mir meine Tasche.«

Das Lächeln der beiden erstarb. »Ins Donnelly-Haus?«

»Da spukt's.«

Hope musterte die Gesichter der beiden. Der Junge namens Wally hatte kupferrotes Haar und war über und über mit Sommersprossen bedeckt. Der andere blickte sie aus großen grünen Augen an, und sein Gesicht war von kurzen dunklen Locken umrahmt. Ihm fehlte ein Schneidezahn, und der neue wuchs ein wenig schief nach. »Da drin wohnen Geister«, sagte er.

»Ich habe keine Geister gesehen«, versicherte Hope und wandte den Blick zur Haustür, die immer noch weit offen stand. »Nur Fledermäuse. Habt ihr Angst vor Fledermäusen? Ich könnte es durchaus verstehen.«

»Ich nicht. Du, Adam?«

»Nee. Meine Großmutter hatte letztes Jahr Fledermäuse in ihrer Scheune. Die tun dir nichts.« Nach einer kurzen

Pause fragte Adam seinen Freund: »Hast du Angst vor Geistern?«

»Du?«

»Wenn du keine Angst hast, hab ich auch keine.«

»Und wenn du keine hast, hab ich keine. Und außerdem haben wir ja diese Dinger.«

Hope wandte sich wieder den Jungen zu und sah, wie sie ihre Plastikwaffen mit Gummipfeilen bestückten. Hope persönlich hätte es lieber mit einem ganzen Heer von Geistern statt mit einer einzigen Fledermaus aufgenommen.

Ihr Blick wanderte von einem Jungen zum anderen. »Wie alt seid ihr zwei?«

»Sieben.«

»Acht.«

»Bist du gar nicht.«

»Aber fast. In ein paar Monaten werde ich acht.«

»Was wollt ihr mit diesen Spielzeuggewehren machen?«, fragte sie.

»Uns verteidigen«, antwortete Adam und leckte über den Saugnapf eines Gummipfeils.

»Moment mal, ich glaube, das ist keine gute Idee«, sagte Hope, doch die Jungen hörten sie schon nicht mehr, sondern rannten bereits quer durch den Vorgarten. Sie folgte ihnen bis zum Fuß der Verandatreppe. Im Grunde hatte sie nie viel mit Kindern zu schaffen gehabt, und ihr kam in den Sinn, dass sie vielleicht erst die Erlaubnis der Eltern hätte einholen sollen, bevor sie die zwei in ein von Fledermäusen verseuchtes Haus schickte. »Sollte ich nicht lieber erst mit euren Müttern sprechen, bevor ihr reingeht?«

»Meine Mom stört's nicht«, warf Wally über die Schulter hinweg, während sie die Treppe hinaufstiegen. »Außerdem telefoniert sie gerade mit Tante Genevieve. Das dauert bestimmt noch ein paar Stunden.«

»Meinen Dad kann ich nicht anrufen. Er arbeitet heute in den Bergen«, vervollständigte Adam.

Die Fledermäuse waren wahrscheinlich längst verschwunden, und ihre Tasche stand vermutlich gleich neben der Eingangstür, sagte sich Hope. Die Jungen wurden bestimmt nicht angegriffen und mussten auch nicht an Tollwut sterben. »Wenn ihr es mit der Angst zu tun bekommt, rennt einfach wieder raus. Die Tasche ist dann nicht so wichtig.«

An der offenen Tür hielten sie inne und drehten sich zu Hope um. Wally flüsterte etwas über Geister, woraufhin ein kurzer Faustkampf entstand. Dann fragte er: »Wie sieht deine Tasche aus?«

»Leder mit burgunderroten Kroko-Applikationen.«

»Hä?«

»Weiß und rötlich braun.«

Sie verschränkte die Arme und beobachtete die Jungen, die, die Gewehre im Anschlag, langsam in das Haus vordrangen. Sie hob die Hand, um erneut ihre Augen vor der grellen Sonne zu schützen, und sah, wie sie sich zuerst nach links wandten und dann durch den Flur zum Wohnzimmer gingen. Sie waren kaum eine halbe Minute im Haus verschwunden, als sie schon wieder herausgerannt kamen. Adam hielt Hopes Tasche in der freien Hand.

»Wo habt ihr sie gefunden?«, fragte Hope.

»In dem großen Zimmer mit den Geweihen.« Adam reichte ihr die Tasche, und sie griff hinein, auf der Suche nach ihrer Sonnenbrille. Sie setzte sie auf und zog zwei Fünf-Dollar-Scheine aus ihrer Brieftasche.

»Ganz herzlichen Dank.« In ihrem Arbeitsleben steckte Hope Türstehern, Ärzten und Gnomen Geld zu. Doch das hier war eine Premiere. Kinder hatte sie noch nie für einen Gefallen bezahlt. Die Augen der Jungen blitzten auf, ihr Lächeln wurde geldgierig.

»Wenn wir noch was für dich tun können, sag's uns einfach«, empfahl Wally und stopfte sich das Gewehr in den Bund seiner kurzen Hose.

Der Mittagsbetrieb hatte kaum nachgelassen, als Sheriff Dylan Taber das Cozy Corner Café betrat. Die Scheiben waren so getönt, dass man zwar von drinnen nach draußen blicken konnte, doch von der Straße aus wirkten sie wie Aluminiumfolie. Wenn die Sonne im richtigen Winkel darauf fiel, konnten sie einem ein Loch in die Augenhornhaut brennen.

In der Musikbox neben der Eingangstür sang Loretta Lynn über ihre Wurzeln in Kentucky, während Jerome Fernwood vom Grill her eine fertige Bestellung ausrief.

Der Duft von Brathähnchen und Kaffee fiel über Dylans Sinne her und verursachte ihm Magenknurren. Er versuchte, so selten wie möglich zu Hause Fast Food zum Abendessen aufzutischen, doch heute war er müde und staubbedeckt und hatte nicht die geringste Lust, jetzt noch zu kochen. Nicht einmal Hot Dogs und Makkaroni mit Käse, Adams Leibgericht.

Nachdem er nun endlich Feierabend hatte, wollte er nur noch essen, ausgiebig duschen und dann ins Bett fallen. Das Duschen stellte kein nennenswertes Problem dar, doch sein Bett würde wohl noch ein paar Stunden auf ihn warten müssen. In einer Dreiviertelstunde hatte Adam ein T-Ball-Spiel, und danach war er immer total aufgedreht. Die Aufregung wegen des Spiels, der neue Hund und die »coole Kiste«, die Adam am Nachmittag für seine Steinesammlung erstanden hatte, ließen Dylan bezweifeln, dass sein Sohn vor dreiundzwanzig Uhr einschlafen würde.

Als er kurz zuvor einmal nach Adam gesehen hatte, berichtete sein Sohn ihm eine merkwürdige Geschichte über Fledermäuse und Geister und eine Frau mit »Vogel-Stiefeln«, die ihm dafür, dass er ihre Tasche holte, fünf Dollar gegeben hatte. Wenn Dylan die besagte Dame nicht schon selbst kennen gelernt hätte, würde er Adams Geschichte wohl nicht geglaubt haben. Adam neigte dazu, allerlei Fantastisches zu erfinden, aber nicht einmal er hätte sich diese Stiefel ausdenken können.

»He, Dylan«, rief Paris Fernwood und kam, voll beladen mit gefüllten Tellern, eilig hinter dem Tresen hervor.

»He, Paris«, erwiderte er und tippte an seinen schwarzen Stetson. Er setzte ihn ab und fuhr sich mit den Fingern durchs Haar. Auf dem Weg zu einem freien Barhocker begrüßte er einige Leute aus dem Ort.

»Was darf ich Ihnen bringen, Sheriff?«, fragte Iona Osborn von der anderen Seite des Tresens.

»Das Übliche.« Er setzte sich auf den mit rotem Vinyl bezogenen Hocker und legte den Hut aufs Knie.

Iona zog einen verborgenen Stift aus ihrem zu einer Wolke aufgetürmten feinen grauen Haar und notierte seine Bestellung. Den Zettel klemmte sie in den dafür vorgesehenen Halter aus rostfreiem Stahl. »Zweimal Fritten und zwei Cheeseburger zum Mitnehmen!«, schrie sie, obwohl der Koch direkt auf der anderen Seite der halbhohen Mauer stand. »Einmal mit allem, einmal nur mit Mayo«, fügte sie hinzu.

Ohne sich beim Fleischwenden unterbrechen zu lassen oder auch nur den Blick zu heben, um nachzusehen, wer die Bestellung aufgegeben hatte, sagte Jerome: »Kommt sofort, Sheriff.«

»Das wäre nett.«

Iona griff sich eine große graue Wanne und fing an, schmutzige Teller und Gläser vom Tresen zu räumen. »Also, haben Sie den Flachländer gefunden?«

Dylan machte sich nicht die Mühe zu fragen, wieso die

Kellnerin über die Unternehmungen der Polizei informiert war. In Gospel wusste eben jeder Bescheid. Iona fiel nicht nur durch die voluminöseste Haarfrisur der ganzen Stadt auf, sondern war auch bekannt als größte Klatschbase, was in Gospel schon etwas heißen wollte.

»Wir haben ihn weiter unten auf der Ostseite von Mount Regan gefunden. Er hatte den Schnee gesehen und wollte ein bisschen Ski fahren«, sagte Dylan und hakte einen Stiefelabsatz hinter die Metallsprosse des Hockers. »Und zwar in Shorts und Tennisschuhen.«

Iona legte das letzte Glas in die graue Wanne und griff nach einem Wischlappen. »Flachländer«, schnaubte sie und wischte den Tresen sauber. »Die meisten tappen in die Wildnis hinaus und haben nicht mal eine Erste-Hilfe-Ausrüstung dabei.« Sie arbeitete grimmig an einem Ketchupfleck und stellte ihre wichtigste Frage. »Wie nun, hat er sich was gebrochen? Melba hat dieses Jahr auf einen ganzen Haufen Knochenbrüche gewettet.«

Natürlich wusste Dylan von der Flachländer-Wette. Er beteiligte sich nicht, hielt das Spielchen aber für einigermaßen harmlos. »Hat sich den rechten Knöchel gebrochen und ein paar Bänder im Knie gezerrt«, antwortete er. »Und war obendrein ganz schön unterkühlt.«

»Den rechten Knöchel, sagen Sie? Ich habe auf einen verstauchten rechten Knöchel gewettet. Aber einen Bruch kann man wohl nicht als Verstauchung ausgeben, wie?«

»Nein, das geht wohl nicht«, sagte er und warf seinen Hut auf den inzwischen sauberen Tresen.

Die Eingangstür öffnete sich und brachte die mit dem Türgriff verbundene Kuhglocke zum Läuten. Loretta sang ihre letzte Note, irgendwo im hinteren Teil des Lokals zerbrach ein Teller, und Iona lehnte sich über den Tresen und sagte in gut hörbarem Flüsterton: »Da ist sie wieder!«

Dylan warf einen Blick über die Schulter, und dort neben der Musikbox stand rosig und frisch wie ein Pfirsich Miss Anständig höchstpersönlich. Sie hatte ihre engen Jeans gegen ein Sommerkleidchen mit schmalen Trägern ausgetauscht. Das Haar hatte sie am Hinterkopf hochgebunden, und statt ihrer Stiefel trug sie flache Sandalen mit Zickzackriemchen über dem Spann.

»Sie war gegen Mittag schon mal hier«, erklärte Iona leise. »Hat einen Chefsalat bestellt, Dressing extra, und wollte alles Mögliche wissen.«

»Was wollte sie wissen?« Dylan drehte sich um und sah Ms. Spencer nach, die direkt an ihm vorüberging, den Blick geradeaus gerichtet, als bemerkte sie gar nicht, wie viel Aufmerksamkeit sie erregte. Durch den Dunst von Bratfett und den Duft des abendlichen Spezialtellers hindurch roch er beinahe einen Hauch von Pfirsich, der von ihrer Haut ausging, das hätte er schwören mögen. Der Saum ihres Kleides umschmeichelte ihre Oberschenkel, als sie auf eine Nische im hinteren Teil des Lokals zustrebte. Sie glitt über den verschlissenen roten Vinylbezug bis ganz in die Ecke und griff nach der Speisekarte. Eine blonde Strähne fiel über ihre Wange, und sie hob die Hand und schob sich das Haar hinters Ohr zurück.

»Sie wollte wissen, ob alle Zutaten in ihrem Salat frisch wären und ob Männer zur Verfügung stehen.«

»Ob Männer zur Verfügung stehen?« Hunger ballte sich tief in Dylans Leib zusammen, und er war nicht restlos überzeugt, dass er dieses Mal etwas mit Essen zu tun hatte.

»Ja, sie fragte, ob *junge* Männer zur Verfügung ständen, die das Donnelly-Haus für sie aufräumen könnten. Das *sagte* sie zumindest.«

Er drehte sich wieder zu Iona um. »Und Sie glauben ihr nicht?«

Die Kellnerin schürzte missbilligend die Lippen. »Ich habe Ada drüben im Motel angerufen, und tatsächlich, die Frau hat sich dort ein Zimmer genommen. Vermutlich hat sie in der Lobby ein Ferngespräch geführt. Ada jedenfalls sagte, sie hätte einen furchtbaren Aufstand gemacht, geschrien und geflucht und sich über Unkraut und Schmutz beschwert, und anscheinend ist das Haus voller Fledermaus-Sie-wissen-schon-was, aber ›Sie-wissen-schon-was‹ hat sie nicht gesagt. Ada sagt, sie hätte ein unflätiges Mundwerk und wäre schrecklich aufbrausend. Ada hat auch gesagt, die Frau hätte sofort einfach so nach verfügbaren Männern gefragt, als die Tinte auf ihrem Anmeldeformular noch nicht mal trocken war. Sie trägt keinen Ehering, also ist sie wahrscheinlich geschieden. Und sie hat gesagt, wenn wir jemanden wüssten, der Lust hat, ihr zu helfen, sollten wir ihn ins Sandman-Motel schicken. Sie wohnt ein paar Tage dort. Für mich hört sich das so an, als wollte sie da draußen in dem Haus weitermachen.«

Was nach Dylans Meinung das Dümmste war, das er seit einiger Zeit gehört hatte, aber es überraschte ihn nicht. Selbst nach fünf Jahren redeten die Leute in der Stadt immer noch liebend gern über Sheriff Donnelly und das, was er in dem alten Haus getrieben hatte. Die unappetitlichen Details aus dem Privatleben des Sheriffs waren für die Stadt der größte Schock seit dem Erdbeben von 83 gewesen. »Hört sich eher so an, als brauchte sie jemanden, der ihr hilft, den Fledermauskot zu beseitigen. Dagegen ist doch nichts einzuwenden.«

Iona schob die Wanne unter den Tresen und verschränkte die Arme unter ihrem mächtigen Busen. »Sie kommt aus Kalifornien«, sagte die Kellnerin, als erübrigte sich jede weitere Erklärung. Sie führte trotzdem noch eine ins Feld. »Ada sagt, als die Frau im Motel war, hätte sie unglaublich enge

Jeans angehabt. Und kein Höschen hätte sich darunter abgezeichnet, und deshalb nehmen wir an, dass sie wahrscheinlich so einen String-Tanga trägt, und der einzige Grund für eine Frau, dermaßen unbequeme Unterwäsche zu tragen, ist der, dass sie Männer reizen will. Jeder weiß doch, dass diese Kalifornierinnen leichte Mädchen sind.«

Dylan warf einen Blick über die Schulter und sah zu, wie Paris die Bestellung der blonden Frau aufnahm. Ms. Spencer wies auf verschiedene Stellen in der Speisekarte, und Paris' gequältem Gesichtsausdruck nach zu urteilen, gehörte sie offenbar zu diesen lästigen Mädchen, die ständig etwas »extra« bestellten. Ms. Spencer roch nach Ärger, schon, aber nicht nach der Art von Ärger, die Iona meinte. Dylan löste seinen Absatz aus der Verhakung mit der Hockersprosse und stand auf. »Ich frag sie lieber mal nach diesen Höschen«, sagte er. »Kann doch nicht zulassen, dass eine Frau hier in String-Tangas rumläuft und ich nichts davon weiß.«

»Sheriff, Sie sind ein ganz Schlimmer.« Iona kicherte wie ein Teenager, als er über das rotweiße Linoleum in Richtung Nische davonschritt.

Als Ms. Spencer nicht einmal aufblickte, sagte er: »Hallo, wie ich hörte, hatten Sie einen ziemlich schweren Tag.«

Da hob sie doch den Blick. Sah ihn aus den klarsten blauen Augen an, die er je gesehen hatte. Augen so blau wie der Sawtooth-See. So klar, dass man bis auf den Grund blicken konnte.

»Sie haben von meinem Problem gehört?«

»Ich habe von Ihren Fledermäusen gehört.«

»Gute Nachrichten sprechen sich offenbar schnell herum.«

Sie forderte ihn nicht auf, Platz zu nehmen, und er wartete ihre Einladung nicht ab. Er setzte sich ihr gegenüber.

»Einer von den Jungen, denen Sie Geld gegeben haben, damit sie Ihre Tasche holten, ist mein Sohn.«

Ihr Blick wanderte über sein Gesicht, und sie sagte: »Das dürfte Adam sein.«

»Ja, Madam.« Er lehnte sich auf der Bank zurück und verschränkte die Arme vor der Brust. Ihre Miene verriet nicht das Geringste. Diese Frau war aalglatt, hatte sich völlig unter Kontrolle.

»Ich hoffe, es stört Sie nicht, dass ich Ihren Sohn angeheuert habe.«

»Es stört mich nicht, aber ich finde, Sie haben diesen Jungen zu viel dafür bezahlt, dass sie einfach nur Ihre Tasche holen sollten.« Er machte sie nervös, was allerdings auch nicht sehr aufschlussreich für ihn war. Sein Abzeichen machte sie meisten Leute nervös. Konnte bedeuten, dass sie irgendwelche Strafzettel nicht bezahlt hatte, sonst nichts. Es konnte aber auch bedeuten, dass sie etwas zu verbergen hatte, aber solange sie keinen Ärger machte, mochte sie ihre Geheimnisse doch für sich behalten. Himmel, gerade mit Geheimnissen kannte er sich gut aus. Er hatte ja selbst ein großes. »Ich hörte außerdem, dass Sie junge Männer suchen, die Ihnen bei der Reinigung des Hauses helfen.«

»Hinsichtlich des Alters habe ich mich nicht festgelegt. Offen gestanden, selbst Ihr Urgroßvater wäre mir herzlich willkommen, wenn er nur diese verdammten Fledermäuse beseitigen könnte.«

Dylan streckte die Beine aus, und sein Fuß stieß gegen ihren. Er hatte die Grenze ihrer Privatsphäre überschritten, und genau, wie er es erwartet hatte, zog sie unverzüglich ihre Füße zurück und straffte ihre Haltung. Er versuchte nicht einmal, sein Lächeln zu verbergen. »Fledermäuse tun Ihnen nichts zu Leide, Ms. Spencer.«

»Das sagen Sie, Sheriff«, entgegnete sie und hob den Blick, als Paris ein Glas Eistee und ein Tellerchen mit Zitronenscheiben auf den Tisch stellte.

»Frischer kriegt man sie nicht.« Paris' dichte Brauen senkten sich auf ihre braunen Augen herab. »Ich habe sie gerade erst geschnitten.«

Ms. Spencers Mundwinkel hoben sich zu einem äußerst unaufrichtigen Lächeln. »Danke.«

Dylan war mit Paris aufgewachsen. Er hatte in der Schule Blindekuh und Ball mit ihr gespielt, die meisten Kurse in der Oberstufe gemeinsam mit ihr belegt und auf dem Abschlussfest ihre Abschiedsrede angehört. Er konnte behaupten, dass er sie ziemlich gut kannte. Gewöhnlich war sie recht umgänglich, aber irgendwie war es Miss Anständig gelungen, Paris ungeheuerlich zu reizen.

»Ms. Spencer ist unsere neueste Mitbürgerin«, sagte er. »Wie es scheint, wird sie im Donnelly-Haus wohnen.«

»Das habe ich auch gehört.«

Als Heranwachsender hatte er immer ein bisschen Mitleid mit Paris gehabt, und deswegen hatte er sich alle erdenkliche Mühe gegeben, nett zu ihr zu sein. Sie hatte wunderschönes langes Haar, das sie meistens zu einem Zopf geflochten trug. Sie war schüchtern und redete nicht viel, und wenn das manchem Mann auch an einer Frau gefallen mochte, hatte sie doch zusätzlich das Pech, die Statur ihres Vaters Jerome geerbt zu haben: groß, grobknochig, mit großen Männerhänden. Ein Mann konnte eine ganze Menge körperlicher Mängel an einer Frau übersehen. Eine große Nase und Schultern wie ein Footballspieler waren die eine Sache, aber breite Hände und fleischige Finger waren etwas, was ein Mann nicht hinnehmen konnte. Sie hatten den gleichen Stellenwert wie ein Schnauzbart. Der Kuss eines Mädchens mit Gesichtsbehaarung konnte einen Mann einfach nicht erregen, und die Vorstellung, an sich herabzublicken und Männerhände nach seinem guten Stück greifen zu sehen, war absurd.

»Kann ich dir etwas bringen, solange du wartest, Dylan?«, fragte Paris.

»Nein, danke, Schätzchen. Meine Hamburger sind doch sicher gleich fertig.« Und es war wohl auch kein Trost, dass Paris' Mutter nur wenig femininer war als ihr Vater.

Paris lächelte und faltete die Hände vor dem Bauch. »Wie hat dir die Himbeer-Kaltschale geschmeckt, die ich dir neulich vorbeigebracht habe?«

Dylan verabscheute jede Art von Obst, dessen Kerne zwischen seinen Zähnen stecken blieb. Adam hatte nur einen Blick in die Schüssel geworfen, festgestellt, dass das Zeug »ganz blutig« aussah, und dann hatten sie es weggeworfen. »Adam und ich haben sie mit Eis gegessen«, log er, um ihr eine Freude zu machen.

»Morgen habe ich frei, dann backe ich ein paar Amish-Kuchen. Ich bringe dir einen rüber.«

»Das ist echt lieb von dir, Paris.«

Ihre Augen leuchteten. »Ich bereite mich auf die Veranstaltung im nächsten Monat vor.«

»Willst du in diesem Jahr ein paar Preise gewinnen?«

»Natürlich.«

»Unsere Paris«, sagte Dylan und blickte Ms. Spencer an, »gewinnt mehr Preise als jede andere Frau in der Gegend.«

Ms. Spencer hob ihren Eistee an die Lippen. »Oh, wie aufregend«, sagte sie leise, bevor sie trank.

Paris zog erneut die Brauen zusammen. »Meine nächste Bestellung kommt gerade«, sagte sie und machte auf dem Absatz kehrt.

Dylan neigte ein wenig den Kopf zur Seite und lachte leise. »Sie sind noch nicht einmal vierundzwanzig Stunden in der Stadt, und wie ich sehe, schließen Sie bereits Freundschaften.«

»Diese Stadt hat mir nicht unbedingt ein Willkommenskomitee entgegengeschickt.« Sie stellte ihr Glas auf den Tisch und fuhr mit der Zunge über ihren Mundwinkel. »Oder ich war nicht zu Hause, als es kam. Da stand ich wohl gerade am Empfangstresen im Sandman-Motel und musste mich von einer Frau mit Lockenwicklern im Haar beschimpfen lassen.«

»Ada Dover? Was hat sie getan?«

Ms. Spencer lehnte sich zurück und entspannte sich ein wenig. »Sie benötigte praktisch meine ungekürzte Familiengeschichte, um mir ein Zimmer vermieten zu können. Sie wollte wissen, ob ich vorbestraft bin, und als ich fragte, ob sie auch eine Urinprobe brauchte, sagte sie, ich wäre vielleicht nicht so ordinär, wenn meine Jeans nicht so eng wären.«

Dylan erinnerte sich gut an diese Jeans. Sie waren tatsächlich eng, aber es gab auch ein paar Frauen in der Stadt, deren Anblick in Wranglers geradezu Schmerzen verursachte. »Das war sicher nicht persönlich gemeint. Ada nimmt ihre Arbeit manchmal übertrieben ernst. Als würde sie Zimmer im Weißen Haus vermieten.«

»Mit etwas Glück bin ich morgen Nachmittag da raus.«

Er senkte den Blick auf ihre vollen Lippen, und für einen kurzen Augenblick gestattete er sich die Überlegung, ob sie wohl genauso gut schmeckte, wie sie aussah. Er fragte sich, wie es wäre, den Lipgloss von ihrem Mund zu lecken und seine Nase in ihrem Haar zu vergraben. »Sie wollen wirklich ganze sechs Monate hier bleiben?«

»Natürlich.«

Er bezweifelte immer noch, dass sie es länger als ein paar Tage aushalten würde, aber wenn sie bleiben wollte, sollte er ihr vielleicht mal genau vor Augen führen, worauf sie sich einließ. »Dann lassen Sie sich von mir ein paar Ratschläge geben, die Sie bestimmt nicht hören wollen und genauso sicher auch nicht beherzigen werden.« Er hob den Blick und setzte den Abschweifungen seiner Gedanken rasch ein Ende, bevor es peinlich für ihn wurde. »Wir sind hier nicht in Kalifornien. Den Leuten hier ist es schnuppe, ob Sie aus Westwood oder aus South Central kommen. Es ist ihnen schnuppe, ob Sie einen Mercedes oder einen alten Buick besitzen, und es ist ihnen schnuppe, wo Sie einkaufen. Wenn Sie ins Kino wollen, müssen Sie nach Sun Valley fahren, und wenn Sie keine Satellitenschüssel auf dem Dach haben, empfangen sie vier Fernsehprogramme.

Wir haben zwei Lebensmittelgeschäfte, drei Tankstellen und zwei Restaurants. In dem einen sitzen Sie gerade. Das andere liegt ein Stück die Straße runter, aber ich würde Ihnen raten, nicht dort zu essen. Es ist im vergangenen Jahr zweimal wegen Missachtung der Gesundheitsvorschriften geschlossen worden. Wir haben zwei verschiedene Kirchen und einen großen Landjugendklub.

Gospel verfügt über fünf Bars und fünf Waffen-und-Zubehör-Läden. Nun, das müsste Ihnen doch was sagen.«

Sie griff nach ihrem Tee und hob ihn an die Lippen. »Was denn? Dass ich in eine Stadt voller alkoholabhängiger, Waffen tragender, Schafe liebender Klubmitglieder gekommen bin?«

»O Mann«, sagte er und schüttelte den Kopf. »Das habe ich befürchtet. Sie werden Ärger machen, stimmt's?«

»Ich?« Sie stellte das Glas ab und legte unschuldsvoll die Hand aufs Herz. »Ich schwöre bei Gott, Sie werden nicht einmal merken, dass ich mich in der Stadt aufhalte.«

»Irgendwie glaube ich das nicht ganz.« Er stand auf und blickte auf sie herab. »Wenn Sie Hilfe im Donnelly-Haus brauchen, wenden Sie sich an die Aberdeen-Jungs. Die werden bald achtzehn und haben diesen Sommer nichts zu tun. Sie wohnen da draußen an der Timberline Ihnen direkt gegenüber, aber fragen Sie sic vor Mittag, sonst sind sie schon auf dem See.«

Hope blickte zu dem großen Mann auf, betrachtete seine tiefgrünen Augen und die braune Haarlocke, die ihm kringelförmig in die Stirn fiel. Das Licht, das durch die Fenster hereinfiel, malte goldene Strähnchen hinein, und Hope hätte ihren Porsche darauf verwettet, dass sie von der Sonne stammten und nicht aus einem Friseursalon. Pech, dass er keinen Sinn für Humor hatte, aber wenn ein Mann aussah wie dieser Sheriff, war Humor wohl nicht so wichtig. »Danke.«

Er lächelte, und erst jetzt fiel ihr auf, dass seine Zähne nicht ganz so regelmäßig waren wie bei einem Filmstar, was aber nicht hieß, dass er nicht trotzdem in einem erstklassigen Western hätte auftreten können. Sie waren strahlend weiß, das schon, standen jedoch unten ein bisschen dicht gedrängt. »Und viel Glück, Ms. Spencer«, sagte er gedehnt.

Sie nahm an, er meinte, dass sie bei der Suche nach jemandem, der ihr half, das Fledermausproblem zu lösen, Glück brauchen würde, und sie hoffte, es ginge auch ohne. Er schlenderte nach vorn zum Tresen, und ihr Blick folgte ihm.

Sein hellbraunes Hemd spannte sich eng um seinen Rücken und steckte in einer hellbraunen Hose mit einem dunkelbraunen Streifen seitlich am Bein. Diese Hose hätte wie der Albtraum jedes modebewussten Menschen aussehen müssen, doch am Körper des Sheriffs betonten sie die festen Hinterbacken und die langen Beine. Er hatte einen Revolver an die Hüfte geschnallt, dazu hingen noch ein Paar Handschellen und eine Anzahl Lederfutterale an seinem Gürtel.

Trotz all des Leders und Zubehörs bewegte er sich leicht und geschmeidig, als wäre Eile ihm unbekannt und seine Umgebung absolut sicheres Terrain. Er strahlte das Selbstvertrauen und die Autorität eines Mannes aus, der durchaus auf sich selbst und die Frau in seinem Leben Acht geben konnte. Ein Testosteron-Cocktail, den manche Frau bestimmt unwiderstehlich fand. Hope aber nicht.

Mit der gleichen fließenden Bewegung, mit der er sich durchs Haar fuhr, griff er jetzt nach dem Cowboyhut auf dem Tresen, stülpte ihn auf und sprach mit der älteren Bedienung an der Kasse. Die Frau mit dem aufgetürmten Haar kicherte wie ein kleines Mädchen, und Hope wandte den Blick ab. Es hatte einmal eine Zeit in ihrem Leben gegeben, in der auch sie vielleicht ein kleines bisschen unter seinem nicht völlig perfekten Lächeln dahingeschmolzen wäre. Jetzt nicht mehr.

Ein letztes Mal warf sie einen Blick auf den Sheriff und sah zu, wie die unhöfliche Kellnerin mit dem langen Zopf ihm eine Papiertüte reichte. Die Journalistin in ihr sprudelte über vor Fragen. Sie hatte bemerkt, dass der Mann keinen Ehering trug, was nicht unbedingt etwas bedeuten musste, doch seinem Gespräch mit der Kellnerin glaubte Hope entnommen zu haben, dass er tatsächlich nicht verheiratet war. Sie vermutete außerdem – und im Grunde war es auch nicht zu übersehen –, dass die Kellnerin in den guten Sheriff verschossen war. Hope fragte sich, ob sie vielleicht eine Affäre hatten, doch sie bezweifelte es. Sie hatte sie nur ein paar Minuten zusammen gesehen und den Eindruck gewonnen, dass alles, was über freundschaftliche Gefühle hinausging, völlig einseitig und zudem ziemlich bemitleidenswert war. Wäre die Kellnerin freundlicher zu Hope gewesen, hätte sie sie vielleicht bedauert. Doch die Frau war nicht freundlich, und Hope hatte ihre eigenen Probleme.

3. KAPITEL

Dämonische Autosirene hypnotisiert eine Stadt

Der harte Stuhl in ihrem Motelzimmer verursachte Hope nahezu Krämpfe im Hinterteil. Sie stand auf, reckte die Arme über den Kopf und gähnte. Ihr Blick heftete sich auf den leeren Monitor ihres Laptops, und alles verschwamm vor ihren Augen. Sie rieb sie mit den Handballen. Nichts. Drei Stunden lang hatte sie nun auf diesem Stuhl gesessen, ihre schmerzenden Augen angestrengt, sich den müden Kopf zerbrochen auf der Suche nach Worten, die den Bildschirm füllen sollten. Ganz gleich, was. Doch der Bildschirm war nach wie vor leer. Sie hatte nicht eine einzige Idee. Sie hatte nicht einen einzigen Satz geschrieben. Nicht einmal einen einzigen *schlechten* Satz, aus dem sie vielleicht noch etwas Besseres hätte machen können.

Hope ließ die Hände sinken und kehrte dem Laptop den Rücken zu. Sie warf sich aufs Bett und starrte an die Decke. Wäre sie jetzt zu Hause gewesen, würde sie bestimmt ihr makellos sauberes Badezimmer schrubben, ihre T-Shirts bügeln oder ihre Matratze ausklopfen. Wenn sie jetzt ihr Nageletui gehabt hätte, könnte sie ihre Nägel maniküren. Darin war sie inzwischen so gut, dass sie manchmal überlegte, ob sie die Schreiberei nicht einfach an den Nagel hängen und stattdessen ein Nagelstudio eröffnen sollte. Sich selbst die Nägel zu maniküren, war nur eine von den zahlreichen zeitverschwenderischen Übersprungshandlungen zur Vermeidung der Konfrontation mit einem leeren Bildschirm.

Einer der vielen zeitaufwendigen Tricks, die sie anwandte, um der Realität ihres Lebens zu entkommen. Der schmerzlichen Tatsache, dass sie keinen Menschen hatte. Niemanden, mit dem sie reden konnte, wenn die Nächte zu einsam wurden. Niemanden, der ihr Händchen hielt und ihr versicherte, dass alles in Ordnung sei.

Ihre Mutter war im Herbst gestorben, und im Frühling hatte ihr Vater wieder geheiratet. Er war mit seiner Frau nach Sun City in Arizona gezogen, um in der Nähe ihrer Familie zu sein. Er besuchte Hope. Hope besuchte ihn. Es war nicht mehr dasselbe. Ihr einziger Bruder, Evan, war in Deutschland stationiert. Sie schrieb ihm. Er schrieb ihr. Auch das war nicht mehr dasselbe.

Einmal hatte sie einen Ehemann gehabt. Sieben Jahre lang hatte sie ein schönes Leben in einem schönen Haus in Brentwood geführt, war zu aufwendigen Partys gegangen und hatte hervorragend Tennis gespielt. Blaine, ihr Mann, war eine Kapazität auf dem Gebiet der Plastischen Chirurgie, sah gut aus und war lustig, und sie hatte ihn bis zur Verzweiflung geliebt. Sie hatte sich geborgen und glücklich gefühlt, und in der letzten Nacht, die sie zusammen verbrachten, hatte er sie geliebt, als wäre sie die Frau seines Herzens.

Am nächsten Tag hatte er ihr die Scheidungsunterlagen vorgelegt. Er hatte gesagt, es täte ihm schrecklich Leid, aber er hätte sich in ihre beste Freundin, Jill Ellis, verliebt. Sie hätten Hope nicht wehtun wollen, aber was sollten sie tun? Sie liebten sich, und natürlich war Jill im fünften Monat schwanger und im Begriff, ihm das zu schenken, was Hope ihm niemals geben würde.

Hope hatte keinen Mann mehr, keine Freunde, keine Kinder. Aber sie hatte ihren Beruf, und wenn sie sich ihr Leben auch nicht unbedingt so vorgestellt hatte, war es doch gar nicht so schlecht. Zumindest bis zu dem Tag, als sie gegen die Barriere gestoßen war.

Drei Jahre lang hatte sie der Vergangenheit den Rücken zugekehrt und nicht einmal sich selbst gegenüber das ganze Ausmaß ihres Schmerzes eingestehen wollen. Sie hatte die Scherben ihres Lebens ignoriert und sich in ihrer Arbeit vergraben. Zuerst als freiberufliche Journalistin für Zeitschriften wie *Woman's World* und *Cosmopolitan*, und sie hatte auch Reportagen für den *Star* und den *National Enquirer* geschrieben. Ein Jahr lang hatte sie so gelebt, aber es hatte ihr keinen Spaß gemacht, herumzuschnüffeln und das Leben von Prominenten auszuspionieren, und außerdem hatte sie diese Arbeit sowieso aus falschen Gründen angefangen.

Sie gab die Klatschkolumnen auf und nahm eine feste Stelle bei *The Weekly News of the Universe* an, einem dieser schwarz-weißen Boulevardblättchen, die behaupteten, Elvis lebte gesund und wohlbehalten auf dem Mars. Schluss mit Gerüchten und Skandalen. Jetzt erfand sie Geschichten. Unter dem Pseudonym Madilyn Wright war sie die beliebteste »Reporterin« des Blattes, und sie liebte ihre Arbeit.

Das heißt, sie liebte ihre Arbeit bis vor zwei Monaten, als sie das Gefühl hatte, gegen eine unsichtbare Wand gestoßen zu sein. Sie konnte sie nicht ignorieren, konnte sie nicht durchbrechen, fand keinen Weg, sie zu umgehen. Sie steckte fest. Sie sah keine Möglichkeit, sich davor zu verstecken oder sich in den grotesken Geschichten zu verlieren, die sie sich ausdachte. Seit geraumer Zeit hatte sie keinen vernünftigen Satz mehr zu Stande gebracht. Hope vermutete, dass ein Psychiater ihr wohl sagen könnte, was ihr fehlte, aber andererseits glaubte sie es selbst längst zu wissen.

Ihr Herausgeber war mittlerweile überaus besorgt und

hatte vorgeschlagen, dass Hope eine Pause einlegte. Nicht etwa, weil er so ein toller Kerl war, sondern weil er sich in ihrem Ruhm hatte sonnen können. Zudem hatte sie der Zeitschrift eine Menge Geld eingebracht, und sie wollten ihre beliebteste Reporterin zurück, die mit der Begabung, das Merkwürdige und Ungewöhnliche zu Papier zu bringen.

Walter war sogar so weit gegangen, ein Urlaubsziel für sie auszusuchen, und die Zeitschrift bezahlte sechs Monate lang die Miete für das Haus. Walter hatte behauptet, er hätte sich wegen der guten Luft für Gospel in Idaho entschieden. Das behauptete er zwar, aber er führte damit niemanden hinters Licht. Er hatte Gospel ausgesucht, weil die Gegend so anmutete, als könnte Bigfoot sich dort herumtreiben. Als könnten dort Menschen routinemäßig von Außerirdischen entführt werden, als könnten dort Anhänger bizarrer Kulte nackt unter dem Vollmond tanzen.

Hope setzte sich auf die Bettkante und seufzte. Sie hatte Walters Plan zugestimmt, weil sie erkannt hatte, dass ihr Leben in eine Sackgasse geraten war, auf ein Gleis, dem zu folgen ihr keinen Spaß mehr machte. Sie brauchte neue Impulse. Sie musste für eine Weile raus aus L. A. Musste eine Pause einlegen und natürlich das ganze Fiasko mit Micky dem magischen Gnom hinter sich lassen. Sie musste den Kopf frei bekommen von dieser Katastrophe.

Reichlich uninspiriert erhob sie sich, zog Flanell-Shorts und ein Planet-Hollywood-T-Shirt an und nahm ihren Platz vor dem Laptop wieder ein. Die Finger startbereit auf der Tastatur, starrte sie den blinkenden Cursor an. Stille umgab sie, schwer und ungebrochen, und unbewusst senkte sie den Blick auf die abscheulich gemusterte Auslegeware zu ihren Füßen. Das war zweifellos der geschmackloseste Teppich, den sie je gesehen hatte, und sie verbrachte fünfzehn gestrichene Minuten mit der Überlegung, ob die Farbanordnung tatsächlich so vorgesehen war oder ob ein früherer Gast seine Pizza hatte fallen lassen.

Als sie gerade zu dem Schluss gekommen war, dass der Teppich *absichtlich* so unregelmäßig tiefrot gefleckt war, ertappte sie sich bei ihren Ablenkungsmanövern und zwang sich, ihre Aufmerksamkeit wieder auf den Bildschirm zu richten.

Sie starrte ihn an wie eine hypnotisierte Kobra und zählte das Blinken des Cursors. Sie hatte bis zweihundertundsiebenundvierzig gezählt, als ein Kreischen die Stille der Nacht zerriss und Hope aufspringen ließ.

»Du lieber Gott«, hauchte sie, und das Herz klopfte ihr bis zum Halse. Dann wurde ihr bewusst, dass es sich um die Alarmanlage ihres Autos handelte, und sie wühlte in der Handtasche nach dem Sender an ihrem Schlüsselbund. Sie schlüpfte in ihre Sandalen, stürmte nach draußen und schlängelte sich zwischen den Pick-ups, Minivans und staubigen Fahrzeugen mit Kajaks auf den Dächern hindurch über den kleinen Parkplatz.

Die Geschäftsführerin des Sandman-Motels stand an der Motorhaube von Hopes Porsche. Sie hatte immer noch Lockenwickler im Haar und blickte Hope mit gefurchter Stirn aus zusammengekniffenen Augen entgegen. Gäste sahen aus den Fenstern oder standen in den Türen zu ihren Zimmern. Die Dämmerung hatte sich über Gospel gesenkt und malte tiefe Schatten über die zerklüftete Landschaft. Die Stadt wirkte ruhig und entspannt, abgesehen von den sechs Tönen der Autosirene, die die Stille durchdrangen. Hope richtete den Sender auf ihr Auto und schaltete den Alarm aus.

»Haben Sie gesehen, ob jemand versucht hat, mein Auto aufzubrechen?«, fragte sie, als sie vor Ada Dover angelangt war.

»Ich habe gar nichts gesehen.« Ada stemmte die Hände in die Hüften und legte den Kopf in den Nacken, um Hope ansehen zu können. »Aber ich wäre fast an einem Hühnerknochen erstickt, als das Ding losging.«

»Wahrscheinlich hat irgendwer den Türgriff oder ein Fenster berührt.«

»Ich dachte, im M&S-Markt wäre der Alarm ausgelöst worden, und hab deshalb Stanley angerufen und ihm gesagt, dass jemand in seinen Laden einbricht und er ruckzuck kommen müsste.«

»Oh, toll«, stöhnte Hope.

»Aber er sagt, er hat keine Alarmanlage. Nur die Warnschilder, damit man denkt, er hätte eine.«

Hope kannte Stanley nicht, bezweifelte jedoch stark, dass es ihm recht war, wenn sein Mangel an Sicherheitsvorkehrungen in der Stadt breitgetreten wurde.

»Ich wollte gerade schon beim Sheriff anrufen«, fuhr Ada fort, »dachte mir dann aber, ich seh erst mal selbst nach, woher der Lärm kommt.«

Das Letzte, was Hope jetzt brauchte, war der Sheriff am Tatort, nicht, nachdem sie ihm versichert hatte, er würde nicht einmal merken, dass sie sich in der Stadt aufhielt. »Aber Sie haben ihn nicht angerufen, oder?« In L. A. kam niemand auf die Idee, wegen einer Autosirene die Polizei zu rufen. Jeden Tag bestand die Chance, dass irgendwo auf einem Parkplatz der Alarm ausgelöst wurde. Und genauso gut bestand die Chance, dass gerade ein Streifenwagen vorbeifuhr und sich nicht mal die Mühe machte, anzuhalten. Lebten diese Leute denn hinter dem Mond?

»Nein, und ich bin froh darüber. Ich wäre mir ganz schön blöd vorgekommen. Es reicht mir schon, dass ich fast an diesem Hühnerknochen erstickt wäre.«

Hope sah die kleine Frau ungläubig an. Die Nacht senkte sich rasch herab, und sie erkannte nicht viel mehr als die Lockenwickler auf ihrem Kopf. In der kühlen Luft richteten sich die kleinen Härchen auf Hopes Armen auf. Eigentlich hätte sich ihr schlechtes Gewissen regen müssen, weil Ada Dover wegen ihrer Alarmanlage beinahe erstickt wäre, aber mal ehrlich: Wer ist denn auch so dumm, auf einem Hühnerknochen zu kauen? »Tut mir Leid, dass Sie fast erstickt wären«, sagte sie, wenngleich sie stark bezweifelte, dass die Frau dem Tode nahe gewesen war. Sie warf einen Blick über die Schulter und stellte erleichtert fest, dass die meisten Motelgäste zurück in ihre Zimmer gegangen waren und die Vorhänge geschlossen hatten.

»Das Ding geht doch hoffentlich nicht noch einmal los, oder?«

»Nein«, antwortete Hope und wandte sich wieder der Motelbesitzerin zu.

»Gut, denn ich kann's nun mal nicht dulden, dass das Ding die ganze Nacht kreischt und die anderen Gäste weckt. Die Leute bezahlen mit gutem Geld für ihre Nachtruhe, und diese Art von Lärm können wir einfach nicht hinnehmen.«

»Ich verspreche, dass es nicht wieder vorkommt«, sagte Hope, und es juckte ihr in den Fingern, noch einmal den Alarm auszulösen. Sie wandte sich zum Gehen, und Ada Dovers Abschiedsworte folgten ihr: »Wenn doch, dann fliegen Sie raus, und zwar ruckzuck.«

Die Frau hatte Hope in der Hand, und sie nutzte es aus. Hope hätte ihr liebend gern gesagt, sie könne ihr mal im Mondschein begegnen, und zwar ruckzuck, aber es gab nur noch ein anderes Motel in der Stadt, und Hope war sicher, dass es genauso voll belegt war wie das Sandman. Also hielt sie den Mund, ging zurück in ihr Zimmer und schloss die Tür hinter sich. Sie verstaute ihre Schlüssel in der Handtasche und nahm ihren Platz vorm Laptop wieder ein. Dann verschränkte sie die Finger auf ihrem Kopf und sank auf dem Stuhl in sich zusammen. Die vorige Nacht hatte sie im Doubletree in Salt Lake City verbracht. Sie erinnerte sich deutlich daran, dass sie am Morgen in einem hübschen, ganz normalen Hotel aufgewacht war, aber zu irgendeinem Zeitpunkt musste sie dann wohl in eine Art Zwischenzone hineingefahren sein, einen Ort, an dem Frauen Hühnerknochen aßen.

Langsam breitete sich ein Lächeln auf ihrem Gesicht aus, und sie senkte die Hände auf die Tastatur und schrieb:

Verrückte an Hühnerknochen erstickt

Bei einer rituellen Zeremonie geschah es, dass Dodie Adams, Anhängerin eines bizarren Hühner-Anbeter-Kults …

Am nächsten Morgen stand Hope früh auf, duschte kurz und zog Jeans und ein enges schwarzes Oberteil an. Während ihr Haar noch trocknete, schlüpfte sie in ihre Stiefel, schloss ihr Laptop an die Telefonbuchse an und schickte ihre Hühnerknochen-Story auf den Weg. Zwar war es nicht gerade Bigfoot, aber doch gut genug, um in der Ausgabe der kommenden Woche zu erscheinen. Am wichtigsten war, dass sie wieder schreiben konnte. Dabei verschwieg sie sich nicht, dass sie Ada Dover dafür zu danken hatte, und diese Ironie des Schicksals entlockte ihr ein Lächeln.

Nachdem sie ihr Haar zu einem Pferdeschwanz zusammengebunden hatte, ging sie zum Auto und fuhr die drei Straßenzüge hinunter zum M&S-Markt. Sie hatte insgesamt nur vier Stunden geschlafen, fühlte sich aber so gut wie schon lange nicht mehr. Sie konnte wieder arbeiten, und das war ein tolles Gefühl. Den Gedanken, es könnte ein einmaliger Ausreißer sein und am Abend würde sie erneut stundenlang vor dem leeren Bildschirm sitzen, ließ sie gar nicht erst zu.

Das Erste, was ihr beim Betreten des M&S-Markts auffiel, war das Geweih hinter dem vorderen Tresen. Es war riesig und auf einer lackierten Holzplatte angebracht. Das Zweite war ein Duftgemisch aus rohem Fleisch und Pappe. Von irgendwo im hinteren Teil des Ladens hörte sie Radiomusik, natürlich Country, und dumpfe Schläge wie von einem Hackebeil, das auf die Hackbank traf. Außer ihr selbst und der unsichtbaren Person in dem hinteren Raum war der Laden leer.

Neben der Kasse fand Hope einen blauen Plastikkorb, den sie sich an den Arm hängte. Rasch ließ sie den Blick über den Zeitungs- und Zeitschriftenstand wandern. Der *National Enquirer,* der *Globe* und Hopes größter Konkurrent, die *Weekly World News*, steckten allesamt neben der *Weekly News of the Universe*. In dieser Ausgabe würde kein Artikel von ihr zu finden sein, doch in der nächsten Woche erschien ihre Hühnerknochen-Story. Bevor sie das Motel verließ, hatte sie eine E-Mail von ihrem Herausgeber bekommen. Er wollte ihre Geschichte schnellstens in die Produktion geben.

Der Holzboden knarrte unter ihren Füßen, als sie durch die Müsli- und Cracker-Abteilung zur Tiefkühlkost vordrang.

Sie öffnete die Tür des Glasschranks und legte eine Packung fettarme Milch in ihren Korb. Dann las sie die Produktinformation auf einer Orangensaftflasche, wegen des Zuckergehalts. Der Saft enthielt mehr Maissirup als echten Fruchtsaft, und sie stellte die Flasche zurück. Sie griff nach einer Flasche Traube-Kiwi, entschied aber im letzten Moment, dass sie doch nicht in der Stimmung dafür war, und nahm stattdessen Apfel-Preiselbeersaft.

»Ich wäre bei Traube-Kiwi geblieben«, sagte eine schon vertraute, gedehnte Stimme hinter ihr.

Erschrocken fuhr Hope herum, und die Glastür schlug zu. Ihr Korb schwang aus und stieß gegen ihre Hüfte.

»Natürlich, Traube-Kiwi mag ein bisschen heftig sein für diese frühe Tageszeit«, sagte der Sheriff. Heute trug er seinen schwarzen Stetson nicht. Stattdessen hatte er einen verbeulten Cowboy-Hut aus Stroh mit einem Hutband aus Schlangenleder aufgesetzt. Die Krempe warf einen Schatten über sein Gesicht. »Sie sind ganz schön früh auf den Beinen.«

»Ich habe heute eine Menge zu tun, Sheriff Taber.«

Er öffnete die Glastür und nötigte sie so, ein paar Schritte zurückzutreten. »Dylan«, sagte er und entnahm dem Kühlfach zwei Kartons Schokomilch, die er sich unter den Arm schob. Er erinnerte kaum noch an den Gesetzeshüter vom Vortag. Sein blaues T-Shirt war alt und leicht verknittert und steckte in einer Levi's, so verschlissen, dass die Originalfarbe nur noch an den Nähten zu erahnen war.

Die Glastür beschlug, bis auf die Stellen, wo sie mit seinen breiten Schultern und seinem Hinterteil in Berührung kam. Seine Gesäßtasche war aufgerissen; eine Ecke seiner Brieftasche lugte hervor. Er bückte sich und nahm zwei kleine Styroporbehälter, offenbar Eiskrem, aus dem unteren Fach. »Haben Sie jemanden gefunden, der Ihnen hilft?«, fragte er und richtete sich wieder auf.

»Noch nicht. Ich schätze, ich werde Ihrem Rat folgen und meinen Nachbarn einen Besuch abstatten, aber ich wollte noch etwas warten, für den Fall, dass sie noch schlafen.«

»Sie sind schon aufgestanden.« Er trat zur Seite, und die Glastür schloss sich hinter ihm. »Hier.« Mit der freien Hand streckte er ihr eine Flasche Passionsfrucht entgegen. »Das ist mein Lieblingsgetränk.«

Sie griff danach, doch er ließ nicht los. Stattdessen rückte er näher, bis er nur noch wenige Zentimeter von ihr entfernt stand. »Mögen Sie Passionsfrucht, Ms. Spencer?«

Ihr Finger streifte seinen Daumen, und sie hob den Blick von ihrer beider Hände zu seinen tiefgrünen Augen, die sie unter der Krempe seines zerbeulten Strohhuts hervor musterten. Sie war keine alberne Landpomeranze, die sich wegen eines verflixt sexy wirkenden Cowboys in an höchst interessanten Stellen fadenscheinig gewordenen Jeans geschmeichelt fühlte und verlegen wurde. »Es ist vielleicht noch ein bisschen früh am Tag für Passionsfrucht, Sheriff.«

»Dylan«, berichtigte er sie, und sein bereitwilliges Lächeln trat langsam in Erscheinung. »Und, Schätzchen, für Passionsfrucht ist es nie zu früh.«

Es war das Wort »Schätzchen«, das etwas in ihr anrührte. Es erwärmte sie von innen her, bevor sie sich dagegen wehren konnte. Er hatte das gleiche Kosewort der Kellnerin gegenüber benutzt, und sie hatte geglaubt, sie wäre immun dagegen. War sie aber nicht. Sie suchte nach einer schlagfertigen Entgegnung, fand jedoch keine. Er war in ihre Privatsphäre eingedrungen, und sie wusste nicht, was sie dagegen unternehmen sollte. Sie sah sich gerettet, als sein Sohn auf der Bildfläche erschien.

»Dad, hast du die Rotwürmer?«, fragte Adam.

Dylan ließ die Flasche los und wich einen Schritt zurück. Sein Blick blieb noch einen Moment auf Hope haften, dann richtete er seine Aufmerksamkeit auf seinen Sohn. »Hier sind sie, Kumpel«, sagte er und hielt die beiden Styroporbecher hoch.

»Das sind Würmer?« Von den Bechern, in denen Hope Eiskrem vermutet hatte, glitt ihr Blick zu seinem Gesicht.

»Ja, Madam.«

»Aber sie standen ...«, sie deutete auf den Glasschrank, »neben der Milch.«

»Nicht direkt daneben«, beruhigte er sie. Er zog die Schokomilch unter seinem Arm hervor und deutete auf Hope. »Adam, sag Ms. Spencer Guten Tag.«

»Hallo. Brauchst du mich noch mal zum Fledermäuse-Vertreiben?«

Sie schüttelte den Kopf und sah von einem zum anderen.

»Welche Sorte Donuts hast du fürs Frühstück geholt?«, fragte Dylan seinen Sohn. »Puderzucker?«

»Nein, Schokolade.«

»Na ja, ich schätze, ich kann auch ein paar mit Schokolade hinunterwürgen.«

»Wir gehen Dolly Varden angeln«, erklärte Adam.

Augenscheinlich hielten sie Würmer in der Milch- und Saftabteilung für völlig normal. »Dolly was?«

Tiefes Lachen rollte in Dylans Brust, als ob er irgendetwas besonders lustig fand. »Forellen«, antwortete er. »Komm, mein Sohn. Gehen wir Dolly was fangen.«

Adam lachte, eine jüngere, kindliche Version seines Vaters.

»Großstadtmädchen«, höhnte Dylan, als er ging.

»Ja«, bestätigte Adam, und das Quietschen seiner Gummisohlen erfolgte im Einklang mit dem schwereren Schritt der abgetragenen Stiefel seines Vaters.

Also wirklich, wer sind die zwei denn, dass sie sich über mich lustig machen?, fragte sich Hope und folgte den beiden mit dem Blick, als sie zur Kasse gingen. Sie war schließlich nicht so verrückt zu glauben, Würmer gehörten ins selbe Kühlfach wie Milch. Sie war normal. Sie legte die Saftflasche in ihren Korb und ging weiter zu den Haushaltartikeln. Zwischen Reihen von Comet und Schachteln mit Hundefutter sah sie einen großen Mann mit Schmerbauch, einem gezwirbelten Schnurrbart und einer blutverschmierten Schürze näher kommen. Während er Dylans Einkäufe in die Kasse tippte, schritt Hope die Gänge auf und ab und legte zwei Paar rosa Gummihandschuhe, eine Flasche Holzreiniger mit Kieferduft und eine Dose Raid in ihren Korb. In der Obstabteilung schnupperte sie an den Pfirsichen, um zu prüfen, ob sie frisch waren.

»Man sieht sich, Ms. Spencer.«

Sie blickte von den Pfirsichen hinüber zu Dylan, der an der Tür stand und sie für Adam offen hielt. Er sah zu ihr hinüber, zog einen Mundwinkel hoch, dann war er fort.

»Kann ich bei Ihnen schon kassieren?«, fragte der dicke Mann hinter dem Tresen. »Falls Sie noch länger brauchen: Ich hab da hinten Fleisch, das ich einpacken muss.«

»Ich bin fertig.« Sie füllte ein paar Pfirsiche in einen Plastikbeutel und ging zur Kasse.

»Sind Sie die Frau mit dem Autoalarm?«

Hope stellte ihren Korb auf den Tresen neben die Zigaretten und Feuerzeuge. »Ja«, antwortete sie vorsichtig.

»Ada hat mich gestern Abend angerufen, als das Ding losging«, sagte er und tippte mit seinen dicken Fingern die Preise ein.

»Tut mir Leid, dass sie Sie belästigt hat.«

»Sie wäre beinahe an einem Hühnerknochen erstickt, wissen Sie.«

Anscheinend war Hope die Einzige, die das sonderbar fand.

Er suchte das Preisschild an der Raid-Dose und tippte die Ziffern ein. »Bleiben Sie lange in der Stadt?«

»Sechs Monate.«

»Ach ja?« Er blickte auf. »Sind Sie so ein Umweltfanatiker?«

»Nein.«

»Hab ich mir auch nicht vorstellen können.« Er griff unter den Tresen und zog eine Papiertüte hervor. »Sie sehen nicht aus wie ein Umweltfanatiker.«

Hope wusste nicht, ob das als Kompliment zu verstehen war oder nicht, und deshalb schwieg sie.

»Ich hörte, Sie wohnen im Donnelly-Haus.«

»Ja.«

»Was haben Sie da draußen vor?«

Zum zweiten Mal innerhalb von zwei Tagen stellte man ihr diese Frage. »Den Sommer nutzen und mich entspannen.«

»Meine Frau, Melba, war gerade drüben bei Dixie und ließ sich eine Dauerwelle machen, als Ada vom Sandman anrief und sagte, Sie brauchen Männer.«

»Um die Fledermäuse zu beseitigen, in dem Haus, das ich gemietet habe«, stellte sie richtig. Er addierte ihre Einkäufe, und sie zog einen Zwanziger aus der Brieftasche.

Er sah sie sehr genau an und kam offenbar zu dem Schluss, dass sie harmlos war, denn er schüttelte den Kopf und lächelte. »Ja, das hat Ada auch gesagt.« Er nahm den Geldschein und gab Hope das Wechselgeld heraus. »So ein Pech. Ich habe einen Neffen, der in der Nähe von Challis in der Mine arbeitet, und der könnte weiß Gott eine Frau gebrauchen. Aber Sie sehen natürlich nicht so aus wie die Sorte Frau, die sich für Alvin interessieren könnte.«

Damit hatte er ihre Neugier geweckt, und sie fragte: »Was für eine Sorte Frau wäre das denn?«

»Eine, die nicht ganz bei Verstand ist.« Seine Schnurrbartspitzen hoben sich bis fast unter die Augen.

»Danke.«

»Keine Ursache. Ich bin Stanley Caldwell. Dieser Laden gehört mir und meiner Frau Melba, und wenn Sie mal etwas brauchen, vielleicht eine Sonderbestellung, lassen Sie's mich wissen.«

»Mach ich.« Sie nahm die Papiertüte an sich. »Können Sie mir sagen, wo ich einen Cappuccino bekommen könnte?«

»Ja. In Sun Valley.«

So dringend, dass sie eine Stunde Fahrt dafür auf sich nehmen würde, brauchte sie den Cappuccino nun doch nicht. Sie bedankte sich trotzdem und verließ den Supermarkt. Ihr Porsche stand vor der Eingangstür, und sie verstaute die Tüte auf dem Beifahrersitz. Als sie vom Parkplatz fuhr, legte sie eine CD ein, drehte die Lautstärke auf und sang mit Sheryl Crow zusammen »Run Baby run Baby run«, während sie die Hauptstraße von Gospel entlangfuhr und dann um den See herum zur Timberline Road. Es war erst kurz nach acht, als sie in die Zufahrt zu ihrem gemieteten Haus einbog. Es sah noch genauso scheußlich aus wie am Tag zuvor.

Sie war nicht gewillt, auch nur einen Fuß ins Hausinnere zu setzen, solange es nicht frei von Fledermäusen war. Stattdessen überquerte sie die Straße und klopfte an die Tür des Nachbarhauses. Eine Frau mit rotem, lockigem Haar und Sommersprossen in einem blauen Chintz-Hausmantel öffnete ihr. Durch das Fliegengitter hindurch stellte Hope sich vor.

»Dylan sagte schon, dass Sie vielleicht reinschauen würden.« Sie hielt die Tür auf, und Hope trat in ein Wohnzimmer, das mit einer Unzahl von Emaille-Malereien dekoriert war. Sie waren überall, auf Stücken von Treibholz, auf alten Sägeblättern und metallenen Milchkannen. »Ich bin Shelly Aberdeen.« Sie trug Hausschuhe in Häschenform und war nicht viel größer als einszweiundfünfzig.

»Hat Sheriff Taber auch mein Fledermausproblem erwähnt?«

»Ja, hat er. Ich wollte gerade die Jungs wecken. Setzen Sie sich doch, und ich sage den beiden rasch, was Sie brauchen.«

Sie verschwand im Flur, und Hope setzte sich in einen Drehsessel vor dem Kamin aus Natursteinen. Sie hörte, wie im hinteren Teil des Hauses eine Tür geöffnet wurde.

»Fahren Sie einen Porsche?«, rief Shelly.

»Ja.«

Stille, dann folgte: »Kennen Sie Pamela Anderson oder Carmen Electra?«

»Äh, nein.«

Erneute Stille, dann tauchte Shelly wieder auf. »Na ja, das ist eine große Enttäuschung für die Jungs, aber sie wollen Ihnen trotzdem helfen.«

Hope stand auf. »Wie viel nehmen sie gewöhnlich pro Stunde? Ich weiß nicht mal mehr, wie hoch der Mindestlohn inzwischen ist.«

»Geben Sie ihnen, was Sie für richtig halten, und kommen Sie zu Mittag wieder her. Hier kriegen Sie was zu essen.«

Hope wusste nicht, was sie von dem Angebot halten sollte, doch brachte es sie in Verlegenheit.

»Dann mach ich Krabben-Pitas, und wir können uns besser kennen lernen.«

Genau das war es, was Hope in Verlegenheit brachte. Shelly würde natürlich nach ihrem Beruf fragen, und darüber redete Hope gewöhnlich nicht mit Leuten, die sie nicht kannte. Und über ihr Privatleben sprach sie auch nicht gern. Doch tief vergraben in einem Winkel ihrer Seele wünschte sie es sich so sehr, dass sie es spürte wie eine Luftblase, die an die Oberfläche drängte. Und das machte ihr Angst. »Ich möchte Ihnen keine Umstände machen«, sagte sie.

»Das macht keine Umstände. Übel nehmen würde ich allerdings, wenn Sie Nein sagen. Das wäre eine Beleidigung.«

Hope blickte in Shellys große braune Augen, und was hätte sie sagen können außer: »Gut, ich komme.«?

Die Aberdeen-Zwillinge, Andrew und Thomas, waren groß und blond und glichen einander wie ein Ei dem anderen, abgesehen von der Augenfarbe und der etwas verschieden geformten Stirn. Beiden wölbte ein Klumpen Kautabak die Unterlippe an genau der gleichen Stelle vor, und beide zogen im Stehen die rechte Schulter etwas höher als die linke. Sie waren still und wohlerzogen und sahen einander erst an, bevor sie auf eine Frage antworteten.

Hope wies sie an, das Haus nach Fledermäusen abzusuchen, während sie auf der Veranda saß. Sie hörte dumpfe Schläge und lautes Rufen aus dem ersten Stock, und etwa vierzig Minuten später kam Thomas heraus mit der Nachricht, dass sie insgesamt fünf Fledermäuse gefunden hätten. Zwei in einem der Schlafzimmer und drei auf dem Dachboden. Er spie einen Strahl Tabaksaft in die Coladose in seiner Hand und versicherte, dass die Fledermäuse kein Problem mehr darstellten. Sie fragte nicht, wie sie das bewerkstelligt hatten. Sie wollte es gar nicht wissen.

Nachdem das Fledermausproblem ausgeräumt war, instruierte sie die Jungen, im ersten Stock sauber zu machen und Staub zu saugen, während sie die Küche in Angriff nahm. Sie reinigte den Herd, entfernte die tote Maus, wusch den Backofen und den Kühlschrank aus. Abgesehen von einer dicken Staubschicht, war die Vorratskammer leer. Hope säuberte Geschirr und Töpfe und Pfannen mit Hilfe des Spülmittels, das sie unter dem Ausguss gefunden hatte. Die Fenster konnten noch ein wenig warten.

Gegen halb zwölf Uhr war das Erdgeschoss des Hauses so gut wie fertig. Auf dem Holzfußboden vor dem Kamin befand sich ein dunkelbrauner Fleck, der trotz energischen

Schrubbens nicht weggehen wollte. Zur Mittagszeit gab Hope den Zwillingen den Auftrag, die Geweihe von den Wänden zu nehmen und sie draußen in einem Schuppen zu verstauen. Dann ging sie hinüber zu ihrer Nachbarin.

Shelly Aberdeen sah sie kommen und öffnete die Tür, noch bevor Hope eine Chance gehabt hatte zu klopfen. »Essen wir, bevor die Zwillinge sich einfallen lassen, zum Mittagessen nach Hause zu kommen. Die beiden futtern, als wäre jede Mahlzeit ihre letzte.«

Shelly trug jetzt ein Garth-Brooks-T-Shirt, enge Wranglers mit einer Gürtelschnalle von der Größe einer Untertasse und Stiefel aus Schlangenleder. Hope hielt sich erst einen Tag in der Stadt auf, doch ihr war bereits klar, dass Schlangenleder ein modisches Muss in Gospel war.

»Wie machen sich die Jungs?«, fragte Shelly über die Schulter hinweg, als Hope ihr in ein kleines Esszimmer neben der Küche folgte.

»Sie leisten gute Arbeit. Sie sind sehr höflich und haben sich nicht einmal beschwert, als ich sie gebeten habe, den Fledermauskot zu beseitigen.«

»Gottchen, warum sollten sie sich beschweren? Die beiden bewerfen sich mit Kuhfladen, seit sie laufen können. Im letzten Sommer haben sie bei Wilson Packing gearbeitet, Kühe geschlachtet.« Sie schenkte Hope ein Glas Eistee ein. »Ich bin froh, dass sie anfangen, auf eigenen Füßen zu stehen. In knapp einer Woche werden sie achtzehn und denken, ihnen kann keiner mehr was erzählen.« Sie reichte Hope das Glas. »Wie sieht das Haus von innen aus?«

Hope nahm einen Schluck Eistee und spülte sich den Staub aus der Kehle. »Besser als von außen. Allerdings hing alles voller Spinnweben, und im Backofen lag eine tote Maus. Das Erfreuliche ist, dass Strom und Installationen funktionieren.«

»Das kann man erwarten«, sagte Shelly und stellte zwei Teller mit gefüllten Pita-Broten auf den Tisch mit der blau-weiß karierten Tischdecke. »Der Immobilienhändler, der das Haus im letzten Herbst gekauft hat, hat es von oben bis unten mit neuen Leitungen ausgerüstet. Den Blutfleck hat er allerdings nicht weggekriegt.«

»Den Blutfleck?«

»Hiram Donnelly hat sich vor dem Kamin mit seiner Jagdflinte umgebracht. Alles war voller Blut. Der Fleck auf dem Boden ist Ihnen doch sicher aufgefallen.«

Ja, der Fleck war ihr aufgefallen, doch sie hatte vermutet, dass jemand irgendeinem unglücklichen Tier im Wohnzimmer das Fell abgezogen hätte. Dass es sich um menschliches Blut handelte, war schon ein bisschen unheimlich. »Warum hat er sich umgebracht?«

Shelly hob die Schultern und setzte sich Hope gegenüber. »Er hat sich dabei schnappen lassen, dass er Geld aus der Bezirkskasse veruntreute, um damit für seine sexuellen Abartigkeiten zu bezahlen.«

»War er Richter?«

»Nein, er war unser Sheriff.«

Hope breitete ihre Serviette über ihre Knie und griff nach der Pita. Ihre Neugier brannte heftiger, als sie der Nachbarin gegenüber eingestehen mochte, und sie fragte so beiläufig, als spräche sie über das Wetter: »Was für Abartigkeiten?«

»Fesseln und Züchtigen in erster Linie, aber er hatte auch noch andere äußerst merkwürdige Vorlieben. Ein Jahr nach dem Tod seiner Frau begann er, sich per Internet mit Frauen einzulassen. Ich schätze, es fing ganz harmlos an. Einfach ein einsamer Mann, der sich nach der Gesellschaft einer Frau sehnte. Aber gegen Ende wurde er richtig pervers und fragte nicht, ob die Frauen ledig oder verheiratet waren, wie alt oder wie teuer sie waren. Er hatte die Kontrolle verloren und vergaß jede Vorsicht.«

Hope biss in ihre Pita und versuchte, sich zu erinnern, ob sie irgendetwas über einen Sheriff gelesen hatte, der Geld veruntreute, um seine sexuellen Abhängigkeiten finanzieren zu können. Anscheinend war ihr nichts dergleichen untergekommen, denn andernfalls hätte sie sich bestimmt erinnert. »Wann ist das alles passiert?«

»Er hat sich vor ungefähr fünf Jahren umgebracht, aber wie ich schon sagte, angefangen hat es etwa ein Jahr vorher. Und niemand in der Stadt wusste davon, jedenfalls nicht, bevor das FBI ihn verhaften wollte und er sich erschossen hat.«

»Wie sehr hat er die Kontrolle verloren?«

Shelly wandte den Blick ab. Es war ihr sichtlich unangenehm, über die Einzelheiten zu reden. »Überlassen Sie das Ihrer Fantasie«, sagte sie und wechselte abrupt das Thema. »Was führt Sie nach Gospel?«

Hope wusste, wann es an der Zeit war, Zurückhaltung zu üben. Sie gab sich mit den bisherigen Informationen zufrieden und ließ das Thema erst einmal auf sich beruhen. »Ich fand die Gegend so schön«, antwortete sie und lenkte dann, genauso sauber wie Shelly, schnell von ihrer Person ab. »Wie lange leben Sie schon hier?«

»Meine Familie ist hierher gezogen, als ich ungefähr sechs Jahre alt war. Paul, mein Mann, ist in diesem Haus geboren. Ich habe zusammen mit den meisten Leuten aus der Umgebung die Gospel High School abgeschlossen.« Shelly zählte die Betreffenden auf, als müsste Hope wissen, von wem sie redete. »Paul und ich, Lon Wilson und Angie Bright, Bart und Annie Turner, Paris Fernwood, Jenny Richards. Kim Howe und Dylan, aber damals lebte Dylan noch bei seinen Eltern auf der Double-T-Ranch. Seine Mutter, seine Schwester und sein Schwager bewirtschaften die Ranch heute noch. Und Kim, freilich, die ist gleich nach dem Schulabschluss mit einem Fernfahrer durchgebrannt und lebt jetzt irgendwo im Mittleren Westen. Ich kann mich aber nicht erinnern, was aus Jenny geworden ist.« Shelly biss in ihre Pita und fragte dann: »Sind Sie verheiratet?«

»Nein.« Hopes Nachbarin sah sie an, als erwartete sie, dass Hope sich näher erklärte. Das tat sie nicht. Wenn sie das Wort »Scheidung« aussprach, würden weitere Fragen folgen, und Hope dachte nicht daran, diesen hässlichen, klischeebeladenen Abschnitt ihres Lebens mit irgendwem zu teilen. Schon gar nicht mit einer Fremden. Sie griff nach ihrem Eistee, nahm einen tiefen Zug und versuchte, sich zu erinnern, wann sie das letzte Mal, abgesehen von geschäftlichen Veranstaltungen, mit jemandem gegessen hatte. Sie konnte es nicht genau festlegen, meinte aber, es dürfte kurz nach ihrer Scheidung gewesen sein. Wie es bei vielen Ehepaaren üblich ist, waren ihre Freunde gemeinsame Freunde gewesen, und ob diese ihre Besuche und Anrufe eingestellt hatten oder ob sie selbst die Verbindungen abgebrochen hatte, war letztendlich egal. Das Resultat war doch dasselbe. Ihr Leben hatte sich verändert, und man war auseinander gedriftet. »Wo haben Sie gelebt, bevor Sie nach Gospel kamen?«, fragte sie.

»Bei Rock Springs in Wyoming. Es war also kein so großer Schock, hierher zu kommen. Nicht so groß, wie er wahrscheinlich für Sie ist.«

Das traf dermaßen ins Schwarze, dass Hope lachen musste. »Nun ja, ich glaube nicht, dass ich im Sandman sehr beliebt bin.«

»Kümmern Sie sich nicht um Ada Dover. Sie hält ihr Motel für das Ritz.« Fast ohne Pause schloss sie die Frage an: »Was machen Sie beruflich?«

»Ich bin freiberufliche Schriftstellerin.« Was zum Teil der Wahrheit entsprach. In der Vergangenheit hatte sie tatsächlich unter verschiedenen Pseudonymen häufig freiberuflich gearbeitet, und wenn sie wollte, konnte sie das jederzeit fortsetzen. Im Augenblick machte es ihr Spaß, bizarre erfundene Artikel zu schreiben. Allerdings musste sie zugeben, dass auch die bizarre Geschichte von Timberline Nummer zwei und der Sheriff, der dort gewohnt hatte, sie faszinierten.

»Was schreiben Sie?«

Die Frage stellte man Hope sehr oft, und gewöhnlich gab sie eine leicht frisierte Antwort. Was nicht hieß, dass sie sich ihrer Arbeit schämte, doch erfahrungsgemäß zog die wahrheitsgetreue Antwort dreierlei Reaktionen nach sich. Erstens: Man gab sich herablassend, was Hope nicht mochte, aber wegstecken konnte. Zweitens: Man wollte ihr davon erzählen, wie man selbst entführt wurde und die Außerirdischen einem eine Sonde in den Hintern geschoben hatten. Oder drittens: Wenn man nicht selbst verrückt genug dazu war, kannte man jemanden, dem so etwas zugestoßen war. Und immer verlangte man, dass Hope einen Artikel über Großtante Soundso schrieb, die vom Geist ihres verstorbenen Hundes besessen war.

Hope wusste vorher nie, wann sie es mit einem von diesen Verrückten zu tun hatte. An der äußeren Erscheinung war es nicht zu erkennen. Sie sahen aus wie ganz normale Menschen, doch unter der unauffälligen Schale verbarg sich ein fauler Kern. Hope erfand ihre Geschichten; echte Verrückte interessierten sie nicht.

»Ich schreibe, was mich gerade so interessiert.« Dann tat sie, was sie am besten konnte: Sie mischte eine Lüge in ihre Mixtur aus Wahrheiten und Halbwahrheiten. »Im Moment interessiere ich mich für die Flora und Fauna des Nordwestens, und ich schreibe einen Artikel für eine Nordwest-Illustrierte.«

»Wow, eine Schriftstellerin! Das ist ein Beruf, der bestimmt Riesenspaß macht.«

Spaß? Hope nahm noch einen Bissen von ihrer Pita und dachte ein Weilchen über Shellys Bemerkung nach. »Manchmal macht es tatsächlich Spaß«, sagte sie, nachdem sie zu Ende gekaut hatte. »Manchmal ist es so Klasse, dass ich es kaum fassen kann, einen so tollen Beruf zu haben.«

»Vor ein paar Jahren hatten wir im Sommer einen Typen hier, der eine Art Führer für Rucksacktouristen schrieb. Davor hat eine Dame über Radwanderwege im Nordwesten geschrieben. Letzten Sommer war wieder einer in der Gegend, um über irgendetwas zu schreiben. Was das war, weiß ich nicht mehr.« Shelly nahm einen Schluck Tee. »Haben Sie irgendwas verfasst, das ich vielleicht gelesen haben könnte?«

»Mal überlegen ... vor etwa zwei Jahren hat die *Cosmopolitan* einen Artikel von mir über Hysterektomie gebracht.«

»Die *Cosmopolitan* lese ich nicht.«

»*Redbook* vielleicht?«

»Nein. Haben Sie noch nie in der *People* veröffentlicht?«

»Da habe ich einmal ein Exposé eingereicht.« Hope legte ihre Pita auf den Teller und wischte sich mit der Serviette den Mund ab. »Aber es wurde abgelehnt.«

»Und im *Enquirer*?«

In letzter Zeit nicht, aber es hatte eine Zeit gegeben, da hatte sie nicht nur für den *Enquirer* geschrieben, sondern war sogar die »interne Quelle« gewesen, aus der die Informationen darüber sprudelten, wer sein Gesicht hatte liften oder seine Brust vergrößern lassen. »Nein, ich schreibe nicht gern über real existierende Personen«, sagte sie. Zumindest jetzt nicht mehr. Viel lieber erfand sie Geschichten, zum Beispiel über fünfzig Pfund schwere Heuschrecken.

»Hmm … Paul hat eine Waffen- und Munitionszeitschrift abonniert. Aber über die Elchjagd haben Sie vermutlich nie geschrieben?«

Hope blickte ihre Nachbarin über den Tisch hinweg an, sah das Lachen, das sich in ihren Augenfältchen versteckte, und entspannte sich ein wenig.

»Nein, für gewalttätige Dinge habe ich im Grunde nichts übrig, aber ganz zu Beginn meiner Karriere habe ich schon mal ein paar Artikel für ein Magazin für wahre Verbrechen verfasst. Ich musste Veröffentlichungen vorweisen, also schrieb ich Geschichten über eine Serienmörderin und Prostituierte, die geschnappt wurde, weil Spuren vom Blut ihrer Opfer an ihren Stilettos gefunden wurde.«

»Ach ja? Meine Schwiegermutter liest solche Sachen wie die Bibel und schwört, dass das alles wahr ist.« Shelly beugte sich über den Tisch und flüsterte: »Sie ist verrückt. Letztes Jahr zu meinem Geburtstag hat sie die erste Rate für ein Ronco-Dehydriergerät bezahlt und mir den Rest der Rechnung überlassen.«

»Im Ernst?«

»Ja. Ich musste über hundert Dollar für das Ding hinblättern und hab es nie benutzt.« Sie zuckte mit den Schultern. »Aber so schlimm wie die Schweinchen-Keksdose, die meine Schwägerin gekriegt hat, war's wohl nicht. Wenn man den Deckel abhob, fing sie an zu quieken wie Ned Beatty in *Beim Sterben ist jeder der Erste*.«

Hope lehnte sich zurück an die Stuhllehne und lachte.

»Gibt es einen Mann in Ihrem Leben?«

Oh, Shelly war gut. Zuerst sorgte sie dafür, dass Hope sich entspannte und lockerer wurde, dann mogelte sie ein paar persönliche Fragen in die Unterhaltung. Aber Hope war ihr gewachsen.

»Im Moment nicht«, antwortete sie.

»In der Stadt laufen ein paar Typen rum, die in Frage kämen. Der eine oder andere hat noch die eigenen Zähne, und die meisten sind in Lohn und Brot. Machen Sie einen Bogen um alles, was Gropp heißt. Die sehen ziemlich normal aus, aber keiner von denen ist ganz richtig im Kopf.«

»Schon gut«, beteuerte Hope. »Ich bin nicht auf Männersuche.«

4. KAPITEL

Eidechse schmeckt wie Hühnchen

Hope spülte ihren Teller ab und wusch sich die Hände mit Lemon Joy. Als sie das Wasser abdrehte, unterbrachen das Geräusch von Shellys Stiefelabsätzen und das leise Brummen eines Motorboots draußen auf dem See die Stille.

»Hört sich an, als wären Paul und die Jungs zurück«, sagte Shelly auf dem Weg durch die Küche.

Hope griff nach einem Handtuch und trocknete sich die Hände ab. Durch das Fliegengitter der Hintertür warf sie einen Blick in den schattigen Garten, sah aber nichts. »Ich gehe dann lieber wieder rüber.«

»Bleib noch ein bisschen, dann lernst du meinen Mann kennen.« Inzwischen duzten sie sich. Shelly steckte den Kopf in den Kühlschrank, suchte offenbar irgendetwas. Sie war neugierig, aber Hope kam ganz gut mit ihrer Art zurecht. Sie lud Hope zum Mittagessen ein, um sie auszufragen, ließ zwischen ihren amüsanten Geschichten, dem Klatsch und Bissen von der Krabben-Pita gleichmütig persönliche Fragen einfließen. »Schläfst du heute Nacht im Donnelly-Haus?«

Aus reiner Gewohnheit warf Hope sich das Handtuch über die Schulter. »Das habe ich vor. Mein Gepäck soll heute noch geliefert werden.« Sie lehnte sich mit dem Po an den Küchentresen und verschränkte die Arme unter der Brust. »Aber in Anbetracht meiner derzeitigen Pechsträhne gehe ich davon aus, dass mein Kram unterwegs verloren gegangen ist. Wahrscheinlich in Las Vegas aus dem Lkw gefallen.«

Die Fliegengittertür wurde geöffnet und wieder zugeschlagen. »Muss dringend pinkeln, meine Backenzähne stehen schon unter Wasser«, sagte Adam Taber und rannte hastig durch die Küche.

»Wo ist Wally?«, rief Shelly ihm nach.

»Beim Boot«, antwortete er und war verschwunden.

»Also wirklich, Adam«, ertönte eine tiefere Stimme von der Tür her. »Du müsstest eigentlich wissen, dass man ein fremdes Haus nicht ohne Anklopfen betritt.«

Erst am selben Morgen hatte ebendiese Stimme Hope gefragt, ob sie Passionsfrucht mochte. Hope straffte sich und ließ die Arme hängen.

»Warum sollte er klopfen, wenn sein Vater es auch nicht tut?«, fragte Shelly.

Dylan hob eine Hand hoch über den Kopf und klopfte mit den Fingerknöcheln an den hölzernen Türrahmen. »Klopf, klopf«, sagte er gelangweilt. »Darf ich reinkommen?«

»Nein«, antwortete Shelly und schlug die Kühlschranktür zu. »Du stinkst nach Fisch.«

Er trat trotzdem ein und ging auf Shelly zu. Sein breiter Rücken und seine Schultern füllten Hopes Blickfeld aus. Den zerbeulten Hut vom Vormittag trug er jetzt nicht mehr, und sein kurzes Haar klebte ihm im Nacken. Mit ausgestreckten Armen, als wollte er sie packen, näherte er sich Shelly.

»Bleib mir vom Leibe, Dylan Taber! Im Ernst!«

Er lachte leise, ein tiefes Ha-ha-ha, und fragte dann: »Und wenn nicht?«

»Dann schlag ich dich zusammen, wie damals in der fünften Klasse.«

»Nun mal langsam, du hast mich nicht zusammengeschlagen. Du hast mir in die Eier getreten, Shelly. Es gehört sich nicht, einen Mann in die Eier zu treten.«

»Wenn du mich anrührst«, warnte sie, »dann sag ich Dixie Howe, dass du sie gestern Abend beim T-Ball-Spiel in dem Pailletten-Schlauchtop hinreißend sexy gefunden hast.«

Er ließ die Arme sinken. »Siehst du. Schon wieder triffst du mich unterhalb der Gürtellinie.«

»Paul, komm doch mal rein!«, rief Shelly. »Wir haben Besuch.«

»Dylan zählt nicht als Besuch.«

»Ich rede doch nicht von Dylan. Hope Spencer von gegenüber ist hier.«

Dylan warf einen Blick über die Schulter und drehte sich dann langsam um, um Hope zu mustern. Seine Brauen schossen hoch in die Stirn, und die Küchenlampe über seinem Kopf ließ sein braunes Haar golden schimmern.

»So«, setzte Paul Aberdeen an, als er und Wally ins Haus kamen, »Sie sind also unsere neue Nachbarin. Willkommen in Gospel. Ich würde Ihnen gern die Hand geben, aber ich habe eben Fische ausgenommen.«

Hope schenkte ihm ein Lächeln. »Danke.«

Paul war groß und blond, und sein heller Teint war rot von Sonnenbrand, bis auf einen weißen Streifen knapp unterhalb des Haaransatzes. Sein Blick glitt einmal rasch an Hope rauf und runter, dann drehte er sich zu Dylan um und schüttelte den Kopf. »Vergiss deine fünf; ich erhöhe auf zehn.« Er öffnete den Kühlschrank und steckte den Kopf hinein. »Möchtest du ein Bier, Hope?« Er ging ohne Formalitäten zur vertraulicheren Anrede über.

»Nein, danke.« Wenngleich sie nicht wusste wieso, hatte sie doch das Gefühl, dass es bei der Wette der Männer um ihre Person ging.

»Dylan?«

»Ja.« Er hatte das Wort kaum ausgesprochen, als schon ein Budweiser in seine Richtung geflogen kam. Er fing die Dose mitten im Flug auf und riss den Verschluss ab.

»Kennst du mich noch?«, fragte Wally und pflanzte sich vor Hope auf. Genau wie sein Vater hatte er einen Sonnenbrand, aber damit hörte die Ähnlichkeit auch schon auf. Er war ganz eindeutig das Kind seiner Mutter.

»Aber natürlich«, sagte Hope. »Du hast meine Tasche gerettet.«

»Ja.« Er nickte und sah seine Mutter an. »Wo ist Adam?«

Shelly wies in Richtung Bad, und Wally stapfte aus der Küche. »Hope schreibt einen Artikel für eine Illustrierte im Nordwesten«, informierte Shelly die Männer.

»Was für einen Artikel?« Paul schloss die Kühlschranktür und legte seiner Frau den Arm um den Nacken.

»Hope steht auf Flora und Fauna.«

Dylan hob sein Bier an die Lippen und beobachtete Hope über den Rand der Dose hinweg.

»Ich arbeite an einem Artikel über die hiesige Natur. Ich würde gern ein paar Fotos von Tieren in freier Natur und von der ortstypischen Vegetation machen.«

Dylan ließ seine Bierdose sinken und zog langsam eine Braue hoch. »Auf den ersten Blick hätte ich niemals eine Naturfreundin in Ihnen vermutet.«

»Sie kennen mich nicht.«

»Stimmt.« Er ging zur Spüle und stellte die Bierdose direkt neben Hopes Ellbogen auf die Arbeitsfläche.

»Wenn du die Natur hautnah erleben willst, solltest du mal draußen bei den Wasserfällen zelten«, sagte Paul. »Also wirklich, das ist eine wunderschöne Landschaft.«

Dylan war ihr so nahe, dass sein Arm den ihren berührte, als er den Wasserhahn aufdrehte. Hopes Puls beschleunigte sich leicht, doch sie blieb reglos stehen und ließ sich nicht anmerken, dass Dylan sie nervös machte. »Vielleicht tu ich das mal«, sagte sie.

Dylan sah sie aus den Augenwinkeln an. »Hast du je woanders kampiert als in einem Motelzimmer?«, fragte er und ging nun ebenfalls zum »Du« über.

Na ja, sie hatte tatsächlich mal einen Sommer im Pfadfinderlager verbracht. »Klar, ich gehe ständig zelten. Ich ruhe für mein Leben gern am Busen der Natur.«

Er lachte und griff nach der Zitronenseife. Sein T-Shirt streifte ihre nackte Schulter. »Pass auf«, sagte er dicht an ihrem Ohr. »Deine Nase wird immer länger.«

Sein massiver Körper strahlte Hitze ab, und sie wich ein paar Schritte zur Seite und ging um ihn herum. Nun gut, dann machte er sie halt ein bisschen nervös. Er war einfach zu groß, zu maskulin, zu gut aussehend, und wahrscheinlich wusste er das auch noch. Hope hatte den Verdacht, dass er es darauf anlegte, sie nervös zu machen.

»Erinnert ihr euch an den Schriftsteller vom letzten Sommer?«, fragte Shelly. »Worüber hat der noch mal geschrieben? Mir fällt es einfach nicht ein.«

»Er hat behauptet, er mache Überlebenstraining«, antwortete Dylan.

Paul schnaubte verächtlich. »Ja, aber er hatte 'nen ganzen Rucksack voll mit Fertiggerichten bei sich.«

»Über so etwas solltest du schreiben, Hope«, riet Shelly ihr. »Männer schreiben über alles Mögliche, meistens Grizzly-Adams-Macho-Kram. Du könntest so einen Überlebenstreck mitmachen. Es wäre bestimmt interessant, über so etwas aus der Perspektive einer Frau wie dir zu lesen.«

Macho-Kram? Überlebenstreck? »Einer Frau wie mir?«

Shelly hob beschwichtigend die Hände, als bräuchte darüber kein Wort mehr verloren zu werden.

Paul sprach es trotzdem aus. »Aus der Perspektive einer verwöhnten Frau. Wenn du an solch einem Überlebenstreck teilnimmst, könntest du darüber schreiben, wie es ist, wenn man wilde Zwiebeln und Schlangen essen muss.«

Offenbar verriet ihre Miene ihren Abscheu, denn Paul fügte rasch hinzu: »Ach, das schmeckt wie Hühnchen.«

»Stimmt«, warf Shelly ein.

»Oder du fängst dir eine fette Eidechse«, meldete sich der Komiker an der Spüle.

Sie waren allesamt verrückt. Alle, wie sie da standen, und schon lagen ihr die Worte auf der Zunge: *Ist doch alles Lüge. Bleibt auf dem Teppich. Ich schreibe Geschichten über Bigfoot und Außerirdische. Reptilien esse ich jedenfalls nicht!*

Der Wasserhahn wurde zugedreht, und Dylan trat hinter sie. Sie spürte, wie er das Handtuch langsam von ihrer nackten Schulter zog. »Ich glaube, ich beschränke mich doch lieber darauf, nur zu *schreiben*, was ich hier vorfinde.« Sie drehte sich um und sah Dylan an. »Ich glaube sowieso nicht, dass ich die wilde Flora und die arme, hilflose Fauna hier essen kann.«

Er trocknete sich die Hände und das Leder seiner Armbanduhr. »Also, das ist verdammt schade.« Dann hob er den Blick von seiner Uhr und setzte hinzu: »Es gibt nichts Besseres, als hilflose Fauna abzuschießen und mit ein bisschen wilder Flora zu braten.«

Shelly und Paul fanden ihn zum Schlapplachen, aber Hope verstand nicht recht, was daran so lustig sein sollte. Wieder hatte sie das Gefühl, irgendwie in eine Zwischenzone geraten zu sein. Als wäre sie auf einem fremden Planeten gelandet. Als erlebte sie eine ihrer eigenen Geschichten.

Die Sonne brannte erbarmungslos auf Dylans strohgeflochtenen Cowboyhut nieder, während er an der Anlasserschnur seines alten Rasenmähers riss. Der Motor spuckte und ging aus. Dylans Rücken und Achselhöhlen waren feucht von Schweiß, und er zog sich den Hut vom Kopf und schleuderte ihn auf die Treppe vor der Haustür.

Sonntage im Juni waren zum Angeln oder zum Schlummern in der Hängematte mit dem Hut über den Augen geeignet, aber nicht zum Rasenmähen. Unglücklicherweise wuchs sein Rasen schon knöchelhoch, und die Stauden an seiner Haustür wucherten so wild, dass die Türklingel nur noch nach hartem Kampf zu erreichen war. Was Dylan nicht sonderlich störte, da Besucher ohnehin an der Hintertür klopften. Aber seine Mutter und seine Schwester waren vor einer Woche zu Besuch gekommen und hatten so lange gemeckert, bis er sich fühlte wie der letzte Dreck. Wie Marty Wiggins am anderen Ende der Stadt, der seinen alten Lieferwagen im Vorgarten abstellte und sein Kind mit einer Rotznase rumlaufen ließ.

Dylan zog sich das T-Shirt über den Kopf und rieb sich den Schweiß von Brust und Bauch. Er erwog, dem Rasenmäher einen ordentlichen Tritt zu versetzen, dachte sich aber, dass ihm das doch weiter nichts als einen gebrochenen Fuß einbringen würde. Sein Blick schweifte vom Rasenmäher zu seinem Sohn hinüber, der mit einer kleinen Gartenschere an der größten Staude neben der Veranda beschäftigt war. Adams Hund, Mandy, lag ihm zu Füßen.

»Schneid nur so viel ab, wie ich dir gezeigt habe.« Dylan fuhr sich mit gespreizten Fingern durchs feuchte Haar und schob es sich aus der Stirn.

»Mach ich.«

Dylan ließ Adam niemals aus dem Haus, ohne sich vergewissert zu haben, dass er sauber war, Haare und Zähne gebürstet hatte und seine Kleidung zusammenpasste. Zum Kuckuck, ein paar vernachlässigte Sträucher bedeuteten noch lange nicht, dass der Besitzer der letzte Dreck war. »Und schneid dir nicht die Finger ab. Ich bin nicht besonders gut im Annähen.«

»Ich pass schon auf.«

Er warf das T-Shirt neben seinen Hut und zog noch einmal den Anlasser. Dieses Mal sprang der Motor stotternd an. Das Geräusch zerriss die träge Stille, und Mandy sprang von der Veranda und rannte um die Hausecke.

Der Rasen wuchs stellenweise so dicht, dass Dylan die Lenkstange herabdrücken und den Bodenkontakt der Vorderräder unterbrechen musste, damit der Motor nicht aussetzte. Gras sprühte zur Seite, und wenn der Mäher der unbefestigten Zufahrt zu nahe kam, erhoben sich Staubwolken, und kleine Steinchen spritzten auf wie Schrotkugeln.

Während der fünften Runde überfuhr Dylan etwas, das sich verdächtig wie ein dicker Stock anfühlte. Er warf einen Blick nach links und sah braune Plastikpartikel über das tiefgrüne Gras fliegen.

Dylan stellte den Motor ab und betrachtete den arm- und beinlosen Körper einer X-Man-Spielzeugfigur. Je eingehender er ihn studierte, desto eindringlicher erinnerte er ihn an jene Zeit vor etwa zehn Jahren, als er es gerade zum Detective im Morddezernat des Los Angeles Police Department gebracht hatte. Damals hatte er einen Anruf entgegengenommen, der ihn zur Skid Row rief, und einen ermordeten Durchreisenden erwartet. Stattdessen traf er einen Trupp erschütterter Polizisten an, die herumstanden, sich am Kopf kratzten und auf einen Torso in blauem Hemd, Krawatte und Brooks-Brothers-Jacke, ohne Kopf, ohne Arme und Beine, auf einer Bank an der Bushaltestelle starrten. Aber einen Torso in teurer Jacke an der Skid Row zu sehen, war nicht einmal das Merkwürdigste an dem Mordfall. Der Mörder, wer immer er auch war, hatte dem Mann außerdem die Geschlechtsteile abgeschnitten. Dylan verstand ja, dass ein Verbrecher Körperteile verschwinden ließ, die zur Identifizierung dienen konnten, aber die besten Stücke eines Mannes? Das war schlicht kaltblütig. In den drei Jahren, die er in L. A. verbracht hatte, war der Fall nicht gelöst worden, aber er war von Anfang an überzeugt gewesen, dass der Mörder eine Frau war.

»Was war das?«, fragte Adam und deutete auf die verstümmelte Figur im Gras.

»Ich glaube, das war dein Wolverine.«

»Sein Kopf ist ab.«

»Ja. Wie oft habe ich dir schon gesagt, du sollst kein Spielzeug herumliegen lassen?«

»Ich war's nicht. Wally war's.«

Die Chance, dass Adam die Wahrheit sagte, stand fünfzig zu fünfzig. »Egal. Du bist für deine Sachen selbst verantwortlich. Sammle jetzt die Teile auf und bring sie in den Müll.«

»Oh, Mann!«, beschwerte sich Adam, während er die Plastikstückchen aufhob. »Das war meine Lieblingsfigur.«

Dylan blickte seinem Sohn nach, als dieser wütend davonstapfte, dann startete er erneut den Rasenmäher. In seinem Kopf schleppte er eine Menge Bilder mit sich herum, die er lieber vergessen hätte. Die Bilder suchten ihn noch immer von Zeit zu Zeit heim, aber immerhin musste er sie nicht mehr *leben.* Das schlimmste Verbrechen, das Gospel in seiner Zeit als Sheriff getroffen hatte, war der Mord an Jeanne Bond durch ihren Mann Hank. Und wenn es auch ein großes Unglück war, so war es doch der einzige Mordfall in den vergangenen fünf Jahren. Nicht in den vergangenen fünf Stunden.

Dylan schob den Mäher in den Garten hinter dem Haus und mähte um Adams Schaukel herum. Sein Entschluss, nach Gospel zurückzukehren, war ihm fast genauso leicht gefallen wie die Entscheidung, die Stadt zu verlassen. Im Alter von neunzehn Jahren war er fortgegangen und hatte anderthalb Jahre an der UCLA, der Universität von Los

Angeles, studiert, bevor er sich auf der Polizeiakademie einschrieb. Da war er ein zwanzigjähriger Junge gewesen, beflügelt von der Vorstellung, Verbrecher zu fangen. Die Welt sicherer zu gestalten. Zehn Jahre später hatte er seine Dienstmarke abgegeben, weil er es satt hatte, dass die Verbrecher die Oberhand behielten. Als naiver Bauernlümmel mit Kuhscheiße an den Stiefeln hatte er Gospel verlassen. Er kam bedeutend älter und bedeutend weiser zurück. Er kam zurück mit einer besseren Einschätzung von Kleinstädten und ihren Bewohnern. Klar, in Gospel besaß praktisch jeder eine Waffe, aber hier schoss man einander nicht wegen der Farbe eines Halstuchs nieder.

Das Komische daran war, dass Dylan bis zu dem Tag, an dem der zweijährige Trevor Pearson aus dem Garten seines Elternhauses gekidnappt und später tot in einem Müll-Container gefunden wurde, gar nicht bewusst geworden war, wie überdrüssig er des Umgangs mit all den mörderischen Verrückten war. In anderen Fällen hatte Dylan stets persönliche Betroffenheit vermeiden können, doch der Mord an Trevor war etwas anderes. Die Entdeckung der Leiche dieses Kleinkinds hatte ihn verändert.

An jenem Abend war er zu sich nach Hause nach Chatsworth gegangen, hatte nur einen Blick auf Adam in seinem Hochstuhl geworfen – seine kleine Babytasse in der einen und einen Keks in der anderen Hand – und auf der Stelle entschieden, dass es ihm reichte. Er würde seinen Sohn nehmen und irgendwohin ziehen, wo Adam spielen konnte. Wo er draußen sein und Kind sein konnte. Wo sein Elternhaus keine Alarmanlage benötigte.

Freilich war Adams Mutter nicht eben glücklich über seinen Entschluss. Julie hatte ihm sehr deutlich zu verstehen gegeben, dass sie nicht aus L. A. fortgehen würde. Er konnte es ihr nicht verübeln, aber er gab ihr genauso deutlich zu verstehen, dass er nicht blieb. Sie hatten wegen Adam gestritten, obwohl es eigentlich von Anfang an keine Frage war, dass Dylan ihn mitnehmen würde. Julie war keine gute Mutter, aber auch das nahm er ihr nicht übel. Ihre eigene Mutter hatte sie gar nicht kennen gelernt, und offenbar fehlten ihr die Instinkte, über die Frauen der landläufigen Meinung nach verfügen. Sie liebte Adam, aber sie wusste einfach nicht, was sie mit ihm anstellen sollte. Und Adam war nicht eben ein problemloses Baby gewesen. Er war eine Frühgeburt und litt unter Koliken, die seine ersten Lebensmonate für alle zur Hölle machten. Wenn er nicht schrie, dann spuckte er in hohem Bogen, und statt lieblich nach Puder zu duften wie andere Babys, roch er meistens wie ranziges Frittierfett.

Es war Dylan, der um drei Uhr morgens mit Adam durch die Wohnung ging, ihm den Rücken rieb und ihm alte Gassenhauer vorsang. Das hatte zur Folge, dass Adam, als er alt genug war, um die Ärmchen ausstrecken zu können, stets zu seinem Vater wollte. Letztendlich war es erstaunlich einfach gewesen, Julie zu verlassen. Vielleicht zu einfach, eine Bestätigung dessen, was er insgeheim schon vermutet hatte. Er war nur Adams wegen bei ihr geblieben. Sein Entschluss war für Julie nicht leicht zu ertragen gewesen, aber sie hatte getan, was für sie alle das Beste war. Sie hatte Dylan die Aufsichtspflicht übertragen und nur eine Forderung gestellt: dass Adam die ersten beiden Juliwochen mit ihr verbrachte.

Dylan war mit seinem einjährigen Sohn in seine Heimatstadt zurückgekehrt, und er hatte seinen Entschluss nie bereut. Soweit er wusste, bereute auch Julie nichts. Jetzt führte sie das Leben, für das sie so hart gearbeitet hatte, das Leben, von dem sie immer geträumt hatte. Als er eine Woche zuvor mit ihr telefoniert hatte, um die Bestätigung für ihre

Ferienpläne mit Adam einzuholen, hatte sie glücklicher als je zuvor geklungen. Sie hatte das, was sie wollte, und er ebenfalls. Er hatte seinen Sohn, den er mehr liebte als irgendetwas sonst auf der ganzen Welt. Einen kleinen Jungen, der ihn zum Lachen brachte und ihn vor Rätsel stellte. Adam war normal und glücklich. Er liebte seinen Hund und war verrückt nach Steinen. Er sammelte Steine, wo er ging und stand, als handelte es sich um Gold. Unter seinem Bett standen mehrere Schuhkartons voller Steine. Er verschenkte sie nur an Erwachsene, die er mochte, oder an Mädchen in der Schule, die er beeindrucken wollte.

Die Sonne brannte auf seinen nackten Rücken und die Schultern, als Dylan den Rasen unter der Veranda, quer durch den Garten bis zu der eingezäunten Wiese mähte. Dylans und Adams Pferde, Atomic und Tinkerbell, standen dösend im Schatten einiger Fichten und ließen sich vom Motorengeräusch nicht stören. Als er fertig war, schob er den Rasenmäher zu dem verwitterten Schuppen links der Wiese und stellte ihn neben seinem Traktor ab.

Er füllte frisches Wasser in den Trog und richtete dann den Schlauch auf sich. Gebeugt stand er da und ließ das Wasser über Kopf, Nacken und Gesicht laufen, bis er das Gefühl hatte, sein Gehirn erstarre zu Eis. Er richtete sich auf und schüttelte sich wie ein Hund, sodass das Wasser nach allen Seiten spritzte. Die Tropfen rannen ihm über Rücken und Brust und versickerten im Bund der Levi's, die ihm tief auf den Hüften saß. Er spülte das Gras von seinen Stiefeln und drehte dann den Wasserhahn zu. Dabei dachte er daran, wie er vor kurzer Zeit in Pauls und Shellys Küche gestanden, sich die Hände gewaschen und Ms. Hope Spencer zugehört hatte.

»Flora und Fauna«, schnaubte er. Wer zum Teufel bediente sich solcher Begriffe wie »Flora und Fauna«? Und er hätte seine linke Keimdrüse darauf gewettet, dass ihre Vorstellung vom Ruhen am Busen der Natur darin bestand, das Schiebedach ihres Autos zu öffnen, wenn sie den Santa Monica Boulevard entlangfuhr.

Er fragte sich, ob sie wohl jemals lächelte, wirklich lächelte mit blitzenden blauen Augen und hübsch nach oben gebogenen vollen Lippen. Er fragte sich, was man wohl anstellen musste, um ein Lächeln auf ihr Gesicht zu zaubern. Unter anderen Bedingungen hätte er es gern einmal ausprobiert.

Sie war zu perfekt. Ihre Kleidung, ihr Make-up, alles. Sie war die Sorte Frau, bei deren Anblick es ihn in den Fingern juckte, sie mal so richtig schön zu zerstrubbeln, doch aus verschiedentlichen Gründen könnte ihn dieses Jucken in Schwierigkeiten bringen. Besonders im Zusammenhang mit einer Frau wie ihr. Für ihn und Adam bedeutete eine Journalistin nichts als Riesenärger.

Es war nicht ungewöhnlich, dass Schriftsteller aller Art sich in der Wildnis um Gospel herum aufhielten und an Reiseführern oder Artikeln über Rucksacktourismus arbeiteten. Allerdings sah Miss Anständig nicht so aus, als würde sie viel Zeit in Gottes freier Natur zubringen. Zwar kannte er nicht den wahren Grund für ihren Umzug nach Gospel, aber an ihrer Geschichte hegte er gewisse Zweifel. Am besten machte er einen großen Bogen um sie. Am besten verbannte er sie ganz aus seinen Gedanken, denn sobald er an sie dachte, fiel ihm wieder ein, wie lange er schon mit niemandem außer sich selbst intim gewesen war.

Er ging ums Haus herum zur vorderen Veranda und griff nach seinem T-Shirt. Adam verunstaltete mal wieder die Stauden, doch Dylan brachte nicht mehr die Kraft auf, ihn daran zu hindern. Er zog sich das T-Shirt über den nassen Kopf und schob die Arme in die dafür vorgesehenen Löcher. Die Stauden mussten warten.

»Bist du bald fertig?«, fragte er und stopfte sich den Saum des T-Shirts in den Bund seiner Jeans. »Ich meine, es ist jetzt Zeit, dass wir die Forellen braten, die wir heute gefangen haben.«

Adam ließ die Gartenschere sinken und wühlte in seiner Hosentasche. »Ich hab einen schönen Stein gefunden. Willst du mal sehen?«

»Klar.«

Adam sprang von der Veranda, als ein Dodge in die unbefestigte Zufahrt einbog.

»Sei höflich«, warnte Dylan, denn Paris Fernwood bremste vor dem Haus. Sie stieg aus und kam auf Vater und Sohn zu, eine Torte in den Händen.

»Ich kann sie nicht ausstehen«, flüsterte Adam und ließ den Stein wieder in seiner Hosentasche verschwinden.

»Sei trotzdem höflich.« Er hob den Blick und lächelte Paris an. »Was hast du denn da?«

»Ich habe doch gesagt, dass ich dir einen Amish-Kuchen bringen werde.«

»Also wirklich, ist das nicht nett?« Er stieß seinen Sohn an. »Findest du das nicht auch furchtbar nett?«

Adams Vorstellung von Höflichkeit äußerte sich darin, dass er die Lippen aufwarf und kein Wort sagte. Er mochte es nicht, wenn Frauen seinen Vater bemutterten. Er mochte es ganz und gar nicht. Dylan wusste nicht genau, warum das so war, vermutete jedoch, dass es höchstwahrscheinlich damit zu tun hatte, dass Adam sich an den Traum klammerte, seine Mutter würde eines Tages zurückkommen und wieder bei ihnen wohnen.

Dylan hob seinen Cowboy-Hut auf und kämmte sich mit den Fingern das Haar zurück. »Ich würde dich ja ins Haus bitten, aber ich fürchte, dein Besuch kommt ein bisschen ungelegen«, sagte er und zog sich den Hut tief in die Stirn.

»Adam und ich schneiden gerade diese Sträucher zurück.« Er griff nach einer Heckenschere und schnitt Zweige und Laub ab. »Adam, nimm doch bitte Paris den Kuchen ab und bring ihn ins Haus.« Dylan musste seinen Sohn noch ein paar Mal anstupsen, bevor er tat, was er ihm aufgetragen hatte.

»Ich kann sowieso nicht bleiben«, sagte Paris und schaute Adam nach. Ihr Zopf fiel ihr über die Schulter. Sie hatte Gänseblümchen in ihr feines braunes Haar geflochten.

»Paris, du hast ja Blumen im Haar. Ich mag es, wenn Frauen Blumen im Haar tragen.«

Sie betastete ihren Zopf und errötete. »Ach, die paar Gänseblümchen.«

»Ja, du siehst wirklich hübsch aus«, sagte er, was sie als Einladung verstand, eine gute halbe Stunde mit ihm zu plaudern. Als sie endlich ging, hatte Dylan einen der Sträucher brutal zurechtgestutzt und sein Vernichtungswerk schon beim nächsten begonnen.

Am Abend, als er und Adam beim Essen saßen, hob Adam den Blick von seinem Teller und bemerkte: »Wenn du nicht so nett zu all den Mädchen wärst, würden sie auch nicht ständig herkommen.«

»All den Mädchen? Wen meinst du damit?«

»Paris und Miss Chevas und …«, er hob seine Hände, als ob er zwei Wassermelonen vor der Brust balancierte, »… du weißt schon.«

»Ja, ich weiß schon.« Dylan biss in sein Maisbrot und beobachtete, wie Adam eine Gräte aus seinem Fisch löste. »Miss Chevas? Du meinst deine Erzieherin aus dem Kindergarten?«

»Ja. Sie war in dich verknallt.«

»Du spinnst.«

»Doch, Dad!«

»Nun, das glaub ich nicht.« Dylan schob seinen Teller von sich und blickte seinem Sohn in die großen grünen Augen. Auch wenn Adam mit seiner Behauptung Recht haben sollte, er, Dylan, war nicht auf der Suche nach einer Frau. Und geheiratet werden, das war es letztendlich, was sämtliche Frauen im Umkreis von hundert Meilen wollten. »Du darfst nicht so biestig zu den Damen sein. Du musst lernen, höflich zu sein.«

»Warum?«

»Weil es sich so gehört, darum.«

»Auch zu den Hässlichen?«

»Besonders zu den Hässlichen. Erinnerst du dich, wie ich dir erklärt habe, dass du niemals ein Mädchen schlagen darfst, nicht mal, wenn sie dich gegen das Schienbein tritt? Nun, das ist so ähnlich. Männer müssen höflich zu Frauen sein, sogar dann, wenn sie sie nicht leiden können. Das ist eines von den ungeschriebenen Gesetzen, von denen ich dir erzählt habe.«

Adam verdrehte die Augen. »Wie spät ist es?«

Dylan warf einen Blick auf seine Armbanduhr. »Gleich acht. Stell deinen Teller in die Spüle. Dann darfst du den Fernseher einschalten.« Dylan sammelte das restliche Geschirr ein und wusch es im Spülbecken ab. Er wischte den schweren Eichentisch ab, rückte die vier dazu passenden Stühle zurecht und stellte Paris' Kuchen mitten auf den Tisch.

Wenn man mit Paris in ein und derselben Stadt wohnte, war es, als lebte man mitten in einem unablässigen Koch- und Backwettstreit. Dylan wünschte sich von Herzen, dass Paris endlich aufhörte, ihm Gerichte zu bringen, aber er wusste einfach nicht, wie er es ihr sagen sollte. Ihre Heiratsabsichten waren ihm natürlich bekannt. Zum Kuckuck, er war die beste Partie in Pearl County, was allerdings im Hinblick auf seine Konkurrenten nicht unbedingt ein Kompliment für ihn war. Und dann Dixie Howe. Er wusste nicht, ob sie es aufs Heiraten anlegte oder lediglich Sex wollte. Beides kam nicht in Frage. Allein der Gedanke daran ließ ihn schrumpfen.

Selbst wenn es so gewesen wäre, dass er mal eine Frau über Nacht mit zu sich nach Hause nehmen wollte, hätte er es nicht tun können. Er hatte einen kleinen Sohn, und er hielt nichts davon, Kinder solchen Dingen auszusetzen. Er konnte auch nicht für längere Zeit sein Auto vor der Wohnung einer Frau stehen lassen, ohne dass die ganze Stadt davon erfuhr, hinter seinem Rücken tuschelte und über das Datum der Hochzeit spekulierte. Nicht nur um Adams willen wollte er vermeiden, Gegenstand von Gerüchten zu werden, nein, darüber hinaus war er der Sheriff, ein Staatsbeamter, und konnte sich schon deshalb keine Klatschgeschichten erlauben. Schon gar nicht, nachdem Sheriff Donnelly mit herabgelassenen Hosen erwischt worden war.

Dylan warf das Geschirrtuch in die Spüle und ging zur Wohnzimmertür. Er lehnte sich mit der Schulter an die Wand, als die Titelmusik von Adams Lieblingssendung, *Himmel auf Erden*, ertönte. Wattewölkchen, blauer Himmel und das schöne Gesicht von Adams Mutter füllten den Bildschirm. Goldene Locken umschwebten ihr Gesicht, als wäre sie tatsächlich der Engel, den sie im Film spielte. Amerikas Liebling, Juliette Bancroft, verdrehte die Augen zum Himmel, und über ihrem Kopf erstrahlte ein Licht.

Die Julie, die Dylan kannte, war alles andere als ein Engel. Als sie zusammengelebt hatten, war sie keineswegs so sanftmütig gewesen, und soweit er sich erinnerte, hatte sie nie auch nur eine Stunde in einer Kirche verbracht. Zum Teufel, ihr Haar war in Wirklichkeit braun wie das ihres Sohnes.

»Komm, Dad, setz dich zu mir.«

Dylan stieß sich von der Wand ab und ließ sich neben Adam nieder. Wie immer kletterte Adam auf Dylans Schoß und schmiegte seinen Kopf an die Schulter seines Vaters. Und wie immer fragte sich Dylan, ob Adam wirklich verstand, dass das, was sich auf dem Bildschirm abspielte, nicht die Wirklichkeit war. Dass seine Mutter in Wirklichkeit kein Engel war, der Güte austeilte und Seelen rettete. Sie hatten schon sehr oft darüber geredet, und Adam zuckte stets mit den Schultern und behauptete, er wüsste es. Dylan war sich nicht so sicher. »Weißt du noch, worüber wir letzte Woche gesprochen haben?«, fragte er.

»Ja, Mom ist kein richtiger Engel. Sie spielt nur einen.«

»Deine Mutter ist Schauspielerin.«

»Ich weiß«, sagte Adam, schon ganz in die Anfangsszene vertieft.

Dylan drückte Adam an sich und gab ihm einen Kuss auf den Kopf. »Ich hab dich lieb, Kumpel.«

»Ich dich auch, Dad.«

In Timberline Nummer zwei blickte Hope aus dem Fenster auf den Halbmond, der wie Christbaumschmuck an der Spitze des Weihnachtsbaums über den Sawtooth-Bergen hing und sein bleiches Licht über den Gospel-See ergoss. Die tintenschwarze Nacht war dicht an dicht mit Sternen gespickt, und Hope war sich sicher, nie im Leben so viele Sterne auf einmal gesehen zu haben. Wie schon in der Nacht zuvor staunte sie auch jetzt über die absolute Stille um sie herum. Keine Autos, keine Sirenen, kein Hubschrauberdröhnen in der Luft. Nicht einmal der Hund irgendeines Nachbarn bellte, um sie in den Wahnsinn zu treiben.

Ihr Blick konzentrierte sich auf ihre eigene verschwommene Silhouette in der Scheibe und auf das Licht, das über die Veranda und den Vorplatz fiel. Gospel in Idaho war wohl der abgelegenste Ort auf Erden.

Sie ließ den schweren grünen Vorhang sinken. Seit jenem ersten Tag in Gospel hatte sie eine ganze Menge bewerkstelligt. Das Erdgeschoss von Timberline Nummer zwei war sauber, und sie hatte das Bärenfell von der Wand abgenommen und über den Blutfleck am Boden gebreitet. Sie hatte einige von den Kisten mit ihren Sachen ausgepackt, die inzwischen eingetroffen waren, und das Schlafzimmer gegenüber dem von Fledermäusen verseuchten Raum geputzt. Dann hatte sie es mit ihren persönlichen Kleinigkeiten dekoriert und ihre Klamotten in den Schrank gehängt. Zwar blieb noch immer viel zu tun, aber es war höchste Zeit, dass sie sich an ihre eigentliche Arbeit machte.

Sie ging hinüber ins Esszimmer und fuhr ihren Laptop sowie ihren anderen Computer hoch, der ebenfalls am Nachmittag angeliefert worden war. Auf den harten Stuhl legte sie ein Sofakissen, dann setzte sie sich an den langen Tisch. Nach der Hühnerknochen-Story des Vorabends ging sie davon aus, dass ihre Muse sich zurückgemeldet hatte. Sie legte die Finger leicht auf die Tastatur, schloss die Augen und verscheuchte alles Überflüssige aus ihrem Kopf.

Eine halbe Stunde später sprang sie auf die Füße. »Mist«, fluchte sie und griff nach einer Sprühflasche mit Glasklar und einem weichen Lappen. Als eine weitere Stunde verstrichen war und die neuerliche Säuberungsaktion ihre Muse nicht geweckt hatte, packte sie ihr Maniküre-Set aus. Sie entschied sich für einen Nagellack, der ihrer Stimmung entsprach, und malte ihre Nägel blutrot an.

Blutrot. Über die Schulter hinweg warf sie einen Blick in die Richtung des Kamins im Nebenzimmer. Sie schrieb keine authentischen Krimis. Sie schrieb nicht über real existierende Personen und die Dämonen, von denen sie umgetrieben wurden. Hope stand auf und pustete auf dem Weg ins Wohnzimmer auf ihre frisch lackierten Nägel. Mit den Zehenspitzen schob sie das Bärenfell ein wenig zur Seite und betrachtete den dunkelbraunen Fleck auf dem Holzfußboden. Sie fragte sich, was wohl so grauenhaft gewesen sein mochte, dass der alte Sheriff keinen anderen Ausweg mehr sah, als sich eine Kugel in den Kopf zu schießen.

Shelly hatte von abartigen Sex-Praktiken gesprochen. Man brachte sich jedoch nicht um, nur weil man sich gern den Hintern versohlen ließ, und Hope fragte sich, wie abartig die Praktiken in diesem Haus nun wirklich gewesen waren und wie viel die Leute in der Stadt darüber wussten.

5. KAPITEL

Frau feiert ihre eigene Totenwache

Die Buckhorn-Bar war das älteste übrig gebliebene Lokal in Gospel. Nach dem Brand von 1932 wieder aufgebaut und gegründet einige Jahre vor der Kirche »Our Saviour Jesus Christ« – Unser Retter Jesus Christus –, versammelte sie innerhalb der mit grob behauenem Holz verkleideten Wände eine treue Kundschaft. Mittwochabends gab es bis um zweiundzwanzig Uhr »zwei für zwei«, und keiner aus der Buckhorn-Gemeinde brachte es über sich, zu zwei Bieren für zwei Dollar Nein zu sagen.

Vielleicht war die Buckhorn-Bar bei den Einheimischen so beliebt, weil sie, wie sie selbst, nie den Anspruch hatte, sich besser zu geben, als sie war. Die Buckhorn-Bar war einfach nur ein Ort, wo man einen trinken, im Hinterzimmer Billard spielen oder zu der Musik von Vince Gill Twostepp tanzen konnte. Während der Sommermonate fanden sich die Stammkunden mit den Touristen ab, so gut sie konnten, doch man verübelte es auch keinem, wenn mal ein Flachländer mit Gewalt von einem angestammten Hocker entfernt werden musste.

Was aus der neuen Musikbox tönte, war Country-Musik und nichts als Country-Musik, und zwar laut genug, um das Rasseln der Kühlanlage zu übertönen. Im vergangenen Jahr hatte sich ein Schlauberger nach Feierabend in die Bar geschlichen und George Jones gegen Barry Manilow ausgetauscht. Barry hatte kaum mehr als die Anfangszeile seines Songs gesungen, als Hayden Dean einen Barhocker ergriff und die alte Musikbox von ihrem Elend erlöste. Jetzt waren die Hocker am Fußboden verankert.

Der Besitzer der Buckhorn-Bar, Burley Morton, hatte nicht unbedingt einen Blick für Innenarchitektur, aber irgendwie gefiel es ihm, wie die neue Musikbox im Takt zur E-Gitarre und der Coors-Bier-Reklame hinter dem Tresen blinkte. Wenn man die Buckhorn-Bar betrat, hatte man das Gefühl, eine dunkle Höhle zu betreten, bis auf das Billardzimmer im hinteren Teil. Die Gäste, die die Bar als ihr zweites Zuhause betrachteten, mochten es so.

Hope blieb am Eingang stehen, damit sich ihre Augen erst einmal an das Dämmerlicht gewöhnen konnten. Wenngleich sie außer Schatten und leuchtender Neonreklame kaum etwas sah, erinnerte das Lokal sie doch an die Bar in Las Vegas, wo sie Myron Lambardo kennen gelernt hatte, den Mann, der sie zu Micky dem magischen Gnom inspirierte. Es roch kräftig nach Bier, nach Jahrzehnten von Zigarettenqualm und rohem Holz. Das alles hätte wohl Warnung genug sein sollen. Sie hätte auf dem Absatz kehrt machen und davonlaufen müssen, aber zurzeit war sie ein bisschen verzweifelt. Sie steckte ihren Kopfhörer in ihre Gürteltasche und trat zwei Schritte zur Seite, damit ein kräftiger Cowboy sich an ihr vorbeizwängen konnte. Dabei stieß sie mit der Schulter gegen ein großes Schwarzes Brett, und sie hob den Blick und las den Handzettel, der an die Korkplatte gepinnt war. Es war eine Art Unterschriftenliste, die zur Teilnahme einlud, und zwar zur Teilnahme am:

ALLJÄHRLICHEN VIERTER-JULI-ROCKY-MOUNTAIN-AUSTERN-ESS- UND -TOILETTEN-WEITWURF-WETTKAMPF

Natürlich hatte sie schon von solchen Austernfesten gehört. Als sie jünger war, hatten ihre Eltern nicht selten zu Meeresfrüchte-Grillfesten eingeladen. Und Toiletten-Weitwurf? Das war neu, aber in Anbetracht dessen, was sie bislang über die Stadt erfahren hatte, nicht eben verwunderlich. Während der fünf Tage, die sie jetzt in Gospel verbracht hatte, waren ihr einige recht merkwürdige Dinge untergekommen. Offenbar war es zum Beispiel ein ungeschriebenes Gesetz, dass jeder Besitzer eines Lastwagens mindestens zwei Flinten im Heckfenster hängen haben musste. Wer einen Gürtel trug, musste ihn mit einer tellergroßen Schnalle schließen, und wer ein Geweih besaß, musste es an sein Haus, seinen Schuppen oder seinen Lastwagen nageln. Die typische Aussage von Autoaufklebern in dieser Stadt konnte nur sein: »Wenn du kein Cowboy bist, friss Dreck und stirb.«

Hope blickte auf ihre Sportuhr und schätzte, dass ihr bis zum Dunkelwerden noch ungefähr eine Stunde Zeit blieb. Sie hatte gar nicht vorgehabt, die Buckhorn-Bar zu besuchen, aber beim Joggen war sie vorbeigekommen und hatte gedacht, sie könnte ja mal reinschauen. Seit der Hühnerknochen-Story hatte sie keinen vernünftigen Artikel mehr zu Stande gebracht. Am Vormittag hatte Walter ihr per E-Mail mitgeteilt, dass er auf eine große Story warte. Am liebsten etwas über Bigfoot oder Außerirdische oder Elvis. Allmählich verlor er die Geduld mit ihr, und nun hoffte sie, dass ihr in der Bar vielleicht ein Bigfoot-Elvis-Darsteller über den Weg lief.

Als Hopes Augen sich an das Dämmerlicht gewöhnt hatten, strebte sie einer freien Nische am anderen Ende des Raums zu. Sie war sich der Blicke, die ihr folgten, sehr bewusst. Als ob die Leute hier noch nie schwarze Joggingshorts aus Stretch und ein Sport-Bustier gesehen hatten! Sie hatte ihr Haar zu einem Pferdeschwanz gebunden und trug nur sehr dezentes Make-up.

Sie verlangte ein Corona, gab sich dann aber mit einem Budweiser light zufrieden und lauschte den Billardspielern im Hinterzimmer. Über das Jaulen der E-Gitarren aus der Musikbox hinweg hörte sie das Pärchen in der Nische hinter ihr über Flachländer diskutieren. Je länger sie horchte, desto deutlicher verstand sie, dass eine Art Wette im Gange war. Nach dem letzten Unfall hatte offenbar Otis Winkler mit drei Fällen von Giftsumach, zwei Knöchelzerrungen, einem gebrochenen Daumen und einer angeknacksten Rippe die Nase vorn.

Hope lauschte angestrengt und ließ sich von der Kellnerin dann einen Bleistift geben. Sie goss ihr Bier in einen roten Plastikbecher, nahm sich eine Serviette und begann zu schreiben:

ALIEN-SABOTEURE VERBERGEN SICH IN DEN HOHEN BERGEN VON IDAHO

In einer verschlafenen Kleinstadt treiben Außerirdische ihr Spielchen mit ahnungslosenTouristen …

Mit dem Handballen stieß Dylan die Tür der Buckhorn-Bar auf, so heftig, dass sie gegen die Wand krachte. Er war absolut nicht in der Stimmung für diesen Mist. Zwei seiner Deputys befassten sich mit einem scheußlichen Unfall südlich von Banner Summit, ein weiterer hatte Urlaub, und Lewis brauchte noch mindestens eine halbe Stunde, um herzukommen. Also war Dylan nichts anderes übrig geblieben, als seinen Dienstgürtel über die Levi's zu schnallen, sich den Stern an die Brusttasche seines karierten Hemds zu heften und sich zu den Idioten in der Buckhorn-Bar zu begeben.

Die Geräusche von zuschlagenden Fäusten, lauten Stimmen, die Wetten abschlossen, und Conway Twitty's Song »Hello Darling« erfüllten die Bar.

Dylan drängte sich durch die Zuschauermenge und entkam nur knapp einem wilden Boxhieb, der Emmett Barnes zugedacht war.

Jemand drehte Conway den Saft ab und ließ das Licht aufflammen, gerade als der zweite Streithahn, Hayden Dean, Emmett am Kinn traf, sodass der in die Zuschauermenge taumelte. Dass Emmett beteiligt war, wunderte Dylan nicht weiter. Selbst an seinen besten Tagen war Emmett ein fieser Kerl mit dem Minderwertigkeitskomplex des kleinen Mannes, und heute hatte er offenbar noch dazu einen schlechten Tag. Er war etwa eins dreiundsechzig groß, gebaut wie ein Pitbull, und seine Stiefel waren Sonderanfertigungen. Wenn er mit Alkohol in Berührung kam, war Emmett nur noch ein Muskelpaket, das seine Kraft austoben will.

Dylan gab dem Barbesitzer ein Zeichen, der daraufhin beide Arme um Haydens Schultern schlang. Burley Morton trug seinen Spitznamen keineswegs, weil er schmächtig war.

Dylan stellte sich Emmett in den Weg und legte dem Mann Einhalt gebietend die Hand auf die Brust. »Schluss jetzt«, sagte er.

»Aus dem Weg, Sheriff!«, brüllte Emmett mit vor Wut glasigen Augen. »Ich bin noch nicht fertig! Dieser Hayden kriegt den knochigen Arsch voll!«

»Nun beruhig dich erst mal.«

Stattdessen versetzte Emmett dem Sheriff einen Fausthieb direkt unters linke Auge. Der Schlag riss Dylan den Kopf in den Nacken; sein Hut fiel zu Boden, und stechender Schmerz fuhr durch seinen Kopf. Den nächsten Hieb wehrte er mit dem Unterarm ab, dann boxte er Emmett in den Bauch. Seufzend wich die Luft aus Emmetts Lungen; er krümmte sich zusammen. Dylan nutzte dies zu seinem Vorteil und versetzte Emmett einen Kinnhaken, der ihn zu Boden streckte. Ohne ihm Gelegenheit zur Erholung zu lassen, wälzte Dylan den Mann auf den Bauch und fesselte ihm die Hände mit Handschellen auf den Rücken. »So, da kannst du jetzt liegen bleiben und von deinem Recht zu schweigen Gebrauch machen«, sagte er, klopfte Emmetts Taschen ab und stellte fest, dass sie leer waren.

Er setzte Emmett den Fuß auf den Rücken und warf Burley ein zweites Paar Handschellen zu. Problemlos legte der Wirt sie dem bedeutend magereren Hayden an.

»Gut«, wandte Dylan sich an die plötzlich schweigsamen Zuschauer, »was war hier los?« Er betastete sein Jochbein und verzog das Gesicht.

Mehrere Gäste sprachen gleichzeitig.

»Emmett hat ihr einen ausgegeben.«

»Sie hat irgendwas zu ihm gesagt, und da fing er an, sie zu belästigen.«

»Und da hat Hayden eingegriffen.«

Emmett wand sich, und Dylan erhöhte den Druck seines Stiefelabsatzes auf Emmetts Kreuz, bis der sich nicht mehr rührte. »Um wen ging es?« Er betrachtete seine Fingerspitzen, sah aber zum Glück kein Blut. Trotzdem, morgen würde er ein wunderschönes Veilchen haben.

Sämtliche Gäste deuteten auf eine Nische in ein paar Meter Entfernung. »Die da.« Und da, auf dem Tisch, platt an die Wand gedrückt wie ein Reh, das ins Scheinwerferlicht geraten ist, stand wie erstarrt Ms. Hope Spencer. Ihre Augen waren riesig, ihr Top umso kleiner, und sie war über und über mit Bier bekleckert. Sie drückte sich ein Päckchen Servietten an die Brust.

»Wenn du versuchst aufzustehen, fessel ich dir auch die Füße«, warnte er Emmett und trat über ihn hinweg. Aus Erfahrung wusste Dylan, dass Emmett sich, lag er erst einmal am Boden, durch die Drohung, ihm Hände und Füße zusammenzubinden, ruhig stellen ließ.

Dylan ging zu Hope hinüber und streckte ihr die Hand entgegen. »Los, springen Sie schon runter, Madam.« Zögernd trat sie drei Schrittchen bis zur Tischkante vor und stopfte die Servietten in ihre Gürteltasche. Sie legte Dylan die Hände auf die Schultern, und er umfasste ihre nackte Taille. Als er in ihre vor Angst glasigen blauen Augen sah, begannen seine Daumen wie aus eigenem Antrieb, ihre samtige Haut und den flachen Bauch zu streicheln. Er hob sie vom Tisch und stellte sie behutsam vor sich auf die Füße.

»Alles in Ordnung?«, fragte er. Sein Blick wanderte von ihrem Gesicht hinunter zu seinen Händen an ihrer Taille. Die Hitze ihrer nackten Haut ging auf seine Handflächen über, und er ließ sie liegen, dort auf dieser weichen warmen Haut. Hope roch nach Bier, nach der Buckhorn-Bar und nach Blumen. Lust rumorte in Dylans Bauch und juckte ihm in den Fingern, bis er schließlich die Hände herabsinken ließ.

»Ich dachte, er würde mich schlagen«, sagte Hope und umfasste seine Schultern noch fester. »Letztes Jahr habe ich an einem Selbstverteidigungskurs teilgenommen, und ich meinte, ich könnte schon für mich selbst einstehen. Aber ich war wie gelähmt. Ich bin schließlich nicht der Terminator.« Ihr Atem ging flach, und mit jedem kleinen Keuchen hoben sich ihre Brüste unter dem winzigen Top.

Dylan sah ihr ins Gesicht, das kaum Make-up und auch sonst keine Farbe aufwies. Ihre übliche kühle Fassade war zerbröselt. »Du siehst auch nicht aus wie der Terminator.«

Sie schüttelte den Kopf und machte durchaus nicht den Eindruck, als würde sie ihre Panik in Kürze überwinden. »Das war mein Spitzname in der Schule. Da war ich ganz schön angriffslustig.«

»Kippst du gleich um?«

»Nein.«

»Bestimmt nicht?«

»Nein.«

»Willst du nicht trotzdem lieber mal ganz tief Luft holen?«

Sie tat, worum er gebeten, und er beobachtete sie, während sie mehrmals tief durchatmete. Wahrscheinlich war ihr gar nicht bewusst, dass sie sich wie eine Ertrinkende an ihn klammerte, wogegen er ihre Berührung weiß Gott nicht ignorieren konnte. Er spürte sie am ganzen Körper, sie wärmte ihn, als wären sie einander längst nicht mehr fremd. Als wäre es jetzt die natürlichste Sache von der Welt, wenn er sich zu ihr hinabbeugen und sie küssen würde, bis ihre Augen noch ein bisschen glasiger und ihr Atem noch flacher wurde. Dylan nahm ihre Hände von seinen Schultern.

»Geht's dir jetzt besser?«, fragte er und sagte sich, dass er wohl schon entschieden zu lange nicht mehr mit einer Frau zusammen gewesen war, wenn schon weibliche Hände auf seiner Schulter ihm so einheizten.

Sie nickte.

»Erzähl mal, was passiert ist.«

»Ich hab nur ganz ruhig für mich allein da gesessen, da kam der kleinere Typ und stellte ein Bier vor mich auf den Tisch. Ich habe gesagt: ›Nein, danke‹, aber er setzte sich trotzdem.« Zwischen ihren Brauen erschien eine Falte, aber sie gab keine weiteren Erklärungen ab.

»Und?«, forderte Dylan sie zum Weiterreden auf.

»Ich hab's auf die höfliche Tour versucht, aber er hat den Wink mit dem Zaunpfahl nicht kapiert. Also musste ich wohl deutlicher werden, damit er begriff, dass mir nicht nach Gesellschaft war. Musste ihm das unmissverständlich klar machen.«

Auch wenn es nicht unbedingt wichtig war, fragte Dylan doch rein interessehalber: »Was hast du zu ihm gesagt?«

Ihre Miene wurde noch finsterer. »Ich glaube, ich habe gesagt: ›Bitte entfernen Sie Ihren Kadaver von meinem Tisch.‹«

»Das hat er wohl nicht sehr freundlich aufgenommen.«

»Nein. Und dann wurde er richtig wütend, als ich andeutete, dass er wohl ein Alkoholproblem habe und es mal mit einer Entzugsklinik versuchen sollte.«

»Und?«

»Ich glaube, darauf sagte er: ›Fick dich.‹«

»Und?«

»Und ich sagte, ich würde lieber mit mir selbst ficken als mit einem kleinen Mann mit einem kleinen Penis.«

Dylan hatte plötzlich rasende Kopfschmerzen, und auch sein Auge tat weh, schlimmer als zuvor. »Aha.«

»Und dann wollte er mich über den Tisch hinweg packen. Ich schrie, und der dünne Typ packte den Kleinen und riss ihn aus meiner Nische. Ich weiß nicht, was passiert wäre, wenn er nicht eingegriffen hätte.«

Aber Dylan wusste es. Emmett hätte sie wahrscheinlich tüchtig herumgeschubst, bis schließlich jemand dazwischenging. Dylan beschloss, ihm doch, einfach zum Spaß, Hände und Füße zusammenzufesseln.

»Er hat dich also nicht angefasst?«

»Nein.«

»Hat er dich mit irgendwas bedroht, mit einem Messer oder einer kaputten Flasche?«

»Nein.«

Endlich betrat Lewis Plummer die Bar und drängte sich durch die Gäste zu Dylan vor. »Hat dir jemand eine gelangt?«

»Ja. Du kannst Emmett Barnes schon mal über seine

Rechte informieren und ihn wegen Körperverletzung und tätlichen Angriffs auf einen Polizeibeamten verhaften. Waffen habe ich bei ihm nicht gefunden, aber vielleicht solltest du ihn sicherheitshalber noch mal durchsuchen.«

»Was ist mit Hayden?«

Dylan wandte sich wieder Hope zu. »Hast du gesehen, wer zuerst zugeschlagen hat?«

»Der Kleine.«

»Hayden kann nach Hause gehen.«

»Kommst du gleich auf die Wache?«, fragte Lewis.

»Nein. Adam ist mit dem Babysitter zu Hause. Den Papierkram erledige ich morgen früh.«

»Gut, dann bis morgen.« Lewis hob die Hand und winkte knapp.

Dylan sah zu, wie sein Deputy Emmett auf die Füße zog, dann drehte er sich um und sah Hope an. Sie erschien ihm immer noch ein wenig blass, und ihre Augen waren noch leicht glasig, doch ihr Erlebnis in der Buckhorn-Bar hatte sie offenbar nicht übermäßig erschüttert. »Möchtest du heute Abend noch auf die Wache kommen und deine Aussage machen oder lieber morgen Vormittag?«

»Ich möchte nur noch nach Hause.«

Irgendwer stöpselte die Musikbox wieder ein, das Licht wurde wieder auf schummrig gedimmt, und Deputy Plummer führte Emmett Barnes aus der Bar ab. Es war zweiundzwanzig Uhr, zwei Stunden vor der Sperrstunde. Gerade noch genug Zeit für die verbliebenen Gäste, um noch ein paar Bierchen mehr zu kippen.

»Kannst du fahren?«, fragte er Hope, während Conway Twittys Song von neuem aus der Musikbox tönte.

Sie blickte an sich hinunter, und Dylan blickte ebenfalls an ihr hinunter. Betrachtete ihre engen Stretchshorts und das Bustier. Von der Bar her blitzte das Licht der Coors-Reklame auf und beleuchtete ihren flachen Bauch. »Ich bin hergejoggt«, sagte sie.

Dylan riss sich gewaltsam von dem blauen Licht auf ihrem Nabel los. »Ich hole mir schnell meine Handschellen von Burley zurück, dann fahre ich dich nach Hause.«

»Danke, Sheriff.«

»Dylan«, erinnerte er sie.

»Dylan.« Dann passierte es. Zum ersten Mal, seit sie mit ihrem flotten Porsche in die Stadt gekommen war, lächelte sie Dylan an. Ihre vollen Lippen bogen sich aufwärts, und sie ließ die regelmäßigsten Zähne blitzen, die er seit seiner Abreise aus L. A. gesehen hatte. Vermutlich hatte die Rettung aus ihrer Zwangslage sie ein bisschen zugänglicher gestimmt. Die meisten Frauen neigten dazu zu weinen oder furchtbar dankbar zu sein, wenn man sie aus einer Notlage erlöste.

Jemand umfasste von hinten Dylans Arm mit zärtlichem Griff, und er blickte über seine Schulter hinweg in Dixie Howes im Schatten verborgene Augen. »Hier, dein Hut, Dylan.«

»Danke, Dixie.« Er strich sich das Haar zurück und setzte seinen Hut wieder auf.

»Du willst doch nicht schon gehen, oder?«

»Doch.«

»Kannst du nicht noch auf eine Runde Billard bleiben? Du hast doch eben zu Lewis gesagt, Adam wäre mit einem Babysitter zu Hause.«

»Nein, heute nicht.« Er versuchte, sich ihrem Griff zu entziehen, doch sie hielt ihn nur noch fester. Sie schmiegte ihre große Brust an seinen Arm, und er kannte sie gut genug, um zu wissen, dass es kein Versehen war. Er kannte Dixie von Kindheit an. Er war mit ihrer Schwester gegangen, und er erinnerte sich noch an das magere Kind, das Dixie gewesen war. Das Leben hatte die Schwestern Howe nicht sehr freundlich behandelt, und der Gedanke an ihre schlimme Kindheit und Jugend schmerzte ihn, doch mehr empfand er nicht. »Ich muss Ms. Spencer nach Hause bringen.«

Dixie warf einen kurzen Blick in Hopes Richtung und bedachte dann wieder Dylan mit ihrer ungeteilten Aufmerksamkeit. »Du hast mein Angebot von neulich Abend nicht vergessen?«

Natürlich nicht. Es war ihm nicht allzu oft im Leben widerfahren, dass eine Frau bei einem T-Ball-Spiel an ihn herantrat und ihm unverhohlen Oralsex anbot.

»Es gilt.« Endlich lockerte sie ihren Griff, und Dylan entzog ihr seinen Arm.

»Gute Nacht, Dixie«, sagte er und ging zum Tresen, bevor sie erneut zuschnappen konnte. Hope folgte ihm, und während er rasch die Handschellen von Haydens Gelenken löste, musste er mit anhören, wie sie Hayden ihren Dank für sein »heroisches Eingreifen« aussprach.

Nach Dylans Meinung trug sie reichlich dick auf. Der arme Esel wurde rot und stammelte etwas in der Richtung, es wäre ihm ein Vergnügen gewesen, sich ihretwegen das Nasenbein brechen zu lassen. Hope hielt sich seit fünf Tagen in der Stadt auf, Dylan war ihr dreimal begegnet, und erst vor fünf Minuten hatte sie ihn zum ersten Mal angelächelt. Er glaubte, jetzt endlich zu wissen, wie man sie zum Lächeln bringen konnte. Man musste sich nur einen Boxhieb ins Gesicht einfangen.

Als sie die Bar verließen, löste eine leichte Brise blonde Strähnchen aus Hopes Pferdeschwanz und wehte sie auf ihre glatten Wangen. Dylan ließ den Blick von ihrem Gesicht über ihre Arme und zu den sehr deutlich abgezeichneten harten Knöpfchen unter ihrem Top wandern. Die Brust wurde ihm eng, sein linkes Auge pochte, und er wandte den Blick ab.

Er half Hope beim Einsteigen in seinen Dienstwagen, und auf der kurzen Fahrt zur Timberline Road fragte er sich, was das für eine Sorte Frau sein mochte, die in engen Joggingshorts eine Spießer-Bar aufsuchte und einen Mann wie Emmett herausforderte.

Eine Frau, die sich für tough hielt. Für den Terminator.

»Wer war die Frau in der Bar?«, fragte sie und brach damit das Schweigen.

»Da waren mehrere Frauen. Welche meinst du?«

»Blond. Hochtoupiertes Haar. Großer Busen.«

Er hob die Brauen und verzog gleich darauf schmerzlich das Gesicht. »Dixie Howe«, antwortete er und betastete vorsichtig sein Jochbein unter dem linken Auge.

»Ist sie deine Freundin?«

»Nein.« Verdammt, sein Auge schwoll bereits an. »Warum willst du das wissen?«

»Reine Neugier.«

Er sah sie von der Seite her an; das Licht vom Armaturenbrett beleuchtete die eine Hälfte ihres Gesichts. Ihr Pferdeschwanz war ein bisschen zerzaust. Sie roch kräftig nach Bier. »Willst du wissen, ob ich eine Freundin habe?«

»Nein, ich will wissen, was sie dir angeboten hat.«

Er bog in die Timberline Road ein und sagte: »Na, das wäre aber indiskret.«

»Ich wette, ich weiß es auch so.«

Er lachte und lenkte den Chevy in ihre dunkle Zufahrt. »Vielleicht wollte sie bloß reden.«

»Ja, aber vielleicht mit vollem Mund?«

Er stieg dermaßen auf die Bremse, dass Hope durch die Windschutzscheibe geflogen wäre, wenn er nicht schon vorher die Geschwindigkeit gedrosselt hätte. »Was?«

Sie stützte sich mit den Händen am Armaturenbrett ab. »Vielleicht will sie mit vollem …«

»Herr im Himmel. Ich hab's begriffen.« Er sah sie an, und plötzlich kam ihm die Erleuchtung. Ihre glasigen Augen, ihr bereitwilliges Lächeln, der Biergestank, von dem er vermutet hatte, er stiege aus ihrer Kleidung auf. Es war keineswegs die Erleichterung, die schuld war an ihrer entgegenkommenden Art ihm gegenüber. »Wie viel Bier hast du getrunken?«

»Hm? Na ja, gewöhnlich trinke ich nicht viel, aber heute gab's zwei für einen Dollar.«

»Wie viele?«

»Vier dürften es gewesen sein.«

»In wie vielen Stunden?«

»Zwei.«

Sie öffnete die Tür und war ausgestiegen, bevor er noch den Motor abgeschaltet hatte. »Es wäre wohl besser gewesen, wenn ich vor dem Bier zu Abend gegessen hätte«, fuhr sie, schon auf dem Weg über den Vorplatz, fort.

Dylan warf seinen Hut auf den Beifahrersitz und folgte ihr. Das Haus lag völlig im Dunkeln. Kein bisschen Licht drang von der Veranda oder aus den Fenstern auf den Platz hinaus. Einzig der Vollmond sorgte für eine gewisse Beleuchtung; er schien auf Hopes Haar und verwandelte es in gesponnenes Gold. Sie blieb oben auf der Treppe stehen und starrte auf die Haustür.

»Wo ist dein Schlüssel?«, fragte er, als er hinter ihr angelangt war.

»Ich wollte ja nicht lange ausbleiben, deshalb habe ich kein Licht angelassen.« Sie kramte in ihrer Gürteltasche und sagte: »Das ist schon irgendwie unheimlich.«

Dylan hakte die Taschenlampe an seinem Gürtel aus und richtete den Strahl auf die Haustür. Sie stand einen Spalt offen. »Hast du die Tür nicht geschlossen?«

Sie blickte auf den Schlüssel in der Hand und sagte: »Doch, ich schließe immer ab, wenn ich weggehe.«

»Abgeschlossen ist sie, also hast du die Tür wahrscheinlich nicht richtig zugezogen.« Er trat zurück und richtete die Taschenlampe auf die Fenster und die Vorderfront des Hauses. Nichts war zerbrochen. »Bleib hier. Ich bin gleich zurück.« Er ging um das Haus herum und leuchtete die Fenster aus. Er kontrollierte die Hintertür, doch die war verschlossen, und alles schien so weit in Ordnung zu sein. »Ja, vermutlich hast du einfach die Tür nicht richtig zugezogen«, sagte er, als er wieder bei ihr angekommen war.

»Ja, mag sein.« Flink trat sie hinter ihn. »Geh du zuerst.«

Er hatte ohnehin vorgehabt, das Haus zuerst einmal zu durchsuchen, womit er jedoch nicht gerechnet hatte, war, dass sie ihn am Gürtel packte und ihn vor sich herschob wie einen menschlichen Schild. Es hatte Zeiten in seinem Leben gegeben, als es Dylan keineswegs störte, wenn Frauen sich seines Körpers bedienten, doch dann war er gewöhnlich nackt gewesen. Er war sich nicht sicher, was er davon hielt, als Zielscheibe benutzt zu werden, damit Hope schnellstens das Weite suchen konnte, falls ihm irgendetwas zustieß.

Ihre Fingerknöchel bohrten sich in seinen Rücken und drängten ihn vorwärts. Dylan betrat das Haus und knipste das Licht an. »Fällt dir irgendwas auf, was anders ist als sonst?«

Sie stellte sich auf die Zehenspitzen und drückte ihre Brüste an seinen Rücken, während sie ihm über die Schulter spähte. »Ich glaube nicht«, sagte sie an seinem linken Ohr.

Ihr Atem erwärmte seinen Hals und erhitzte sein Blut. »Herr im Himmel.«

Sie ließ sich wieder auf die Fußsohlen fallen und schob ihn weiter voran zum Esszimmer, wo er das Licht einschaltete. Der Raum war gewienert und gebohnert, und auf dem langen Tisch standen ein zugeklappter Laptop, ein Drucker, ein Scanner und ein Faxgerät. Stapel von Büchern und Illustrierten und Zeitungen lagen neben einem Computer. Lauter Sachen, die ein Schriftsteller wohl brauchte, vermutete Dylan, aber *was* diese Schriftstellerin hier schrieb, war immer noch die Frage.

»Ist hier alles in Ordnung?«

Dieses Mal neigte sie sich nach rechts und lugte um seine Schulter herum. »Ja.« Mit den Knöcheln an seinem Rückgrat trieb sie ihn weiter zur Küche. Auch die war blitzblank, genau wie das Esszimmer. Die Töpfe und Pfannen an ihren Haken waren poliert, der Boden gebohnert, die Fenster geputzt. Sämtliche Möbel waren erst vor kurzer Zeit im Haus aufgestellt worden.

Als er zum letzten Mal in dieser Küche gestanden hatte, war auch das FBI zugegen. Sie waren kurz nach Hirams Selbstmord in das Haus eingefallen und hatten so ziemlich alles mitgenommen, was nicht niet- und nagelfest war. Dylan fragte sich, was Hope wohl denken würde, wenn er ihr erzählte, dass man, als Hirams Leiche entdeckt wurde, auch rote, im Schritt offene Slips und einen an der Wand hängenden Ochsenziemer gefunden hatte. Die Bedeutung dieser Dinge offenbarte sich erst, als die Fotos und Videos gesichtet wurden, die Hiram von sich selbst aufgenommen hatte.

Das dumpfe Geräusch von Dylans Stiefelabsätzen und das Quietschen von Hopes Laufschuhen direkt hinter ihm war alles, was auf ihrem Weg zur Hintertür zu hören war. Zu ihrer Beruhigung kontrollierte er sie noch einmal; dann gingen sie weiter ins Wohnzimmer. Als er das Licht anschaltete, hob sie sich wieder auf die Zehenspitzen und schmiegte sich an seinen Rücken. Wie eine Stichflamme fuhr es ihm direkt in die Lenden, und in weniger als einer Sekunde verwandelte sein Halbsteifer sich in eine ausgewachsene Erektion. Er hätte gern gewusst, wie Hope wohl reagierte, wenn er sie um die Taille packen und ihr die Zunge in den Mund schieben würde. Das Blut pochte ihm in den Adern, und er überlegte, ob sie sich wohl an ihn schmiegen würde. Ob sie zulassen würde, dass er ihre Brust berührte und ihr zwischen die Beine griff. Wenn er ihre Hand nehmen und sie auf seine Erektion legen würde.

»Von hier aus sieht alles ganz gut aus«, sagte sie und ließ sich auf die Fußsohlen nieder. »Gehen wir nach oben.«

Er hätte sich verabschieden sollen, hätte die Hände heben und die Gefahrenzone schleunigst verlassen sollen, aber er brachte es irgendwie nicht über sich zu tun, was das Beste für ihn gewesen wäre. Noch nicht. »Bleib du hier unten.«

»Soll ich nicht doch lieber mitkommen?«

Über die Schulter hinweg sah er in ihr zu ihm erhobenes Gesicht, nur wenige Zentimeter entfernt von seinem eigenen. Sein Blick wanderte über ihre glatte Stirn und die perfekten blonden Brauen über ihren großen, leicht schielenden blauen Augen. Er betrachtete den Bogen ihrer Oberlippe und sagte dicht an ihrem Mund: »Möchtest du, dass ich mir dein Bett ansehe?«

»Ja«, erwiderte sie, und ihm rauschte das Blut in den Ohren. »Und dann sollst du auch noch hinter dem Duschvorhang im Bad nachsehen. Ich will beim Duschen nicht von Norman Bates erstochen werden.«

»Herr im Himmel, bleib hier unten.« In seinem Kopf drehte sich alles; er löste ihre Hand von seinem Gürtel und ging. »Du solltest wirklich hier unten bleiben.«

Er ging nach oben und schaute sich rasch nach Einbrechern um. Er hätte nicht sagen können, warum, aber er war froh, dass Hope nicht das Eheschlafzimmer für ihren eigenen Gebrauch gewählt hatte. Er war froh, dass sie nicht in dem Zimmer schlief, in dem der alte Hiram sich hatte fesseln und verhauen lassen. Wenn er die Videos, die Gesichter dieser halbwüchsigen Mädchen nicht gesehen hätte, wäre der Raum ihm vielleicht jetzt nicht so beschmutzt vorgekommen.

Als Dylan in der Tür zu dem Zimmer stand, für das Hope sich entschieden hatte, war er wie vom Donner gerührt. Die Ausstattung verriet, dass die Frau allein lebte. Alles war über und über bedeckt von weißer Spitze und violetten Blüten, so als schliefe sie in einem überwucherten Garten. Dylan hegte massive Zweifel daran, dass der Makler, der das Haus vermietete, dieses Zimmer so ausgestattet hatte.

Er schloss die Tür, bevor er anfangen konnte, sich Hope nackt auf der weichen weißen Bettdecke vorzustellen, das Haar zerzaust, die Lippen geöffnet und feucht von seinem Kuss, die Beine verknotet mit seinen. Dann ging er den Flur entlang zum Bad und schaute, wie sie es verlangt hatte, hinter den Duschvorhang. Als er sich dem Spiegel über dem Waschbecken zuwandte und den tiefroten Fleck unter seinem linken Auge betrachtete, stellte er fest, dass dieser in der Mitte bereits blau wurde. Er betastete die Verletzung und zog vorsichtig das untere Lid herab, um seinen Augapfel zu mustern.

Zwar fiel es ihm absolut nicht schwer, sich Hope nackt vorzustellen, aber dass er sich mit ihr einließ, stand trotzdem außer Frage. Sie war schön, und das, was ihre Stretchshorts preisgaben, war sündig. Aber schöne Frauen gab es viele auf der Welt. Frauen, die das Leben, wie er es sich eingerichtet hatte, und die Sicherheit seines Sohnes nicht bedrohten.

Er wusste nur wenig über Hope, abgesehen davon, dass sie über eine außergewöhnliche Begabung verfügte, Leute vor den Kopf zu stoßen, und wahrscheinlich gelogen hatte, was die Gründe für ihren Aufenthalt in Gospel betraf. Ms. Hope Spencer war ihm ein Rätsel, das er nicht zu lösen gedachte. Wenn sie sich nichts zu Schulden kommen ließ, sollte sie ihre Geheimnisse ruhig vor ihm und vor allen anderen bewahren. Genauso, wie er seine zu hüten gedachte – ganz besonders vor ihr.

An diesem Abend hatte er Hope von einer anderen Seite kennen gelernt. Sie war entspannter, nicht so verschlossen, zugänglicher. Weicher. Betrunken. Und ehrlich gesagt, betrunken gefiel sie ihm besser. Er fühlte sich rein körperlich zu ihr hingezogen, und dieser Umstand weckte heiße, schweißtreibende Gedanken, die nie Wirklichkeit werden würden. Die Art und Weise, wie sein Körper auf sie reagierte, störte ihn nicht weiter. Es war ihm unbehaglich, was aber nicht hieß, dass er irgendetwas dagegen unternehmen würde.

Dylan trat auf den Flur hinaus. Am Morgen, darauf war er bereit zu wetten, wusste ganz Gospel, dass er Hope nach Hause gebracht hatte. Wahrscheinlich würde man Wetten darüber abschließen, wie lange er bei ihr war. Dylan musste seit jeher sehr gut überlegen, wo er seinen Wagen parkte, und das war wohl auch der Grund dafür, dass er ihn schon lange nirgendwo mehr hatte stehen lassen.

Als Heranwachsender war er reichlich verrufen gewesen. Und er hatte seinen Ruf verdient, aber jetzt war er der Sheriff. Ein Staatsbeamter. Vater eines kleinen Sohnes, und deshalb konnte er sich abträglichen Klatsch und Spekulationen über sein Sexualleben nicht mehr leisten. Nicht nur seine eigene Vergangenheit hing ihm nach, sondern auch die des vorigen Sheriffs. Manchmal fragte sich Dylan, ob ganz Gospel ihn beobachtete und nur darauf wartete, dass auch er sich daneben benahm.

Als er zurück ins Erdgeschoss kam, fand er Hope in der Küche. Sie schlug einen Eisbeutel in ein Geschirrtuch ein und kehrte ihm den Rücken zu. Er ließ den Blick über ihren Rücken und die süßen Rundungen ihres Pos in den Stretchshorts gleiten. Vielleicht hatte Iona sogar Recht. Vielleicht trug Miss Anständig tatsächlich String-Tangas.

Sie drehte sich um und lächelte ihn schon wieder an, sodass ihm die Brust eng wurde. »Wie geht's deinem Auge?«

Es war eindeutig allerhöchste Zeit für ihn, nach Haus zu fahren. »Tut verteufelt weh.«

Sie reichte ihm das Geschirrtuch, und da sie sich nun schon mal die Mühe gemacht hatte, hielt er es für angebracht, doch noch zwei, drei Minuten zu bleiben. »Vielleicht hilft das.«

Dylan lehnte sich mit der Kehrseite an die Arbeitsplatte und setzte die Füße über Kreuz. »Du hast hier aber gründlich aufgeräumt. Sieht richtig hübsch aus.«

Sie zuckte mit den nackten Schultern. »Ich habe schon ein paar Tage gebraucht, um den Staub und den Dreck loszuwerden.«

Er hob das Geschirrtuch mit dem Eisbeutel an sein Auge. »Und die Fledermäuse.«

»Und die Fledermäuse.« Sie nickte.

»Shelly hat mich über den Blutfleck aufgeklärt. Hast du Sheriff Donnelly gekannt?«

»Klar. Ich war einer seiner Deputys.«

»Dann weißt du auch, warum er sich umgebracht hat?«

»Ja.«

Als er keine nähere Erklärung lieferte, drängte sie ihn: »Nun … warum denn?«

Er dachte sich, dass sie alles, was er ihr berichten konnte, auch allein herausfinden würde, wenn sie nur beharrlich genug nachforschte. »Er hatte eine Vorliebe für abartigen Sex. Echt Sado-Maso. Er mochte Frauen in roter Spitze und mit Stilettoabsätzen und nahm sich selbst auf Video auf, wenn die ihm den Hängearsch versohlten.«

»Merkwürdig, aber deswegen bringt man sich doch nicht gleich um.«

»Du hast Hiram nicht gekannt.« Der alte Sheriff war ein beinharter Gesetzeshüter gewesen. »Willst du etwa einen Artikel über ihn schreiben?«

»Ich spiele mit dem Gedanken.« Sie runzelte die Brauen. »Normalerweise schreibe ich nicht gern über reale Personen, aber trotzdem. Vielleicht. Hättest du nicht Lust, mir behilflich zu sein, damit ich den Polizeibericht kriege?«

»Dabei kann ich dir nicht helfen. Das FBI hatte den Fall übernommen. Davon haben wir ungefähr zur selben Zeit wie Hiram Wind bekommen. Als die Beamten hier ankamen, war er schon tot.«

Sie seufzte. »Dann muss ich wohl ein Gesuch ans FBI schreiben, und bis die darauf reagieren, können Wochen, wenn nicht Monate vergehen.«

Augenscheinlich kannte sie das Prozedere. »Ruf sie an und gib keine Ruhe«, riet er ihr. Trotz ihrer Versicherung, dass sie gewöhnlich nicht über reale Personen schrieb, konnte es ihm nur recht sein, wenn sie sich durch die alte Geschichte ablenken ließ. Dann würde sie wenigstens nicht herumschnüffeln und nach einer Geschichte neueren Datums Ausschau halten. Der verstorbene Sheriff war immer noch ein Lieblingsthema in der Gegend, und wenn die Leute in der Stadt erfuhren, dass Hope an einem Artikel über Hiram arbeitete, würden sie vor ihrer Tür Schlange stehen und ihr ein Ohr abkauen. »Du könntest dich umhören. Dir Informationen von Leuten besorgen, die Hiram kannten.«

»Ich glaube nicht, dass die Leute mir etwas erzählen. Bisher waren sie nicht eben freundlich zu mir.«

»Gib ihnen noch eine Chance. Sie werden dir bestimmt helfen.«

»Und du?«

»Ich tu, was ich kann«, bot er an und hielt es dann für angebracht, das Thema zu wechseln. »Sag mal, gibt es in deinem Leben einen Mr. Spencer?«

Hope neigte den Kopf zur Seite und musterte den hoch gewachsenen Cowboy, der da in ihrer Küche stand. Die Umgebung seines linken Auges war schon ein wenig angeschwollen, Kinn und Wangen wiesen einen dunklen Bartschatten auf. Etwas Strahlendes ging von ihm aus, und Hope fragte sich, ob es wohl am Licht lag oder eher am Budweiser. Sie fühlte sich herrlich frei, und sie war alt genug, zu wissen, dass sie mehr als genug getrunken hatte. Sie war eindeutig beschwipst, aber nicht so, dass das Zimmer sich um sie drehte oder ihr Magen Kapriolen schlug. Vielmehr so, dass sie das Gefühl hatte, alles wäre in Butter. Wie in einem Traum, in dem sämtliche Probleme in den Hintergrund traten und ein großer, starker Mann alles zum Guten wendete, Schlägereien beendete und ihr die Angst vor ihrem unheimlichen Haus nahm. Ein Traum, in dem ein gut aussehender Cowboy in ihrer Küche stand und ihr seine Hilfe bei einem Artikel anbot, den sie vielleicht schreiben würde. Alles kam ihr ein wenig unwirklich vor. »Ja, den gibt es«, antwortete sie schließlich. »Aber dieser Mr. Spencer gehört jetzt einer anderen.«

»Wie lange warst du verheiratet?«

Die Antwort war einfach. »Sieben Jahre.«

»Ganz schön lange.« Er nahm das Geschirrtuch von seinem Auge. »Was ist passiert?«

Sie lehnte sich mit der Schulter an den Kühlschrank und dachte über die Antwort nach, die ihr nun gar nicht so leicht fiel. »Er hat eine Frau gefunden, die ihm besser gefiel.«

»Jünger?«

Sie war zwar betrunken, aber doch nicht allzu sehr. »Nein, nicht jünger. Die Geschichte ist nicht einmal sonderlich interessant. Nur das alte Klischee von dem Arzt, der eine

Affäre mit einer Krankenschwester hat«, schwindelte sie, weil Schwindeln so viel einfacher war, als die Wahrheit zu sagen.

Er lächelte auf diese etwas schiefe Art, die sie nahezu unwiderstehlich fand. »Hübscher als du konnte sie schwerlich sein.«

Nun gut, sein Lächeln war mehr als nahezu unwiderstehlich. »Eigentlich hatte sie ziemlich große Zähne.«

Jetzt lächelte er übers ganze Gesicht. »Das finde ich scheußlich bei Frauen.«

Je mehr er redete, desto besser gefiel er ihr. »Und einen dicken Hintern«, fügte sie hinzu.

»Finde ich auch scheußlich.«

»Als ich sie zuletzt gesehen habe, hatte sie sich dazu passend ein Paar dicke Brüste zugelegt.«

Er sagte nichts. Er lächelte nur.

»Ach ja. Dabei habe ich gar nicht an deine Freundin aus der Buckhorn-Bar gedacht.«

»Wie ich schon sagte, Dixie ist nicht meine Freundin, aber ich kann mit einiger Sicherheit sagen, dass ihre Brüste nicht aus Silikon sind.«

»Woher weißt du das?«

»Weil ihre ältere Schwester Kim tatsächlich meine Freundin war, als wir noch zur High School gingen. Und die beiden haben ungefähr die gleiche Figur.«

»Ist Kim das Mädchen, das gleich nach dem Schulabschluss mit dem Fernfahrer durchgebrannt ist?«

Er runzelte die Stirn und drückte das Geschirrtuch auf sein Auge. »Woher weißt du davon?«

»Shelly hat es mir erzählt.«

»Ja, natürlich.«

»Warum ist sie mit einem Fernfahrer durchgebrannt, wenn sie doch deine Freundin war?«

»Weil«, setzte er an, legte das Geschirrtuch auf die Arbeitsplatte und straffte sich, »Kim ein Mädchen war, das geheiratet werden wollte, und es passte nicht in meine Pläne, unter dem Krepppapier-Schmuck im Rathaussaal mein Jawort zu geben.«

»In was für Pläne?«

»So weit wie möglich von dieser Stadt wegzukommen.« Er zuckte mit den Achseln. »Was von der Welt zu sehen.«

»Aber jetzt bist du wieder hier.«

»Ja. Was ich in der Welt gesehen habe, hat mir wohl nicht so zugesagt.«

»Seit ich hier bin, beschäftigt mich eine Frage.« Sie sah in seine tiefgrünen, von dichten Wimpern umgebenen Augen. Das linke schwoll immer stärker an. »Was ist das eigentlich für ein Gefühl zu wissen, dass gleich mehrere Frauen in dieser Stadt in dich verliebt sind?«

Er schüttelte den Kopf und trat ein paar Schritte vor. »Schätzchen, das siehst du ganz falsch«, sagte er und blieb direkt vor ihr stehen. »Ich bin nur zufällig Junggeselle und habe einen Beruf. Dadurch bin ich nun mal ein hervorragendes Opfer für Frauen, die heiraten wollen. Das ist alles.«

Nein, das war nicht alles. Er war außerdem noch ein eins neunzig großer Cowboy mit harten Muskeln und einem nicht ganz perfekten Lächeln, das ihn umso liebenswerter machte. Sein Haar war immer ein wenig zerzaust, weil er die Angewohnheit hatte, mit gespreizten Fingern hindurchzufahren, und kurz zuvor, als sie ihm durchs Haus gefolgt war, hatte sie außerdem feststellen können, dass er einen tollen Hintern hatte. Aber mehr noch als sein Äußeres fiel die Art ins Gewicht, wie er eine Frau anschaute und mit ihr sprach, wie er ihr und nur ihr seine gesamte männliche Aufmerksamkeit widmete. Wie er jede Frau in der Stadt beiläufig »Schätzchen« nannte und doch das Gefühl vermittelte, es sei ganz persönlich gemeint.

»Hat der Eisbeutel deinem Auge gut getan?«, fragte sie.

»Nein. Hast du noch andere Vorschläge?«

»Vielleicht habe ich noch ein tiefgefrorenes Steak.«

»Lieber nicht.«

Hope legte den Zeigefinger an die Lippen und berührte damit dann leicht seinen Bluterguss. »Wie war das?«

Er schüttelte den Kopf und heftete den Blick auf ihren Mund. »Ich fürchte, das hat nicht gereicht.«

Sie legte die Hände auf seine Brust, stellte sich auf die Zehenspitzen und küsste ihn sanft auf den Augenwinkel. »Besser so?«

Das Wort »Nein« streifte wie ein leiser Hauch ihre Wange, und Hopes Sinne gerieten völlig in Verwirrung, um sich dann neu zu ordnen und darauf zu konzentrieren, wo sie mit ihm in Berührung kam. Ihre Wange und ihre Handflächen prickelten, ein Prickeln, das sich wie ein Feuer in ihrem ganzen Körper ausbreitete. Sie versteifte sich, wusste, dass sie ihn von sich hätte schieben sollen, und war doch unfähig, sich aus der Wärme seines kräftigen, massiven Körpers zu lösen. Ihm so nahe zu sein war, als käme sie aus der Kälte in ein warmes Zimmer. Als hielte sie ihre erstarrten Hände übers Feuer.

»Dylan«, sagte sie leise, und zur Antwort senkte er den Kopf und küsste sie. Der Kuss hatte keine Chance, langsam und süß seinen Anfang zu nehmen. Im selben Augenblick, als sich ihre Lippen berührten, wuchs er sich zu einem hemmungslosen Zungenkuss aus. Mit beiden Händen umfasste er ihr Gesicht, drängte sie mit dem Rücken gegen den Kühlschrank und seinen Körper an ihren. Er schmeckte gut, nach etwas Flüchtigem, das sie nicht recht benennen konnte. Wie etwas, das sie lange nicht mehr geschmeckt hatte, ohne bis zu diesem Augenblick zu wissen, wie verzweifelt es ihr gefehlt hatte.

Sie strich über seine Brust und fühlte, wie die harten Muskeln unter seinem Hemd zuckten. Ein Stöhnen drang ihr tief aus der Kehle, sie schloss die Finger um den Stern an seiner Brusttasche. Er küsste genauso, wie er alles andere tat. Jeden Millimeter ihres Mundes bedachte er mit seiner vollen Aufmerksamkeit. Sie atmete die Luft aus seinen Lungen und sog seinen Duft durch die Nase ein. Er stieg ihr zu Kopfe wie reiner Sauerstoff, ließ sie schwindeln und nach mehr verlangen.

Mit der freien Hand strich Hope an seiner Brust herab bis zu seinem flachen Bauch. Er zog scharf den Atem ein, und ihre Finger krallten sich in den karierten Baumwollstoff seines Hemds. Sie zog es aus dem Bund seiner Jeans, doch Dylan packte ihre Handgelenke und presste sie gegen den Kühlschrank, während er nicht aufhörte, sie zu küssen. Seine Zunge stieß vor und zurück, heiß und schlüpfrig. Ihr Mund ließ seinen nicht los. Sie wollte mehr. Sie wollte alles. All die heißen Zärtlichkeiten und den feurigen Hunger, die ihrem Leben so lange gefehlt hatten. Sie wollte ihn unter ihren gierigen Händen spüren und versuchte, sich aus seinem Griff zu befreien. Doch als er sie schließlich freigab, beendete er auch den Kuss und trat zurück, aus ihrer Reichweite heraus.

Er atmete heftig, verschlang sie mit Blicken. Er wollte sie. Er begehrte sie genauso wie sie ihn. Ihre Lider waren schwer und träge, als sie ihn ansah, ihr Körper war erfüllt von einem schmerzlichen Drängen als Reaktion auf dieses mächtige Begehren und Verlangen, denen sie sich ausgesetzt sah. Und doch drehte er sich um und ging.

An der Küchentür blieb er stehen. »Hope?«

Sie blickte auf seinen Rücken und die breiten Schultern

und das braungoldene Haar in seinem Nacken. Sie öffnete den Mund, brachte aber keinen Ton hervor.

»Du solltest einen Bogen um die Buckhorn-Bar machen«, sagte er, und dann war er weg.

6. KAPITEL

Satan, fotografiert in einer Stadt in der Wildnis

Um neun Uhr am nächsten Morgen hatte Hope den Rohentwurf ihrer Außerirdischen-Story abgeschlossen. Die Einführung erschien ihr noch ein bisschen wischi-waschi, und sie hatte den Übergang bis zum dritten Absatz hinausgezögert, aber trotzdem machte sich der Artikel ganz gut.

Sie hatte eine Stadt draußen in der Wildnis konstruiert, die von schiffbrüchigen Aliens bevölkert war. Sie traten auf als ganz normale, alltägliche Kleinstadt-Spinner. In Wirklichkeit aber verbrachten sie die Zeit ihres Wartens auf das Mutterschiff damit, dass sie Touristen durch den Abschluss von Wetten hereinlegten und Profit daraus zogen.

Seit der Morgendämmerung arbeitete sie schon an dem Artikel. Beim Aufwachen hatte sie das Exposé bereits fertig in ihrem schmerzenden Kopf. Sie hatte mehrere Aspirin geschluckt und mit Kaffee heruntergespült und noch nicht gebadet. Das Haar hatte sie auf dem Kopf zusammengenommen und mit zwei Kugelschreibern befestigt. Sie lief noch in ihrem Kuh-Pyjama und Noppensocken herum. Wahrscheinlich roch sie auch etwas streng, aber sie war klug genug, sich keine Unterbrechung zu erlauben, wenn sie erst einmal in Fahrt gekommen war. Bei der Arbeit ging sie nie ans Telefon, und höchstens eine wütende Feuersbrunst hätte sie dazu bewegen können, die Haustür zu öffnen.

Sie hatte Walter die Idee für ihren neuen Artikel per E-Mail geschickt. Walter war begeistert, wollte aber Fotos zur

Geschichte. *Glaubhafte* Fotos. Was bedeutete, dass Hope ihre Minolta auspacken und ein paar Bilder von der Umgebung knipsen musste. Die wollte sie dann später einscannen, um die Abbilder von wie die hiesigen Bürger gekleideten Außerirdischen hineinzuprojizieren. Das beanspruchte viel Zeit, war aber nicht unmöglich. Und bestimmt nicht so schwer wie ihr Versuch, Micky dem magischen Gnom eine erkennbare Ähnlichkeit mit Prinz Charles aufzudrücken.

Gegen halb zehn gönnte Hope sich schließlich eine Pause. Als das Telefon klingelte, nahm sie den Hörer ab. Hazel Avery meldete sich, vom Büro des Sheriffs, und wollte wissen, wann Hope vorbeikommen und ihre Aussage zu Protokoll geben wolle. Hope blickte an sich herab und informierte die Frau, dass sie in einer Stunde zur Verfügung stünde.

Es war ja nicht so, dass sie ihren Termin im Büro des Sheriffs vergessen hätte. Der Wahrheit näher kam wohl der Umstand, dass sie ihn gern vergessen hätte. Den ganzen gestrigen Abend hätte sie am liebsten vergessen, angefangen mit dem Moment, als sie den Fuß in die Buckhorn-Bar gesetzt, bis zu dem Zeitpunkt, an dem Dylan Taber ihr Haus verlassen hatte.

Hope speicherte ihre Alien-Geschichte ab und fertigte noch eine Sicherheitskopie an. Nun ja, den ganzen Abend hätte sie vielleicht doch nicht vergessen wollen, aber sie hätte die Bar unbedingt gleich verlassen sollen, als sie von der Flachländer-Wette gehört und bevor Emmett Barnes seinen armseligen Hintern zu ihrem Tisch bewegt hatte. Der Ärger hatte in dem Augenblick angefangen, als sie den Blick von den Servietten hob, auf die sie gekritzelt hatte, und Emmetts Ich-weiß-dass-du-mich-willst-Grinsen sah.

Nein, korrigierte sie sich selbst, der Ärger fing damit an, dass sie sich Bier bestellte. Hätte sie sich nicht so in ihre Begeisterung über ihre neue Story hineingesteigert, wäre ihr rechtzeitig bewusst geworden, welche Wirkung der Alkohol auf sie hatte. Wäre sie nicht so vom Bier benebelt gewesen, hätte sie mit Emmett fertig werden können. Ganz bestimmt hätte sie sich dann wenigstens die Bemerkung über kleine Männer und kleine Penisse verkniffen. Hope zog sich aus und stieg unter die Dusche. Wenn sie nicht so selig beschwipst gewesen wäre, hätte sie auch ganz sicher die Finger von dem Sheriff gelassen.

Sie ließ das heiße Wasser über ihren Körper rieseln und konnte sich nicht entscheiden, welcher Vorfall schlimmer gewesen war: der mit Emmett oder der mit dem Sheriff. Der eine hatte ihr Angst gemacht. Der andere war beschämend. Sie hatte sich in Dylan getäuscht. Er hatte sie keineswegs genauso begehrt wie sie ihn. Er hatte keine Lust gehabt, mit ihr intim zu werden. Nein, er hatte gehen wollen, und genau das hatte er dann auch getan. Seinen Geschmack noch auf den Lippen, hatte sie ihm nachgeblickt, als er zur Tür hinausging.

Du solltest einen Bogen um die Buckhorn-Bar machen, hatte er gesagt. Kein Wort des Bedauerns. Kein »Ich habe gar keine Lust zu gehen«. Keine lahmen Ausreden. Nichts.

Hope wusch sich die Haare und trat dann aus der Duschkabine. Es war lange her, dass ein Mann ihr dieses Prickeln auf der Haut verursacht hatte. Lange her, dass sie einem Mann nahe genug gekommen war, um tief im Bauch dieses warme Verlangen zu fühlen. Lange her, dass sie sich gewünscht hatte, einen großen, warmen Körper neben sich zu spüren.

Hope hielt nichts von Sex ohne Liebe. Das hatte sie auf dem College kennen gelernt; das lag hinter ihr. Sie war jetzt fünfunddreißig und wusste, dass es so etwas wie bedeutungslosen Sex nicht gab. Wenn Sex bedeutungslos wäre, würde man sich am Morgen danach nicht verletzt und leer fühlen. Und es gab nichts Traurigeres, nichts Einsameres als den Morgen nach einem One-Night-Stand. Nichts war so verlogen wie eine Frau, die sich selbst einredete, es wäre ihr egal. Aber Sex in Verbindung mit Liebe erforderte eine Beziehung. Eine Beziehung kostete Mühe, verlangte Vertrauen. Wenn Hope sich auch sagen konnte, es sei an der Zeit für einen neuerlichen Versuch, konnte sie sich doch nicht recht dazu bringen, jemanden nahe an sich heranzulassen. Vom Verstand her war ihr klar, dass die meisten Männer nicht fremdgingen und Kinder mit der besten Freundin ihrer Frau machten, aber was ihr Kopf dachte, war etwas völlig anderes als das, was ihr Herz empfand.

Den düsteren Kommentator in ihrer Seele zum Schweigen zu bringen war nahezu unmöglich. Diesen Kritiker, der aus ihren Augen schaute und die tief in ihrem Körper verborgenen Unzulänglichkeiten sah.

Seit dem Einsetzen der Pubertät hatte Hope an Endometritis gelitten, und im Frühling ihres ersten College-Jahrs waren die Symptome so ernst, dass ihr nichts anderes mehr übrig blieb als eine Operation. Im Alter von einundzwanzig Jahren unterzog Hope sich einer Hysterektomie, die sie von den wahnsinnigen Schmerzen befreite. Jetzt konnte sie ihr Leben genießen, Männerbeziehungen genießen. Allerdings konnte sie keine Kinder bekommen, aber der Verlust der Fortpflanzungsfähigkeit hatte sie nicht schwer getroffen. Sie dachte sich, dass sie zu gegebener Zeit ja ein Kind würde adoptieren können, ein Kind, das sie brauchte. Das Fehlen der Gebärmutter hatte ihr nie das Gefühl gegeben, weniger Frau zu sein als andere Frauen.

Bis zu dem Tag, als ihr Mann ihr die Scheidungspapiere vorlegte und sie erfuhr, dass er mit einer anderen ein Kind gezeugt hatte. Die Nachricht hatte sie umgehauen und ihrem Selbstbewusstsein einen schweren Schlag versetzt. Jetzt war sie sich über nichts mehr sicher, am wenigsten über ihren Platz in der Welt.

Hope trocknete sich ab und bürstete ihr Haar aus. Vor drei Jahren hatte sie geglaubt, ihr Leben wunderbar im Griff zu haben. Sie hatte gedacht, sie wäre endlich wieder auf die Beine gekommen. Sie war wieder in ihren Beruf eingestiegen, hatte sich die Hälfte von Blaines Geld und seinen geliebten Porsche genommen. Aber sie hatte gar nichts im Griff. Sie hatte einfach nur die Augen vor den Problemen verschlossen. Sie war nicht auf die Beine gekommen, sie hatte einfach nur, auf der Nase liegend, gelebt, damit niemand sie noch einmal aus den Schuhen hauen konnte.

Gestern Abend hatte sie sich gestattet, wieder Leidenschaft zu empfinden. Hatte zugelassen, dass sie ihr Blut zum Sieden und ihre Haut zum Prickeln brachte.

Sie ging ins Schlafzimmer und öffnete die Schranktüren. Nun ja, »zulassen« war vielleicht nicht das richtige Wort. Viel zu passiv. Nachdem Dylan sie geküsst hatte, war von »zulassen« nicht mehr die Rede. Kein Gedanke an Zulassen, nur an Tun. Nachdem sie den Druck seiner Lippen gefühlt und seinen harten Oberkörper unter ihren Händen gespürt hatte, übernahm das Begehren die Führung. Zum ersten Mal seit Jahren war sie nicht davor weggelaufen. Sie hatte sich von seiner Wärme einhüllen, hatte sich von ihr mit der Subtilität eines Schweißgeräts aufheizen lassen. An irgendeinem Punkt hätte sie aufgehört. Ganz sicher. Natürlich hätte sie aufgehört, aber dann hatte Dylan sie zum Aufhören gezwungen, so, als wäre es eine seiner leichtesten Übungen. Ohne sich noch einmal umzuschauen, war er gegangen, und im Augenblick war Dylan der letzte Mensch, den sie sehen wollte. Vielleicht wäre sie morgen in der Lage, ihm entgegenzutreten. Oder nächste Woche.

In einer so kleinen Stadt bestand die einzige Möglichkeit,

ihm aus dem Weg zu gehen, darin, sich in ihrem Haus einzuschließen, aber das wollte sie aus zwei guten Gründen nicht tun. Zum einen benötigte sie seine Hilfe, um an die alten Polizeiberichte heranzukommen, zum anderen sollte er nicht glauben, dass sie sich wegen des vergangenen Abends Gedanken machte.

Während Hope ihren Schrank durchforstete, redete sie sich ein, dass sie keinesfalls nach dem idealen Outfit suchte, um dem Sheriff vorzuführen, was er sich entgehen ließ. Sie entschied sich für eine Kombination, die sie als Mischung aus City Girl und Mädchen vom Lande beschrieben hätte: ein kurzer türkisfarbener Wickelrock mit türkisseidenem Trägertop und dazu ihre pfauenblauen Tony-Lama-Stiefel.

Als sie sich schließlich auf den Weg zum Büro des Sheriffs machte, wirkte ihr Make-up total natürlich, ihr Haar war locker und duftig geföhnt und ließ nicht ahnen, dass es mit Lockenstab und Spray in Form gezwungen werden musste.

Das Büro des Sheriffs von Pearl County lag an der Ecke Mercy und Main Street; das Gebäude nahm, abgesehen von einem Fotoatelier mit Schnell-Service, den gesamten Häuserblock ein. Die Fassade des Sandsteinbaus war vom Alter zernarbt, die hinteren Fenster waren vergittert. An der Ostseite des Gebäudes war ein neuer Parkplatz angelegt worden; innen hatte man gründlich modernisiert. Es roch nach frischer Farbe und neuem Teppichboden, und durch die großen Fenster fiel helles Sonnenlicht.

Ein weiblicher Deputy in beigefarbener Bluse mit einem goldenen Sternaufnäher über der linken Brust hob den Blick von ihrem Computer, als Hope sich dem Informationsschalter näherte. Sie wies Hope den Weg durch eine Doppelglastür mit einem riesigen goldenen Stern in der Mitte und den

Worten SHERIFF DYLAN TABER darunter. In dem Büro dahinter saß wieder eine Frau, genauso gekleidet wie die vorige. Ihre melierte Dauerwelle war zu stark geraten, und ihr Namensschildchen, das sie als Hazel Avery auswies, befand sich neben einer Jesusfigur aus Plastik. Ihr Schreibtisch stand mitten im Raum, direkt vor dem Durchgang zu einem Flur. Hope fragte sich, ob sie, wie einst Petrus, den Flur gegen das Eindringen von Heiden verteidigte.

»Sie sind sicher Hope Spencer«, bemerkte Hazel sachlich, als Hope vor ihren Schreibtisch trat. »Ada hat mir von Ihren Stiefeln erzählt.«

Hope blickte auf ihre Füße hinunter. »Die habe ich in einem Western-Laden in Malibu gefunden.«

»Aha.« Hazel hakte einen Kugelschreiber an einem Aktendeckel fest und stand auf. »Kommen Sie bitte mit.«

Hope folgte Hazel durch den Flur bis zur ersten Tür links. Direkt gegenüber befand sich das Büro des Sheriffs. Die Tür aus massivem Holz stand offen, und darauf prangte Dylans Name in schwarzer Farbe, goldgerahmt. Ein überraschendes Flattern setzte in Hopes Magen ein, und sie heftete den Blick fest auf die beiden Abnäher in Hazels gestärktem Hemdrücken.

In dem Zimmer angekommen, gab die Frau Hope Anweisungen zum Ausfüllen des Protokollformulars und empfahl ihr, die Vorfälle so genau wie möglich zu beschreiben. Hope ging zu einem freien Schreibtisch und studierte das Formular in ihrer Hand. Gewisse Vorfälle des vergangenen Abends hatte sie leider nur leicht verschwommen in Erinnerung. Andere wiederum hätte sie am liebsten vergessen.

»Falls Sie noch Fragen haben, stehe ich Ihnen gern zur Verfügung.« Bevor sie ging, setzte Hazel noch hinzu: »Und belästigen Sie den Sheriff nicht wieder mit irgendwelchem Fimmel-Fummel.«

Fimmel-Fummel? Hope fragte sich, ob der Ausdruck zur gleichen Kategorie gehörte wie ruckzuck oder sich in beleidigender Weise auf ihre Kleidung bezog. Sie schüttelte den Kopf und setzte sich. Was genau glaubte diese Hazel denn wohl, das sie tun würde?

Sie setzte Namen, Anschrift und Datum ein und schielte mit über das Papier gebeugtem Kopf auf die halb offene Tür gegenüber, was ihr den Anblick eines halben Schreibtisches in Chrom und Schwarz sowie eines halben Telefons und eines halben Computers einbrachte. Die großen Hände mit den langen Fingern, die auf der Tastatur herumhackten, zogen Hopes Aufmerksamkeit auf sich. Genau diese großen Hände hatten ihre Handgelenke gepackt und zu beiden Seiten ihres Kopfes an den Kühlschrank gedrückt. Sie erspähte beigefarbene Manschetten und ein Stückchen von seinem schwarzledernen Uhrarmband. Er griff nach einem Stift, legte den Unterarm auf die Schreibtischplatte und kritzelte verkrampft und umständlich etwas auf ein Blatt Papier.

Dylan war Linkshänder. Er hob den Telefonhörer ab und klopfte mit dem Stift auf den Schreibtisch. Hope hörte seine gedämpfte Stimme und sein erfreutes tiefes Lachen.

Sie wandte sich dem Formular zu und konzentrierte sich auf das, was in der Buckhorn-Bar vorgefallen war. Sie erinnerte sich, wie sie eingetreten war, Bier bestellt und dann gelauscht hatte. Die Idee für ihren neuen Artikel hatte sie so begeistert, dass die Zeit wie im Flug vergangen war. Emmett Barnes hatte darauf bestanden, ihr etwas zu trinken zu bestellen, und ließ sich nicht abweisen. Er wurde aufdringlich. Sie wurde frech. Dann kam es zu der Schlägerei, und sie war auf den Tisch gestiegen, um sich in Sicherheit zu bringen. Das Nächste, was sie wusste, war, dass Dylan wie der personifizierte Zorn Gottes in die Bar gestürmt kam und sich einen Schlag aufs Auge einhandelte. Sie erinnerte sich, dass er es Emmett mit einem flinken Doppelschlag heimgezahlt und ihn zu Boden gestreckt hatte. Dann war er zu ihr gekommen und hatte ihr vom Tisch heruntergeholfen.

Ihr Blick wanderte erneut zu der offenen Tür auf der anderen Seite des Flurs und zu dem klopfenden Stift. Mit diesen Fingern hatte Dylan ihre nackte Taille umschlossen. Er hatte sie berührt und sie gefragt, ob alles in Ordnung wäre, und zum ersten Mal seit langer Zeit erinnerte sie sich daran, wie es war, sich von einem Mann beschützt zu fühlen. Aber es war nicht echt gewesen. Sie war betrunken, und er hatte nur seine Arbeit getan.

Schwungvoll setzte Hope ihre Unterschrift unter das Protokoll und verließ den Raum. Sie reichte Hazel das Formular und sah zu, wie die Frau ihren Bericht überflog.

»Gott steh uns bei«, sagte Hazel und schlug die Mappe zu. »Falls der Staatsanwalt noch etwas wissen will, wird er sich melden.«

Bevor sie ging, warf Hope einen letzten Blick in den leeren Flur. Dann ging sie, ohne sich noch einmal umzuwenden, am Informationsschalter vorbei und zur Tür hinaus. Doch als sie den Gehsteig entlang in Richtung Parkplatz ging, fühlte sie sich irgendwie enttäuscht. Sie hatte gehofft ... worauf? Auf eine freundliche Unterhaltung? Eine Wiederholung des gestrigen Abends? Auf irgendetwas.

Eine Seitentür wurde geöffnet, und Hope warf einen Blick über die Schulter. Dylan stand am Kopf der Treppe, den Blick auf seine Gürtelschließe gerichtet. Ohne die Augen von ihm zu wenden, schob Hope den Autoschlüssel ins Türschloss und sah Dylan die Treppe hinuntergehen. Mit langen Schritten kam er näher. Er befestigte eine Art Mikrofon an seiner rechten Schulterklappe. Dann konzentrierte er sich voll darauf, seinen Gürtel zurechtzurücken, und so bemerkte er Hope nicht. Sie konnte sein Gesicht nicht sehen, weil die Krempe seines schwarzen Stetsons es in Schatten tauchte, aber er wirkte fast genauso wie beim ersten Mal, als sie ihn sah. Sein hellbraunes Uniformhemd mit den abgenähten Bügelfalten auf dem flachen Unterleib und der Brust. Diese hellbraune Hose mit den dunkelbraunen Streifen an den Seitennähten. Hope hatte noch nie auf Männer in Uniform gestanden, aber sie musste zugeben, dass Dylan gut darin aussah. Andererseits sah er auch in Levi's verdammt gut aus.

In ihrem Bauch fing es wieder so merkwürdig an zu flattern, und ihr fiel ein, dass sie vergessen hatte, etwas zu essen. Sie hatte gearbeitet und das Frühstück ausfallen lassen. Außerdem hatte sie auch noch fast eine ganze Kanne Kaffee getrunken. Hope öffnete die Autotür, und das hatte Dylan offenbar gehört, denn jetzt hob er endlich den Blick.

Beim linken vorderen Kotflügel ihres Wagens blieb er stehen und sah Hope unter seiner Hutkrempe hervor an. Ein Augenwinkel war geschwollen und schwarz-blau verfärbt. »Tag, wie geht's dir denn heute?«, fragte er.

»Mir geht's gut, aber du siehst ziemlich mitgenommen aus.«

»Dann solltest du mal Emmett sehen.«

»So schlimm?«

»Er hat gekriegt, was er verdient hat.« Dylan rückte näher an sie heran, bis nur noch die Autotür zwischen ihnen war. Der Mann wusste anscheinend nicht, dass man die Privatsphäre seiner Mitmenschen zu respektieren hatte. »Erstaunlich, dass du schon vor Mittag auf den Beinen bist«, sagte er.

Hope blickte in seine grünen Augen. Es war ein bisschen beunruhigend, Objekt seiner eingehenden Musterung zu sein, und sie stützte die Hände auf den Türrahmen. »Wieso, weil ich arbeite?«

»Nein, wegen deines Katers.«

»So betrunken war ich nun wirklich nicht.« Als er einfach nicht aufhörte, sie anzustarren, räumte sie mit einem Schulterzucken ein: »Nun ja, ein bisschen beschwipst war ich schon, aber bevor ich einen Kater kriege, muss ich zuerst einen Kniefall vor der Kloschüssel machen.«

»Hast du ein Glück.« Mit dem Zeigefinger schob er seinen Stetson zurück. »Woran arbeitest du heute? An deinem Flora-und-Fauna-Artikel für diese Nordwest-Illustrierte?«

»Ja, heute Nachmittag will ich Fotos von der Gegend machen.«

Sein Blick streifte ihre im Autofenster gerahmte Bluse. »In diesem Aufzug?«

»Ich zieh mich noch um.«

Er legte seine Hände neben ihre auf den Türrahmen und ließ den Blick langsam wieder zu ihrem Gesicht hinaufwandern. »Wo willst du fotografieren?«

»Ich weiß es noch nicht. Wieso?«

»Weil ich nicht noch einmal so einen Anruf wie gestern Abend kriegen möchte.«

»Soll das heißen, ich wäre schuld an dem, was gestern Abend passiert ist?«

»Nein. Das soll nur heißen, dass du ein Talent dafür hast, in Schwierigkeiten zu geraten, und dich deshalb vielleicht für eine Weile nicht zu weit von zu Hause entfernen solltest.« Seine Hände streiften die ihren, und sie spürte die Berührung bis in die Ellbogen.

Sie straffte sich ein wenig und bemühte sich, das Gefühl zu ignorieren. »Du solltest dir vielleicht nicht einbilden, dass du mir Vorschriften machen kannst.«

»Und du solltest vielleicht mal etwas gegen dein loses Mundwerk tun.« Er neigte sich zu ihr. »So etwas habe ich noch nie zu einer Frau gesagt, und ich bringe lediglich meine Meinung zum Ausdruck.« Er hielt inne, und Hope glaubte schon, er würde sie küssen, aber das tat er nicht. »Vielleicht solltest du überlegen, ob du nicht Alkoholikerin werden möchtest. Beschwipst bist du viel netter.«

»Danke, Sheriff. Aber in Zukunft warte bitte, bis ich dich nach deiner Meinung gefragt habe, bevor du sie äußerst.«

»Im Ernst?« Ganz langsam trat ein freches Lächeln auf seine Lippen. »Schätzchen, fragst du mich dann mit vollem Mund, oder sollte ich andere Pläne machen?«

Hope zog die Brauen zusammen. Der Spruch war nicht nur beleidigend, sondern geradezu kindisch. Seit ihrer Zeit auf dem College, als sie und ihre Freundinnen ihn zur Umschreibung von Oralsex benutzten, hatte sie ihn nicht mehr gehört. Schon wollte sie Dylan nahe legen, endlich erwachsen zu werden, ihm erklären, dass richtige Männer so nicht mit Frauen reden, doch dann erinnerte sie sich klar und deutlich an ihre Unterhaltung am Vorabend über die Blondine mit dem großen Busen in der Buckhorn-Bar.

Innerlich aufstöhnend stieg sie in ihren Wagen. »Du solltest andere Pläne machen«, sagte sie und wollte die Tür schließen.

Dylan hielt sie jedoch ohne jegliche Kraftanstrengung offen. »Willst du meine Telefonnummer, nur für alle Fälle?«

Sie zog heftig an der Tür, und endlich ließ er los. Wortlos ließ sie den Motor an und legte den Rückwärtsgang ein. Seine Nummer hatte sie längst. Sie lautete 666.

Hope bog mit ihrem Porsche auf den Parkplatz hinter der öffentlichen Bibliothek von Gospel ein. Seit geraumer Zeit hatte sie keine realen Vorfälle mehr recherchiert und bearbeitet, wusste jedoch noch, dass die Sichtung alter Zeitungsartikel ein guter Anfang war. Es konnte nicht schaden nachzusehen, was die Bibliothek über den verstorbenen

Sheriff Donnelly zu bieten hatte. Shelly hatte offenbar Skrupel gehabt, über Hiram zu reden, und sonst kannte Hope niemanden in der Stadt – außer Dylan. Unter gar keinen Umständen würde sie ihn um irgendetwas bitten. Im Moment jedenfalls nicht. Auf weniger als eine Meile wollte sie ihm nicht nahe kommen, viel weniger noch auf Hörweite. Nicht, nachdem er ihr empfohlen hatte, Alkoholikerin zu werden. Und schon gar nicht, nachdem sie sich am Vorabend dermaßen erniedrigt hatte. Ihre Wangen glühten noch immer, wenn sie daran dachte, was sie gesagt hatte. Das war seit jeher ihr großes Problem beim Trinken, und deshalb trank sie auch selten zu viel. Sie hielt sich dann meistens für witzig, obwohl alles andere der Fall war.

Wenn sie Informationen brauchte, musste sie sich weitgehend auf die FBI-Akten verlassen. Es würde eine Weile dauern, bis das FBI ihrem Wunsch nachkam, und sie war sich noch nicht einmal sicher, ob sie tatsächlich unaufgefordert und auf gut Glück einen Artikel schreiben wollte. Es erforderte eine Menge Arbeit ohne Anspruch auf Honorar, und selbst wenn sie beschloss, den Artikel zu schreiben, wusste sie nicht, wie sie ihn aufziehen sollte – ob sie ihn stilistisch mehr auf ein Blatt wie die *Time* oder die *People* ausrichten sollte. Doch je mehr sie über den alten Sheriff erfuhr, desto größer wurde ihre Faszination. Auf welche Weise war er erwischt worden? Und wie viel Geld hatte er unterschlagen? Am Vorabend hatte Dylan irgendetwas über Videos gesagt. Waren sie in der Stadt herumgereicht worden? Was enthielten sie, und wer hatte sie gesehen?

Die öffentliche Bibliothek von Gospel war etwa so groß wie zwei hintereinander aufgestellte Wohnwagen, und die kleinen Fenster ließen nur wenig Tageslicht herein. Drinnen war das Gebäude voll gestellt mit Regalen und Tischen, und auf dem Empfangspult lagen stapelweise Bücher. Regina

Cladis stand hinter dem Pult, ihr weißes Haar lag wie ein Helm um ihren Kopf. Sie betrachtete mehrere Gruselschwarten, die sie sich dicht vor die Augen hielt, dann rückte sie ihre Colaflaschenboden-Brille tiefer auf die Nase und nahm die Buchumschläge in Augenschein.

»Wascht euch die Hände, bevor ihr die aufschlagt«, ermahnte sie drei Jungen und schob die Brille wieder hinauf. »Ich will nicht noch mehr schwarze Fingerabdrücke auf den Seiten.«

Hope wartete, bis die Jungen mit ihren Büchern gegangen waren. Dann trat sie an den Schreibtisch. Sie sah der Bibliothekarin in die riesenhaft vergrößerten, leicht schielenden braunen Augen und stellte fest, dass Reginas Pupillen groß und trübe waren. Nach Hopes Meinung war die Frau so gut wie blind. »Guten Tag«, setzte sie an. »Ich benötige gewisse Informationen. Vielleicht können Sie mir helfen.«

»Kommt drauf an. Ich kann Bibliothekseigentum nicht an Personen ausleihen, die weniger als sechs Monate in Pearl County wohnen.«

Damit hatte Hope gerechnet. »Ich will auch nichts ausleihen. Ich würde gern die Lokalnachrichten von vor fünf Jahren lesen.«

»Was genau suchen Sie da?«

Hope wusste nicht recht, wie die Stadt reagieren würde, wenn eine Außenstehende sich in ihre Angelegenheiten mischte. Sie holte tief Luft und sprang ins kalte Wasser. »Alles, was mit dem verstorbenen Sheriff Donnelly zusammenhängt.«

Regina blinzelte, schob sich die Brille tiefer auf die Nase, drehte den Kopf zur Seite und sah Hope von der Seite an. »Sind Sie die Frau aus Kalifornien, die in Minnies Haus wohnt?«

Diese intensive Musterung war mehr als entnervend, und

Hope musste sich zusammenreißen, um nicht zurückzuweichen. »Minnie?«

»Minnie Donnelly. Sie war fünfundzwanzig Jahre lang mit diesem schrecklichen Hiram verheiratet, bevor der Herr sie heimrief.«

»Wie ist Mrs. Donnelly gestorben?«

»An Krebs. Gebärmutter. Manche behaupten, das wär's gewesen, was Hiram um den Verstand gebracht hat, aber wenn Sie mich fragen, ich meine, er war schon immer pervers. In der dritten Klasse hat er versucht, mir an den Po zu fassen.«

Hope brauchte sich wohl nicht mehr zu fragen, ob die Leute mit ihr reden würden.

Regina schob ihre Brille wieder hinauf. »Was wollen Sie mit den Lokalnachrichten?«

»Ich möchte vielleicht einen Artikel über den alten Sheriff schreiben.«

»Haben Sie schon mal was veröffentlicht?«

»Von meinen Artikeln sind ziemlich viele in Zeitschriften erschienen«, antwortete Hope, und das entsprach der Wahrheit, wenn es auch schon lange her war, dass eine ihrer Arbeiten in den bekannteren Blättern abgedruckt worden war.

Regina lächelte, und ihre Augen wurden noch größer. »Ich bin auch Schriftstellerin. Vorwiegend Gedichte. Vielleicht möchten Sie ja mal was von mir lesen.«

Hope stöhnte innerlich. »Ich kenne mich mit Gedichten nicht so aus.«

»Ach, das macht nichts. Ich habe auch eine Kurzgeschichte über meinen Kater Jinks verfasst. Er singt mit Tom Jones zusammen ›What's New, Pussycat?‹«

Hopes stummes Stöhnen wuchs sich zu einem Rachenkrampf aus. »Was Sie nicht sagen.«

»Es ist wahr, das kann er wirklich.« Regina wandte sich

einem Aktenschrank in ihrem Rücken zu. Sie löste einen Schlüssel von dem Gummiband an ihrem Handgelenk, tastete nach dem Schlüsselloch und öffnete dann eine Schublade. »Mal sehen«, sagte sie und schob sich die Brille ins Haar. »Das dürfte im August 95 gewesen sein.« Sie kroch nahezu in die Schublade hinein und musterte ein paar kleine weiße Schachteln, indem sie sie dicht vor die Augen hielt. Dann richtete sie sich auf und reichte Hope zwei Rollen Mikrofilm. Der Projektor steht da drüben«, sagte sie und wies auf die gegenüberliegende Wand. Kopien kosten zehn Cent das Stück. Brauchen Sie Hilfe mit dem Projektor?«

Hope schüttelte den Kopf, doch dann fiel ihr ein, dass Regina das wahrscheinlich gar nicht wahrnahm. »Nein, danke. Ich kenne mich mit diesen Dingern ziemlich gut aus.«

Hope benötigte eine knappe Stunde, um die Zeitungsartikel zu kopieren. Wegen des grobkörnigen Projektor-Bildschirms nahm sie sich nicht die Zeit, sie zu lesen. Sie überflog das meiste nur, und dem wenigen, das sie las, entnahm sie, dass der verstorbene Sheriff offenbar mit mehreren Fetischklubs zu tun gehabt hatte, die er über das Internet ausfindig machte. Im Lauf weniger Jahre hatte er siebentausend Dollar unterschlagen, um sich mit anderen Mitgliedern zu treffen. Dazu war er nach San Francisco, Portland und Seattle gereist, und am Ende hatte er Geschmack an immer jüngeren, immer teureren Mädchen gefunden. Im letzten Jahr seines Lebens war er so unvorsichtig gewesen, ein paar Mädchen für einen Besuch in seinem Haus zu bezahlen. Erstaunlich fand Hope in erster Linie die Tatsache, dass trotz seiner Unvorsichtigkeit keine Menschenseele in der Stadt vor seinem Tod etwas über seine Umtriebe wusste. Oder doch?

Ein Name, der jedes Mal, wenn er auf dem unscharfen Bildschirm auftauchte, ihre Aufmerksamkeit auf sich zog, war der von Dylan. Immer wurde er zitiert mit den Worten: »Das FBI ermittelt in dem Fall. Ich habe zurzeit keine Informationen.« Zum Glück für die Reporter waren andere Deputys nicht so verschwiegen.

Als Hope fertig war, schob sie ihre Kopien zusammen und gab den Mikrofilm zurück. Es war kurz nach Mittag, als sie zurück zur Timberline Road fuhr, und sie war noch keine zwei Minuten zu Hause, da klingelte es an der Tür. Es war ihre Nachbarin Shelly, und sie hatte etwas auf dem Herzen.

»Weißt du«, begann Shelly, »ich habe jetzt so lange keine Nachbarin gehabt, und da habe ich gehofft, wir zwei könnten Freundinnen werden.«

Hope sah Shelly an, wie sie da auf ihrer Veranda stand, den Kopf zur Seite geneigt, Sonnenstrahlen auf dem Haar, die es kupferrot schimmern ließen. Sie hatte keine Ahnung, warum ihre Nachbarin so aufgebracht war. »Wir sind doch Freundinnen«, sagte Hope, wenn sie auch nicht der Meinung war, dass ein gemeinsames Mittagessen automatisch Freunde aus zwei Fremden machte.

»Warum musste ich dann von Dylan erfahren, was dir in der Buckhorn-Bar passiert ist?«

»Ich hatte noch keine Zeit, es dir zu erzählen«, antwortete Hope und fragte sich gleichzeitig, ob Shelly wirklich ihre Freundschaft suchte oder nur wissen wollte, was am Abend zuvor passiert war. »Wann hast du mit Dylan gesprochen?«

»Heute Morgen, als er Adam zu uns brachte. Er hat ja ein hübsches Veilchen. Emmett Barnes ist ein gemeiner Kerl, und du hättest richtig was abkriegen können.«

»Ich weiß, aber ein Mann namens Hayden Dean ist dazwischengegangen. Wenn er nicht gewesen wäre, hätte Emmett mich geschlagen.«

»Mag sein, aber diese Deans sind auch nicht viel besser, glaub mir.«

»Im Ernst? Ich wollte schon in Erfahrung bringen, wo Hayden wohnt, um mich zu erkundigen, wie es ihm heute geht.«

Shelly schüttelte den Kopf. »Geh diesen Leuten lieber aus dem Weg. Ich glaube, Hayden hat sicher auch nicht so ganz uneigennützig gehandelt.« Sie zog eine rote Braue hoch. »Falls du verstehst, was ich meine.«

Hope lächelte. Es war ihr längst gleichgültig, ob Shelly Freundschaft oder Information wollte. Es war schon so lange her, dass sie mit Frauen zusammengestanden und geklatscht hatte – sie war sich gar nicht bewusst, wie sehr ihr das fehlte. »Möchtest du nicht reinkommen? Ich glaube, ich habe noch eine Cola light.«

»Light? Sehe ich so aus, als brauchte ich eine Diät?«, fragte die Nachbarin, die aussah, als könnte sie den Reißverschluss ihrer Wranglers nur im Liegen hochziehen. »Ich mache nie Diät.«

»Kann sein, dass ich auch Tee habe.«

»Nein, danke. Wally, Adam und ich waren gerade auf dem Weg zum See, zu einem etwas späten Picknick. Komm doch mit!«

Hope hatte Tausenderlei zu tun. Sie musste ihre Alien-Geschichte zu Ende bringen, Fotos machen, sie in dem Schnell-Service in der Stadt entwickeln lassen, einscannen und ein paar Außerirdische auf diese Bilder projizieren. Sie musste die Artikel lesen, die sie in der Bibliothek fotokopiert hatte, und sie musste entscheiden, ob die Sache für eine Story taugte. Eine Story, die nicht schon bekannt war.

Ihre Augen waren gereizt, ihr Verstand benommen. Ein paar Stunden am Strand herumliegen, den Kopf frei bekommen, über alles Mögliche, nur nicht über die Arbeit zu plaudern, das klang himmlisch. »Gut«, sagte sie. »Gib mir zehn Minuten.«

Kaum war Shelly gegangen, lief Hope nach oben und zog sich aus. Sie wusch sich das Gesicht und rasierte sich die Beine. Ihr blaugrüner Batik-Badeanzug hatte hoch ausgeschnittene Beine, und das mochte sie, denn es ließ ihre Beine länger aussehen. Sie schnappte sich einen alten Picknickkorb, den sie in der Vorratskammer entdeckt hatte, und überprüfte ihn auf versteinerte Nagetiere. Er war sauber, und Hope packte ein paar Dosen Cola light, Weintrauben, Cracker, Edelpilzkäse und ihre Minolta hinein. Ein Strandlaken über der Schulter, japanische Badeschlappen an den Füßen, die Sonnenbrille auf der Nase, machte sie sich auf den Weg zum See.

Adam und Wally waren bereits im Wasser, während Shelly im Schatten der Ponderosa-Kiefern entspannte. In einem Top mit Hawaiimuster und einem dazu passenden Strandrock lag sie auf einem Liegestuhl, trank Cola und futterte Kartoffelchips mit Barbecue-Geschmack.

»Wir haben genug Sandwiches eingepackt, falls du Hunger hast«, bot Shelly an, als Hope sich auf dem Liegestuhl neben ihrer Nachbarin niederließ.

»Was für Sandwiches?«

»Erdnussbutter und Gelee oder Schinken und Käse.«

»Schinken und Käse klingt gut.« Hope setzte sich rittlings auf die Liege. Der Metallrahmen wärmte die Innenflächen ihrer Schenkel, als sie den Picknickkorb zwischen ihre Knie stellte. »Ich habe ein bisschen Obst und Käse und Cracker mitgebracht«, erklärte sie und öffnete den Korb.

»Streichkäse?«

»Nein, Edelpilz.« Hope legte etwas Käse auf einen Cracker, drückte eine Traube darauf und biss hinein.

»Ahh … nein, danke.«

Hope warf Shelly einen Blick zu, die sie ansah, als würde sie Innereien essen. »Schmeckt wirklich gut«, sagte sie und schob sich den Rest des Crackers in den Mund.

»Ich glaub's dir auch so.«

»Ausgeschlossen. Ich habe gegessen, was du gekocht hast, jetzt isst du mal was von mir.« Hope bereitete für Shelly einen Cracker zu und reichte ihn ihr.

»Das nennst du Kochen?« Mit skeptischem Blick nahm sie das Häppchen entgegen.

»Im Moment, ja.«

Shelly biss ab, kaute gründlich und erklärte dann: »Das ist besser, als ich erwartet hätte.«

»Besser als Streichkäse?«

»Ja, außer dem mit Räucherschinken-Geschmack.« Shelly wies auf Hopes Korb, und sie tauschten.

»Du kannst alles essen, was drin ist, außer den Erdnussbutter- und Traubengelee-Sandwiches«, informierte Shelly sie, während Hope in dem Korb kramte. »Die gehören nämlich Adam, und mit seinem Gelee ist er furchtbar eigen. Es muss ganz glatt sein, darf keine Kerne oder so enthalten. Dylan muss ihm immer sein Spezial-Sandwich zubereiten.«

Hope entschied sich für ein Schinken-Käse-Sandwich aus dem weichen weißen Brot, das sie zuletzt als Kind gegessen hatte, und fettige Kartoffelchips. »Wo ist Adams Mutter?«, fragte sie so beiläufig, als würde sie keineswegs vor Neugier sterben.

»Die meiste Zeit lebt sie in L. A.«, antwortete Shelly und drückte eine Traube auf einen kleinen Käsehügel. »Aber wenn Adam sie besucht, wohnen sie irgendwo in Montana.«

»Das ist ungewöhnlich.« Hope riss eine Dose Orangenlimo auf und hob sie an die Lippen. »Meistens ist es doch der Vater, der das Kind besucht.«

Shelly zuckte mit den Schultern. »Dylan ist ein guter Vater, und wenn Adam eine weibliche Hand braucht, dann schickt er ihn zu Großmutter und Tante auf die Double-T-Ranch. Und außerdem ist er ja auch sehr häufig mit Wally und mir zusammen, wenn Dylan arbeitet.« Shelly biss in den Cracker, dann fragte sie: »Hast du Kinder?«

»Nein. Keine Kinder.« Hope wartete auf den fragenden Blick oder diesen Gesichtsausdruck, der so viel besagt wie: »Ach, du Ärmste!«, aber nichts von beidem trat ein.

»Dieses Zeug macht süchtig«, bemerkte Shelly, während sie sich einen weiteren Cracker zubereitete.

Hope lehnte sich entspannt auf der Liege zurück und genoss ihr Mittagessen. Sie beobachtete Wally und Adam, die, die Hände direkt über der Wasseroberfläche, angestrengt nach unten starrten. Das Essen war fettig und kalorienreich, und sie brachte es mit drei Keksen und einem Stückchen Lakritz zum Abschluss. Als sie ihre Körbe wieder austauschten, befanden sich in Hopes nur noch ein paar erbärmliche Trauben, zwei Dosen Cola light und die Kamera. Sie nahm die Minolta aus dem Futteral und richtete sie auf die beiden Jungen, die tauchten, um mit bloßen Händen Fische zu fangen. Hope war keine große Fotografin, aber sie wusste doch genug, um die Fotos, die sie brauchte, zu Stande zu bringen. Sie stellte die Blende ein und knipste.

»Schießt du Fotos für deinen Flora-und-Fauna-Artikel?«

Plötzlich war es Hope unangenehm, Shelly zu belügen. »Ja«, sagte sie, und das war ja im Grunde keine echte Lüge. Sie machte Landschaftsaufnahmen für ihre Alien-Geschichte. Sie knipste noch ein paar Mal, dann kamen die Jungen über den Strand gelaufen und griffen nach den Handtüchern.

Adam kramte in der Tasche seiner Badehose und reichte

Shelly ein paar kleine Steine. Er erklärte ihr, dass er ihr den schönsten schenken wolle.

»Mach ein Bild von mir, Hope«, drängte Wally und spannte die Muskeln seiner bleistiftdünnen Arme.

»Nein, von mir.« Adam stieß Wally zur Seite und stellte sich in Pose wie ein Bodybuilder.

»Ich mache von euch beiden ein Foto und gebe sie euch, sobald sie entwickelt sind.« Sie fotografierte die Jungen ein paar Mal, bevor sie sich ihre Erdnussbutter-Sandwiches und Limos griffen und zum Seeufer liefen, um noch mehr »coole Steine« zu suchen.

»Wann ist dein Artikel denn fertig?«, fragte Shelly.

Hope machte schon den Mund auf, um einen erfundenen Termin zum Besten zu geben, hielt sich dann aber doch zurück. Sie hatten den Inhalt ihrer Picknickkörbe geteilt. Sie hatte Shellys Orangenlimo getrunken und ihre Kekse gegessen, und jetzt mochte sie nicht mehr lügen. Shelly hatte kein Urteil über Hope abgegeben, als sie erfuhr, dass Hope keine Kinder hatte. Vielleicht würde sie dann auch keines über ihren Beruf abgeben oder anfangen, über Elvis-Sichtungen zu plappern. »Na gut, wenn du es für dich behältst, sage ich dir, für wen ich tatsächlich schreibe.«

Shelly richtete sich ein wenig auf und neigte sich zu Hope hinüber. »Ich kann ein Geheimnis für mich behalten.«

»In Wahrheit schreibe ich für die *Weekly News of the Universe*. Der Artikel für dieses Nordwest-Magazin war eine Lüge.«

»Du hast gelogen? Warum?«

»Weil viele Leute unglaubliche Vorstellungen von Boulevardblatt-Journalisten haben. Sie denken, wir sind schlüpfrig und schreiben Klatschgeschichten.«

»Und das stimmt nicht?«

»Nein. Ich schreibe Storys über Bigfoot und Außerirdische und Menschen, die im Bermudadreieck unter dem Meeresspiegel leben.«

»Hmm ... ist das diese schwarz-weiße Zeitschrift, die im Laden immer neben dem *Enquirer* liegt?«

Hope wartete, bis ein Motorboot vorübergefahren war, bevor sie den klaren grünen See fotografierte. »Ja.«

»Die mit Bat Boy auf dem Cover?«

»Bat Boy«, höhnte Hope und richtete die Kamera auf das jenseitige Ufer. Die Bäume stellte sie scharf ein, den Strand im Vordergrund dagegen leicht verschwommen. Ein ideales Plätzchen für ein Picknick unter leicht unscharfen Außerirdischen. »Das ist die *Weekly World News*. Die bringen's nicht. Diese Leute haben absolut keine Fantasie.« Ihrer Meinung nach gehörte Bat Boy zu den dümmlicheren Geschichten, die sie bei der Konkurrenz gelesen hatte.

»Oh! Riesenameisen greifen New York an?«

»Bingo.«

»Du liebe Zeit! Hast du das geschrieben?«

Hope senkte die Kamera und sah ihre Nachbarin an. »Nein, aber meine Storys sind Dokumentarberichte, und hin und wieder schreibe ich auch eine Art kontroverse Ratgeberkolumne unter den Pseudonymen Lacy Harte und Frank Rhodes.«

»Du bist Lacy Harte?«

»Ich bin sowohl Lacy als auch Frank.«

»Du machst Witze! Ich war stets der Überzeugung, es handele sich um zwei verschiedene Personen. Immerhin sind die so grob zueinander.«

»Zuerst bin ich mir auch irgendwie schizophren vorgekommen, aber jetzt macht es mir Spaß. Ich schreibe außerdem Artikel unter dem Pseudonym Madilyn Wright.«

»Hast du irgendwas geschrieben, was ich gelesen haben könnte?«, fragte sie, wie bei ihrem ersten Treffen.

Hope verstaute die Kamera wieder in ihrem Futteral, streckte sich auf der Liege aus und bot ihr Gesicht der Sonne dar.

»Letztes Jahr hat sich meine Serie von Bermudadreieck-Artikeln als ziemlicher Erfolg erwiesen. Danach kamen dann die Micky-der-magische-Gnom-Artikel.«

»Um Himmels willen! Von diesen Micky-der-magische-Gnom-Geschichten habe ich ein paar gelesen. Das warst du?«

»Ja.«

»Meine Schwiegermutter kauft diese Zeitschrift immer und gibt sie mir, wenn sie sie durchgelesen hat.«

Soweit Hope wusste, kauften einzig und allein Schwiegermütter Boulevardblätter. Jeder las sie, aber sie hatte noch keinen Menschen kennen gelernt, der sie tatsächlich auch kaufte. Das war ungefähr so, als wollte man jemanden finden, der zugab, Nixon gewählt zu haben.

Trotzdem belief sich die Zahl der Abonnenten der *Weekly News of the Universe* auf etwa zehn Millionen weltweit. Es gab eine Menge heimlicher Leser, und nicht alle waren Schwiegermütter.

»Ich fand es toll, wie Micky sich in RuPaul verwandelt hat.«

Diese Geschichte war die letzte der Gnom-Reihe gewesen und der Beginn ihrer Probleme. »Gerade die Geschichte hat er gehasst.« Als er sie gelesen hatte, drohte er damit, Hope, den Herausgeber und den Geschäftsführer der Zeitschrift zu verklagen.

»Micky den Gnom gibt es wirklich?«

»Er ist kein Gnom, er ist ein Zwerg. Richtig heißt er Myron Lambardo, aber er ist auch bekannt unter dem Namen Myron der Quetscher. Ich habe ihn in Las Vegas kennen gelernt, als ich für einen Artikel über Elvis-Darsteller recherchierte. Damals arbeitete er in einer schmuddeligen kleinen Bar und rang mit Frauen in einem mit Schlamm gefüllten Planschbecken.« Sie hatte ihn dafür bezahlt, dass er sich fotografieren ließ, und sie hatte darauf bestanden, dass er ihr das Nutzungsrecht für die Fotos unterschrieb. »Zuerst gefielen ihm die Storys sehr gut. Er machte das Beste aus seiner Viertelstunde des Ruhms und schaffte es, als Micky für seriösere Ringkämpfe eingesetzt zu werden. Er rief mich ständig an und hinterließ mir Nachrichten, um mir zu sagen, wie gut ihm die Geschichten gefielen. Dann habe ich dieses RuPaul-Feature geschrieben, und er meinte, das würde ihn schwul aussehen lassen. Er behauptete, ich hätte ihn ausgebeutet und gedemütigt, als wäre es so viel würdevoller, sich von Frauen im Schlamm unterkriegen zu lassen.

Als Myron klar wurde, dass er mir seine Rechte überschrieben hatte«, fuhr Hope fort, »fing er an, mich anzurufen und zu bedrohen. Er wollte, dass ich eine Art Macho-Helden wie Arnold Schwarzenegger aus ihm machte. Als ich auf seine Drohungen nicht reagierte, hat er sich meine Adresse besorgt und stand plötzlich vor meiner Tür. Er belästigte mich und ließ mich nicht in Ruhe, und ich musste ihn verklagen und vor Gericht erwirken, dass er sich mir nicht mehr nähern durfte.«

Shelly schwang die Beine über den Rand der Liege. »Micky der Gnom lauert dir auf?«

»Myron Lambardo.«

»Hat er dir was getan?«

»Nein, er droht nur damit, mich niederzuringen.«

»Aber du bist größer als er.«

»Schon, aber er ist ein harter kleiner Bursche. Er verdient seinen Lebensunterhalt mir Ringkämpfen.«

Shellys Augen wurden groß, sie schlug die Hand vor den Mund. Hope fürchtete schon, ihre Nachbarin so geschockt zu haben, dass sie sprachlos war, doch dann brach Shelly in hysterisches Lachen aus.

Wally und Adam drehten sich um und sahen Shelly an, als hielten sie sie für verrückt. »Was ist denn so witzig, Mom?«, rief Wally.

Shelly schüttelte den Kopf, und die Jungen wandten sich Hope zu, als erhofften sie sich von ihr eine Erklärung.

Hope zuckte mit den Schultern. Was sollte sie auch sagen? Manche Leute waren einfach verrückt. Manchmal fragte sie sich, ob sie der einzige normale Mensch in einer verrückten Welt war.

7. KAPITEL

Junge baut Kartoffeln in seinen Ohren an

Wasser spritzte auf Dylans graues T-Shirt und hinterließ schwarze Flecken. »He«, sagte er und goss Shampoo auf Adams Kopf. »Nimm den Finger aus dem Wasserhahn.«

»Ich kann das allein«, beschwerte sich Adam. Er saß in der leeren Badewanne, das Wasser lief in den offenen Abfluss.

»Das weiß ich wohl.« Manchmal vergaß Adam einfach, sich die Haare zu waschen, und wenigstens einmal in der Woche wollte Dylan sicher sein, dass Adams Kopf richtig sauber wurde. »Was ist denn das hier?«, fragte Dylan. »Ein Steinbruch?«

»Nein. Wally und ich haben bei ihm zu Hause eine Sandschlacht gemacht.«

Wie jedes Mal beim Baden, seit Dylan seinen neugeborenen Sohn zum ersten Mal gewaschen hatte, formte er Adams kurzes Haar zu einer Spitze mitten auf dem Kopf, dann riet er ihm, den Kopf in den Nacken zu legen, und spülte das Shampoo aus. »Mich wundert, dass Shelly euch nicht den Hintern versohlt hat.«

»Hope war da«, sagte Adam und schloss entspannt die Augen. »Shelly haut einen nie, wenn jemand dabei ist.«

»Hope ist mit euch zum Strand gegangen?«

»Ja.« Adam wischte sich das Wasser aus den Augen.

»Im Badeanzug?«

»Ja. Der war grün und blau.«

»Ein- oder zweiteilig?«

»Einteilig.«

Ihm lag die Frage auf der Zunge, wie sie darin ausgesehen hatte, aber das wusste er sowieso schon. Hope Spencer würde selbst in einem Müllsack gut aussehen. »Was habt ihr denn so gemacht?«

»Hope hat ein paar Fotos geschossen, und dann hat sie Wally und mir geholfen, eine Sandburg zu bauen. Aber die ist gleich wieder kaputtgegangen, als sich ein Käfer auf ihren Arm gesetzt hat.«

Dylan richtete Adam in sitzende Haltung auf und drückte mit den Händen das Wasser aus den Haaren seines Sohns. »Hat sie geschrien?«

Adam lachte. »Ja, und rumgehopst ist sie auch.«

Dylan wäre gern Zeuge gewesen, wie Hope im Badeanzug herumhopste. Er verschloss den Abfluss mit dem Gummistöpsel und goss Schaumbad mit Bananenduft ins laufende Wasser. »Da sind Seife und Waschlappen«, sagte er und deutete auf die Seifenschale. »Schrubb dich bitte gründlich ab.« Er stellte einen Plastikkorb mit einer Taucherbrille, einem Schnorchel und verschiedenen Spielzeugfiguren auf den Wannenrand. »Vergiss nicht, dich im Schritt zu waschen. Und«, fügte er, schon auf dem Weg zur Badezimmertür, über die Schulter hinweg hinzu, »wasch dir die Ohren. Die sind ja so voller Dreck, dass man Kartoffeln darin anbauen könnte.«

Er ging durch den kurzen Flur zur Küche und dem Stapel schmutzigen Geschirrs, der dort auf ihn wartete. Doch erst einmal nahm er sich eine Flasche Budweiser aus dem Kühlschrank und schob die Tür mit der Hüfte zu. Er drehte den Verschluss ab, nahm ihn zwischen Daumen und Mittelfinger und schnippte ihn weg. Er landete unter dem Küchentisch statt im Mülleimer und traf Adams Hund. Der Welpe hob nur kurz den Kopf und schlief dann weiter.

Dylan hob die Flasche an den Mund und betrachtete das Geschirr in der Spüle. Manchmal sagte er sich, dass alles so viel einfacher wäre, wenn er heiraten würde. Wenn er bloß eine Frau fände, die ihn ertragen und Adam eine gute Mutter sein könnte. Eine, die sich nicht daran störte, den Abwasch zu erledigen, wenn sie an der Reihe war, und die zu Hause wäre, wenn er wegen eines Notfalls noch mal rausmusste. Eine, mit der man spät am Abend noch reden konnte. Eine, die mit den Fingerspitzen über seinen Bauch strich.

Doch Dylan wusste, dass es nichts Schlimmeres gab, als aus den falschen Gründen mit einer Frau zusammenzuleben. Nichts Schlimmeres, als in einem Haus mit einer Frau zu wohnen, die er auf lange Sicht nicht würde lieben können. Neben ihr im Bett zu liegen. Mit ihr zu schlafen, weil es sich anbot, was etwas anderes war als aus Liebe.

So hatte er mit Julie gelebt. Wäre nicht ein geplatztes Kondom dazwischengekommen, hätte ihre Beziehung kein Jahr gehalten. Abgesehen davon, dass sie beide auf einer Ranch aufgewachsen waren und ein solches Leben unerträglich fanden, hatten sie nichts gemeinsam. Wäre Adam nicht gewesen, hätte die Beziehung nicht so lange gehalten. Dylan liebte seinen Sohn und war glücklich, ihn zu haben. Sie waren Kumpel, aber trotzdem war es nicht leicht, ein Kind allein aufzuziehen. Weder für ihn noch für Adam, und freiwillig hätte er sich nicht dafür entschieden. Freiwillig hätte er nicht allein die Verantwortung dafür übernommen, seinen Sohn zu einem braven Jungen und anständigen Mann zu erziehen.

Freiwillig hätte er es nicht auf sich genommen, den Schmerz und das Unverständnis in den Augen seines Sohnes zu sehen, wenn sie darüber sprachen, warum Adams Mama nicht bei ihnen wohnte oder warum sie beide nicht bei ihr wohnten.

Jedes Mal, wenn Dylan Adam im Juli zum Flughafen brachte, wo sie Julie trafen, musste er die gleiche Frage beantworten: »Warum kommst du nicht mit Mommy und mir?« Und jedes Jahr musste Dylan die Wahrheit verschleiern. Er wollte nicht mit Julie zusammen sein, aber, was noch wichtiger war, er wollte nicht, dass Adam sich den Floh ins Ohr setzte, sie könnten wie eine richtige Familie zusammenleben. Adam hatte schon jetzt die bedenkliche Vorstellung, dass seine Mutter, sobald sie nicht mehr im Fernsehen auftrat, nach Gospel ziehen und bei ihnen wohnen würde. Aber selbst wenn Julies Serie morgen abgesetzt würde, könnte Adams Traum niemals Wirklichkeit werden.

Trotzdem besuchte Adam sie weiterhin jedes Jahr, und jedes Jahr zog Dylan für die zwei Wochen, die Adam weg war, raus auf die Double-T-Ranch, sah die Geschäftsbücher durch, half, wo Not am Mann war, und brachte seinen Schwager Lyle auf die Palme. Lyle war ein guter Viehzüchter und auch ein guter Geschäftsmann, aber wenngleich Dylan kein Interesse daran hatte, die Ranch selbst zu führen, gehörte sie doch zur Hälfte ihm, und eines Tages würde sie Adam gehören.

Die ersten zwei Juliwochen verbrachte Dylan regelmäßig damit, dass er sich über die Preise von Saatgut und Futtermitteln informierte und all die liegen gebliebenen Kleinigkeiten erledigte. Das tat er jedoch in erster Linie, damit er seinem verwaisten Haus entkommen konnte.

Im Bad hörte das Wasser auf zu rauschen, und Dylan stellte seine Bierflasche auf die Arbeitsplatte. Er spülte die Teller ab, und als er sie in den Geschirrspüler ordnete, schweiften seine Gedanken von den Sorgen um Adam zu seinem Problem mit Hope Spencer ab.

Hope Spencer war eine sehr schöne Frau, und er konnte nicht leugnen, dass ihre Figur ihn entzückte. Auch wenn er es ihr wohl nie gestehen würde, gefiel ihm ihre freche und vorlaute Art sehr gut. Er mochte es, wie sie ihn zum Schmunzeln brachte, selbst wenn er gar nicht wusste, worüber er lächelte.

Sie zu küssen, war ein Riesenfehler gewesen. Er hatte es schon im selben Augenblick gewusst, als sein Mund ihre Lippen berührte. Sie hatte so mild und alkoholisch geschmeckt. Wie ein Schluck teuren Whiskeys hatte der Kuss ihn bis ins Innerste erwärmt. Ihre Berührung hatte ihm die Brust eingeschnürt, bis er kaum noch atmen konnte. Der Ausdruck in ihren blauen Augen, die Leidenschaft, die ihm da entgegenstrahlte, hatte ihm um ein Haar die Knie weich werden lassen. Hatte ihn beinah dazu verführt, sie anzuflehen, ihm zu erlauben, ihre nackte Haut zu berühren und sie zwischen den warmen, feuchten Schenkeln zu küssen. Hätte er ein Kondom in der Brieftasche gehabt, wer weiß, vielleicht hätte er dann nicht aufgehört. Wer weiß, vielleicht hätte er dann auf der Stelle mit ihr geschlafen, in der Küche, am Kühlschrank.

Dylan schloss die Augen und presste die Hand auf den Latz seiner Levi's. Vielleicht hätte er ihr dann diese Stretchshorts heruntergestreift und sich tief in ihr vergraben. Seine Zunge in ihrem Mund, seine Hände auf ihren Brüsten, sein Penis in ihr, dort, wo sie ganz heiß war. Um sich im gleichen Rhythmus wie sie zu bewegen, bis ihr feuchtes Inneres ihn mit heftigen Kontraktionen massierte.

Unter seiner Hand war er hart, dass es schmerzte, und er wusste nicht, was er dagegen unternehmen sollte. Nun ja, natürlich wusste er es. Entweder tat er gar nichts, oder er nahm die Sache selbst in die Hand. Dylan griff nach seinem kühlen Bier.

Sie zu küssen war, als hätte ihn der Blitz getroffen. Es hatte ihm die Haare gesträubt und sein Inneres zum Glühen gebracht, doch was ihm an der letzten Nacht wirklich Sorgen bereitete, war, dass er, als er sie geküsst hatte, keinen Gedanken mehr an ihren Beruf verschwendet hatte. Sie war Journalistin, und zufällig vertuschte er die tollste Story seit dem Fall von Jim und Tammy Faye Baker. Amerikas Engel und Fernsehliebling Juliette Bancroft hatte einen unehelichen Sohn.

Etwas derartig Wichtiges hatte er in der Sekunde vergessen, als seine Zunge sich in ihren Mund drängte. Das Einzige, was ihn zurückgehalten hatte, war der Gedanke daran, noch ein außerplanmäßiges Kind auf die Welt zu bringen. Um nichts in der Welt wollte er unter solchen Bedingungen ein weiteres Kind.

Dylan blickte aus dem Fenster über der Spüle. Auf der ungepflasterten Zufahrt warf die untergehende Sonne lange Schatten über seinen Ford, der neben seinem Dienstwagen, dem Blazer, stand. Dylan fragte sich, was Hope jetzt wohl drüben an der Timberline Road trieb. Ob sie noch fernsah oder sich schon anschickte, zu Bett zu gehen. Adam hatte erwähnt, dass sie Fotos gemacht hatte. Vielleicht arbeitete sie tatsächlich an einem Artikel für eine Naturzeitschrift. Vielleicht hatte sie in der Beziehung nicht mal gelogen. Ja, vielleicht, aber Journalistin blieb sie trotzdem.

Was hinderte ihn daran, sie zu überprüfen? Er könnte sich jederzeit darüber informieren, ob sie eine kriminelle Vergangenheit verbarg. Er konnte ihr Autokennzeichen in seinen Computer füttern und alles erfahren, was er über MZBHAVN, Miss Anständig, wissen wollte, aber das würde er nicht tun. Es stand nicht nur im Widerspruch zum Ehrenkodex der Polizei, sondern auch zu Dylans eigenem. Solange sie kein Gesetz brach, hatte sie ein Recht auf ihre Privatsphäre. Sie hatte ein Recht darauf, dass alle anderen sich um ihre eigenen Angelegenheiten kümmerten.

Dylan legte großen Wert auf Privatsphäre. Leider war er in Gospel offenbar der Einzige.

Hope wartete bis zum Montagnachmittag, dann fuhr sie zum M&S-Markt, um sich die *Weekly News of the Universe* zu kaufen. Sie griff sich einen blauen Einkaufskorb aus Plastik und nahm ein Exemplar der Zeitschrift aus dem Regal. Die Überschrift ihres Hühnerknochen-Artikels erschien unter dem Bild eines offenbar verrückt gewordenen Huhns unten links auf der Seite. Sie sah in der »Auf-einen-Blick«-Spalte nach und schlug Seite vierzehn auf. Da, man hatte sie hinter die Kolumne »Klatsch aus Tinsel Town« verfrachtet. Doch immerhin füllte ihr Beitrag eine ganze Seite und war mit dem Foto von halbwegs normal wirkenden Frauen ausgestattet, die um ein paar Hühner herumtanzten. Die Schlagzeile lautete: »Mitglieder eines bizarren Kults essen Hühnerknochen.« Auf dem Weg zur Lebensmittelabteilung schlug Hope die Mitte der Zeitschrift auf. Clive Freemans Artikel über von Außerirdischen verstümmelte Kühe hatte die Doppelseite erobert.

Schön, Berichte über Außerirdische kamen also immer noch an. Ihren eigenen Alien-Artikel hatte sie am Vortag abgeschickt, zusammen mit der leicht verschwommenen Aufnahme des Gospel-Sees, an dessen Ufer sich ein paar leicht unscharfe Außerirdische aus ihrer CD-ROM-Bibliothek tummelten. Die Aliens standen aufgereiht hinter einem rustikalen Tisch, und dieses Foto hatte sie mit der Unterschrift versehen: »Außerirdische schließen Wetten über ahnungslose Touristen in der Wildnis des Nordwestens ab.« Hope war ausgesprochen zufrieden mit ihrem Beitrag und arbeitete bereits an der Fortsetzung.

Sie hatte auch die Zeitungsartikel gelesen, die sie in der Bibliothek fotokopiert hatte, und sie hatte den Eindruck, dass sich daraus eine interessante Story machen ließ. Nicht etwa wegen der Schlüpfrigkeit der Angelegenheit, obwohl davon reichlich vorhanden war, sondern weil es um einen Mann ging, dessen privates und öffentliches Leben einen so krassen Gegensatz darstellte. Der von seinen persönlichen Vorlieben allmählich so vereinnahmt wurde, dass er am Ende moralisch total korrumpiert war.

Hope legte die Zeitschrift in ihren Einkaufskorb und begutachtete die traurigste Ansammlung von Avocados, die ihr je unter die Augen gekommen war. Am Abend war sie zur Feier des achtzehnten Geburtstags der Aberdeen-Zwillinge zu einem Grillfest eingeladen, und im Anschluss daran wollte sie Shelly ein paar Fragen über Hiram Donnelly stellen.

Die Melonen sahen auch nicht besser aus als die Avocados, aber der Salat war erträglich. Shelly hatte sie wissen lassen, dass es Hot Dogs, Hamburger und das Lieblingsgericht der Jungen geben würde: Rocky-Mountain-Austern. Hope wollte einen Salat mit süßem Dressing beisteuern, weil er ausgezeichnet zu Meeresfrüchten schmeckte. Sie konnte sich nicht erinnern, wann sie ihren berühmten Salat das letzte Mal zubereitet hatte. Doch, eigentlich schon – wenn sie sich sehr anstrengte, konnte sie sich erinnern. Aber es lag lange zurück und sagte lediglich sehr Trauriges über ihr gesellschaftliches Leben aus. Komisch, dachte sie, während sie ein paar Haushaltsartikel in ihren Korb packte, wie sehr der Umzug in solch eine Kleinstadt die Leerstellen in ihrem Leben betonte. Komisch, wie ein paar Mittagessen mit einer Frau, die sie kaum kannte, und eine Einladung zu einem Grillfest mit ihren Nachbarn den Wunsch weckten, öfter mal aus dem gewohnten Trott herauszukommen.

Sie überlegte, ob sie eine Flasche Wein mitbringen sollte,

um Shellys Zunge zu lockern, aber Dylan und Adam waren auch eingeladen, und der Sheriff sollte nicht denken, dass sie gern und viel trank. Sie wusste nicht, warum ihr daran lag, und sie wusste auch nicht, was sie von dem Mann halten sollte, der sie unter seiner Hutkrempe hervor ansah und ihr Herz zum Stillstand brachte. Wahrscheinlich war es das Beste, überhaupt nicht an ihn zu denken.

Hope stellte sich in der Schlange hinter einem Pärchen an, das Wasserflaschen in den Armen hielt. Hinter dem Tresen tippte Stanley Caldwell die Einkäufe in die Kasse, während seine Frau Melba sie in Tüten packte.

Als Hope an der Reihe war, stellte sie ihren Korb auf den Tresen.

»Wie sieht's aus da draußen im Donnelly-Haus?«, fragte Stanley.

»Gut. Und wie geht's Ihnen, Mr. Caldwell?«

»Ich habe ein bisschen Rückenschmerzen, aber sonst geht's mir gut.« Er nahm die Avocados aus ihrem Korb und tippte sie ein. »Wie ich höre, sind Sie Schriftstellerin.«

Hope hob den Blick von ihrem Korb und sah Stanley an. »Wo haben Sie das gehört?«

»Regina Cladis«, antwortete er und reichte seiner Frau die Avocados, damit sie sie in eine Tüte packte. »Sie sagt, Sie schreiben eine Geschichte über Hiram Donnelly.«

Sie warf einen Blick zu Melba hinüber und sah dann Stanley wieder an. »Stimmt. Haben Sie ihn gekannt?«

»Natürlich kannten wir ihn. Er war schließlich der Sheriff«, erwiderte Melba. »Seine Frau war eine gute, gottesfürchtige Christin, die gar nicht wusste, was eine Sünde ist.«

»Das behauptete sie jedenfalls«, höhnte Stanley und gab den Preis der Melone ein. »Aber man weiß ja nie.«

»Was weiß man nie, Mr. Caldwell?«, fragte Hope. Melba griff nach der Melone und steckte sie in die Tüte.

»Nun ja, ich glaube einfach nicht, dass ein Mann, bloß weil seine Frau gestorben ist, plötzlich so den Verstand verliert, dass er eines Morgens aufwacht und den Wunsch verspürt, Lederunterwäsche anzuziehen und sich den haarigen Hintern versohlen zu lassen.«

Melba stemmte eine Hand in die Hüfte. »Willst du damit sagen, Minnie wäre wie Hiram gewesen? Lieber Himmel, ihr Vater war Prediger.«

»Ja, und man weiß ja, wie die sind.« Er reichte Melba Hopes *Weekly News of the Universe.*

Melba zog die Brauen zusammen, doch dann hellte sich ihr Blick auf. »Nun, das stimmt schon.« Sie zuckte mit den Achseln und betrachtete die Zeitschrift in ihrer Hand. »Da drin gibt es eine gute Geschichte über eine Frau von siebzig Pfund, die ein achtzehn Pfund schweres Kind gekriegt hat.«

Endlich mal jemand, der zugab, dass er Revolverblätter las.

»Ich kenne da noch eine tolle Geschichte«, fügte Stanley hinzu, »und zwar diesen Artikel über Außerirdische, die in New Mexico dauernd Kühe verstümmeln. Bin ich froh, dass wir uns hier nicht mit solchem Alien-Terror herumplagen müssen.«

Oh, das kommt noch, dachte Hope und hätte gern gewusst, ob sie sich selbst in ihrer Alien-Story erkennen würden. »Haben Sie über diesen Frauenkult gelesen, dessen Mitglieder Hühnerknochen essen? Eine von denen ist erstickt, und die anderen haben versucht, sie in einer rituellen Hühnerzeremonie zu reanimieren.«

»Bis dahin bin ich noch nicht vorgedrungen.« Stanley lachte und schüttelte den Kopf. »Wer denkt sich denn so etwas aus?«

Hope lachte ebenfalls. »Jemand mit einer sehr lebhaften Fantasie.«

»Oder«, sagte Melba, als Stanley die Rechnung ausdruckte, »jemand, der völlig verrückt ist.«

Hope identifizierte die Musik, die aus der Anlage dröhnte, als Country; mehr hätte sie dazu nicht sagen können. Sie hatte sich für lässige Kleidung entschieden: Khaki-Rock, figurbetontes weißes Top und flache Sandalen. Ihr Haar hatte sie zu einem Pferdeschwanz gebunden, den sie am Hinterkopf durch die Öffnung ihrer Baseballkappe zog.

Die Frühabendsonne legte einen grellen Pfad über den See, als Hope aus der Hintertür der Aberdeens trat. In den Händen trug sie ihren Pappteller, zur Hälfte gefüllt mit dem Salat, den sie mitgebracht hatte, und mit einem von Shellys gefüllten Eiern.

Ein Dutzend Jungen und Mädchen im Teenager-Alter aßen an einem der beiden Picknicktische im Halbschatten des Gartens. Der Rauch, der von dem großen Schwenkgrill aufstieg, hüllte die beiden Männer ein, die ihn bedienten. Von hinten waren nur ihre unteren Körperhälften zu sehen. Der eine trug seine Wranglers knapp über seinem flachen Hinterteil, dem anderen saßen die Levi's tief auf den Hüften. Ein Windhauch vertrieb den Rauch, und beide Männer betrachteten die verkohlenden Hamburger, Hot Dogs und Rocky-Mountain-Austern. Wally und Adam standen mit ihren leeren Tellern hinter den Männern.

Paul drehte sich halb um und legte für jeden der Jungen ein Würstchen in ein aufgeschnittenes Brötchen.

»Es ist angebrannt«, beschwerte sich Wally.

»Gieß reichlich Ketchup drauf«, riet Paul ihm. »Dann merkst du gar nichts davon.«

»Ich hab ihm doch gesagt, er soll nicht so viel Holzkohle auf den Grill legen«, flüsterte Shelly, fast ohne die Lippen zu bewegen, als sie und Hope dem Grill zustrebten. Der Wind legte sich, und wieder wurden die beiden Männer vom Rauch verhüllt.

Von hinten sah man nichts außer zwei männlichen Hinterteilen und einem Stückchen grünen beziehungsweise weißen T-Shirt. Hope brauchte die Gesichter nicht zu sehen. Nachdem sie Dylan an dem Abend, als er sie von der Buckhorn- Bar nach Hause brachte, durch das Haus gefolgt war, erkannte sie seinen breiten Rücken unter dem weißen T-Shirt, die Gesäßtaschen seiner Levi's und den abgetragenen Jeansstoff über seinen festen Hinterbacken auf Anhieb.

Als die Frauen sich näherten, sah Dylan ihnen über die Schulter hinweg entgegen. Der Rauch kräuselte sich unter der Krempe seines verbeulten Strohhuts. »Was hätten die Damen denn gern?«, fragte er.

»Was ist am wenigsten verbrannt?«, wollte Shelly wissen.

»Die Hot Dogs sind ziemlich knusprig, die Hamburger extra durchgebraten, aber die Austern sind nicht schlecht.«

»Lass mich bloß mit diesen Austern in Ruhe.« Shelly furchte die Stirn. »Dann eben Hamburger.«

Dylan legte eine Frikadelle zwischen zwei Brötchenhälften und reichte sie Shelly.

»Wegen Paul kriegen wir eines Tages alle Krebs«, brummte sie und ging.

Dylan wandte sich Hope zu, und durch den Rauch hindurch sah er sie mit seinen grünen Augen an. »Was darf es sein, Miss Anständig?«

»Ich nehme einen Hot Dog und riskiere Krebs«, antwortete sie.

»Ein schwarzes Würstchen.« Er klemmte ein brutzelndes Frankfurter in ein Brötchen und legte es auf ihren Teller. »Paul empfiehlt, jede Menge Ketchup drüber zu gießen.«

»Ja, tut mir Leid«, sagte Paul.

»Eigentlich finde ich es so genau richtig«, tröstete sie den

Koch. »Ich mag knusprige Würstchen. Rohes Fleisch esse ich nicht.«

Dylan lachte leise, sagte aber nichts.

»Willst du auch eine Auster probieren?«, fragte Paul.

»Sind sie durchgebraten?«

»Aber sicher. Wie viele möchtest du?«

»Eine reicht.«

»Ich glaube nicht, dass das eine gute Idee ist«, bemerkte Dylan, als Paul eine kleine panierte Auster neben ihr angekohltes Würstchen legte. »Hast du so etwas schon mal gegessen?«, fragte er.

»Klar.« Meeresfrüchte kannte sie in den unterschiedlichsten Variationen. »Schon oft«, fügte sie hinzu, trug ihren Teller durch den Garten und setzte sich zu Shelly und den beiden kleinen Jungen an den Tisch. Am anderen Tisch waren die jungen Leute in eine höchst philosophische Diskussion darüber vertieft, wer der Härtere sei: Freddy Kruger oder Chucky. Die Zwillinge hatten genug gegessen und beide den Mund voll Kautabak, der ihnen an der gleichen Stelle die Unterlippe wölbte. Die Mädchen an ihrem Tisch schien es nicht zu stören. Nein, ihre Lippen wölbten sich ebenfalls.

»Sieh sie dir an«, sagte Shelly kopfschüttelnd. »Als Babys waren diese Jungs so süß. Ich habe sie immer gleich angezogen. In ihren kleinen Matrosenanzügen sahen sie hinreißend aus. Jetzt sind sie groß und haben diese abscheulichen Männergewohnheiten.« Wie auf ein Stichwort spie Andrew einen Strahl Tabaksaft in einen Plastikbecher.

Hope warf Shelly einen raschen Seitenblick zu. »Bist du heute in rührseliger Stimmung?«

»Nein, ich fühle mich alt.« Sie sah traurig aus. »Ich vermisse diesen Geruch, den sie früher hatten. Sie riechen nicht mehr wie kleine Jungen.«

»Aber ich, Mom«, sagte Wally an Shellys anderer Seite.

»Stimmt.« Sie nahm ihren Sohn in den Arm und drückte ihn an sich. »Du bist mein kleiner Stinkstiefel.«

Adam, der Wally gegenüber saß, hob den Blick von dem schwarzen Hot Dog auf seinem Teller. »Du kannst an mir riechen, wenn du willst, Shelly.«

»Also wirklich, warum sollte jemand Lust haben, an dir zu riechen?«, fragte Dylan, stellte eine Coladose auf den Tisch, schwang erst das eine, dann das andere Bein über die Bank und setzte sich neben seinen Sohn. »Du riechst doch immer nach deinem schmutzigen Hund.« Seine Stiefelspitze berührte Hopes nackten Zeh, und sie zog den Fuß zurück.

»Nur, weil er so gern mein Gesicht abschleckt.« Adam legte den Kopf an Dylans Schulter.

Dylan schaute auf Adam hinunter, und seine Hutkrempe warf geflochtenen Schatten über seine Nase und eine Wange. »Wahrscheinlich mag er das, weil du nach Schweineschnitzel schmeckst.«

»Also, Dad.«

Hope biss in ihren knusprigen Hot Dog und betrachtete Dylans Profil, auf der Suche nach Ähnlichkeiten mit seinem Sohn. Adams Haar war dunkler, Mund und Nase waren anders, aber seine Augen – die Augen waren wie die seines Vaters.

Shelly deutete auf Dylans Cola. »Willst du nichts essen?«

Er hob den Kopf, und der Hutschatten bedeckte die obere Hälfte seines Gesichts, wodurch sein Mund betont wurde. Hope beobachtete seine Lippen, als er sprach. »Ich hab ein paar Würstchen runtergewürgt, bevor sie völlig zu Asche zerfielen.«

Paul stellte einen gehäuft vollen Teller auf den Tisch und setzte sich an Wallys freie Seite. »Hope ist anscheinend die einzige Frau, die meine Grillkünste zu schätzen weiß.«

Im Grunde war der Hot Dog auch nach ihrem Geschmack zu stark angebrannt. Sie mochte Würstchen dunkel gebraten, aber nicht zu knusprig, doch sie sagte nichts. Stattdessen nahm sie einen Bissen. »Mmm.« Dylan zog in einem skeptischen Lächeln einen Mundwinkel hoch, und als Hope schluckte, hatte sie das Gefühl, der rösche Hot Dog bliebe ihr in der Speiseröhre stecken.

Shelly wies auf den Teller ihres Mannes. »Nimm ein bisschen von Hopes Salat. Du musst gesund und kräftig sein, wenn du dieses Jahr im Toiletten-Weitwurf gewinnen willst.«

»Machst du da wieder mit?«, fragte Dylan.

»Ja, der erste Preis ist ein Fernseher mit Riesenbildschirm.«

»Stimmt, und ich will diesen Fernseher haben«, sagte Shelly. »Deshalb setze ich Paul ab morgen auf Kraftfutter, wie das Vieh es kriegt. Er muss stark sein wie ein Bulle.«

»Und was ist, wenn ich gut abgehangen ende, wie ein Bulle?«, wollte Paul wissen.

»Wisst ihr, dieses Kraftfutter-Zeugs beeinflusst den Sexualtrieb und lässt den Pimmel schrumpfen«, belehrte Dylan die Anwesenden.

»Was ist ein Pimmel, Dad?«

»Das erklär ich dir später.«

Hope biss noch einmal in ihren röschen Hot Dog und senkte den Blick auf ihren Teller. Sie konnte mit absoluter Sicherheit und in aller Aufrichtigkeit beschwören, dass sie noch nie in Gesellschaft von Leuten gegessen hatte, die Kautabak kauten, über das Aufschneiden und Würfeln von Körperteilen diskutierten und über schrumpfende Pimmel sprachen.

Während Hope ihren Salat verzehrte, hörte sie zu, wie Shelly und Paul ihre Strategie für den Sieg im Toiletten-Weitwurf planten, einschließlich Gewichtstraining und Vitamingaben in letzter Minute. Wieder berührte Dylan mit der Stiefelspitze ihren Zeh, und wieder zog sie den Fuß zurück, diesmal auch den zweiten. Sie hob den Blick, doch seine konzentrierte Aufmerksamkeit galt Adam und Wally, die gegangen waren, um flache Steine übers Wasser hüpfen zu lassen.

»Bleibt in Sichtweite!«, rief Shelly ihnen nach.

Hope streute ein bisschen Salz auf ihre Auster und griff nach einem Plastikmesser. Sie war sich nicht so sicher, ob sie das Ding noch essen wollte.

»Willst du das wirklich essen?«, fragte Dylan über den Tisch hinweg.

»Was?« Sie schaute auf seine Hand, die die Coladose hielt, höher traute sie sich nicht. Kondenswasser rann an dem roten Aluminium herab und verschwand unter seinem Knöchel.

Er löste einen Finger von der Dose und deutete auf ihren Teller. »Weißt du, das ist keine echte Auster.«

»Was ist es dann, eine falsche?«

»So könnte man sagen.«

Jetzt hob sie den Blick bis zu dem weißen T-Shirt, das sich über seiner breiten Brust spannte. »Wie Krebsfleisch, das im Grunde nichts anderes als Weißfisch ist?«

»Nein, Schätzchen. Rocky-Mountain-Austern sind in Wirklichkeit Eier.«

Da, schon wieder. *Schätzchen*, und so, wie er es sagte, floss es über ihre Haut wie Honig. »Was für Eier?«

»Himmel, wusste ich doch, dass du keine Ahnung hast. Eier eben, anders gesagt: Hoden.«

Schließlich sah sie ihm nun doch ins Gesicht und in die im Hutschatten verborgenen Augen. »Aber sicher doch. Als Nächstes erzählst du mir sicher, mein Hot Dog wäre in Wirklichkeit ein Pimmel.«

Er zog die Brauen hoch, und in seinen Augenwinkeln wurden Lachfältchen sichtbar. »Du glaubst mir nicht?«

»Ganz bestimmt nicht. Das ist ja widerlich.«

Sie spießte die Auster auf und führte sie zum Mund.

»Wenn das dein Ernst ist, nimm das lieber nicht in den Mund.«

Sie schnaubte leise und wandte sich dann Shelly zu, die in eine hitzige Diskussion mit Paul vertieft war, in der es darum ging, wo der große neue Fernseher aufgestellt werden sollte. »Shelly, was ist das hier?«

»Was?«

»Das hier.« Sie wedelte mit ihrer Gabel.

»Eine Rocky-Mountain-Auster.«

»Ist das eine Muschel?«

»Nein, das sind Hoden.«

»O mein Gott!« Sie ließ die Gabel fallen, als hätte sie plötzlich nach ihr geschnappt. »Von wem?«

Dylan lachte laut auf. »Meine sind es nicht.«

»Sie stammen von der Rocking-C-Ranch. Ich habe sie während der Kastrationszeit gekauft«, erklärte Shelly.

»Du hast sie gekauft? O mein Gott!«

»Na ja«, antwortete Shelly nachsichtig, als wäre Hope die Verrückte am Tisch, »sie können die Austern ja nicht einfach verschenken, weißt du?«

»Nein, das weiß ich eben nicht. Ich komme aus Kalifornien. Wir essen vernünftige Sachen. Wir essen jedenfalls keine Kuhhoden.«

»Stier.«

»Egal!«

»Sie schmecken wie Hühnchen«, erklärte Dylan.

»Das hast du auch schon von Eidechsen behauptet!« Sie hatte das Gefühl, als wäre sie plötzlich in irgendeine schräge Hinterwäldler-Komödie geraten. Als Nächstes würden sie wahrscheinlich das geröstete Eichhörnchen auftischen.

»Das mit der Eidechse war ein Scherz.«

»Dylan hat Recht«, meldete sich Paul vom anderen Ende des Tisches. »Rocky-Mountain-Austern schmecken wie Hühnchen – allerdings zäher. Ungefähr wie Hühnermagen.«

»Das hab ich mir auch sagen lassen«, bestätigte Shelly. »Allerdings hab ich noch nie einen gegessen.«

Endlich ein vernünftiges Wort. Hope legte die Hände an die Wangen. Sie hatte plötzlich ein komisches Gefühl im Magen, doch zum Glück kamen die Zwillinge weiteren kulinarischen Exkursen zuvor.

»Mom, wir fahren in die Stadt«, verkündete Thomas.

»Was ist denn da los?«

»Wahrscheinlich gar nichts. Am Ende spielen wir doch wieder bloß Billard drüben bei Zack.«

»Wenn ihr angetrunken fahrt, nehme ich euch das Auto weg«, warnte Paul.

»Und seid bitte vor Mitternacht zurück«, fügte Shelly hinzu, was eine Debatte darüber nach sich zog, ob die Zwillinge nun alt genug wären, um ohne Zeitbegrenzung ausgehen zu können.

Während die Aberdeens diskutierten, brachte Hope ihren Teller ins Haus und warf ihn in der Küche in den Mülleimer unter der Spüle. Sie schleuderte ihre Baseballkappe auf die Arbeitsplatte und deckte den mitgebrachten Salat mit dem Plastikdeckel ab. Durchs Fenster schaute sie in den Garten und sah zu, wie die jungen Leute zu ihren Wagen gingen. Einige von ihnen trugen noch Zahnspangen. Andere litten an Akne. Sie wirkten so normal, aber sie waren nicht normal. Sie kauten Kautabak und aßen Hoden. In ihren wildesten Fantasien wäre sie nie auf so abwegige Ideen gekommen. Und selbst wenn, dann hätte es ihr doch kein Mensch geglaubt. Walter hätte gesagt, die Story wäre zu weit hergeholt, selbst für ein Boulevardblättchen, das sich auf das Weithergeholte spezialisiert hatte.

Die Hintertür wurde geöffnet, und Hope warf einen Blick über die Schulter. Dylan kam auf sie zu, einen Stapel Pappteller in den Händen. Sie wich zurück bis zur Tresenecke, und er warf seine Last in den Mülleimer.

»Paul ist schon in Ordnung«, sagte er, »aber er kann nun mal nicht grillen. Du hättest diesen Hot Dog nicht essen müssen.«

»Der Hot Dog hat mich nicht so sehr gestört.« Hope schraubte den Deckel aufs Mayonnaiseglas. »Wie könnt ihr nur Hoden essen?« Als er nicht gleich antwortete, wandte sie den Kopf und sah ihn an. Er stand neben ihr, die Hüfte an die Arbeitsplatte gelehnt, die Arme vor der Brust verschränkt, die Aufmerksamkeit auf ihr Hinterteil gerichtet.

Langsam wanderte sein Blick hinauf zu ihrem Gesicht, über ihren Mund hinweg zu ihren Augen. Er zuckte mit den Schultern und lächelte bloß darüber, dass sie ihn ertappt hatte, als er ihren Po beäugte. »Um ehrlich zu sein, ich habe nicht wirklich Geschmack an Rocky-Mountain-Austern gefunden.«

Sie ahmte seine lässige Haltung nach. Die Arme unter der Brust verschränkt, die Hüfte an den Küchentresen gelehnt. Von draußen her drangen Gesprächsfetzen an ihr Ohr, außerdem Motorengeräusch und das Knirschen von Kies unter Autoreifen. Drinnen verlagerte sich alles an die Peripherie ihres Gehirns, sie war voll und ganz auf Dylan konzentriert. Auf den Klang seiner Stimme, die Farbe seiner Augen, die Art, wie er sich den Hut aus der Stirn schob.

»Ich persönlich«, sagte er, »fand es schon immer irgendwie abartig, auf dem linken Hoden irgendeines Stiers herumzukauen.«

»Wie viele hast du schon gegessen?«

»Einen.«

Sie betrachtete seinen Mund. Sie hatte einen Mann geküsst, der zugab, den linken Hoden eines Stiers verspeist zu haben. Sie hätte sich ekeln müssen.

Als hätte er ihre Gedanken gelesen, sagte er: »Ich habe mir hinterher bestimmt eine Stunde lang die Zähne geputzt, und danach hab ich sie noch gründlich mit Zahnseide gereinigt.«

Selbst wenn sie es beabsichtigt hätte, wäre es ihr jetzt nicht gelungen, sich das Lächeln zu verbeißen. »Ich hatte schon immer eine Vorliebe für Jungs, die großen Wert auf Zahnpflege legen.«

Er nahm ihre Hand und schloss seine warmen Finger um ihre. Sie versuchte, das hitzige Prickeln zu ignorieren, das ihre Haut erwärmte und sich bis zu ihren Handgelenken ausbreitete. »Und ich hatte schon immer eine Vorliebe für Mädels mit Vorlieben, besonders, wenn sie kurze Röcke tragen.«

Sie blickte an sich hinunter, auf ihren Rocksaum, der etwa einen Zentimeter, bestimmt nicht mehr als zwei, über ihrem Knie endete.

»Weißt du, als du dich vorgebeugt hast, um deinen Teller auf den Tisch zu stellen, hätte ich beinahe gesehen, welche Farbe dein Slip hat.«

Ausgeschlossen, dass ihr Rock *so* kurz war. Sie sah ihm wieder ins Gesicht. »Du hättest dich schon auf den Kopf stellen müssen, um die Farbe meines Slips erkennen zu können.«

»Ehrlich gesagt, wenn ich nur den Kopf ein bisschen neige …«, gestand er mit einem frechen Blitzen in den Augen, während er mit dem Daumen über ihre Handfläche strich.

Es war schließlich nur ihre Hand, das war überhaupt nichts Erotisches, aber aus einem unerfindlichen Grund empfand sie die schlichte Berührung doch als bedeutend intimer. Reg dich nicht auf, sagte sie sich, während sich ihr

Puls beschleunigte. Kein Grund zur Erregung. Überhaupt keiner. »Irgendwie ist das ein Armutszeugnis, Dylan. Der letzte Junge, der versucht hat, die Farbe meiner Unterwäsche zu erraten, war Jimmy Jaramillo. Das war in der vierten Klasse.«

»Also, da irrst du dich aber ganz bestimmt. Ich möchte wetten, dass jede Menge Typen rumstehen und rätseln, welche Farbe deine Unterwäsche hat.«

»Nein, nur du und Jimmy.«

»Nein, wir sind bloß die Einzigen, die dir gesagt haben, was uns im Kopf rumspukt.«

»Anscheinend hast du zu viel Langeweile. Ich habe den Eindruck, du brauchst eine Freundin.«

»Nee, eine Freundin ist das Letzte, was ich brauche.«

»Wie kommt's?«

Er drehte ihre Hand um und musterte jeden ihrer Fingernägel einzeln. »Wie kommt was?«

»Wieso ist eine Freundin das Letzte, was du brauchst?«

Er hob die Schultern. »Aus vielerlei Gründen. Ich habe keine Zeit. Ich will im Moment keine ernsthafte Beziehung, und dazu tauge ich sowieso nicht. Adam hält mich weiß Gott auf Trab.« Wieder drehte er ihre Hand und betrachtete jetzt die Innenfläche. »Aber manchmal fehlt mir schon die Nähe einer Frau.«

Was genau ihm fehlte, konnte sie sich durchaus denken. Es fehlte ihr ja auch. Seit dem Abend, als sie sich in ihrer Küche geküsst hatten, dachte sie oft daran, wie sehr es ihr fehlte.

»Ich vermisse oft schmerzlich die Hand einer Frau in meiner, wenn ich die Straße entlanggehe.«

Das war nicht eben das, woran sie gedacht hatte. Dylan sah sie an, und sofort erkannte sie die Leere und die Sehnsucht, die ihr entgegenblickten. Dylan Taber, ausgesprochen gute Partie und unverschämt gut aussehender Sheriff von Pearl County, der Mann, der die Frauen mit seinem bereitwilligen Lächeln und den beiläufigen Koseworten zum Wahnsinn trieb, war einsam. Genau wie sie.

Unglaublich, aber wahr, und tief in Hopes Innerem schwoll etwas an und reagierte auf die Sehnsucht in Dylans grünen Augen. Seine Lider senkten sich ein wenig, und er blickte auf ihre Lippen. Ihr stockte der Atem, die Brust wurde ihr eng. Sie hob das Gesicht, während sein Mund sich dem ihren näherte.

Die Hintertür wurde so heftig aufgestoßen, dass sie gegen die Wand schlug. Der Zauber des Augenblicks verflog, Hope und Dylan fuhren auseinander, als Paul und Shelly in die Küche stürmten. Paul hielt Shellys Hand hoch über ihrem Kopf. Blut floss an ihrem Arm entlang und tropfte von ihrem Ellbogen.

»Shelly hat sich an meinem Jagdmesser geschnitten!«, schrie Paul, bevor überhaupt jemand Gelegenheit hatte zu fragen. Er riss ein Geschirrtuch vom Küchentresen und wickelte es um ihre Hand.

»Das ist nicht sauber«, gab Shelly in aller Ruhe zu bedenken. »Hope, hinter dir in der dritten Schublade sind saubere Geschirrtücher.«

»Was ist passiert?«, wollte Dylan von Paul wissen.

»Ich habe mein Messer in den Eimer mit Spülwasser gelegt, den Shelly für das schmutzige Geschirr der Kinder bereitgestellt hatte. Bevor ich es verhindern konnte, hatte sie schon hineingegriffen.«

Hope glaubte nicht, dass sie unter solchen Bedingungen so gefasst gewesen wäre wie Shelly. Bestimmt hätte sie aus Leibeskräften geschrien. Sie nahm ein Geschirrtuch aus der besagten Schublade und reichte es Paul. »Ist der Schnitt tief?«

»Er muss bestimmt genäht werden«, antwortete Paul. Sein Atem ging flach, sein Schock war eindeutig größer als der seiner Frau. »Ich fahre sie ins Krankenhaus.«

»Ich fahre«, bot Dylan an. »Dann sind wir schneller da.«

»Was ist mit den Jungs?«, wollte Paul wissen.

»Ich pass auf sie auf«, meldete sich Hope.

Dylan drehte sich zu ihr um. »Das halte ich nicht für eine gute Idee. Ich rufe irgendwen an.«

»Ich komme schon mit zwei kleinen Jungen zurecht«, versicherte sie leicht gekränkt.

»Bist du sicher?«, fragte Dylan.

»Ganz sicher.«

Das konnte doch nicht schwer sein, oder?

8. KAPITEL

Mann hypnotisiert Hühner, damit sie mehr Eier legen

»Blutfinger noch eine Straße entfernt …« In einem behelfsmäßigen Zelt aus Wolldecken, Sicherheitsnadeln und Küchenstühlen hielt Hope sich den Strahl der Taschenlampe unters Kinn und starrte in die beiden kleinen Gesichter ihr gegenüber. Sie öffnete den Mund und fuhr in unheimlichem Tonfall mit ihrer Gruselgeschichte fort. »Ich rannte los und versteckte mich hinter meinem Bett, aber immer noch hörte ich diese Stimme: ›Blutfinger nur noch ein Haus entfernt …‹« Sie schob die Hand unter einen Wust von Schlafsäcken und klopfte mit den Fingerknöcheln auf den Holzboden. »Blutfinger steht vor deiner Tür …« Adam riss die Augen auf, und Wally nagte an seiner Unterlippe. »Klopf … klopf … klopf.« Sie streckte die Hand aus. »Ich öffnete die Tür – und da stand ein kleiner Junge.« Sie legte um der Spannung willen eine Pause ein, dann erzählte sie weiter: »Er hatte sich an Papier geschnitten; sein Finger blutete, und er brauchte ein Pflaster.«

Eine ganze Weile sahen die Jungen sie in der Finsternis des Wolldeckenzelts nur an. Dann tauschten sie einen Blick und schnaubten verächtlich.

Adam schüttelte den Kopf. »Das war ja richtig lahm.«

»Es war nicht mal gruselig«, setzte Wally hinzu.

»Aber ihr hattet Angst«, sagte Hope. »Ich hab's gesehen.«

»Wally vielleicht, aber ich nicht.«

Wally boxte Adam gegen die Schulter. »Gar nicht.«

»Hört auf, Jungs«, beschwerte sich Hope, als sie beiden anfingen, sich gegenseitig zu boxen. »Ihr reißt das Zelt wieder ein, und noch einmal baue ich es nicht für euch auf.« Die zwei hatten den Großteil des Abends mit Ringkämpfen verbracht, und während es ihnen ganz offensichtlich Spaß machte, sich gegenseitig zu hauen und zu stoßen, trieb es Hope in den Wahnsinn. Weckte Gedanken an die Flasche Zinfandel, die in ihrem Kühlschrank stand. Ein Glas würde wohl nicht schaden, aber Adams Vater glaubte ja sowieso schon, sie würde nicht mit zwei kleinen Jungen fertig werden. Es machte sicherlich keinen guten Eindruck, wenn er kam, um seinen Sohn abzuholen, und sah, wie Hope Wein in sich hineinschüttete.

»Ihr könnt euch jetzt gegenseitig Geschichten erzählen, während ich aufräume«, sagte sie und kroch aus dem Zelt. Sie richtete sich auf und reckte die Arme über dem Kopf. Als Kinder hatten ihr Bruder und sie auch immer gerangelt, und er hatte sie gekitzelt, bis sie in die Hose machte, aber, du liebe Zeit, sie hatten sich doch nie gekloppt wie Adam und Wally. Diese beiden waren unablässig in Bewegung.

Sie räumte die halb leeren Coladosen und eine Schüssel mit Popcorn-Resten vom Tisch und ging in die Küche.

Vor etwa einer Dreiviertelstunde hatte sich Dylan gemeldet: Man hatte Shelly ins Krankenhaus in Sun Valley gebracht. Ihre Handverletzung war so schwer, dass operiert werden musste, um den gröbsten Schaden abzuwehren. Er berichtete außerdem, dass die Zwillinge auf dem Weg zum Krankenhaus wären und dass er, sobald die zwei eintrafen, aufbrechen würde, um die Kleinen abzuholen.

Hope stellte die Schüssel auf die Arbeitsplatte, leerte die Coladosen aus und warf sie in den Mülleimer. Für die Fahrt von Sun Valley bis zu ihr benötigte Dylan mindestens eine Stunde, also konnte sie sich ausrechnen, dass er frühestens in fünfzehn Minuten und spätestens in anderthalb Stunden vor ihrer Tür stehen würde, je nachdem, wann die Aberdeen-Zwillinge im Krankenhaus ankamen.

»He«, ertönte ein gedämpfter Schrei aus dem Nebenzimmer. »Runter von meinem Kopf, Pobeißer.«

»Selber Pobeißer.«

Hope schloss die Augen und legte die Hände an die Wangen. Sie würde die Jungen ein paar Minuten lang gar nicht beachten, vielleicht hatten sie dann endlich alle Energie verbraucht und schliefen einfach ein. Doch stattdessen kicherten sie, und das war, wie sie inzwischen gelernt hatte, kein gutes Zeichen.

Sie ging ins Wohnzimmer und blieb still bei dem Zelt aus Decken stehen.

»Das war ungezogen, Wally«, sagte Adam.

»Ich kann noch was. Los, zieh an meinem Finger.«

Hope war sicher, dass kein Mensch so dumm sein würde, dieser Aufforderung Folge zu leisten. Sie täuschte sich, und das Zimmer hallte wider von unflätigen Geräuschen und Kichern. Unter diesem Eindruck schwor Hope sich eines: Falls sie je beschließen sollte, ein Kind zu adoptieren, würde sie ein Mädchen nehmen. Keinen Jungen. Auf gar keinen Fall.

Sie schaltete den Fernseher ein und hörte die Zehn-Uhr-Nachrichten aus Boise. Zu ihrer maßlosen Erleichterung und Überraschung legte sich der Aufruhr im Zelt, und als der Wetterbericht zur Hälfte gelaufen war, kroch Adam hinaus und ließ sie wissen, dass Wally eingeschlafen war.

»Möchtest du bei mir sitzen oder lieber malen?«, fragte sie ihn.

»Lieber malen, glaub ich.«

Hope gab ihm eine Schachtel Buntstifte, die sie zum Korrigieren ihrer Artikel benutzte, wenn sie sie zum Redigieren ausgedruckt hatte. Sie legte ihm ein paar Blatt Kopierpapier auf den Tisch, und Adam machte sich an die Arbeit.

»Was willst du denn malen?«

»Meinen Hund.«

Hope hockte sich zu ihm auf den harten Boden. Die Geweihbeine des Tisches ließen wenig Raum für ihre Beine; sie war gezwungen, sich im Schneidersitz niederzulassen.

»Und was malst du?«, fragte er.

»Dich.« Sie griff nach dem grünen Stift und zeichnete einen Jungen mit großen grünen Augen und vom Kopf abstehendem braunem Haar. Sie war künstlerisch nicht sehr begabt, und als sie fertig war, hatte die Zeichnung keinerlei Ähnlichkeit mit Adam.

Er betrachtete das Bild und lachte. »Das bin ich nicht.«

»Klar doch.« Sie fügte noch ein paar Sommersprossen hinzu und zeigte auf den fehlenden Schneidezahn auf ihrer Zeichnung. »Siehst du?«

»Gut, jetzt mal ich dich.« Er nahm sich ein neues Blatt Papier und einen gelben Stift.

»Mal aber meine gute Seite.« Sie zeigte ihm ihr Profil.

»Meine Mom hat auch gelbes Haar. Aber früher war es braun.«

Ihre Neugier war geweckt, und Hope fragte vorsichtig: »Wo wohnt deine Mama denn?«

Er blickte kurz zu ihr auf und wandte sich dann wieder seiner Zeichnung zu. »Meistens in Kalifornien, aber wenn ich sie besuche, dann wohnen wir in Großvaters Haus.«

»Und wo ist das?«

Er zuckte mit den Schultern. »Montana.«

Hope schämte sich ein bisschen, weil sie das Kind so ausfragte, aber doch nicht so sehr, dass sie aufhören wollte. »Siehst du sie oft?«

»Ja. Sie ist beim Fernsehen.«

Beim Fernsehen? »Meinst du, ihr Bild ist bei euch zu Haus beim Fernseher?«

»Ja.«

Eine Frage noch, dann wollte sie aufhören, ganz bestimmt. »Wo arbeitet deine Mama denn?«

»Darüber darf ich nicht reden.«

Tatsächlich nicht? Unvermittelt fragte Hope sich, was Dylans Frau denn wohl so Schlimmes tat, dass Adam nicht darüber reden durfte. Callgirl oder Stripperin kamen ihr in den Sinn. »He«, sagte sie und zeigte auf Adams Bild von ihr. »So eine große Nase hab ich aber nicht.«

Adam nickte und lachte. »Jetzt aber doch.«

»Schön.« Sie zog sich ein frisches Blatt heran und zeichnete Adam mit großen Ohren und Schielaugen. »Schau dich nur an«, sagte sie, und damit begann ein Wettkampf darum, wer das blödeste Gesicht malen konnte. Als sie fertig waren, hatte Adam gewonnen, mit einer Darstellung von Hope, die mit »Wolverine-Krallen« in der Nase bohrte.

»Was krieg ich dafür?«, fragte er.

»Was soll das heißen? Wieso glaubst du, du kriegst was dafür?«

»Ich hab gewonnen. Dann krieg ich auch was.«

»Hmm ... Ich habe noch Popcorn für die Mikrowelle.«

»Bloß nicht.« Er schaute sich um und zeigte auf den ausgestopften Luchs auf dem Kaminsims. »Wie wär's damit?«

»Den kann ich dir nicht geben. Er gehört mir nicht.«

Er zeigte auf das Bärenfell. »Und das?«

»Nein.« Hope stand auf und ging ins Esszimmer. Das einzige Geschenk für ihn, das ihr einfiel, war ein kleiner Kolibri aus Kristall, der im Fenster neben ihrem Computer hing. »Wie wär's hiermit?«

»Was macht das?«

»Wenn du den Kolibri ins Licht hältst«, erklärte sie und

reichte ihm das Vögelchen, »dann schießt er richtig coole Prismen durchs Zimmer. Bei Sonnenlicht funktioniert es am besten.« Adams Haar war ein bisschen zu lang; es fiel ihm über die Augen, als er den Vogel von allen Seiten begutachtete. Hope fragte sich, wie sich sein Haar wohl anfühlte, wenn sie es streichelte, und wie Adam reagieren würde, wenn sie es ihm aus der Stirn strich.

»Hübsch, nicht?«

»Finde ich auch«, sagte sie und gab ihrer Neugier nach. Sie hob die Hand und kämmte ihm mit den Fingern das Haar aus der Stirn. Die warmen, feinen Strähnen schlüpften ihr durch die Finger.

Ein kleiner Junge im Haus wäre vielleicht doch nicht so übel, dachte sie und ließ die Hand wieder sinken. »Was meinst du?«

Adam juckte es an der Schulter; er kratzte sich. Der Vogel war irgendwie Mädchenkram, meinte er, aber sonst in Ordnung. »Ist schon gut.« Er zuckte mit den Achseln und ging zurück ins Wohnzimmer, den Blick auf seine nackten Zehen gerichtet, während er sich dem Zelt näherte. Er sah sich nach Hope um. »Sag mir Bescheid, wenn mein Dad kommt«, sagte er und kroch zu Wally ins Zelt. Er legte sich auf einen Schlafsack, den sie im Obergeschoss in einem Schrank gefunden hatten, und betrachtete die Wolldecken über ihm. Er wäre gern zu Haus gewesen. Er hoffte, dass sein Vater sich beeilte.

Adam hielt den Vogel hoch, den Hope ihm geschenkt hatte, und nahm ihn dann ganz dicht vor die Augen. Das Licht vom Wohnzimmer drang durch die Wolldecken ins Zelt, und wenn er die Augen ganz fest zusammenkniff, konnte er es durch den Kolibri hindurch sehen. Er dachte über Hope nach, darüber, wie sie mit ihm Bilder gemalt hatte, obwohl sein Dad gar nicht dabei war. Und sie hatte ihm ein Geschenk gemacht. Und um ihm das zu geben, war sie nicht extra zu ihm nach Hause gekommen, damit sie seinen Dad treffen konnte. Nicht wie diese anderen Mädchen.

Vielleicht war Hope so wie Shelly. Shelly war nicht wie die anderen. Sie kam nicht zu ihnen nach Haus und tat so, als ob sie Adam gern hätte, damit sie mit seinem Dad reden konnte.

Er wälzte sich auf die Seite und schob den kleinen Vogel in die Tasche seiner Shorts. Vielleicht würde er für Hope mal einen coolen Stein suchen. Es hatte ihm Spaß gemacht, als sie ihn und Wally fotografiert hatte, und er mochte diese blauen Stiefel, die sie manchmal anhatte. Sie hatte das Zelt aus Wolldecken gebaut, und sie war zum Schieflachen gewesen, als sie vor den Fledermäusen wegrannte. Ihm gefiel es, wie ihr Haar glänzte.

Wie bei einem Engel. Wie bei seiner Mom. Adam wusste, dass seine Mutter kein echter Engel war. Er wusste, dass sie in Kalifornien und manchmal in Montana bei seinem Großvater wohnte, aber nicht im Himmel. Er wusste, dass sie nicht auf Wolken rumhockte und immerzu betete, denn sie betete nicht einmal vor dem Abendessen. Er wusste, dass seine Mom nicht bei ihnen wohnen konnte, weil sie im Fernsehen sein musste. Er wusste, dass er seinen Freunden nichts von seiner Mutter erzählen durfte, weil sonst während der besonderen Zeit, die sie zusammen in Montana verbrachten, Leute kamen und sie belästigten. Der einzige Freund, der über seine Mom Bescheid wusste, war Wally, und der durfte auch mit keiner Menschenseele darüber sprechen.

Adam versuchte, die Augen offen zu halten, aber das linke fiel ihm andauernd zu. Er überlegte, ob er vielleicht einfach beide für eine kleine Weile schließen sollte, damit sie sich ausruhen konnten, bis sein Dad kam.

Er wusste, dass seine Mutter Schauspielerin war; das war ihr Beruf. Er wusste, dass manches von dem, was sie tat, nicht in Wirklichkeit geschah. Zum Beispiel konnte sie nicht fliegen und auch nicht unsichtbar ins Zimmer kommen, wann immer sie wollte. Doch er vermutete, dass einiges von dem, was sie in ihrer Serie tat, doch echt sein musste, und er hätte gern diese Kinder kennen gelernt, die sie gerettet hatte, als letzte Woche deren Haus abgebrannt war. Die Katze hatte sie auch gerettet. Und seine Mom kannte den Weihnachtsmann. Sie hatte den Weihnachtsmann gerettet, als er zu viel getrunken hatte und von einem Bus angefahren wurde. Da hatte sie ihm gesagt, er müsse am Leben bleiben, für all die Kinder auf der ganzen Welt, die ihn liebten, und Adam wäre gern zum Nordpol gereist, um den Weihnachtsmann kennen zu lernen. Er hatte mit Wally darüber geredet. Da es schließlich seine Mutter gewesen war, die den Weihnachtsmann gerettet hatte, würde Adam sich zu Weihnachten was richtig Großes wünschen, zum Beispiel den Gokart, den er, wenn es nach seinem Vater ging, erst mit zehn Jahren haben durfte.

Adam gähnte und schob sich die Hand unter die Wange. Er wünschte sich, dass seine Mom zu ihm und seinem Dad ziehen würde. Wenn er ganz, ganz brav war und es sich ganz schrecklich wünschte, tat sie es vielleicht.

Dylan klopfte an Hopes Tür und wartete darauf, dass sie öffnete. Es war halb zwölf Uhr nachts, und er hatte das Krankenhaus verlassen, sobald die Zwillinge gekommen waren, damit sie sich nicht nur um ihre Mutter, sondern in erster Linie auch um ihren Vater kümmerten. Dylan hatte Paul noch nie so fertig erlebt. So rührselig hatte er ihn nie gesehen. Als Shelly auf der Trage davongeschoben wurde, hatte er angefangen zu heulen. Paul gab sich selbst die

Schuld an dem Unfall und führte sich auf, als hätte er ihr das Messer ins Herz gestoßen. Er sagte, er könnte es nicht ertragen, sie verletzt zu sehen.

Sicher, Shellys Schnittwunde war schlimm, aber doch keineswegs lebensgefährlich. Als Dylan bei seinem Freund gesessen und ihn weinen gesehen hatte, war er nicht etwa angewidert, sondern vielmehr ein bisschen neidisch gewesen. So hatte er noch nie eine Frau geliebt. So eine Liebe, die einen Mann dazu brachte, zu weinen wie ein kleines Mädchen, auch noch nach neunzehn Ehejahren, kannte er nicht. Er fragte sich, warum er nie eine Frau kennen gelernt hatte, die er so sehr hätte lieben können. Er hätte gern gewusst, ob er das je erleben würde.

Tja, Lust. Lust war etwas anderes. Lust regte sich ziemlich heftig in ihm, seit Miss Anständig in die Stadt gekommen war. Und während der Heimfahrt hatte er an kaum etwas anderes gedacht als daran, wie er in Shellys Küche gestanden und die weiche Haut von Hopes Hand und die Linien ihrer Handfläche betrachtet hatte. Und hatte an den Abend gedacht, als er sie von der Buckhorn-Bar nach Haus gebracht hatte. Ganz deutlich erinnerte er sich an ihre Berührungen, an das weiche, nasse Innere ihres Mundes, an das Streicheln ihrer Hand auf seiner Brust, an den pochenden Schmerz zwischen seinen Beinen.

Die Haustür wurde geöffnet, und da stand sie vor ihm, beleuchtet von der Deckenlampe im Hauseingang. Nach so vielen Stunden allein mit Wally und Adam hatte er erwartet, dass Hope ihm wie eine wild gewordene Medusa entgegentrat. Aber nein. Ihr Haar war offen und ein bisschen zerzaust, aber sie sah warm und verschlafen aus, als wäre sie gerade aus dem Bett gestiegen.

»Habe ich dich geweckt?«, fragte er.

»Nein, ich habe nur auf dem Sofa gelegen und ferngesehen.« Sie trat zurück, und er schob sich an ihr vorbei ins Haus.

Sie roch auch warm und verschlafen, stellte er fest. »Haben die Jungen Ärger gemacht?«

»Sie schlafen.« Sie ging ihm voran ins Wohnzimmer, und er ließ den Blick von ihrem Hinterkopf über ihren geraden Rücken und die hübsche Rundung ihres Pos bis zu ihren glatten Schenkeln wandern. Sie war barfuß. »Wir haben ein paar Schlafsäcke zusammengesucht und eine Art Camping veranstaltet.«

Das Zelt aus Wolldecken versetzte ihn in Erstaunen. Wahrscheinlich wäre er weniger überrascht gewesen, wenn sie einen Schönheitssalon gebaut hätten.

»Sie haben oben eine Zeit lang Spukhaus gespielt, und als ihnen das langweilig wurde, haben wir uns hier unten Gruselgeschichten erzählt.«

Er schaute von dem Zelt zu Hope hinüber. »Sie sind dir nicht zu viel geworden?«

»Na ja, sie haben sich beinahe ununterbrochen geprügelt. Alles, was ihnen in die Hände fiel, wurde zu einer Art Schwert oder Messer oder Pistole, und die Sache mit dem Am-Finger-Ziehen fand ich schon ein bisschen beunruhigend.« Sie neigte den Kopf zur Seite und sah aus den Augenwinkeln zu ihm hoch. »Ich habe höchstens ein-, zweimal mit dem Gedanken gespielt, mich aus dem Staub zu machen.«

Er war völlig auf ihr Lächeln, ihre rosa Lippen konzentriert und fragte sich, ob sie wohl auch verschlafen schmeckte. Ob sie ganz warm und bereitwillig schmecken würde, so als hätte er sie mitten in der Nacht geweckt, um mit ihr zu schlafen.

»Adam ist ein lieber kleiner Bursche. Du kannst dich glücklich schätzen, sein Vater zu sein.« Sie strich sich das Haar hinter die Ohren. »Wie geht es Shelly?«

Er wollte gerade fragen: »Wem?«, fing sich aber noch rechtzeitig. Stattdessen schlug er eine Wolldecke des Zeltes zurück und betrachtete Wally und Adam. »Sie hat sich ziemlich schlimm geschnitten. Die Ärzte mussten ein paar Sehnen flicken, aber alles wird gut verheilen. Morgen kommt sie wahrscheinlich schon nach Hause.« Die Jungen lagen zusammengerollt wie Bären beim Winterschlaf auf einem Stapel von Wolldecken und Schlafsäcken.

»Da bin ich aber froh.«

»Ich schätze, ihr geht es besser als Paul. Er hat sich aufgeführt, als hätte er sie umgebracht.« Dylan ließ den Deckenzipfel fallen und sah Hope an. »Ich war nicht in der Stadt, als Shelly die Zwillinge bekam, aber sie hat mir erzählt, dass Paul während der Geburt auch so rastlos auf und ab gestapft ist und geweint hat.«

»Hast du nicht geweint, als deine Frau Adam zur Welt brachte?«

Er wies sie nicht darauf hin, dass Julie nicht seine Frau war. »Ich hatte keine Zeit. Ich habe es kaum geschafft, Julie rechtzeitig zur Geburt ins Krankenhaus zu bringen.«

»Sturzgeburt?«

»Nein, ein endlos langer Weg. Wir waren zu Besuch bei ihrem Vater.« Er ging auf sie zu und warf einen Blick auf die Zeichnungen auf dem Kaffeetisch. »Adam ist im dortigen Krankenhaus zur Welt gekommen.«

»Adam hat heute Abend von ihr gesprochen.«

Dylans Kopf ruckte hoch. »Über Julie? Was hat er gesagt?«

»Nur, dass sie in Kalifornien lebt und blondes Haar hat, das früher braun war.«

Es war höchste Zeit für einen Themenwechsel. »Hast du dich von der Konfrontation mit Rocky-Mountain-Austern erholt?«

»Die Frage beantworte ich dir nur, wenn du mir auch eine beantwortest.«

»Was willst du wissen?«

»Was deine Ex-Frau beruflich macht.«

Er sah ihr direkt in die Augen und log: »Sie arbeitet als Kellnerin.«

»Ach.« Zwischen Hopes Brauen erschien eine Falte, als sie sich auf die Armlehne des Sofas setzte.

»Und jetzt sag mir, ob du dich von den Austern erholt hast.«

»Knapp. Wenn mir jemand erzählt hätte, es gäbe Leute, die diese Dinger tatsächlich essen, hätte ich ihm kein Wort geglaubt. Das ist einfach zu grotesk.«

Wenigstens kreischte sie nicht, wurde nicht blass und sah nicht aus, als müsste sie sich übergeben, als sie jetzt darüber sprach. In ihren Mundwinkeln zuckte sogar ein Lächeln. Dylan gefiel ihr Lächeln sehr. Der Klang ihres Lachens gefiel ihm ebenfalls, so weiblich und irgendwie wie gehaucht. Es gefiel ihm so sehr, dass er ihr sogar sein zweitgrößtes Geheimnis verriet. Ein Geheimnis, das so peinlich war, dass absolut niemand in seiner Familie darüber sprach. Nicht einmal am Erntedankfest, wenn sie alle zusammenkamen und sich einen Schwips antranken. »Wenn du das grotesk findest, dann solltest du mal meinen Cousin Frank kennen lernen. Der hypnotisiert Hühner.«

Hope zog die Brauen hoch und sah ihn an, als wäre er verrückt geworden. »Wie?«

Dylan hob die rechte Hand. »Er hält sie fest und zwingt sie, sich auf seinen Finger zu konzentrieren.«

Sie lachte. »Du spinnst ja.«

Wenn seiner Mutter zu Ohren kam, dass er über Cousin Frank geplaudert hatte, riss sie ihm den Kopf ab. Niemand sollte wissen, dass derartige Gene die DNS der Familie beeinträchtigten, aber Hopes Lachen zu hören entschädigte ihn für das Risiko. »Es stimmt aber, ich schwör's.«

Sie schüttelte den Kopf; ihr Haar fiel nach vorn und streifte ihre rechte Wange. »Warum sollte jemand Hühner hypnotisieren wollen?«

»Vielleicht aus dem einfachen Grund, weil er's kann.«

»Was tun sie denn unter Hypnose? Gehen sie auf die Bühne und benehmen sich wie Menschen?«

Er lachte leise und kam näher. »Sie liegen einfach nur da und sehen aus wie tot.« Er schob ihr das glänzende Haar hinters Ohr, und sein Handrücken strich dabei über ihre weiche Wange. »Meine Tante Kay glaubt allen Ernstes, er sei begnadet.«

»Und du bist allen Ernstes verrückt.«

Ihr Haar fühlte sich kühl und sehr weich unter seinen Fingern an. »Du glaubst mir nicht?«

»Nein.«

Der kurze Hautkontakt verkrampfte sein Inneres, und er ließ die Hand sinken. »Ich habe dir auch über die Rocky-Mountain-Austern die Wahrheit gesagt.«

»Du hast aber auch behauptet, du hättest schon mal eine Eidechse gegessen.«

»Nein, das habe ich nie gesagt.«

»Du hast mich aber in dem Glauben gelassen.«

»Schon, doch das ist keine Lüge.«

»Genau genommen vielleicht nicht, aber ich sollte etwas über dich denken, was nicht der Wahrheit entsprach.«

Sein Blick wanderte von ihrer Wange zu dem Bogen ihrer Oberlippe. »Nun ja, dann sind wir wohl quitt.«

»Du glaubst, ich hätte dich belogen?«

Er sah in ihre klaren blauen Augen, die so groß und unschuldig blickten. »Seit dem Tag, als du in die Stadt gekommen bist.«

Sie runzelte die Brauen. »Du hättest mich jederzeit überprüfen können.«

»Ja, aber ich überprüfe niemanden, wenn er mir keinen Anlass dazu gibt. Das verstößt gegen die Politik der Polizeibehörde.« Er legte eine Pause ein, bevor er fragte: »Habe ich denn einen Anlass?«

»Nein.«

»In letzter Zeit irgendwelche Verstöße gegen das Gesetz?«

»Nicht, dass ich wüsste.«

»Keine Anzeigen wegen Erregung öffentlichen Ärgernisses?«

»Nein.«

»Wegen sexueller Belästigung?«

Sie lachte. »In letzter Zeit nicht.«

Er musterte sie von Kopf bis Fuß und wieder zurück. »Das ist eine Schande.«

Sie senkte den Kopf und sah ihn von unten herauf aus den Augenwinkeln an. »Flirten Sie etwa mit mir, Sheriff Taber?«

»Schätzchen, wenn du erst fragen musst, dann werde ich wohl langsam alt.«

»Wie alt bist du?«

»Fast achtunddreißig.«

Ihre Lippen bogen sich zu einem verführerischen Lächeln, das ihm das Herz erwärmte. »Du siehst ganz gut aus für dein Alter.«

»Ms. Spencer, flirten Sie mit mir?«

»Mag sein.« Eine Falte tauchte zwischen ihren hellen Brauen auf. »Es ist zwar lange her, seit ich zuletzt mit irgendwem geflirtet habe, aber es könnte sein.« Die Falte glättete sich. »Ich schätze, du hast einfach Glück gehabt.«

Glück gehabt. Er wusste nicht, ob er lieber schnellstens

das Weite suchen oder sie aufs Sofa werfen und ihr zeigen sollte, wer hier Glück gehabt hatte. Er trat einen Schritt zurück. »Hast du Hiram Donnellys Akte schon angefordert?«, fragte er, indem er erneut das Thema wechselte und auf Distanz ging.

Sie sah ihn eine Weile an, als hätte sie der plötzlichen Wendung des Gesprächs nicht folgen können. »Hm, ja«, sagte sie schließlich. »Letzte Woche.«

»Gut. Sag mir Bescheid, wenn du was nicht verstehst und Hilfe brauchst.« Sie stand auf, und er wich noch einen Schritt zurück. »Ich bringe jetzt lieber die Jungen nach Hause und stecke sie ins Bett.«

»Ihre Schuhe sind noch oben. Ich hole sie rasch.« Hope ging zur Treppe und fühlte sich fast genauso wie an jenem Abend in ihrer Küche, als er sie geküsst hatte. Nach einer einzigen Zärtlichkeit konnte er nicht schnell genug von ihr wegkommen, und wie in jener Nacht wusste sie auch jetzt nicht, was sie ihm getan hatte.

Am Kopf der Treppe angelangt, ging sie den Flur hinunter und dann nach rechts in ein Zimmer. Vielleicht hätte sie nicht eingestehen sollen, dass sie schon lange nicht mehr geflirtet hatte. Vielleicht hatte sie ihm Angst gemacht.

Neben dem Bett im Gästezimmer am Ende des Flurs fand sie Wallys Cowboy-Stiefel und einen von Adams blauen Turnschuhen. Als sie auf dem Fußboden herumkroch und den zweiten Schuh suchte, überlegte sie, ob sie womöglich eine Art Verzweiflung ausstrahlte, die ihn abschreckte. Ihr Eingeständnis, dass sie lange nicht geflirtet hatte, mochte in ihm vielleicht den Verdacht geweckt haben, mit ihr wäre etwas nicht in Ordnung, und womöglich hatte er sogar Recht. Sie hatte Dylan erst vor gut einer Woche kennen gelernt. Im Grunde *kannte* sie ihn überhaupt nicht, doch wenn er sie ansah oder lächelte oder mit ihr redete, schnürte sich ihre

Brust zusammen. Und wenn er sie berührte, konnte sie überhaupt nicht mehr denken.

Sie trat in den begehbaren Schrank und schaute sich um. Als sie die Camping-Ausrüstung durchstöberte, hörte sie Dylans schwere Stiefelschritte ins Zimmer kommen. Sie fand den Turnschuh bei einem Stapel weiterer Schlafsäcke, und als sie aus dem Schrank heraustrat, stand Dylan am Fenster, mehr als ein Meter neunzig harter Mann am Stück, und schaute auf den See hinaus.

»Die Aussicht von hier kannte ich noch gar nicht.« Seine Schultern füllten das ganze Fenster aus, und die schwache Sechzig-Watt-Birne an der Zimmerdecke hob die goldenen Strähnchen in seinem Haar hervor und betonte das strahlende Weiß seines T-Shirts, das im Bund seiner Levi's steckte.

Hope stellte den Schuh zu den anderen vors Bett und trat neben Dylan. Eigentlich verspürte sie keine Lust, aus dem Fenster zu blicken. Noch immer erfüllte die Schönheit der Natur um sie herum sie nicht mit Ehrfurcht, doch sie musste zugeben, dass hier ein gewisser Frieden herrschte. Eine Art Ruhe, die in den meisten teuren Urlaubsorten nicht zu finden, in keinem modernen Erholungsgebiet zu kaufen war.

»Von hier aus kann man es nicht sehen, aber dort drüben ist mein Haus«, sagte er, zeigte nach links und rückte zur Seite, um ihr den Blick aus dem Fenster freizugeben. »Genau da drüben, hinter der größten Ponderosa-Kiefer. Und siehst du den hellen Stern etwa sechzig Grad nach Norden?« Als sie sich nicht rührte, legte er den Arm um ihre Taille und zog sie zu sich heran, sodass sie vor ihm stand. Ihren Rücken an seinen massiven Oberkörper geschmiegt, seine Hand an ihrer Hüfte, zeigte er hinauf zu den Sternen. »Schau direkt nach unten auf diesen blassen Fleck. Das ist ein Felsen namens Teufelskinn. Genau darunter liegt die

Double-T-Ranch. Dort bin ich aufgewachsen. Meine Mutter und meine Schwester leben dort noch immer. Wenn es nach meiner Mutter ginge, müsste ich auch dort wohnen.«

Er roch schwach nach Moschus und Rasierwasser, und der Duft von kühler Nachtluft haftete seiner Haut an. Hope blickte in die Nacht hinaus, doch da gab es nichts zu sehen. Das Fenster ging auf den leeren See hinaus, und von ihrer Veranda her oder vom Garten der Aberdeens drang keine Spur von Licht durch die Dunkelheit. Statt darauf zu achten, was Dylan ihr zeigte, betrachtete sie sein Spiegelbild. »Wenn ich dich recht verstehe, willst du dort nicht leben.«

»Nein. Ich bin mit Kühehüten und Heueinfahren aufgewachsen. Das ist ein schweres Leben. Man muss es schon lieben. Ich liebe es nicht, aber vielleicht gefällt es Adam eines Tages.« Er schwieg eine Weile und starrte hinaus in die Ferne, als könnte er dort etwas sehen, was ihren Augen verborgen blieb. »Ich konnte es gar nicht erwarten, aus dieser Stadt herauszukommen. Kurz nach dem Schulabschluss bin ich gegangen.«

»Aber du bist zurückgekommen.«

»Ja. Manchmal muss man sich erst umsehen, bevor man weiß, wohin man gehört. Und das ist manchmal genau der Ort, von dem aus man aufgebrochen war. Mir musste es erst richtig schlecht gehen, bevor ich den Wunsch verspürte, nach Hause zu kommen.«

»Wo hast du gelebt, als es dir so schlecht ging?«

In den spiegelnden Scheiben des Fensters trafen sich ihre Blicke, und er lächelte. »Zuerst habe ich in Canoga Park gewohnt, dann bin ich nach Chatsworth umgezogen.«

»Du hast in L. A. gelebt?«

»Etwa zwölf Jahre lang.« Der Druck seiner Hand an ihrer Hüfte verstärkte sich ein wenig. »Ich habe bei der Mordkommission der Polizei von Los Angeles gearbeitet.«

»Ich habe in Brentwood gewohnt.«

»Das hätte ich mir eigentlich denken können«, sagte er und ließ seine Hand auf ihren Bauch gleiten.

»Aber aufgewachsen bin ich in Northridge«, setzte sie hinzu. Sie atmete tief und gleichmäßig durch und überlegte, ob sie sich aus seiner Umarmung lösen oder seine Hand wegschieben sollte. Sie fühlte sich, als wäre sie wieder ein Teenager, so verunsichert, während jede einzelne Faser ihres Körpers vor Leben vibrierte. Aber im Gegensatz zu jenen unschuldigen Jahren vor langer Zeit wusste sie jetzt, wohin diese Empfindungen, die sie aufheizten wie lodernde Flammen, führen konnten. Was sie allerdings nicht wusste, war, ob sie mit ihm bis zu dem Punkt gehen und ob er sie überhaupt dorthin führen wollte.

»Dann bist du also ein bisschen tiefer in den vornehmen Teil der Stadt vorgedrungen als ich.«

Die Wärme seiner Handfläche drang durch die Baumwolle ihres Oberteils und ließ ihren Unterleib von innen her erglühen. Mit einiger Mühe bezähmte sie den Drang, sich in seinen Armen umzudrehen und ihn so zu streicheln, wie er sie streichelte. »Blaine war schon sehr reich, als ich ihn geheiratet habe.«

»Blaine, war er dein Mann? War er schwul?«

»Nein.«

»Du hast allen Ernstes jemanden geheiratet, der Blaine heißt?«

»Ja, was ist dagegen einzuwenden?«

Er schüttelte den Kopf. »Ein Typ, der Blaine heißt, kann es einfach nicht weit bringen.«

»Lächerlich. Er hat es durchaus zu was gebracht.«

»Eben. Ich sprach von ›weit‹.«

»Er ist hochintelligent«, sagte sie und fragte sich, warum sie sich die Mühe machte, ihren Ex-Mann zu verteidigen.

»Aha. Was macht er denn beruflich?«

»Er ist Schönheitschirurg.«

Im Fensterglas richtete er den Blick seiner grünen Augen auf ihre Brüste.

»Nein, das sind meine eigenen.«

Er schaute hoch und lächelte ohne eine Spur von Verlegenheit. »Ich fände es furchtbar, wenn es anders wäre.« Er zog sie fester an seine Brust und sagte: »Etwas in der Art könnte all meine Fantasien über dich vernichten.«

Sie hielt ganz still. »Was für Fantasien?«

Er vergrub seine Nase in ihrem Haar und betrachtete ihr Spiegelbild in der Fensterscheibe. »Das sollte ich dir lieber nicht verraten.«

»Warum nicht? Werde ich gefesselt?«

»Auch, in einigen Fällen.«

In einigen?

Lachfältchen wurden in seinen Augenwinkeln sichtbar. »Hast du ein Problem damit?«

Hatte sie? Sollte sie eigentlich. »Womit? Damit, dass du Fantasien über mich hast, oder damit, gefesselt zu werden?«

»Mit beidem.«

Aber sie hatte kein Problem damit. Überhaupt keins. Ganz im Gegenteil: Es ließ ihre Körpertemperatur noch weiter steigen. Die Hitze in ihrem Unterleib breitete sich bis zwischen ihre Schenkel aus, und sie presste die Beine zusammen. »Hat es mir Spaß gemacht?«

Sein Daumen streichelte ihren Bauch und streifte die Bügel ihres BHs. »Natürlich. Ich war sehr nett zu dir.«

Als ob er tatsächlich zärtlich mit ihr gewesen wäre, wurden ihre Brüste schwer, und die Brustwarzen unter der dünnen Baumwolle ihres Tops und dem feinen Nylon ihres BHs versteiften sich zu harten, empfindlichen Knospen.

»Willst du wissen, wie nett?«

Sie nickte mit stockendem Atem.

In der Fensterscheibe beobachtete er sie, während er den Kopf senkte und mit der Zungenspitze leicht an ihrer Ohrmuschel entlangfuhr. »Es hat dir gefallen, als ich das hier getan habe«, flüsterte er und fing an, sacht an ihrem Ohrläppchen zu saugen. Sein Atem wärmte ihre Wange, und ein Schauer lief ihr über den Rücken. Mit der freien Hand schob Dylan ihr Haar zur Seite und strich mit den Lippen seitlich über ihren Hals. »Und das hat dir auch gefallen.« Es regnete warme Küsse auf ihren Hals, und sie sah zu, wie er das Gesicht in ihrer Halsbeuge barg, spürte, wie er sanft an ihrer Haut sog, doch bevor er einen Fleck hinterlassen konnte, bewegte er sich weiter. Langsam schob er die Träger von Top und BH von ihren Schultern.

»Du bist so weich«, sagte er und zog sie noch fester an seine Brust. »Noch weicher, als du aussiehst.« Die Hand auf ihrem Bauch regte sich und griff in den Stoff ihres Oberteils. Seine harte Erektion drängte sich gegen ihren Po, und sie hatte das Gefühl, innerlich zu schmelzen. Heiß und feucht und begierig wallte Lust zwischen ihren Schenkeln auf. Die Vorstellung, sie wären beide nackt und liebten sich, brachte sie beinahe dazu, sich umzudrehen und die Beine um seine Hüften zu schlingen. Einen Moment lang gestattete sie sich ihre eigene Fantasie, in der sie ihn auszog und ihn berührte, wo immer sie wollte, doch mit Hilfe des Rests von Vernunft, der ihr noch geblieben war, ermahnte sie sich, dass sie ihn längst nicht gut genug kannte, um sich tatsächlich nackt mit ihm zu vergnügen.

»Ich glaube nicht, dass Sex jetzt das Richtige wäre«, sagte sie im Flüsterton.

Im Fenster sah er ihr in die Augen. »Wer spricht denn von Sex?«, fragte er und legte eine warme Spur von Küssen bis zu ihrer Schulter. »Wir spielen nur ein bisschen herum.«

»Vor dem Fenster?«

»Schätzchen, da draußen ist meilenweit keine Menschenseele.« Er zerrte den Saum ihres Tops aus dem Rockbund und machte sich wieder an die Arbeit. »Wenn ich mit dir schlafe, dann bestimmt nicht gerade dann, wenn unten zwei kleine Jungen liegen. Dann komme ich lieber gut vorbereitet und stelle sicher, dass ich die ganze Nacht Zeit habe, dich so zu lieben, wie ich es mir wünsche.«

Die beiden Jungen, die im Erdgeschoss schliefen, hatte sie völlig vergessen. »Wir sollten vielleicht lieber aufhören.«

Er schob die Hand unter ihr Oberteil und streichelte ihre nackte Haut mit seiner heißen Hand. »Soll ich aufhören?«

Sie sah zu ihm auf, und ihre Stirn streifte sein raues Kinn. »Nein.«

»Dann halte die Ohren offen, damit du früh genug hörst, wenn kleine Füßchen die Treppe hinaufgetrappelt kommen.« Den Mund dicht an ihrem Ohr, fragte er dann: »Wie fühlst du dich?«

»Gut«, antwortete sie, ohne lange zu überlegen. Sie schüttelte den Kopf, als ihr klar wurde, dass er die Frage wahrscheinlich anders gemeint hatte. Sie hob die Hand und legte sie an seine kratzige Wange. »Ich fühle mich, als sollte ich dich jetzt wohl lieber auffordern zu gehen.« Sie küsste ihn auf den Mundwinkel und das stoppelige Kinn. »Aber im Grunde möchte ich gar nicht, dass du gehst. Ich möchte, dass du bleibst, aber ich weiß, es ist nicht richtig.« Sie barg das Gesicht an seinem Hals und atmete den Duft seiner Haut. »Vor allem aber gibst du mir das Gefühl, verwirrt und einsam zu sein.«

Er spreizte die Finger auf ihrem nackten Bauch und strich mit dem Daumen an der Unterseite ihrer Brust entlang. Fast hätte sie vergessen zu atmen. »Mit meiner Hand unter deinem Top fühlst du dich einsam?«

»Ja, denn du erinnerst mich an Dinge, von denen ich nicht einmal wusste, dass sie mir gefehlt haben, bevor ich in diese Stadt kam.« Sie küsste seinen Hals und fügte hinzu: »Zum Beispiel die Schritte von Männerstiefeln auf meinem Fußboden und eine raue, kratzige Wange an meiner Hand. Die angenehme Wärme, das geborgene Gefühl, wenn ich mit dem Rücken an deiner Brust lehne. Mich sicher fühle.« Und Sex. Er machte ihr bewusst, wie sehr sie es vermisst hatte, mit einem Mann intim zu sein, begehrt und genommen zu werden und in verschwitzten Laken und purer Lust zu wühlen. »Und manchmal, wenn ich in deine Augen sehe, denke ich, dass du vielleicht auch einsam bist.«

Er schwieg eine Weile, sah sie nur an. Dann fragte er: »Weißt du, was ich sehe, wenn ich dich anschaue?«

Unter ihren Lippen fühlte sie seinen Puls. Sie schüttelte den Kopf.

»Ich sehe jemanden, der mich überdeutlich daran erinnert, wie lange es her ist, seit ich die süße Haut einer Frau berührt und geschmeckt habe.« Wieder drängte er seine Erektion gegen ihr Gesäß, und durch den abgetragenen Denim-Stoff hindurch spürte sie seine Hitze. Sie breitete sich an ihren Beinen entlang aus bis in die nackten Zehen auf dem kühlen Holzboden. »Wenn ich dich ansehe, vergesse ich einfach, warum ich wie ein Mönch lebe.«

Sie sah ihm ins Gesicht, und ihre Miene verriet offenbar ihre Zweifel.

Er wich ein wenig zurück. »Du glaubst nicht, dass ich wie ein Mönch lebe?«

»Ich habe gesehen, wie manche Frauen in dieser Stadt dich behandeln.«

»Ja, aber bei denen verliere ich nicht die Beherrschung. Sie führen mich nicht in Versuchung. Im Gegensatz zu dir.« Sie hatte den Kopf erhoben, den Hals gebogen, und Dylan küsste sie sanft auf den Mund. »Sie wecken in mir keine Fantasien über heißen, schmutzigen, hemmungslosen Sex. Sie wecken nicht diese Sehnsucht danach, ihre weiche Haut zu berühren, so wie du es tust. Überall, mit den Händen und mit dem Mund. Hope, ich will deine Brüste küssen, und deinen kleinen Bauchnabel und deine Schenkel. Ich weiß, dass ich mich von dir fern halten sollte. Wenn ich bei dir bin, ist es noch schlimmer, aber ich kann mich nicht zwingen, dir aus dem Weg zu gehen. Dieses Verlangen nach dir kann ich nicht kontrollieren.«

Sie kannte das Gefühl. Sanft legte er seinen Mund auf ihren und ging zu einem Kuss über, einem Kuss so zart und süß, so im Gegensatz zu seinem rasenden Puls, dass sie die Hand von seiner Wange löste und sie um seinen Hinterkopf legte, um den Kuss zu vertiefen. Für einen Mann, der von sich behauptete, keine Kontrolle mehr zu haben, hielt er sich doch sehr gut. Sie leckte seine glatte Zunge, und der Kuss wurde zu einer zärtlichen Paarung ihrer Münder, zu einer exquisiten Intimität, die eher reizte als befriedigte. Ein nervenaufreibendes Jagen und Verfolgen. Ein flinkes Vorstoßen und Zurückziehen von heißen Zungen und Lippen.

Dann, als hätte sie plötzlich ein Feuer in ihm entfacht, wurde der Kuss gierig, und er verschlang sie nahezu, sog ihr den Atem aus den Lungen. Im nächsten Augenblick war sie ganz hingegeben, und das Gefühl, die Kontrolle aufzugeben über etwas, das sie sowieso nicht kontrollieren konnte, empfand sie als sehr angenehm.

Seine Hand war unter ihrem Top weiter gewandert und umfasste sanft ihre Brust, und alles wurde so heiß und verschwommen, dass sie jeden Gedanken aufgab, bis auf den an seine Hand und seinen Daumen, der durch das dünne Material ihres BHs hindurch ihre Brustwarze streichelte.

Dylan stöhnte tief in der Kehle und löste seine Lippen von

ihrem Mund. Sein lustverhangener Blick forschte in ihren Augen, und während Hope sein Profil betrachtete, schob er ihr langsam das Top bis über die Brüste hinauf. Dann stand er völlig reglos da. Sie hielt den Atem an, beobachtete ihn und wartete auf seine Reaktion.

»Schau dich an«, sagte er und lenkte ihre Aufmerksamkeit auf ihr Spiegelbild im Fenster, auf sich selbst, wie er hinter ihr stand, den Saum ihres Oberteils zusammengerafft in seinen großen Händen. Sein Blick fixierte ihren weißen BH, dessen Material so durchsichtig war, dass sie ebenso gut hätte nackt sein können. Ihre Brüste und ihre harten, aufgerichteten Brustwarzen drängten gegen den dünnen Stoff.

»Du bist schön«, sagte er leise und sah ihr im Fensterglas in die Augen.

Sie presste die Arme an die Seiten und hielt so das Top auf der Höhe der Achseln fest. Dann legte sie die Handflächen auf seine Handrücken und schob seine Hände hinauf, bis sie auf ihren Brüsten lagen. Er drückte sie sanft, und ein heißer Schauer lief über ihre Haut. Sie versuchte, sich umzudrehen, doch Dylan hielt sie fest. »Wenn du das tust, sind wir verloren«, sagte er.

»Ich möchte dich fühlen, Dylan.«

»Heute Abend fühle ich dich.«

Sie schloss die Augen und öffnete die Lippen. Seit langer Zeit hatte sie sich nicht mehr so gut gefühlt. Sie bog den Rücken durch und ließ die Hände sinken.

»Hope, mach die Augen auf. Sieh mich an. Sieh mich an, wenn ich dich berühre.«

Das tat sie. Sie sah ihr hochgeschobenes Oberteil, sah rechts die Träger, bis zum Ellbogen herabgestreift. Dylan hielt von hinten ihre Brüste umfasst, die dunkelrosa Warzen lugten zwischen seinen gespreizten Fingern hindurch. Sie blickte ihr Spiegelbild an, sah das Begehren in ihren Augen.

Dylan presste die Finger zusammen und hielt ihre Brustwarzen mit leichtem Druck zwischen ihnen. Hopes Knie gaben nach. »Wenn wir allein im Haus wären«, sagte er im Flüsterton, »würde mein Mund sich jetzt hier befinden.« Er küsste ihren Scheitel und ihre Wangen. »Von hier aus würde ich mich nach unten vorarbeiten.« Er zog ihr Oberteil herab bis zu ihrer Taille. »Aber wir sind nicht allein, und es wird auch nicht einfacher, dich zu verlassen, wenn wir so weitermachen.«

Er hatte Recht. Natürlich hatte er Recht. Sie konnten sich nicht lieben, während im Erdgeschoss zwei kleine Jungen schliefen. Das wäre nicht recht gewesen. Und es wäre wohl auch nicht recht gewesen, einfach die Schlafzimmertür abzuschließen.

Er trat einen Schritt zurück und legte ihr die Hände auf die Schultern.

»Brauchst du Hilfe mit Adam und Wally?«, fragte sie.

»Schätzchen, tu uns beiden einen Gefallen und bleib hier oben, bis du meine Rücklichter in Richtung Stadt verschwinden siehst.« Seine Hände glitten von ihren Schultern, und er wich zurück bis zum Bett. »Ich fürchte, ich habe meine gesamte Willenskraft dafür verbraucht, dir das Hemd wieder über die Brust zu ziehen. Dir diesen durchsichtigen BH nicht auszuziehen, war so ziemlich das Schwerste, was ich je vollbracht habe, und mehr ertrage ich jetzt nicht.« Er nahm Wallys und Adams Schuhe an sich, sah Hope noch ein letztes Mal an und ging aus dem Zimmer.

Hope suchte ihr Zimmer an der Vorderseite des Hauses auf und sah vom Fenster aus zu, wie er den Motor seines Dienstwagens anließ. Dann ging er noch zweimal zurück ins Haus und kam jedes Mal mit einem Jungen auf den Armen heraus. Als er aus Hopes Zufahrt bog, meinte sie zu sehen, dass er zu ihr hinaufblickte. Aber es war dunkel, und sie konnte es nicht mit Sicherheit sagen.

Sie betrachtete ihr Spiegelbild in der Fensterscheibe. Ihre schweren Lider und geschwollenen Lippen. Sie war nicht ganz sicher, wer ihr da aus dem Glas entgegenblickte. Die Frau sah aus wie sie, aber sie benahm sich nicht wie Hope Spencer. Sie verließ ihr Schlafzimmer und ging nach unten. Es war nicht klug, den Sheriff so zu begehren. Sie hielt nichts von Sex ohne Bedeutung. Sie wusste es besser … aber sie hatte es anscheinend einfach vergessen, oder es war ihr egal. Wenn Dylan bei ihr war, fühlte sie sich eben nicht mehr so einsam.

Dylan Taber gab ihr wieder das Gefühl, eine begehrenswerte Frau zu sein. Der Klang seiner tiefen Stimme und die Berührung seiner kräftigen Hände hatten es in ihrem Inneren heiß aufwallen lassen, und sie mochte das Gefühl. Sie mochte es sehr. Seit ihrer Scheidung hatte kein Mann sie so angesehen und ihr ein solches Gefühl vermittelt. Als wäre sie voll und ganz eine Frau. Das lag wohl daran, dass sie keinem Mann Gelegenheit dazu gegeben hatte, aber es war ja auch nicht so, als ob sie Dylan ganz bewusst diese Chance eingeräumt hätte. Sie hatte es einfach nicht unter Kontrolle. Der Kombination von Dylans lässigem Charme und seinen heißen Zärtlichkeiten war schwer zu widerstehen.

Sie fragte sich, ob sie es überhaupt versuchen sollte.

9. KAPITEL

Mann geht spontan in Flammen auf

Am nächsten Morgen schlürfte Hope ihren Kaffee und starrte verschlafen auf ihren Monitor. Sie schaute im Posteingang nach und öffnete eine E-Mail von Walter, ihrem Herausgeber. Die Alien-Story fand er toll, er wollte mehr, was ihr nur recht war, denn sie hatte schon eine Idee für einen Artikel über Außerirdische, die sich als Naturführer betätigten. Am Schluss seines Schreibens warnte Walter sie, dass Myron Lambardo sich an die Redaktion gewandt hatte, um ihre Adresse in Erfahrung zu bringen. Offenbar wusste er inzwischen, dass sie ihre Wohnung verlassen hatte, was gleichzeitig bedeutete, dass er das Gerichtsurteil missachtete.

Hope beschloss, sich im Augenblick nicht darum zu kümmern. Sie hatte keine Angst. Myron konnte sie unmöglich ausfindig machen. Nie im Leben würde er auf die Idee kommen, sie in der Wildnis von Idaho zu suchen.

Sie stellte ihre Tasse auf den Tisch und machte sich an die Arbeit. Ihre Finger tippten eifrig eine halbe Seite, dann hielten sie inne. Die Vorstellung von Dylan, der hinter ihr stand, ihre Brüste in seinen Händen, ging ihr durch den Kopf und hinderte sie unversehens am Arbeiten. Sie versuchte, die Erinnerung zu verdrängen und sich wieder auf ihren Artikel zu konzentrieren, doch es gelang ihr nicht. Dylan spukte in ihrem Kopf herum, ließ sich nicht vertreiben und blockierte ihre Kreativität.

Da blieb ihr nur eines übrig. Sie musste die Sache aussitzen. Sie öffnete einen kleinen Schminkkoffer und nahm eine Flasche Nagellackentferner und einen Beutel Wattebäuschchen heraus. Sie manikürte ihre Nägel und malte sie lila an, weil sie in lila Stimmung war. Nicht unbedingt froh und munter, aber auch nicht gerade düster und grau. Irgendwie mitten dazwischen und unsicher. Wie ihr Leben überhaupt.

Während sie sich die Nägel lackierte, las sie aufmerksam ihre Informationen über Hiram Donnelly durch. Soweit sie es beurteilen konnte, hatte der alte Sheriff eine Vorliebe für Sado-Maso-Praktiken. Tagsüber war er der absolute Ordnungsfanatiker, aber bei Nacht ließ er sich gern unterwerfen. Nach allem, was sie über abweichendes Sexualverhalten bisher gelesen hatte, war Sadomasochismus keine so ungewöhnliche Abart. Tatsächlich verfügte jede erfolgreiche Domina über eine Klientel von Einflussreichen und Mächtigen.

Hope hatte auch Berichte und wissenschaftliche Abhandlungen zu dem Thema gelesen, warum gewisse Männer es mochten, beherrscht zu werden, aber es war nicht ihre Absicht, einen Artikel über die psychologischen und pathologischen Aspekte abweichenden Verhaltens zu schreiben. Vielmehr interessierte sie der Mann, der es geschafft hatte, mehr als zwanzig Jahre lang als Sheriff einer konservativen Stadt zu arbeiten, während er im Verborgenen sexuellen Perversionen frönte, die ihn dann schließlich zu Grunde richteten.

Als Hopes Nägel getrocknet waren, ging sie zum Nachbarhaus, um nach Shelly zu sehen. Paul ließ sie wissen, dass Shelly schlief, wahrscheinlich aber in wenigen Stunden aufwachen würde. Gegen Mittag sollte sie wiederkommen. Da es jetzt erst zehn Uhr war, blieb Hope noch viel Zeit totzuschlagen, und so lackierte sie auch noch ihre Zehennägel. Sie dachte über die Außerirdischen in ihrem Beitrag nach und über die zahllosen Möglichkeiten für künftige Storys. Sie überlegte, ob es besser wäre, sich an verschiedene Zeitschriften zu wenden, bevor sie ihren Artikel über Hiram Donnelly schrieb, oder ob sie einfach ins Blaue schreiben sollte. Doch hauptsächlich dachte sie an Dylan und seine Bemerkung über sein Leben als Mönch. Sie konnte sich einfach nicht vorstellen, dass ein Typ wie er abstinent war.

Sie dachte daran, wie er sie angesehen hatte, an das Verlangen in seinen Augen und an seine raue Stimme, die sie einhüllte und am ganzen Körper wärmte. Sie versuchte, jedem Lächeln, jedem Wort, jeder Berührung eine Bedeutung beizumessen. Sie wollte gern glauben, dass er sie ein wenig mochte, aber sie wusste es nicht. Und im Grunde wusste auch sie selbst nicht, was sie fühlte, abgesehen davon, dass sie ihn mochte und ihn körperlich begehrte. Sie konnte nicht sagen, ob sie irgendetwas gemeinsam hatten, was über ihre Einsamkeit und ihr eindeutiges Faible füreinander hinausging. Sie wusste nicht einmal, ob sie Dylan heute oder morgen oder erst nächste Woche wieder sah.

Wollte sie mehr? Wollte er mehr?

Sie musste auch an Dylans Ex-Frau denken. Wenn sie wirklich Kellnerin war, dann hätte Hope gern gewusst, wieso Adam nicht über ihren Beruf reden durfte.

Es sei denn … sie arbeitete oben ohne. Wie diese Animierdamen in den Herrenklubs. Das wäre vielleicht eine Erklärung dafür, dass Dylans Sohn den Beruf seiner Mutter keinem Menschen gegenüber erwähnen durfte. In Kleinstädten war man oft sehr engstirnig, wenn es um derlei Sachen ging.

Gegen Mittag klopfte Hope bei ihren Nachbarn an, und Paul führte sie ins Wohnzimmer, wo Shelly in ihrem Bademantel aus blauem Chintz in einem Lehnstuhl saß. Ihre Haare standen wie rote Sprungfedern von ihrem Kopf ab, und eine Hand war so verbunden, dass nur die Fingerspitzen zu sehen waren. Auf Grund von Schmerzmitteln und Schlafmangel war Shelly ein bisschen benommen und suhlte sich in Selbstmitleid. Hopes Einladung zum Mittagessen lehnte sie ab, doch nach einem Blick auf Hopes Fingernägel entschied sie sich freudig für eine Maniküre.

Paul zog sich zu einem Nickerchen ins Schlafzimmer zurück, und Hope lief rasch nach Hause und holte ihren Kosmetikkoffer. Wieder zurück, setzte sie sich auf einen Schemel neben Shellys Lehnstuhl und behandelte sorgfältig Nägel und Nagelhaut an allen zehn Fingern. Während sie die Nägel behutsam zu perfekten Halbmonden feilte, lauschte sie Shellys Bericht über das Drama des vergangenen Abends. Es war ungewöhnlich still im Haus, und Hope fragte sich, wo Adam und Wally stecken mochten.

»Wie haben sich die beiden Jungs gestern Abend benommen?«, erkundigte sich Shelly schließlich. Sie stellte sich den Kosmetikkoffer auf den Schoß und stöberte mit der gesunden Hand in den zahlreichen Nagellackfläschchen.

»Gut, aber sie scheinen sich mit Vorliebe zu prügeln«, antwortete Hope. Behutsam blies sie die feinsten Feilspäne von Shellys Nägeln und fügte hinzu: »Und sie pupsen gern.«

»Ja, so sind Jungen nun mal.« Shelly entnahm dem Köfferchen eine Flasche mit Hot Pants Pink und reichte sie Hope. »Der hier gefällt mir. Sieht aus wie die Sorte Nagellack, die Nutten tragen.«

Das stimmte zwar nicht, aber Hope hatte keine Lust zu widersprechen. »Wo sind Wally und Adam?«

»Dylan hat die kleine Raney angeheuert, damit sie heute bei ihm zu Hause auf die beiden aufpasst. Er meinte, ich könnte etwas Ruhe brauchen.«

»Wie nett von ihm.« Hope griff nach einem Fläschchen mit farblosem Lack. »Vermutlich ist er selbst auch schrecklich müde«, sagte sie, während sie sich daranmachte, Shellys Nägel mit dem klaren Lack vorzubereiten.

»Ach wo, er ist ja nicht allzu spät heimgekommen.«

Hope wusste es besser, konzentrierte sich jedoch lieber auf den Daumennagel von Shellys verletzter Hand.

»Oder?«

»Oder was?«

»Ist er doch spät heimgekommen? Paul sagt, die Zwillinge sind gegen halb zehn im Krankenhaus eingetroffen. Dann muss Dylan etwa eine Stunde später bei dir gewesen sein. Bis er die Jungs in den Wagen geladen hatte und zu sich nach Haus gefahren war, wird es wohl so Viertel vor zwölf gewesen sein.«

Ja, bis dahin hätte er es nach Hause schaffen können, wenn er nicht geblieben wäre und ihren Hals und ihren Mund geküsst und wenn er nicht beschlossen hätte, ihren Bauch zu streicheln und ihr Top hochzuschieben. Hope hielt den Blick abgewandt und sagte mit einem gleichgültigen Seufzer: »Das dürfte hinkommen.« Sie verschloss den Klarlack wieder und schüttelte das Fläschchen mit Hot Pants Pink gründlich durch.

»Was ist passiert?«

»Nichts.«

»Warum machst du dann ein Gesicht, als wäre etwas passiert?«

Endlich hob Hope den Kopf. »Tu ich ja gar nicht.«

»Oh, doch. Von diesen Schmerzmitteln fühle ich mich zwar ein bisschen komisch, aber doch nicht so, dass ich nichts mehr merke.« Shelly zog die roten Augenbrauen zusammen. »Und außerdem hab ich gesehen, wie ihr zwei auseinander gefahren seid, als Paul und ich in die Küche kamen. Ich habe mir die Hand verletzt, aber nicht die Augen ausgestochen. Was habt ihr zwei getrieben?«

»Wir haben geredet.«

»Ja klar. Ich glaube, er mag dich.«

Hope zuckte mit den Schultern und pinselte die Nägel von Shellys rechter Hand an. »Ich glaube, Dylan mag Frauen überhaupt, und das ist alles.«

»Ja, stimmt. Er war schon immer hinter den Frauen her, schon in der Grundschule, aber mit dir redet er doch ein bisschen anders als mit den anderen.«

»Inwiefern?«

»Wenn er mit dir spricht, beobachtet er deinen Mund.«

Hope biss sich auf die Lippe, um nicht zu lächeln. Dass Dylan sie beobachtete, war ihr noch nicht aufgefallen. Na ja, ein- oder zweimal vielleicht doch.

»Also, was ist nun mit euch beiden?«

Als Hope das letzte Mal mit einer Freundin über ihr Liebesleben geredet hatte, benutzte diese Freundin die Informationen, um ihr den Mann auszuspannen. Hope wusste, dass Shelly nicht so war, und außerdem konnte nichts von dem, was sie Shelly anvertraute, gegen sie verwendet werden und sie verletzen. Sie liebte Dylan nicht, und er liebte sie nicht.

»So gut wie gar nichts«, antwortete sie, was ja im Grunde auch der Wahrheit entsprach.

»So sah es aber nicht aus. Hat er seine billigen Tricks bei dir ausprobiert?«

»Tricks?«

»Ja. In der achten Klasse hat er so getan, als juckte es ihn in der Achselhöhle, damit er den Arm um ein Mädchen legen und vorgeben konnte, sich nur unauffällig zu scheuern.«

Hope lachte. »Da war nichts mit Juckreiz in der Achselhöhle.«

»Ich sollte dir wohl raten, dich nicht mit Dylan einzulassen.«

»Wieso? Was ist gegen ihn einzuwenden?«

»Nichts. Er hat sich nur in den Kopf gesetzt, dass er zurzeit keine Frau in seinem Leben brauchen kann. Er sagt, er muss warten, bis Adam älter ist, aber so, wie er dich anschaut ... Nun, ich habe schon lange nicht mehr erlebt, dass er einer Frau nachgesehen hat. Nicht mehr, seit er Kimberley Howe beim Hundertmeterlauf zugeschaut hat.« Shelly legte eine Pause ein, um ihre Nägel trockenzupusten, dann hielt sie Hope vorsichtig die verletzte Hand entgegen. »Du musst doch zugeben, dass er besser aussieht als die meisten Weicheier, die man so auf Plakaten sieht, und weiß Gott, nicht jeder Mann macht in Jeans einen guten Eindruck.«

Das stimmte.

»Paul hat einen flachen Hintern.«

Das war Hope auch schon aufgefallen. »Wenn Dylan so toll ist, warum bist du dann nicht mit ihm verheiratet?«

Shelly zog die Nase kraus, als wäre etwas Übelriechendes ins Zimmer eingedrungen. »Klar, wenn man Dylan anschaut, ist es, als würde man ein Kunstwerk bewundern, aber nur, weil man die Schönheit zu schätzen weiß, will man es sich doch nicht gleich ins Wohnzimmer stellen.« Sie schüttelte den Kopf und fügte hinzu: »Ich wusste, dass ich Paul Aberdeen und keinen anderen wollte, als ich ihn in der ersten Klasse zum allerersten Mal sah. Es hat zehn Jahre gedauert, bis ich ihn am Haken hatte, aber selbst, wenn Paul morgen verschwunden wäre, könnte ich mich nie auf diese Weise für Dylan interessieren. Wir kennen uns viel zu lange, und seine Art kann mich manchmal in den Wahnsinn treiben.«

»Was denn zum Beispiel?«

»Er fängt erst an zu waschen, wenn alles, was in den Schränken war, schmutzig ist.«

Da Hope sich genauso verhielt, fand sie das nicht so ungewöhnlich.

»Er legt die Füße in Stiefeln auf den Tisch, und wenn er und Adam mal frisches Gemüse essen, grenzt das an ein Wunder. Dylan glaubt, man braucht kein Gemüse, wenn man alle zwei Wochen eine Banane oder einen Apfel isst.«

Hope lackierte Shellys letzten Fingernagel und lehnte sich dann zurück, um zu warten, bis die Farbe getrocknet war. »Adam sieht gesund und glücklich aus.«

»Zumindest gesund.« Shelly betrachtete ihre verletzte Hand. »Am Freitag reist er zu seiner Mutter. Er ist immer ein bisschen komisch, wenn er zurückkommt.«

»Inwiefern komisch?«

»Ein bisschen verschlossen, und er hat schlimme Anflüge von Selbstmitleid. Er glaubt, wenn seine Mama und sein Daddy einfach mal ein bisschen Zeit miteinander verbringen würden, könnten sie alle zusammen glücklich vereint bis in alle Ewigkeit zusammen leben.« Shelly zuckte mit den Achseln. »Aber das ist wohl ganz normal.«

»Wie lange bleibt er gewöhnlich bei seiner Mutter?«

»Zwei Wochen, und dann braucht er einen ganzen Monat, um sich wieder ans normale Leben zu gewöhnen. Ich kenne Adams Mom nicht, aber sie muss ihn wohl schrecklich verwöhnen, denn wenn er wieder zu Hause ist, verschläft er morgens und hängt einfach nur träge herum.«

Hope brannte darauf, Shelly zu bitten, ihr alles über Dylans Ex-Frau zu erzählen, aber Shelly sollte nicht wissen, wie sehr Adams Mutter sie interessierte. Selbst wenn Hope in der Lage gewesen wäre, über ihre Gefühle zu reden, war alles doch noch zu früh und zu frisch. Sie konnte diesen Wirrwarr von Emotionen, in den sie geriet, sobald Dylan nur zufällig in ihre Richtung lächelte, nicht in Worte fassen.

Hope vermisste es, mit anderen Frauen zusammenzusitzen und über Männer und Sex und das Leben an sich zu reden. Sie vermisste die Art von Beziehung, die Zeit brauchte, um sich richtig zu entwickeln. Sie vermisste es, über drängende Fragen wie Gesundheitsvorsorge, Weltfrieden und Ausverkauf bei Schuh-Neiman zu reden, und über die Frage, ob die Größe eine Rolle spielte oder nicht.

Das hätte sie gern wiedergehabt. Sie wollte über ihre Verwirrung, ihre Gefühle und ihr Leben sprechen. Sie wollte Shelly erklären, warum es ihr schwer fiel, über sich selbst zu reden, warum es ihr schwer fiel, einer Freundin zu vertrauen.

»Arbeitest du zurzeit an einem Artikel für deine Zeitschrift?«, fragte Shelly gähnend.

Die Gelegenheit, sich ihr zu öffnen, war vertan, und Hope ergriff Shellys gesunde Hand. »Ja, über Außerirdische, die in einer Stadt im Naturschutzgebiet als Menschen auftreten«, sagte sie und fing an, die zweite Lackschicht aufzutragen. »Sie legen die Touristen rein.«

Shelly riss die Augen auf. »Du schreibst über Gospel?«

»Über eine Stadt, die Ähnlichkeit mit Gospel hat.«

»O mein Gott! Könnte ich auch ein Alien sein?«

Hope musterte ihre neue Freundin, ihre zu Berge stehenden Haare, die großen, glasigen Augen, und es tat ihr von Herzen Leid, dass sie Shelly nicht als Vorlage benutzen konnte. Sie wäre eine prima Außerirdische gewesen. »Tut mir Leid, aber seit meiner Erfahrung mit Myron verwende ich keine real existierenden Vorbilder mehr.«

»Schade.«

Hope blies behutsam auf Shellys Fingerspitzen und suchte dann ihren von den Medikamenten trüben Blick. Jetzt war wohl nicht unbedingt der beste Moment, um Shelly über die Donnellys auszufragen. Nicht, wenn sie unter Drogen stand und ihre Zunge gelockert war. Aber ein paar einfache Fragen würden schon nicht schaden. Falls Shelly Skrupel hatte, über ihre früheren Nachbarn zu reden, würde Hope nicht weiter in sie dringen. »Wie gut hast du Minnie Donnelly gekannt?«, fragte sie.

»Wieso?«

Weil es schließlich kein Geheimnis war und die halbe Stadt ohnehin Bescheid wusste, gestand sie: »Ich arbeite an einem Artikel über Hirams Schicksal.«

Shelly blinzelte und kniff ablehnend die Augen zusammen. »Für die *Weekly News of the Universe*?«

»Nein. Den Artikel will ich verschiedenen großen Zeitschriften anbieten.« Sie schilderte Shelly ihre Pläne, und nachdem sie ihr erklärt hatte, dass sie nicht beabsichtigte, einen schlüpfrigen Artikel über perversen Sex zu schreiben, entspannte sich Shelly und zeigte sich gesprächiger.

»Hiram konnte ein echter Mistkerl sein, und ich mochte ihn nicht sonderlich. Trotzdem fände ich es nicht gut, wenn sein Sexualleben ausgeschlachtet würde, um die Verkaufszahlen einer Zeitschrift in die Höhe zu treiben«, sagte sie. »Sein Leben beinhaltete mehr als das, was dann aus ihm wurde. Mehr als Nutten und Sex-Klubs und Pornografie. Ganz gleich, wen du in der Stadt nach ihm fragst, jeder hat eine andere Geschichte zu erzählen. Aber jeder wird dir versichern, dass er alle gleich behandelt hat.« Shelly erzählte von Minnie, die ihrer Meinung nach eine absolute Ordnungsfanatikerin gewesen war. »Alle hielten sie für eine Heilige, aber ich habe ihr gegenüber gewohnt, und ich weiß, dass sie das Haus mit eiserner Knute beherrschte. Ich hörte sie ständig schreien und schimpfen. Kein Wunder, dass ihre Kinder die Stadt verließen und nie zurückgekommen sind. Kein Wunder, dass Hiram sich nach ihrem Tod verloren fühlte, weil ihn keiner mehr zur Schnecke machte.«

Hope ergriff vorsichtig Shellys verletzte Hand und trug die letzte Schicht Nagellack auf. »Das klingt, als hättest du Mitleid mit ihm.«

»Gott, nein. Für meinen Geschmack war er viel zu pervers, als dass er mir hätte Leid tun können. Zum Schluss hat er sich Mädchen kommen lassen, die kaum achtzehn Jahre alt waren. Er tut mir nicht Leid, und ich verstehe ihn auch nicht, aber ich kann die Situation betrachten und begreifen, wie es so weit kam. Als Minnie ihn nicht mehr unterdrückte, verlor er einfach völlig die Kontrolle.«

»Vor ein paar Wochen hast du erzählt, dass Hiram schließlich unvorsichtig wurde und Mädchen mit nach Hause nahm. Hast du je etwas Verdächtiges bemerkt?«

»Nein.« Shelly hob die verbundene Hand und betrachtete ihre Nägel. »Wann willst du diesen Artikel schreiben?«

Hope glaubte ihr nicht, aber sie verfolgte das Thema nicht weiter. »Ich warte noch auf den Bericht des FBI. Wenn ich den gesehen habe, überlege ich mir, womit ich anfange«, erwiderte sie. Doch zuerst musste sie die Story fertig stellen, für die sie bezahlt wurde, und dazu musste sie über Außerirdische nachdenken und nicht über einen gewissen Süßholz raspelnden Cowboy. »Ich hatte gedacht, du könntest mir vielleicht diese Wasserfälle zeigen, von denen du und Paul geredet habt. Ich würde gern für meinen nächsten Alien-Artikel ein paar Aufnahmen machen.« Hope zuckte die Achseln. »Aber das kann auch warten, bis es dir besser geht.«

»Bitte Dylan, sie dir zu zeigen. Er kennt die Wasserfälle. Frag ihn aber noch vor Freitag, denn er nimmt immer Urlaub, wenn Adam fort ist.« Shelly lehnte sich in ihrem Sessel zurück. »Dann wohnt er auf der Double-T-Ranch und hilft seiner Mutter und seinem Schwager. Wenn du ihn nicht fragst, bevor er sich auf den Weg macht, siehst du ihn womöglich zwei Wochen nicht mehr.«

Zwei Wochen. Zwei Wochen lang würde sie sich keine Sorgen machen müssen, Dylan zu treffen, würde sie nicht an die zärtliche Berührung seiner Hand oder an seinen hungrigen Mund auf ihrem denken müssen. Zwei Wochen würden ihr die Zeit geben, die sie benötigte, um den Kopf frei zu bekommen und sich auf ihre Arbeit zu konzentrieren. Und deswegen war sie ja in erster Linie nach Gospel gekommen. Nachdem ihre Karriere nun wieder im richtigen Gleis lief, brauchte sie ein Ziel und Arbeitswillen. Doch plötzlich war die Arbeit ihr nicht mehr genug, und zwei Wochen kamen ihr endlos lang vor.

Am Mittwochabend legte Dylan das letzte Stück von Adams Wäsche zusammen und packte es in den Koffer. Adam sah ihn aus großen grünen Augen an; sein Mund bildete einen schmalen Strich und brachte seine Ablehnung zum Ausdruck. Jedes Jahr um diese Zeit schwand Adams Begeisterung und machte einer gewissen Angst Platz.

»Dieses Jahr wirst du doch nicht weinen, oder?«, fragte Dylan seinen Sohn.

»Nein. Ich bin ja jetzt schon größer.«

»Gut, denn es tut deiner Mom weh, wenn du weinst.« Jedes Jahr versprach Adam, nicht zu weinen, und jedes Jahr hielt er durch, bis es an der Zeit war, Dylans Hand loszulassen. »Morgen nach dem Haareschneiden müssen wir dir bei Hansens auch noch neue Unterhosen kaufen«, sagte er und hob den Koffer auf die Kommode.

»Und einen neuen Schnorchel. Den alten hab ich aus Versehen kaputtgemacht.«

Dylan scheuchte Adams Hund vom Bett, bevor er seinen Sohn liebevoll zudeckte. Er wusste nicht, warum der Schnorchel plötzlich so wichtig war, aber Adam hatte gewiss seine Gründe. »Setz ihn auf deine Liste.« Er strich Adam das weiche Haar aus der Stirn und fragte: »Hast du schon einen besonders schönen Stein für deine Mama gefunden?«

»Ja, einen weißen.«

Dylan beugte sich hinab und küsste Adams glatte Stirn. »Träum was Schönes.«

»Dad?« Dylan erkannte schon am Tonfall, wie die folgende Frage lauten würde. Adam stellte sie jedes Jahr. »Kannst du nicht diesmal mitkommen?«

»Du weißt doch, dass es nicht geht. Wer soll denn hier bleiben und deinen Hund versorgen?«

»Mandy kann doch auch mitkommen. Du, ich, Mom und Mandy. Das wird ein Spaß!«

Dylan ging zur Zimmertür und knipste das Licht aus. »Nein, Adam«, sagte er und sah, wie sein Sohn sich auf die Seite drehte und ihm den Rücken zukehrte.

Dylan hasste den Juli. Er verabscheute ihn geradezu. Er hasste es, nach Hause zu kommen und über Spielzeug zu stolpern, das Adam trotz aller Ermahnungen nicht weggeräumt hatte. Er hasste die Stille des Hauses und die Leere in Adams Zimmer. Er hasste es, allein zu Abend zu essen.

Einige Dielenbretter knarrten, als Dylan über den kurzen Flur zu seinem dunklen Schlafzimmer ging. Durch die Ritzen der Jalousien fiel Mondlicht über das Fußende seines Bettes und die Kommode und kroch die Wand hinauf. Schmale Lichtbalken streiften seine Brust, als er sich das Hemd über den Kopf zog. Er wollte es auf den alten Lehnstuhl werfen, verfehlte jedoch sein Ziel. Morgen würde er mit Adam neue Unterwäsche kaufen und am Tag darauf mit ihm zum Flughafen in Sun Valley fahren, um zuzusehen, wie er mit Julie in ein Privatflugzeug stieg. Er würde zusehen müssen, wie sie ihn mitnahm.

Das hasste er am allermeisten. Er hasste den Abschiedsblick, den Adam jedes Mal über die Schulter warf, ein letztes Flehen in den nassen Augen, als ob Dylan die Macht hätte, ihm zu gewähren, was er sich am sehnlichsten wünschte.

Doch er konnte es nicht, und auch, wenn er ein paar Tage

oder sogar die ganzen zwei Wochen bei ihm blieb, würde sich Adams Wunsch dadurch nicht erfüllen. Eine Mutter und einen Vater, die zusammenlebten. Eine Mutter, die mehr Ähnlichkeit mit der Frau hatte, die er allwöchentlich im Fernsehen sah, als mit der, die er einmal jährlich zu sehen bekam. Einen Engel, der ihn liebte, wie er die Obdachlosen, die Alten, die Waisen liebte, die er letzte Woche gerettet hatte. Eine Mutter, über die er mit seinen Freunden reden konnte.

Dylan setzte sich aufs Fußende des Bettes und zog sich die Stiefel aus. Weder er noch Julie hatten die Absicht gehabt, Adam so lange von ihr zu trennen. Sie hatten nie die Absicht gehabt, sie zu einem Thema zu machen, über das Adam nicht reden durfte. Sie hatten nie die Absicht gehabt, Adam geheim zu halten. Es war einfach passiert, und jetzt wussten sie nicht mehr, was sie dagegen unternehmen sollten.

Adam war erst zwei Jahre alt gewesen, als Julie die Hauptrolle in *Himmel auf Erden* bekam. Da hatten Dylan und Adam schon in Gospel gewohnt, weit entfernt vom Rampenlicht, nach dem Julie sich sehnte. Mit ihrem schönen Gesicht, ihrer durchscheinenden Haut und geschickten Pressekampagnen hatte sie erreicht, dass sich das Publikum auf Anhieb in sie verliebte. Innerhalb weniger Monate war sie von einer ehrgeizigen, aber unbekannten Schauspielerin zum himmlischen Engel aufgestiegen. Plötzlich war sie häufiger Gast in allen renommierten Talkshows und der Inbegriff christlicher Tugenden im Fernsehen. Alle wollten glauben, dass der Engel innerlich genauso schön war wie äußerlich. Amerika verlangte nach einem Symbol des Guten und fand es in Juliette Bancroft.

In den wenigen Sommerwochen, die sie mit Adam verbrachte, war sie immer mit ihm auf die Ranch ihres Vaters gefahren, weil sie eine Pause von ihrem anstrengenden Leben brauchte und einen Ort, an dem sie sich auf ihren Sohn konzentrieren konnte. Ihr Elternhaus, in dem sie aufgewachsen war, bot ihr eine solche Möglichkeit; außerdem konnte Adam so die wenigen Verwandten kennen lernen, die noch in der Gegend lebten.

Jetzt, fünf Jahre später, fuhr sie mit Adam dorthin, weil sie kaum eine andere Wahl hatte. Wie hätte sie der Welt plötzlich erklären sollen, dass sie einen Sohn hatte, den sie nur einmal im Jahr sah? Was für einen Eindruck würde das machen? Wie würde das in den Talkshows wirken, und was wurde aus den christlichen Prinzipien ihrer Serie? Was würde aus ihrem himmlischen Image?

Für Dylan stellte sich die viel wichtigere Frage, was die Boulevardpresse daraus machen würde, dass Juliette Bancroft nicht nur ein Kind hatte, das sie nicht selbst erzog und auch nur selten sah, sondern dass sie außerdem nicht einmal mit dem Vater verheiratet war? Welche Auswirkung würde das auf Adam haben? Welche Auswirkung hätte es auf sein und Adams ruhiges Leben?

Adam war jetzt sieben Jahre alt. Alt genug, um zu erkennen, dass sich sein Leben von dem anderer Kinder in seinem Alter unterschied. Alt genug, um sich zu fragen, warum er nicht mit seiner Mutter prahlen durfte. Alt genug, um unter der Wahrheit zu leiden, aber er würde nur noch mehr leiden, wenn diese ihm noch länger vorenthalten würde. Er musste die Wahrheit jetzt bald erfahren. Adam Taber war der uneheliche Sohn des Engels von Amerika. Dylan konnte nur hoffen, dass Adam ihn verstand, doch an diesem Abend wollte er es ihm noch nicht sagen. Auch nicht am nächsten.

Dylan streifte die Socken ab und warf sie zu seinem Hemd. In dem Balken von Mondlicht, der durchs Fenster fiel, zog er sich aus und kratzte sich die Brust. Der Umstand, dass Hope nun in der Stadt lebte, verdeutlichte ihm, dass er sehr bald mit seinem Sohn würde reden müssen. Vielleicht schon dann, wenn Adam wieder nach Hause kam. So blieben ihm noch ein, zwei Wochen, um darüber nachzudenken. Während er auf der Double-T-Ranch arbeitete, hatte er Zeit, einen klaren Kopf zu bekommen und sich zu überlegen, was er sagen würde, was allerdings nicht hieß, dass er seinen Vortrag nicht schon tausendmal zuvor geübt hatte.

Er zog die karierte Decke zurück und schlüpfte ins Bett. Die Laken waren kühl und sauber, und Dylan schob die Hand unter den Kopf und blickte zur Zimmerdecke hinauf. In seinem Vortrag würde er unterschlagen, dass er Julie nicht so liebte, wie ein Mann eine Frau lieben sollte, und dass sie beide wussten, dass ihre Beziehung sowieso niemals gut gegangen wäre. Adam brauchte nicht zu wissen, dass sie nur seinetwegen so lange versucht hatten, ihre Verbindung aufrechtzuerhalten. Alles, was sein Sohn wissen musste, war, dass sowohl Vater wie auch Mutter ihn liebten. Und das musste er von jemandem erfahren, der ihn von ganzem Herzen liebte – und zwar bald.

Als Dylan am Donnerstag von der Arbeit kam, ging er mit Adam zum Friseur und ließ ihm die Haare schneiden. Während sie Adam den Nacken ausrasierte, versprach Dixie, »irgendwann nächste Woche vorbeizukommen«. Dylan hielt es nicht für nötig, sie wissen zu lassen, dass er dann nicht zu Hause sein würde.

Nach dem Besuch beim Friseur gingen sie in Hansens Kaufhaus, um Unterwäsche zu kaufen. Adam entschied sich für Unterhosen mit X-Man hinten drauf. Im Laden waren ein paar Touristen, die Souvenirs kauften, und ein, zwei Einheimische, die in den klimatisierten Verkaufsräumen Zuflucht vor der erbarmungslosen Hitze suchten.

Dylan stand in der Spielzeugabteilung und half Adam bei der Wahl eines Schnorchels. Was um ihn herum vorging, ignorierte er völlig – bis Hope Spencer eintrat. Als hätte sie über den Raum hinweg die Hand ausgestreckt und mit dem Finger sein Kinn angehoben, hob Dylan den Blick in der Sekunde, als sie das Geschäft betrat. Über ein Regal voller Seifenblasen-Zubehör hinweg beobachtete er, wie sie, den Blick geradeaus gerichtet, auf ihre selbstbewusste, leicht arrogante Art dahinschritt. Sie sah sich nicht um, und sie bemerkte nicht, dass Dylan ihr zusah, als sie zwei Filmrollen aus dem Regal nahm und weiterging zur Süßigkeitenabteilung. Mit zwei Fingern ergriff sie einen Schokoriegel und studierte das Zutatenverzeichnis.

Sie kam offensichtlich vom Joggen und trug ihr Haar hochgebunden. Einige feine Strähnen hatten sich aus ihrem Pferdeschwanz gelöst, und sie schob sie hinter ihre Ohren. Sie kräuselten sich und klebten an ihrem Hals. Dylan wusste, wie sie dort schmeckte. Genau an der Stelle, wo ihr Hals in die Schulter überging, war sie weich und süß. Er kannte ihre glatte, seidige Haut und das Gewicht ihrer Brüste in seinen Händen. Er wusste, wie ihr runder Po sich an seinen Lenden anfühlte. Er konnte den Hunger und das Verlangen genauso wenig ausschalten, wie er verhindern konnte, dass er auf sie zuging. Adam ließ er bei den Gummispinnen und Zauberbällen zurück und trat hinter Hope.

»Das ist kein echter Kuhmist«, sagte er und war sich darüber im Klaren, dass er etwas so Tiefsinniges vermutlich seit der sechsten Klasse nicht mehr von sich gegeben hatte. Damals hatte er versucht, Nancy Burke zu umgarnen, indem er ihr sagte, sie wäre nicht so hässlich wie ihre Schwester.

Hope legte den Schokoriegel zurück und drehte sich zu Dylan um. Ein Lächeln spielte in ihren Mundwinkeln, und er spürte es bis in den Magen hinein. »Das hatte ich auch schon herausgefunden. Allerdings hätte es mich nicht sonderlich gewundert, wenn es doch Kuhmist wäre.«

Er ließ den Blick ein paar unwiderstehliche Momente auf ihrem Mund ruhen, bevor er ihn abwandte und über ihren Kopf hinweg auf einen aufgehängten Lachs in der Fischabteilung starrte. Er fürchtete, sie könnte das Begehren in seinen Augen lesen und verstehen, was er wollte: sie in seine Arme ziehen und an sich drücken. Vielleicht auch noch die Nase in ihr Haar vergraben. Nun, nach den Ereignissen vom Montagabend ahnte sie es wahrscheinlich.

»Gehst du nächstes Wochenende zu der Party zum Vierten Juli?«, fragte sie. »Hast du dich auch für den Toiletten-Weitwurf gemeldet?«

»Nein. Ich fürchte, den Spaß muss ich mir entgehen lassen.« Er ließ den Blick über stapelweise zusammengelegte T-Shirts in allen Regenbogenfarben wandern, bis er wieder bei Hope angelangt war, bei ihrem glatten Haar und dem glänzenden Pferdeschwanz. »Ich bin dann gar nicht in der Stadt.«

Nach einem Moment des Schweigens sagte sie: »Shelly sprach davon, dass du für zwei Wochen fort sein würdest.«

Er sah in ihre blauen Augen, sah die Enttäuschung dort und gab seinem inneren Drängen beinahe nach. Um ein Haar hätte er die Hand nach ihr ausgestreckt, mitten in Hansens Kaufhaus. »Ja, das stimmt.«

»Ich muss unbedingt ein paar Fotos von diesen Wasserfällen machen, über die Shelly mir erzählt hat, und ich dachte, du könntest mich vielleicht hinführen. Aber wenn du gar nicht in der Stadt bist ...« Sie zuckte mit den Schultern. »Dann werde ich wohl warten, bis Shelly Lust zu solch einer Wanderung hat.«

»Sind die Fotos für den Artikel bestimmt, den du für dieses Nordwest-Magazin schreibst?«

Sie senkte den Blick auf seine Brust. »Ja.«

Er wollte nicht einmal daran denken, was er tun würde, falls er jemals mit ihr allein sein sollte. Ganz allein. Nur er und sie. Nein, das war eine Lüge. Er wollte durchaus daran denken, wie es sein würde, mit ihr zu schlafen. Er stellte sich von Herzen gern vor, ihre Brüste in den Händen zu halten, sie zu küssen, mit der Zunge über ihre harten Brustwarzen zu fahren und sein Gesicht an ihren Busen zu schmiegen. Und ganz besonders gern dachte er an Stellungen – in der Horizontalen, in der Vertikalen, von hinten, von der Seite. Er stellte sich unablässig vor, wie er sich zwischen ihren weichen Schenkeln versenkte, was aber nicht bedeutete, dass er irgendetwas dagegen unternehmen wollte. »Tut mir Leid, dass ich dir nicht helfen kann«, sagte er. Wenn er schon nicht Herr seiner Gedanken war, so hatte er doch zumindest seinen Körper unter Kontrolle. Dennoch war es wohl besser, seine Gedanken nicht in diese – wenn auch angenehme Richtung – wandern zu lassen, schon gar nicht in Hansens Kaufhaus.

Hope sah ihn nun wieder an und lächelte halbherzig. »Nicht so schlimm.«

»Vielleicht, wenn ich …« Er zuckte mit den Achseln. *Wenn er was?* Wartete, bis sein Sohn aus der Stadt war, um dann um sie herumzuscharwenzeln und zu hoffen, dass er Glück hatte? Sich heimlich bei ihr einzuschleichen und darauf zu hoffen, dass niemand in der Stadt auf die Idee kam, ihr Sheriff schliefe mit ihrem Lieblingsthema seit Hiram Donnelly? Vielleicht wäre ihm sogar eine Möglichkeit eingefallen, den Tratsch zu umgehen, aber die Tatsache, dass Hope Journalistin war, ließ sich trotzdem nicht aus der Welt schaffen. Er konnte nicht mit ihr schlafen, wenn er gleichzeitig zu Gott beten musste, dass sie nichts über Adam in Erfahrung brachte. Und wenn sie doch etwas herausfand, würde er dann in der *People* über sein Leben lesen? Oder schlimmer noch, im *Enquirer*?

Er durfte es nicht riskieren, und Hope hatte etwas Besseres verdient. Er wich einen Schritt zurück und hätte beinahe Adam auf den Fuß getreten.

»Dad!«

Dylan hatte sich so vollständig auf Hope konzentriert, dass ihm entgangen war, wie sein Sohn plötzlich an seine Seite kam. »Verzeihung, Kumpel. Alles in Ordnung?«

Adam nickte. »Tag, Hope.«

Hope sah Adam an, und ihr Lächeln wurde noch wärmer. »He, was hast du da?«

»Schnorchel und Unterhosen.«

Sie nahm ihm das Päckchen mit der Taucherbrille und dem Schnorchel ab und betrachtete es. »Sieht gut aus«, sagte sie und gab es ihm zurück. Adam reichte ihr seine Unterwäsche, und Hope begutachtete auch diese. »Wer ist der Typ auf dem Po?«

»Das ist Wolverine. Er hat echt große Krallen und kann seine Feinde damit in Stücke reißen.«

»Ich erinnere mich. Neulich Abend hast du ihn gemalt. Gehört er zu den Guten?«

»Ja«, sagte Adam und nahm seine Unterhosen wieder an sich.

»Wo hast du den Kolibri aufgehängt, den ich dir geschenkt habe?«

»Im Küchenfenster.« Er hielt inne und kratzte sich am Ellbogen. »Vielleicht könntest du mal zu uns kommen und ihn dir ansehen.«

Hope warf Dylan einen Blick zu, und die Vorstellung von Hopes Anwesenheit in seinem Haus ließ sein Herz heftiger schlagen.

»Vielleicht«, sagte sie und zauste Adams Haar. »Du warst ja beim Friseur.«

»Ja«, antwortete er, ohne sich ihr zu entziehen. »Hab mir heute die Haare schneiden lassen.«

Außer den Frauen auf einer sehr kurzen Liste, die weibliche Verwandte und Shelly umfasste, gestattete Adam niemandem, ihn anzufassen und zu bemuttern. Und bis auf die Frauen auf dieser Liste hatte Adam, soviel Dylan wusste, noch mit keiner ein so langes Gespräch geführt. Gewöhnlich beschränkte er sich auf einsilbige Grunzlaute. Dylan hätte gern gewusst, wie Hope es geschafft hatte, Adams Test zu bestehen. Sie wäre auf der Stelle durchgefallen, wenn Adam vermutet hätte, dass Dylan sich für sie interessierte. Und ironischerweise interessierte ihn von allen Frauen, die er kannte, ausgerechnet Hope am meisten. Zum Teufel, ihr Po in den engen Joggingshorts schlug ihn regelrecht in den Bann, und er musste den Blick fest auf ihr Gesicht heften, damit er ihn nicht zu der Stelle herabschweifen ließ, wo der enge Stretch-Stoff ihren Schritt bedeckte. »Wir müssen jetzt los«, sagte er und legte die Hand auf Adams Rücken.

Hope ging mit ihnen bis zur Kasse und reihte sich vor Dylan in die Schlange ein. Als Eden Hansen die T-Shirts eines Pärchens weiter vorn eintippte, starrte Dylan auf Hopes Hinterkopf und erinnerte sich überdeutlich an das letzte Mal, als er hinter ihr gestanden und ihr leicht verschwommenes Spiegelbild betrachtet hatte.

»He, Hope«, sagte Adam und tippte auf ihren Arm, um ihre Aufmerksamkeit zu erlangen. »Wenn ich wieder nach Hause komme, könnten Wally und ich vielleicht noch mal ein Zelt bei dir bauen.«

»Junge, du kannst dich doch nicht einfach selbst bei Hope einladen.«

»Das macht nichts.« Sie sah Dylan über die Schulter hinweg an, bevor sie Adam antwortete. »Wenn ihr beiden mich noch einmal besuchen wollt, müsst ihr euch an gewisse Regeln halten. Zum Beispiel ist Prügeln in meinem Haus nicht gestattet.« Sie überlegte kurz und fügte dann hinzu: »Und vielleicht hättet ihr ja auch mal Lust, mir beim Unkrautzupfen zu helfen. Ich würde euch dafür bezahlen.«

»Fünf Dollar!«

»Einverstanden.« Sie bewegten sich mit der Schlange weiter nach vorn, und Hope legte ihre zwei Filmrollen auf den Kassentisch.

»Ist das alles?«, fragte Eden und griff nach den Filmen. Hope antwortete nicht sofort, und Dylan vermutete, dass Eden Hansens Anblick ihr die Sprache verschlagen hatte. So lange er denken konnte, färbte sich Eden Hansen das Haar lila, trug lila Lidschatten und lila Lippenstift. Sie wohnte in einem lila Haus und fuhr einen lila Dodge Neon. Himmel, sie färbte sogar ihre kleinen Kläffer-Hunde. Ihre Zwillingsschwester Edie bevorzugte Blau. Es war kein Wunder, dass beide mit Männern verheiratet waren, die gern schon vor Mittag zur Flasche griffen.

»Ja, das ist alles«, erwiderte Hope endlich.

Eden tippte den Preis der Filme ein und griff nach einer Tüte. »Hayden Dean ist mein Schwager. Das ist der, der Ihnen in der Buckhorn-Bar zur Hilfe gekommen ist und sich deswegen mit Emmett geprügelt hat.«

Hope öffnete den Reißverschluss ihrer Gürteltasche. »Ich bin ihm sehr dankbar für sein Eingreifen. Das war furchtbar nett von ihm.«

»Nett, so'n Quatsch.« Sie winkte ab. »Hayden ist ein Schürzenjäger und prügelt sich gern, das steht schon mal fest. Wenn meine Schwester ein bisschen mehr Verstand hätte als ein Lemming, würde sie ihn von der nächsten Klippe stoßen, und das ist mein voller Ernst. Jeder weiß doch, dass er sich mit Dixie Howe rumtreibt, wenn die nichts Besseres findet. Dixie ist ein Flittchen, und wenn sie nicht so ein Talent zum Haarefärben hätte, würde ich nie einen Fuß in ihren Salon setzen.«

»Ähm … ach, wirklich?«, stotterte Hope und reichte Eden einen Zwanziger.

Dylan lachte leise. Wenn es Eden jetzt schon gelungen war, Hope zu schockieren, was würde dann erst passieren, wenn sie Eden und Edie mal gleichzeitig erlebte? Beide Frauen konnten reden, bis einem die Ohren dröhnten.

»Also, ich habe nachgedacht«, fuhr Eden fort, nachdem sie Hopes Geld kassiert hatte. »Wenn Sie in dem Buch, das Sie schreiben, mal einen brauchen, der einen echt schmerzhaften Tod sterben soll, dann nehmen sie Hayden. Er ist nicht nur hinter Frauen her, er ist auch faul, er trinkt wie ein Loch und ist hässlich wie die Nacht. Er könnte in Ihrem Buch ja diese Krankheit kriegen, bei der einem das Fleisch von den Knochen fällt.«

Dylan sah, wie Hopes Pferdeschwanz hin und her pendelte, als sie den Kopf schüttelte. »Ich weiß ja nicht, wer Ihnen erzählt hat, ich würde ein Buch schreiben. Jedenfalls stimmt es nicht.«

»Iona hat gesagt, Melba hätte gesagt, Sie schreiben ein Buch über Hiram Donnelly.«

»Ich schreibe einen Artikel, kein Buch.«

Eden spitzte enttäuscht die lila Lippen. »Tja, das ist dann wohl etwas anderes, wie? Nicht ganz so interessant, finde ich. Ein richtiges Buch würde mich interessieren.« Sie gab Hope ihr Kleingeld heraus. »Jemand sollte mal was über meine Familie schreiben. Mann o Mann, was ich für Geschichten erzählen könnte. Wussten Sie, dass meiner Familie der erste Saloon in dieser Stadt gehörte? Sie hat auch das erste Bordell gebaut. Sie sollten mal bei mir reinschauen, dann erzähle ich Ihnen die Geschichte von meinen beiden Großonkeln, die sich in einem Streit wegen eines Mädchens namens Frenchy gegenseitig umgebracht haben.«

»Dad?«, flüsterte Adam. »Was ist ein Bordell?«

»Sag ich dir später.«

»Wissen Sie, warum das Mädchen Frenchy genannt wurde?«

Hope steckte das Wechselgeld in ihre Gürteltasche und griff nach ihrer Einkaufstüte. »Weil sie Französin war vielleicht?« Sie drückte sich näher zum Ausgang am Ende des Tresens.

»Nein. Sie hieß so, weil sie sich auf die ménage à trois spezialisiert hatte.«

»Faszinierend«, sagte Hope und legte die Hand auf die Türklinke. Sie warf Dylan einen gequälten Blick zu und stürzte nach draußen, als würde sie von Dämonen gejagt.

»Wie geht's, Sheriff?«, fragte Eden, als Dylan an der Reihe war.

»Gut«, antwortete Dylan lächelnd.

Eden schüttelte den Kopf. »Dieses Mädel ist ein komischer Vogel.«

Dylan enthielt sich klugerweise eines Kommentars und bezahlte rasch Adams Unterhosen und den Schnorchel, bevor Eden ihn auch noch festnageln konnte. Auf dem Heimweg hielt er mit Adam beim Cozy Corner Café an, wo sie Cheeseburger und Fritten aßen. Paris bediente sie, und wenngleich kein Mensch in der Stadt wusste, wer Adams Mutter war, waren doch alle informiert, dass Adam die ersten zwei Juliwochen mit ihr verbrachte.

Als sie nach Hause kamen, schenkte Hanna Turnbaugh, die Nachbarin, Adam ein neues Malbuch für die »Reise«. Sie saß mit Dylan in der Küche und trank Kaffee, bis Paris mit einer großen weißen Torte mit Kokosglasur und eingelegten Pfirsichscheiben als Dekoration ankam. Adam beschränkte sich auf sein übliches Grunzen und einseitiges Schulterzucken, bis beide Frauen jeden weiteren Versuch, mit ihm zu reden, aufgaben.

Weder Dylan noch Adam konnte in dieser Nacht gut schlafen, und beide standen am nächsten Morgen schon früh auf, um nach Sun Valley zu fahren. Sie frühstückten bei Shorty, und Adam versprach über einem Berg Pfannkuchen, dieses Mal nicht zu weinen.

Auf einem kleinen Flugplatz, wo prominente Passagiere die Norm waren, brachte Juliette Bancrofts Anblick niemanden aus der Fassung. Amerikas Engel erwartete ihren Sohn am selben Flugsteig, an dem Demi Moore, Clint Eastwood und die Kennedys ihre gecharterten Maschinen bestiegen und verließen. Das blonde Haar zu einem Franzosenzopf geflochten, erhob Julie sich aus einem Sessel, und ein Lächeln hob die Winkel ihres perfekten hellroten Munds. Julie war schon immer hinreißend schön gewesen mit ihrer makellosen Haut und den perfekten Wangenknochen. Sie war eine wandelnde Barbie-Puppe, nur noch besser, da sie echt war – na ja, bis auf die Brüste, die hatte sie nach der ersten Staffel operieren lassen.

Dylan musste ihr eine gewisse Hochachtung zollen. Sie hatte ihr Hollywood-Image zu Hause gelassen und trug schlichte Levi's und einen Sommerpulli, schaffte es aber trotzdem, so auszusehen, als wäre sie gerade einer Modezeitschrift entstiegen. »Tag, Kleiner«, sagte sie und streckte die Arme aus. Sie ließ sich auf ein Knie nieder, und Adam schmiegte sich in ihre Umarmung. Sie küsste jeden Zentimeter seines Gesichts ab und schien nicht zu merken, dass er ihre Zärtlichkeiten nicht erwiderte. »Ach, du hast mir sooo gefehlt. Ich dir auch?«

»Ja«, flüsterte Adam.

Julie richtete sich auf, und ihr Lächeln wurde ein wenig unsicher, als sie Dylan ansah. »Hallo, wie geht's dir?«

»Gut. Wie war der Flug?«

»Langweilig.« Sie ließ den Blick von seinem Haar bis zu

seinen Stiefelspitzen herabwandern und dann wieder hinauf. »Jedes Mal, wenn ich dich treffe, siehst du besser aus.«

Es schmeichelte ihm nicht. Julie gehörte zu den Menschen, die Komplimente verteilten wie ein Automat. »Jedes Mal, wenn du mich triffst, bin ich ein Jahr älter, Julie.«

Sie zuckte mit den Achseln. »Du siehst noch genauso aus wie damals, als ich mit meinem Toyota deinen Dienstwagen gerammt habe. Weißt du noch?«

Wie sollte er das jemals vergessen? »Natürlich.«

Julie schenkte ihm ihr Lächeln, ihr Markenzeichen, dieses Lächeln, das die Herzen der Amerikaner gefangen genommen hatte, das Lächeln, das früher einmal seinen Puls zum Rasen gebracht hatte. »Hast du noch Zeit, einen Bissen zu essen, bevor du nach Hause fährst?«, fragte sie. »Ich finde, wir drei sollten uns ein bisschen unterhalten, bevor Adam und ich aufbrechen müssen.«

Sofort war Dylans Misstrauen erwacht, und er fragte sich, was sie wohl von ihm wollte. Es war nicht ihre Art, mit ihm herumsitzen und plaudern zu wollen. »Adam und ich haben gerade gegessen. Vielleicht ein anderes Mal.«

»Wir müssen aber sehr bald miteinander reden«, sagte sie und nahm Adams Hand. »Dein Großvater freut sich schon rasend auf dich. Wir werden dieses Jahr eine Menge Spaß haben.«

Adam wich einen Schritt zurück und drückte sich an Dylans Oberschenkel. Er umklammerte ihn nicht, doch Dylan spürte, dass er es am liebsten getan hätte.

»Ich dachte, dieses Jahr machst du kein Theater«, sagte er so lässig, als würde er nicht innerlich sterben vor Schmerz. Als würde er den Verlust nicht jetzt schon mit jedem Herzschlag spüren.

»Mach ich auch nicht.« Adam schmiegte das Gesicht an Dylans Hüfte. »Aber, Dad …«

Dylan ließ sich auf ein Knie nieder und legte beide Hände um Adams Gesichtchen. Adams Augen schwammen in Tränen, seine blassen Wangen waren fleckig. Die Anstrengung, nicht zu weinen, benahm ihm fast den Atem, und Dylan war sehr stolz auf seinen Sohn. »Ich sehe wohl, dass du dir dieses Jahr richtig Mühe gibst, dich wie ein großer Junge zu benehmen«, sagte Dylan. »Und mehr möchte ich ja gar nicht von dir; das ist das Einzige, was zählt. Wenn du weinen willst, dann tu's.« Adam schlang die Arme um Dylans Nacken, und Dylan streichelte seinen Rücken. »Junge, im Leben eines Mannes gibt es manchmal einen Punkt, an dem er sich einfach gehen lassen muss. Wenn du das Gefühl hast, dass du jetzt an so einem Punkt angekommen bist, dann lass es raus.« Dylan hasste diesen Abschied, er zerriss ihm das Herz und tat ihm körperlich weh. Er schnürte ihm die Kehle zu und brannte in seinen Augen. Adams stumme Tränen durchnässten Dylans Hemdkragen. »Ich habe dir alle Rufnummern mit Vorwahl aufgeschrieben, unter denen ich zu erreichen sein könnte, damit du jederzeit mit mir sprechen kannst. Die Liste liegt in deinem Koffer. Ruf mich an, wann immer du willst, ja?«

Adam nickte.

»Aber du wirst wahrscheinlich so viel mit deiner Mom unternehmen, dass du mich gar nicht so sehr vermisst.« Er blickte zu Julie auf, und in ihren großen Augen stand die Frage: »Was soll ich jetzt machen?«, dieser Blick, den er so gut kannte. Wie immer überließ sie es ihm zu entscheiden, was zu sagen und zu tun war. Sosehr Dylan die Verantwortung für seinen Sohn auch allein tragen wollte, es gab doch Momente, in denen das Gewicht ihm zu viel wurde. In denen er Julie verabscheute. Wie jetzt, da er sich verstellen musste, um nicht zu zeigen, dass er innerlich völlig zerrissen war. Wo Julie hätte einschreiten und ein wenig helfen können. Wo sie es wenigstens hätte versuchen können, was sie aber nicht tat. Dylan gab sich Mühe, sich seine Wut nicht anmerken zu lassen. »Du wirst eine Menge Spaß mit deiner Mom und deinem Großvater haben, und wenn du zurück nach Hause kommst, fangen wir diese Forelle, die dir beim letzten Mal entwischt ist, ja?«

Wieder nickte Adam. »Okay.«

»Ich bin stolz auf dich, mein Sohn.« Dylan löste Adams Arme von seinem Nacken und lehnte sich zurück, um seinem Sohn ins Gesicht zu sehen. »Hast du dich jetzt wieder einigermaßen im Griff?«

Adam wischte sich mit dem Handrücken über die nassen Wangen. »Ja.«

»Schön.« Er strich eine Träne von Adams Kinn. »Ich finde, das war schon ganz gut. Du hast dich dieses Jahr wie ein Mann benommen«, sagte er, stand auf und reichte Adam den Koffer. »Hast du auch nicht vergessen, deine Malstifte einzupacken?«

»Nein.«

»Gut.« Er trat einen Schritt zurück. »Ich habe dich sehr lieb, Adam.«

»Ich dich auch, Dad.«

Dylan winkte noch einmal knapp, dann drehte er sich um, um nicht mitansehen zu müssen, wie Julie Adams Hand ergriff und mit ihm fortging.

In knapp einer Minute war Dylan wieder auf dem Parkplatz, wo er seinen Wagen abgestellt hatte. Er öffnete die Tür, stieg ein und schob den Schlüssel ins Zündschloss. Die Morgensonne schien auf die blaue Kühlerhaube, und ihm verschwamm alles vor den Augen.

Der besagte Punkt war erreicht. Dieser Punkt, wenn ein Mann es einfach rauslassen musste.

10. KAPITEL

Eichhörnchen erweist sich als Aphrodisiakum

Neben der Eröffnung der Jagdsaison war die Feier zum Vierten Juli die Hauptattraktion in Pearl County. Der Geburtstag der Nation begann mit einer Parade längs der Main Street, die sich um den See entlang bis zur Stadthalle fortsetzte. Das Gelände um die Stadthalle herum wurde gemäht, und die Firma Corvase Amusements verwandelte das Gebiet nördlich des Gebäudes in ein Meer aus Bewegung und einladenden Lichtern. Das Dudeln der Karussells und des Riesenrads prallte auf das Kreischen aus der Achterbahn und überdeckte beinahe die anpreisenden Rufe der Losverkäufer und Schausteller, die die Bürger herausforderten, ihr Glück in Spielen wie Hau-den-Lukas, Froschhüpfen oder Münzenwerfen zu versuchen.

Südlich des Rummelplatzes standen reihenweise die Buden der Kunsthandwerker, in denen die Mountain-Mama-Künstler voller Stolz ihre jüngsten Stücke präsentierten. Ihre Kunst reichte von den traditionellen Quilts und Blumenkränzen bis hin zu Klorollen-Hauben und langhaarigen, neonfarbenen Eulen mit wahnsinnigem Blick, die auf Stücken von Treibholz klebten. Niemand brachte es übers Herz, Melba zu stecken, dass ihre Eulen wahrhaft grässlich waren.

Der Duft von geröstetem Mais, Zwiebeln, Pommesfett und Brauereihefe hing wie Smog in der heißen Sommerluft. Es herrschten vierzig Grad im Schatten, und die trockene

Hitze entzog der Haut die Feuchtigkeit und röstete ungeschütztes Fleisch. Neben den Essständen befand sich das Erste-Hilfe-Zelt, in dem zwei Sanitäter Schnittwunden verbanden, Tabletten ausgaben und Hitzschläge versorgten. Die Deputys Plummer und Williams hielten die Augen offen und kümmerten sich um Betrunkene. Gegen sechs Uhr nachmittags war Hayden Dean hinter der Hot-Dogs-für-Jesus-Bude bewusstlos niedergesunken, und um fünf nach sechs wurde eines von den Hollier-Kindern bei dem Versuch, seine Brieftasche zu stehlen, erwischt.

Dem Sanitäterzelt gegenüber, auf der anderen Seite der Wiese, stand Paul Aberdeen an der Kreidelinie, einen Ausdruck von Entschlossenheit auf dem roten Gesicht, eine Toilettenschüssel auf der Schulter.

»Los, mein Schatz, du schaffst es!«, feuerte Shelly ihn an. »Du bist eine starke, gefährliche Toiletten-Wurfmaschine!«

Hope warf über die Schulter hinweg einen Blick auf ihre Nachbarin. *Toiletten-Wurfmaschine*? Shelly hatte die bandagierte Hand an die Stirn gelegt, um die Augen vor der grellen Sonne zu schützen. Ihre Sommersprossen hoben sich deutlich von der hellen Haut ab, ihre Wangen waren gerötet. Doch das war nichts im Vergleich zu ihrem Mann. Pauls Gesicht hatte die Farbe einer Tomate.

Aus Gründen, die Hope für immer unbegreiflich bleiben würden, trugen Paul und Shelly aufeinander abgestimmte Wranglers, Westernstiefel und Rüschenhemden mit Perlverschlüssen. Im Grunde hatten sich alle Besucher des Jahrmarkts zurechtgemacht, als wären sie Background-Sänger einer Country-und-Western-Band. Hope dagegen hatte der Bequemlichkeit halber einen kurzen Khaki-Rock, ein schwarzes ärmelloses Top und flache Ledersandalen angezogen. »Hast du Angst, dass er gleich ausscheidet?«, fragte sie.

Shelly schüttelte den Kopf. »Er soll sich unterstehen. Er

muss bei diesem Wurf nur zwei Zentimeter weiter werfen, um alle anderen zu übertrumpfen.«

Stille senkte sich über die Zuschauer, als Paul sich wie ein Kugelstoßer um die eigene Achse drehte und die Toilettenschüssel von sich schleuderte. Sie flog etwa drei Meter weit, landete auf dem Fuß und kippte dann zur Seite.

»Ja!« Shelly stieß die gesunde Faust in die Höhe. »Der Fernseher gehört mir!«

Leider hielt Shellys Euphorie nur an, bis Burley Morton sich die Toilette auf die Schulter wuchtete, an die Kreidelinie trat und sie dreieinhalb Meter weit warf. Das Publikum flippte aus, Burley rückte an den ersten Platz vor, und ein neuer Rekord im Toilettenweitwurf war aufgestellt.

Paul schlich davon mit der Schärpe für den zweiten Platz, einem Jagdmesser und einem schmerzenden Rücken.

»Ist es jetzt vorbei?«, fragte Wally. »Ich will mir das Gesicht anmalen lassen.«

Shelly ignorierte ihren Sohn, während sie ihrem Mann mit der gesunden Hand den Rücken massierte. »Brauchst du jetzt ein Bier, Schatz?«

»Ich glaube eher, ich brauche ein ABC-Pflaster«, antwortete Paul und betrachtete sein neues Messer.

»Ich kann Wally übernehmen«, bot Hope an, die ihn insgeheim um die Jahrmarkt-Gewinne beneidete, die er in den Händen hielt. Den größten Teil des Festtags hatte sie damit verbracht, Wally von einer Bude zur anderen zu folgen. Wally besaß inzwischen eine Gummischlange, einen Plastik-Tomahawk, an dem künstliches Haar hing, und einen krummen Bleistift, wogegen Hope trotz der horrenden Summe, die sie den Schaustellern in den Rachen geworfen hatte, überhaupt nichts vorweisen konnte. Nicht einmal einen billigen Aschenbecher. Bei allen Spielen, auf die sie sich eingelassen hatte, versagte sie, und nachdem sie versehentlich einen Cowboy mit einem Bleigewicht fürs Angeln am Kopf getroffen hatte, bekam sie in der Angeln-mit-Fliegen-Bude Spielverbot auf Lebenszeit. »Wir treffen uns später wieder«, sagte sie zu Shelly und machte sich mit Wally aus dem Staub.

Sie warteten in der Schlange, damit Wally sich einen Fußball auf die Wange malen lassen konnte, und nach kurzen Überredungsbemühungen erklärte sich Hope mit einem aufgemalten Dolch auf der Schulter einverstanden. Sie hatte noch nie einen ganzen Tag mit einem siebenjährigen Jungen verbracht und stellte zu ihrer Überraschung fest, dass sie sich kein bisschen langweilte. Vermutlich hing das mit ihrem plötzlichen Wunsch, wieder unter Menschen zu sein, zusammen. Je länger sie in Gospel lebte, desto weniger gefiel es ihr, allein zu sein.

Sie hatte ihren zweiten Artikel über Außerirdische eingereicht und arbeitete schon an dem dritten. Ihr erster Alien-Beitrag war an diesem Morgen erschienen, und Hope war zum M&S-Markt geeilt, um sich die Zeitschrift zu kaufen. Ihr Artikel hatte die Doppelseite in der Mitte bekommen und Clives Kuhverstümmelungen vom besten Platz verdrängt.

In letzter Zeit verbrachte Hope ziemlich viel Zeit bei Shelly im Haus gegenüber. Sie half der Nachbarin beim Saubermachen, beim Waschen und beim Auspflücken der verwelkten Petunien in den Fensterkästen. Sie redeten über alles Mögliche, aber Hope war immer noch nicht fähig, ihr von den schlimmsten Zeiten in ihrem Leben zu berichten. Sie wollte es gern, aber sie konnte es nicht.

Sie sprachen über Hiram Donnelly und den FBI-Bericht, der am Vortag eingetroffen war. Einige Textstellen waren geschwärzt, und Hope begriff genauso viel wie vorher. Wenn Hope an diesem Abend nach Hause kam, wollte sie die Informationen noch einmal durchlesen.

Sie sprachen auch über Dylan. Seit er Adam zum Flughafen gebracht hatte, war er nicht mehr gesehen worden. Das lag vier Tage zurück, und doch schien kein Mensch sich Sorgen zu machen. Obwohl Hope nicht mit ihm rechnete, ertappte sie sich manchmal dabei, dass sie ans Fenster zur Straße trat und Ausschau nach dem weiß-braunen Dienstwagen des Sheriffs hielt. Auch wenn sie in die Stadt ging, ließ sie die Blicke schweifen, auf der Suche nach einem gewissen strohgeflochtenen Cowboy-Hut oder einer verwaschenen Jeans. Natürlich entdeckte sie Dylan nirgends, und sie hasste die Enttäuschung, die auf ihren Schultern lastete und sie traurig stimmte.

Zuletzt hatte sie ihn an dem Tag in Hansens Kaufhaus gesehen, und da hatte sein Blick auf ihrer Haut gebrannt, wo immer er sie traf. Sie hatte sich nicht eingebildet, dass seine Stimme ein bisschen tiefer und ein bisschen heiserer klang, wenn er mit ihr sprach. Das auf sie gerichtete geballte sexuelle Verlangen hatte sie sich genauso wenig eingebildet.

Andererseits – vielleicht war es doch nur Träumerei. Für den Fall, dass Dylan tatsächlich mit ihr zusammen sein wollte, wusste er schließlich, wo sie wohnte. Trotzdem hatte er bislang keinen einzigen Versuch gestartet, Kontakt zu ihr aufzunehmen, und jetzt, während sie mit Wally zu den Spielbuden schlenderte, fragte sie sich, ob all das, was sie zwischen sich und Dylan gespürt hatte, nicht doch nur in ihrem Kopf bestand.

Vielleicht gehörte er aber auch zu den Typen, die gern mit den Gefühlen von Frauen spielten. Vielleicht bestand für ihn der Nervenkitzel allein in der Jagd, und sie war weiß Gott nicht schnell gelaufen. Gut, sie war überhaupt nicht gelaufen. Sie hatte vielmehr vollkommen stillgehalten, als er ihr das Oberteil hochschob. Sie hatte sogar seine Hände auf ihre Brüste gelegt.

Wally und sie versuchten ihr Glück in diversen Spielen, und schließlich gewann Hope beim Ringewerfen doch noch ein pinkfarbenes Plastiklineal. Sie verstaute ihren Preis in ihrer Gürteltasche, und als sie Paul und Shelly endlich Hot Dogs essend und Bier trinkend wieder fand, stand die Sonne schon tief am Himmel. Die Jahrmarktsbeleuchtung ging an, auch in den Imbissständen wurde Licht eingeschaltet. Hopes Magen knurrte, und sie und Wally ließen sich je einen Hot Dog mit extra viel Senf geben, bevor sie sich der kleinen Gruppe anschlossen, die sich zwischen den Picknicktischen hinter den Buden versammelt hatte. Wally ließ sie stehen, weil er mit den anderen Kindern zusammen essen wollte, und Shelly machte Hope mit ihren Freunden bekannt. Sie wirkten alle sehr nett, und während sie ihren Hot Dog verspeiste, klärte der Besitzer der Buckhorn-Bar sie über die Geheimnisse des Toiletten-Weitwurfs auf.

»Man braucht nichts als Muskeln, um eine Kloschüssel so weit zu werfen«, sagte Burley in dem Moment, als ein Lachen nicht weit entfernt Hopes Aufmerksamkeit auf sich zog. Sie sah sich über die linke Schulter hinweg um. Wie von einem Magnet angezogen, richtete sich ihr Blick auf einen großen, schlanken Cowboy mit einem verbeulten Strohhut.

Dylan Taber lehnte mit einer Schulter am Pommesstand, die Arme vor der Brust verschränkt, vertieft in ein Gespräch mit einigen Frauen vor ihm. Sein plötzliches Auftauchen auf dem Jahrmarkt erfolgte genauso unverhofft wie die heiße Welle, die Hope durchflutete. Ihr Herz spielte verrückt, das Pochen dröhnte ihr in den Ohren, und sie gab vor, Burley zuzuhören, obwohl sie in Wirklichkeit kein Wort von dem verstand, was er sagte.

Dylan hob den Blick und sah Hope in die Augen. Über die kurze Entfernung hinweg blickte er sie an, den Kopf ein wenig zur Seite geneigt, als hörte er den Frauen zu, die auf ihn einredeten. Bei seinem Anblick breitete sich heiße Freude tief in Hopes Bauch aus, und sie konnte nicht verhindern, dass sich ihr Mund zu einem Lächeln verzog. Sie wartete, doch Dylan zeigte mit keiner Regung seines Gesichts, dass er sie gesehen hatte. Sie konnte seiner Miene nicht entnehmen, ob er die gleiche Freude oder das gleiche warme Gefühl oder überhaupt irgendetwas empfand. Er sah sie einfach nur an, sein schönes Gesicht undurchdringlich. Dann wandte er sich ab.

»Stanley sagt, Sie schreiben einen Zeitschriftenartikel über Hiram Donnelly.«

Sie richtete ihre Aufmerksamkeit wieder auf den Mann vor ihr. »Ja, das stimmt«, sagte sie. Ihre Gedanken gingen völlig durcheinander, ihre Gefühle waren ein einziges Chaos.

»Hiram und ich waren Cousins dritten Grades«, erzählte Burley. »Als er noch klein war, hat sein Daddy ihn mit dem Traktor überfahren. Deshalb sind wir alle so ziemlich der Meinung, dass er schon in jungen Jahren Schaden genommen hat, wenn es auch Jahrzehnte dauerte, bis er zu Tage trat.«

Oh, lieber Gott, nicht schon wieder. Vor ein paar Tagen hatte eine Gruppe von Minnies Freundinnen sie in der Post gestellt. Sie hatten ihr versichern wollen, dass Minnie eine gottesfürchtige Christin war, die sich nie im Leben eine Gesetzwidrigkeit zu Schulden hatte kommen lassen. Als Hope ihnen erklärte, dass ungewöhnliche Sex-Praktiken nicht unbedingt gesetzwidrig seien und dass selbst christliche Frauen ganz gern hin und wieder ein bisschen Auffrischung in ihrem Liebesleben hatten, sahen sie sie an, als spräche Satan persönlich aus ihr.

»Wie auch immer, seine Familie wäre Ihnen sehr dankbar, wenn Sie erwähnen könnten, dass die restliche Verwandtschaft ganz normal ist«, bat der Champion im Toiletten-Weitwurf. Er schniefte und verschränkte die dicken Arme vor seiner breiten Brust. »Und keiner von uns steht auf Schläge, in welcher Form auch immer.«

»Ich werde daran denken«, versprach Hope und entschuldigte sich hastig. Sie ging zu einem Mülleimer, um den Rest von ihrem Hot Dog zu entsorgen. Um sie herum redeten und scherzten die Leute und erfüllten das Zelt mit der fröhlichen Beschwingtheit, die durch lebenslange Bekanntschaft entsteht.

Jemand warf eine leere Getränkedose in den Mülleimer, und Hope schlenderte durch die Menschentrauben hindurch in Shellys Richtung. Sie fühlte sich sehr allein, doch schließlich war dies nicht das erste Mal in ihrem Leben, dass sie sich allein fühlte, während sie inmitten einer Menschenmenge stand.

Eine große warme Hand packte sie von hinten, und sie blickte auf die kräftigen Finger, die ihren Oberarm umspannten. Sie drehte sich um und sah in Dylans Gesicht. Er sah immer noch nicht so aus, als ob er sich freute, sie zu sehen.

»Ich habe nicht erwartet, dich hier zu treffen«, sagte sie.

»Ich hatte auch nicht vorgehabt zu kommen.« Er ließ die Hand sinken, und kühle Luft vertrieb die vorangegangene Wärme seiner Berührung. »Ich war schon seit einigen Jahren nicht mehr am Vierten Juli in der Stadt.«

»Bist du beruflich angefordert worden?«, fragte sie und sah, wie seine Lippen das Wort »Nein« formten.

Wie alle anderen Jahrmarktbesucher war er von Kopf bis Fuß traditionell gekleidet: Er hatte ein blau-weiß gestreiftes Hemd mit Schnappverschlüssen auf der Brust und an den Manschetten an. Statt der üblichen Levi's trug er dunkelblaue Wranglers. Sein Gürtel war aus gegerbtem Leder, und die silberne Schließe zeigte zwei Ts in der Mitte und wog mindestens fünf Pfund. »Was führt dich dann in die Stadt? Hattest du unkontrollierbaren Appetit auf einen Hot Dog?«

»Ich habe einen unkontrollierbaren Appetit, aber nicht auf Hot Dog«, erwiderte er. Dann musterte er sie, bei den Zehen beginnend, von unten bis oben. Langsam wanderte sein Blick an ihren schlanken Beinen und Schenkeln hinauf und blieb an ihrem schwarzen Top haften, auf das in Weiß der Schriftzug *bebe* aufgestickt war. Als sein Blick dem ihren begegnete, wurde ihr unvermittelt heiß. Jetzt wirkte er nicht mehr gleichgültig, sondern so, als wollte er sie auf der Stelle mit Haut und Haar verschlingen.

Er deutete auf den Dolch auf ihrer Schulter. »Hübsche Tätowierung.«

»Danke. Ich finde, damit sehe ich aus wie eine Motorradbraut.«

Er zog eine Braue hoch, bis sie im Schatten seiner Hutkrempe verschwand. »Du siehst ganz und gar nicht aus wie eine Motorradbraut. Dazu brauchtest du eine Lederkluft und die dazugehörige Einstellung.« Er hielt einen Moment inne, bevor er hinzufügte: »Aber wenn ich es mir recht überlege, könnte deine Einstellung schon passend sein.«

Hope hatte diese gewisse Einstellung nicht, sie ließ sich nur nicht gern die Butter vom Brot nehmen.

»Wenn du eine Motorradbraut wärst, müsstest du tun, was dein Alter sagt, und hinter ihm auf der Maschine sitzen.« Er neigte sich über sie. »Und offen gesagt, Schätzchen, du erweckst eher den Eindruck einer Frau, die gern selbst das Steuer in der Hand hält.« Aus drei Metern Entfernung rief jemand seinen Namen, und er legte Hope die Hand auf den Rücken. »Komm«, sagte er mit leiser, heiserer Stimme, die ihr einen Schauer über das Rückgrat jagte. »Gehen wir Eichhörnchen schießen.«

»Eichhörnchen?«

Er wandte sich zum Gehen, und in diesem Moment wäre Hope ihm überallhin gefolgt. »Du willst Eichhörnchen schießen?«

»Ja.«

Sie wäre mit ihm bis zum Mond gegangen, bis zum Ende der Welt oder auch zum Eichhörnchenschießen, doch sie musste zugeben, dass es merkwürdig war, keineswegs eine normale Verabredung.

»Vermutlich schmecken Eichhörnchen genauso wie Hühnchen«, bemerkte sie.

»Das weiß ich nicht.«

Sie gingen den Mittelweg entlang, vorbei an den überfüllten Imbissständen bis zu den einigermaßen spärlich besuchten Spielbuden. Die meisten Besucher hatten eine Pause eingelegt, um etwas zu essen, und am Stand fürs Eichhörnchenschießen trafen sie nur den Budenbesitzer an. Hope hatte die Bude vorher schon gesehen, sie aber inzwischen längst vergessen, nicht nur, weil sie keine Lust hatte, mit einer Flinte zu schießen, sondern auch, weil jeder Schuss unverschämte zwei Dollar kostete.

Sie warf einen Blick auf die Zielscheiben, fünf fröhliche Eichhörnchen, und sah dann Dylan an. Eine Hälfte seines Gesichts war vom Lichtschein aus der Bude angestrahlt, die andere lag im Schatten. »Als du sagtest, du willst Eichhörnchen schießen, dachte ich …«

»Ich weiß, was du gedacht hast.« Er nahm die Hand von ihrem Rücken und zückte seine Brieftasche. Dem Schausteller reichte er zehn Dollar und erhielt dafür zwei Flinten. »Wir veranstalten ein Wettschießen«, sagte Dylan und schob das Portemonnaie zurück in seine Gesäßtasche. »Jeder von uns hat zwei Schuss. Du bekommst außerdem noch eine Freirunde zum Üben.«

Sie nahm die Flinte entgegen und hielt sie auf Armeslänge von sich. »Wie kommst du darauf, dass ich eine Übungsrunde brauche?«

»Ins Blaue hinein geraten.« Er lächelte – ein langsames, sinnliches Verziehen der Lippen. »Wir stellen zudem noch eine kleine Nebenwette auf.«

»Du denkst, ich habe nicht die geringste Chance, zu gewinnen, wie?«

»Genau.«

Da lag er wahrscheinlich richtig. »Was soll das für eine Nebenwette sein?«

Dylan lehnte seine Flinte an die Wand der Bude. Dann trat er wortlos hinter Hope und half ihr, die Flinte richtig an der Schulter anzulegen. Er deckte seine warme Hand über ihre und krümmte den Finger um den Abzug. »Und jetzt ziehst du den Abzug durch«, sagte er dicht an ihrem rechten Ohr. Das tat sie, und der Schuss traf die Plane hinter dem ersten Eichhörnchen. Dylan zog Hope in die Wärme seiner massiven Brust, und die feinen Nackenhaare sträubten sich ihr, als sie zum zweiten Mal schoss. Der Schuss traf ein Eichhörnchen mit buschigem Schwanz, das zufrieden an einer Eichel knabberte. »Das Geheimnis eines sicheren Schusses besteht in dem Wissen um die Handhabung einer geladenen Waffe«, sagte Dylan kaum lauter als im Flüsterton, als er die Flinte für sie nachlud. »Dazu gehören eine fließende Bewegung aus dem Handgelenk ...und das langsame, sichere Drücken des Abzugs.« Der dritte Schuss traf das dritte Eichhörnchen mit einem lauten Ping, das Hopes Nerven im ganzen Körper vibrieren ließ. »Offenbar bist du ein Mädchen, das sich auf schöne, fließende Bewegungen und einen festen Griff versteht.« Die vierte Zielscheibe fiel, dann die letzte. »Stimmt das, Hope?«

Hope warf einen Blick in die Richtung des Schaustellers

ein paar Meter entfernt. Er beobachtete sie, konnte aber nicht hören, was gesprochen wurde. Sie entschied sich, Dylans Frage zu ignorieren, was allerdings nicht verhinderte, dass ihr von innen her heiß wurde und ihre Nerven zu flattern begannen. Sie blickte Dylan ins Gesicht und fragte: »Was für eine Nebenwette soll das sein?«

Er sah ihr einen Moment in die Augen und brachte dann seinen Mund dicht an ihr Ohr. »Wenn ich gewinne«, sagte er, »darf ich dich aufschlecken wie Eiskrem.«

Sein Atem an ihrem Ohr strich warm über ihren Hals. »Was ist, wenn ich gewinne?«

Er antwortete nicht sofort, so als hätte er an diese Möglichkeit noch gar keinen Gedanken verschwendet. »Du gewinnst nicht.«

»Aber wenn doch?«

»Dann kannst du dir was wünschen.«

Sie versuchte, sich etwas auszudenken, das die sexuelle Spannung zwischen ihnen entschärfte, doch ihre Worte klangen bedeutend sinnlicher, als sie es geplant hatte. »Dann könnte ich dich zum Beispiel zum Rasenmähen zu mir bestellen?«

»Etwas Besseres fällt dir nicht ein?«

»Nackt«, fügte sie hinzu.

»Nackt ist gut. Wenn du jetzt noch auf das Rasenmähen verzichtest, lass ich dich womöglich gewinnen.« Er streifte ihren Arm mit seiner heißen Handfläche und überlegte kurz. »Nein, meine Idee ist besser. Vielleicht solltest du dich jetzt gleich geschlagen geben und dir die Niederlage ersparen.«

»Bleibt mir eine Wahl?«

Er ließ die Hände sinken und trat einen Schritt zurück. »Hope, du hast immer die Wahl. Ich würde dich niemals zu etwas zwingen, das du nicht selbst willst. Das würde doch keinen Spaß machen.«

Sie glaubte ihm. »Ich darf aber anfangen.«

Er griff nach seiner Flinte und reichte sie ihr.

Sie wartete, bis der Schausteller die Zielscheiben wieder aufgestellt hatte. Unter Dylans aufmerksamem Blick schoss Hope zwei von den fünf Eichhörnchen ab. »Das war nicht schlecht«, sagte sie, stolz auf ihre Leistung.

Dylan lachte dreimal laut und herzhaft.« Dann legte er seine Flinte an und traf alle fünf Zielscheiben in weniger als fünf Sekunden. Er beherrschte die fließende Bewegung des Abdrückens aus dem Effeff, war augenscheinlich Experte in der Handhabung geladener Waffen.

»Ich glaube, ich bin ins Messer gelaufen«, bemerkte Hope.

»Du hattest von Anfang an nicht die geringste Chance, du Großstadtkind. Ich bekam meine erste Flinte mit ungefähr vier Jahren.« Er senkte den Lauf. »Aber ich mache dir einen Vorschlag. Wir schießen um Alles oder Nichts, und in der nächsten Runde brauchst du nur drei Treffer zu landen, aber bei mir muss jeder Schuss ein Treffer sein, wenn ich gewinnen will.«

»Einverstanden.« Sobald die Eichhörnchen wieder aufgestellt waren, legte Hope die Flinte an.

»Sehen Sie an den Seiten entlang.« Der Schausteller trat vor, um sie zu beraten.

Dylan bedachte ihn mit einem zurechtweisenden Blick, und er nahm seinen Platz an der Seite des Stands wieder ein. Hope hatte das Ende des Laufs im Visier und verstand, was er gemeint hatte. »Nimm das!«, sagte sie, als die Zielscheibe fiel. Die nächsten beiden Schüsse gingen fehl, doch der vierte war wieder ein Treffer. Sie zielte auf das letzte Eichhörnchen mit rosa Pumps an den Hinterpfoten. »Die werde ich ordentlich nageln!«

»Eine höchst interessante Wortwahl.«

Sie blickte Dylan flüchtig an und wandte sich dann wieder dem Eichhörnchen zu. »Glaub nicht, dass ich mich von dir ablenken lasse.«

»Das tu ich nicht.« Er hielt inne und sprach dann etwas leiser weiter: »Aber wenn ich es wollte, würde ich dich wohl einfach offen und ehrlich wissen lassen, dass ich wieder einmal über die Farbe deines Slips rätsele.«

Sie schüttelte den Kopf. »Nicht einmal dieser kindische Ablenkungsversuch zeigt Wirkung.« Sie traf ins Ziel und blies in den Lauf ihrer Flinte, als ob er rauchte. »Angst, Sheriff?«

»Schätzchen«, sagte er gedehnt, während er schoss und das erste Eichhörnchen traf, »ich zittere wie Espenlaub.«

Hope hielt es für angebracht, ihrerseits ein paar Ablenkungsmanöver zu starten. Sie lehnte sich mit dem Po gegen die Thekenkante des Stands und kreuzte die Beine. Ihr beigefarbener Rock glitt ein wenig an den Schenkeln hinauf, und sie ließ den Blick von Dylans Gürtelschließe über seine Brust bis zu seinem Gesicht wandern. »Erklär mir doch noch einmal, wie eine geladene Waffe zu handhaben ist.« Sie fuhr sich mit der Zunge über die Lippen und senkte die Stimme zu einem verführerischen Flüstern. »Erklär mir diese fließende Bewegung und den sanften Druck.«

Dylan schoss, und die zweite Zielscheibe fiel. »Es heißt: ›fester Griff‹.« Das dritte Eichhörnchen stürzte, und Hope straffte sich. »Das ist was anderes.«

»Pink«, sagte sie gerade laut genug, damit er sie hören konnte.

Er entsicherte die Flinte und sah Hope über die Schulter hinweg an. »Pink?«

»Mein Slip ist pink.« Sie hob verführerisch die Augenbrauen. »Pinkfarbene Seide mit kleinen roten Peperoni und dem Aufdruck ›Vorsicht, heiß!‹ auf der Vorderseite.«

Sein Blick senkte sich auf ihren Schritt. »Tatsächlich?«

Aber nein. »Ja.«

Ping. Ping. Ping. Die restlichen Zielscheiben fielen, und Dylan lehnte die Flinte gegen den Stand. »Nun schau dir das an. Ich schätze, ich habe gewonnen.«

Der Schausteller bot Dylan die freie Auswahl zwischen Gummihühnern, verschiedenen Sorten von künstlichem Erbrochenem, einem Corvette-Spiegel und einem Plastikhelm mit einer Bierdose an jeder Seite. Dylan entschied sich für den Helm und setzte ihn Hope auf den Kopf. »Für deinen nächsten ›Zwei-für-zwei‹-Abend«, sagte er.

Es war das erste Mal in ihrem Leben, dass Hope von einem Mann einen billigen Jahrmarktsgewinn geschenkt bekommen hatte. Die Geste berührte sie unangemessen tief, was ihrer Meinung nach wiederum ihre bisherige Lebensweise spiegelte. Es war schon ziemlich traurig, wenn ein geschenkter Bierhelm eine Frau in rührselige Stimmung versetzte.

»Zeit, sich zu entscheiden«, sagte Dylan und legte ihr die Hand in den Rücken. Sie traten aus dem Lichtschein der Bude heraus und waren bald schon beide in die rasch zunehmende Dunkelheit gehüllt. »Schluss mit den Spielchen, Hope«, sagte er, als sie sich immer weiter vom Jahrmarktstreiben entfernten. »Entweder nehme ich dich mit zu mir, oder du nimmst mich mit zu dir. Wenn du mit zu mir kommst, gehen wir auch zusammen ins Bett.« Sie bewegten sich in die entgegengesetzte Richtung zu den Pärchen, die dem Seeufer zustrebten, wo von der Stadt ein Feuerwerk veranstaltet wurde. »Ich bezweifle allerdings, dass du viel Schlaf finden wirst«, fügte er hinzu.

»Ich bin mit Paul und Shelly hergekommen.«

»Ich weiß.« Er blieb am Eingang zum Parkplatz stehen und ließ ihr Zeit für ihre Entscheidung. »Ich habe sie schon darüber informiert, dass ich dich nach Hause bringe.«

»Wann hast du das getan?«

»Gleich, als ich hier ankam.«

Sie blickte in Dylans dunkles Gesicht. Würde sie es bis zum Ende durchziehen? Konnte sie die Nacht mit ihm verbringen und sich selbst am nächsten Morgen noch in die Augen schauen? »Warst du dir deiner Sache denn so sicher?«

Er schüttelte den Kopf. »Nein. Ich habe gehofft, dich mit Schmeicheleien aus den Kleidern zu bekommen, aber sicher war ich mir ganz und gar nicht. Ich bin es immer noch nicht.« Seine Hand glitt von ihrem Rücken hinauf auf ihre bloße Schulter. »Ich hatte gar nicht vor, heute hierher zu kommen. Ich wollte mich ein paar Wochen lang nicht in der Stadt blicken lassen.«

Konnte sie es? Konnte sie all die Gefühle beiseite lassen und eine Affäre so betrachten, wie Männer es taten? Konnte sie ein Mann sein?

»Weißt du noch, als du mich gefragt hast, ob ich ein unkontrollierbares Verlangen habe?«, fragte er und strich an ihrem Arm hinab, um schließlich ihre Hand zu nehmen. »Nun, ich habe eines. Ich habe ein unkontrollierbares Verlangen nach dir.«

Ja, sie konnte es, und der letzte Rest ihrer erbarmungswürdigen Zurückhaltung schmolz hier, mitten in der Wildnis von Idaho, dahin. »Gut«, flüsterte sie. »Ich möchte mitkommen zu dir.«

»Gott, ich danke dir«, flüsterte er zurück.

Sie dachte, er würde sie jetzt vielleicht küssen. Ein romantisches Küsschen unter dem Mond und den Sternen, doch es blieb aus. Stattdessen riss Dylan sie fast aus ihren Sandalen. Sie marschierten zwischen Reihen von Autos, Lieferwagen und Jeeps hindurch. Er zog Hope hinter sich her, bis sie bei einem dunkelblauen Pick-up angelangt waren. Dylan öffnete die Tür und stieß Hope nahezu ins Wageninnere. In weniger als einer Minute war auch er eingestiegen, hatte den Motor angelassen, den Gang eingelegt und fuhr los. In der Fahrerkabine herrschte völlige Dunkelheit; nur der schwache Schein vom Armaturenbrett erleuchtete Dylans untere Gesichtshälfte. Hope betrachtete sein Profil von der Seite. Er starrte geradeaus, mit todernster Miene. Das Lenkrad hielt er krampfhaft umklammert, und Hope fragte sich, ob er sich seinen Entschluss inzwischen anders überlegt hatte.

»Dylan, was ist los?«

»Nichts.«

»Warum starrst du dann so verbissen nach vorn?«

»Ich bemühe mich nur mit aller Kraft, diesen Wagen auf der Straße zu halten, obwohl ich mir unablässig vorstelle, meine Hand in deinen Slip zu schieben.« Er warf ihr einen kurzen Blick zu und richtete seine Aufmerksamkeit gleich wieder auf die Straße. »Ich will nicht an den Straßenrand fahren und über dich herfallen, bevor wir zu Hause angekommen sind.«

Sie lachte, und er schüttelte den Kopf. »Das ist nicht zum Lachen«, sagte er.

»Vielleicht solltest du im Kopf irgendein Gedicht aufsagen oder so.«

»Das habe ich schon versucht. Es funktioniert nicht.«

»Ich helfe dir.« Sie warf den Helm auf den Boden und rückte auf der Sitzbank näher an Dylan heran. »Versuchen wir es mit einem Text ohne sexuelle Anspielungen.« Sie richtete sich neben ihm auf die Knie auf. »Zum Beispiel mit der Unabhängigkeitserklärung.« Sie begann zu rezitieren und schleuderte seinen Cowboy-Hut neben ihren Helm, bevor sie anfing, an seinem Hemd zu zerren und eine Schließe nach der anderen zu öffnen. Dann schob sie die Hand unter den Stoff, und Dylan sog tief den Atem ein. Seine

Muskeln spannten sich und wurden hart unter ihrer Hand. »In Freiheit empfangen. Gewidmet der Überzeugung, dass alle Menschen gleich erschaffen sind.« Sie fuhr mit den Fingern durch sein kurzes Brusthaar. Hier irrte Abraham Lincoln. Nicht alle Menschen waren gleich. Manche besaßen einfach mehr. Mehr als Charme und gutes Aussehen. Sie besaßen das gewisse Etwas. Was immer das war, Dylan hatte mehr davon, als ihm zustand.

Dylan griff nach ihrer Hand und drückte sie fest an seine Brust, sodass Hope sie nicht mehr bewegen konnte. Sie gab ihm einen Kuss seitlich auf den Hals und strich mit offenen Lippen daran entlang bis zu seiner Kehle, wo er nach Aftershave und warmer Haut schmeckte.

»Hope, ich kann kaum noch was sehen.«

»Du brauchst nichts zu sehen.« Sie löste seine Hand von ihrer und legte sie auf ihre Brust. »Du bist doch schon groß; also, taste dich heran«, hauchte sie, bevor sie anfing, an seinem Hals zu saugen.

»Lieber Gott.« Seine Finger schlossen sich um ihre Brust, und der angehaltene Atem entwich seiner Lunge in einem tiefen Seufzer.

Hopes Brust spannte sich, die Warzen richteten sich hart auf, und sie zog ihm das Hemd aus dem Hosenbund seiner Jeans. Sie betrachtete seine Brustbehaarung, der goldene Schein des Armaturenbretts fing sich in den festen Kräuseln und schimmerte auf seiner straffen Haut. Während der Pick-up die Straße entlangfuhr, folgte Hope mit dem Finger der dünnen Haarlinie bis hinunter auf seinen flachen Bauch. »Besser so?« Ihre Hand glitt weiter zum Reißverschluss seiner Jeans und legte sich auf die imposante Länge seiner steinharten Erektion unter dem schweren Stoff. »Du hast meine Frage nicht beantwortet«, sagte sie, während sie innerlich beinahe zerfloss.

»Wenn du mich so anfasst, kann ich mich nicht an deine Frage erinnern.«

Unter Küssen bewegte ihr Mund sich weiter bis zu seinem Schlüsselbein. »Hast du immer noch Probleme damit, den Wagen in der Spur zu halten?«

»Ja, zum Teufel.«

Sie hatte das vage Gefühl, dass der Pick-up abbog. Im nächsten Moment hielt er an, und Hope lag rücklings auf der Sitzbank, Dylans dunkles Gesicht über sich. Und er küsste sie. Küsste sie lange und heftig, unter kräftigen Stößen seiner Zunge in ihrem Mund. Ihr Rocksaum war bis zur Taille hochgeschoben, und Dylan kniete zwischen ihren Beinen. Er presste sein Becken fest gegen ihren Unterleib, und er hätte ihr womöglich wehgetan, wenn sie ihn nicht sosehr begehrt hätte. Sie schlang die Beine um seine Hüften und legte die Hände an seine Wangen, um ihn so zu küssen, wie er sie geküsst hatte, so, als könnte keiner von ihnen genug bekommen. Genug von Mund und Zunge und den heißen, glühenden Säften, die durch ihre Körper strömten.

Dylan trat versehentlich mit dem Fuß auf die Hupe und fuhr, nach Luft ringend, zurück. Sein Hemd klaffte auseinander, sein Blick wirkte selbst in der Dunkelheit der Fahrerkabine wild. »Nichts wie weg hier«, sagte er und schaffte es irgendwie, sich und Hope aus dem Pick-up hinauszumanövrieren. Er entnahm dem Handschuhfach rasch ein Päckchen Kondome, dann lief er über die Zufahrt zur Hintertür.

Hope warf noch einen Blick zurück auf den Pick-up, der seitlich am Straßenrand geparkt war, als wäre er mit einer Vollbremsung schleudernd zum Stehen gekommen. Sie wusste nicht mehr, ob der Wagen geschleudert war oder nicht. Sie konnte sich an kaum etwas erinnern, außer an den Geschmack von Dylans Haut auf ihrer Zunge.

Auf dem Weg zur Küche schaltete Dylan an der Hintertür das Licht an und warf seine Schlüssel und das Päckchen Kondome auf den Arbeitstisch. Hope blinzelte in das grelle Deckenlicht, bemerkte flüchtig blaue Wände, weiße Böden und Schränke, marmorne Arbeitsflächen und einen Holztisch mitten im Raum. Der Anblick einer weißen Torte auf dem Tisch, mit Scheiben von glasierten Pfirsichen als Dekoration, überraschte sie, doch dann zerrte Dylan an seinem Hemd, und sie vergaß die Torte. Er knüllte das Hemd zusammen und warf es auf den Elektroherd. Ohne ein Wort zu sagen, zog er Hope an sich. Mit den flachen Händen stützte sie sich an seiner nackten Brust ab, die Handflächen über seinen Brustwarzen. Dann küsste sie den Knutschfleck, den sie dort zuvor platziert hatte, und griff nach seiner großen Gürtelschließe.

»Mit diesem Ding könntest du jemanden umbringen«, sagte sie, während sie die Schnalle öffnete und den Gürtel aus den Schlaufen zog. Sie hob den Blick und fügte hinzu: »In einigen Staaten könnte dieser Gürtel als tödliche Waffe eingestuft werden.«

Unter Lidern, die schwer waren von Begehren, sahen seine grünen Augen sie an. Ein unverhohlen sinnliches Lächeln bog seine Mundwinkel nach oben. »Da hast du Recht«, sagte er gedehnt, und Hope hatte das Gefühl, dass er gar nicht von der Gürtelschließe redete. Das Leder glitt durch ihre Finger und fiel mit einem dumpfen Aufschlag zu Boden.

Dylan griff nach dem Saum ihres Tops. »Heb die Arme«, sagte er und schob den Stoff langsam ihren Oberkörper hinauf und über ihren Kopf. Dann warf er es zu seinem Hemd, und Hope stand in ihrem schwarzen BH und dem Khaki-Rock vor ihm.

Plötzlich war sie nicht mehr sicher, ob sie die Sache bis zum Ende durchziehen konnte. So nicht. Nicht im grellen Küchenlicht, das all ihre Schönheitsfehler hervorhob. Sobald sie ihren Slip auszog, würde er die silbrige Narbe auf ihrem Unterleib entdecken. Er würde die Narbe sehen und sie danach fragen.

Sie sah zu ihm auf, vorbei an seinem perfekt modellierten Waschbrettbauch und der breiten Brust mit den feinen Kräusellocken und harten Muskeln. Ihr Blick glitt an seinem kräftigen Hals, dem Kinn und den fein gezeichneten Konturen seiner Lippen hinauf. Er war perfekt, wie er in dem hellen Licht dastand, lediglich in Jeans und Stiefeln. Vollkommen perfekt, während sie eine alte Narbe mit sich herumschleppte.

Er streckte die Hand nach dem Knopf ihres Rocks aus, und sie hielt ihn am Handgelenk zurück. Vielleicht würde er die Narbe nicht bemerken, doch ihm würde bestimmt nicht entgehen, dass sie keinen pinkfarbenen Seidenslip trug. Ein paar Sekunden lang wollte ihr nicht einfallen, ob sie ihre gute Unterwäsche angezogen hatte oder einen Slip für die Tage kurz vor der großen Wäsche. Dann erinnerte sie sich, und sie entspannte sich ein wenig. Weiß. Einen schlichten weißen Bikini-Slip. Er war neu, passte aber nicht zu ihrem BH. Sie hätte besser planen sollen. Sie hätte etwas aus Seide anziehen sollen. Sie hätte etwas anziehen sollen, was ihn aus den Socken hob, aber sie hatte ja nicht einmal gewusst, dass er sich in der Stadt aufhielt. »Vielleicht sollten wir das Licht ausschalten«, schlug sie vor.

»Warum?«

Das würde er früh genug selbst sehen. »Weil mein Slip nicht passt.«

Er sah sie an, als redete sie in einer unverständlichen Fremdsprache. »Wieso passt er nicht?«

»Er passt nicht zum BH.«

Er blinzelte und zog die Brauen zusammen. »Du machst Witze.«

»Nein, mein Slip ist weiß und …«

Dylan senkte seinen Mund auf ihren. »Deine Unterwäsche ist mir scheißegal«, flüsterte er an ihren Lippen. »Mich interessiert viel mehr, was darunter ist.« Er legte eine warme Spur von Küssen über ihre Wange bis zu ihrem Ohr. »Dort, wo du weich und warm bist.« Seine feuchte Zungenspitze berührte ihren Hals, seine Finger schlüpften zwischen ihre Brüste zu der schwarzen Rose, die die Körbchen ihres BHs zusammenhielt. »Aber ich will dir sagen, was ich jetzt tu.« Mit einer Bewegung aus dem Handgelenk ließ er den Verschluss aufspringen, und er schob die BH-Träger von Hopes Schultern. Der BH fiel zu Boden. »Problem gelöst.« Seine heißen Hände schlossen sich um ihre bloßen Brüste, und sein Mund legte sich erneut auf ihre Lippen. Und plötzlich vergaß Hope alles, bis auf die Berührung seiner rauen Handflächen, die über ihre harten, empfindlichen Brustwarzen strichen. Sie schob ihm die Zunge in den Mund, während er sie rücklings in Richtung Arbeitstresen manövrierte. Lust regte sich tief in ihrem Unterleib, sammelte sich zwischen ihren Schenkeln und ließ ihre Brüste voll und schwer werden. Die Empfindungen waren beinahe schmerzhaft in ihrer Intensität. Wunderbar und überwältigend. Sie stöhnte und streichelte Dylans Körper. Sein Haar, seine Wangen, den Nacken und die Schultern. Sie berührte ihn überall, wo sie seine bloße Haut erreichte, seinen Rücken, seine Seiten, seinen Bauch.

Sein gieriger Mund lag hart auf ihren Lippen, und er versorgte sie mit heißen, befriedigenden Küssen. Er schmeckte nach männlicher Erregung. Nach Sex. Sie wölbte sich ihm entgegen, schmiegte sich an seine warme, feste Brust, gab sich seinen forschenden Händen hin, spürte seine Erektion. Sie spürte seine Erregung an ihrem Unterleib, hart wie Stein, und sie verlangte mehr, brauchte engeren Kontakt.

Sie wollte das Eine, das er ihr geben konnte, das Eine, das nur er ihr geben konnte, und sie führte die Hände zu seinem Hosenschlitz. Sie öffnete den Knopf, und als sie den Reißverschluss herabzog, stellte sie fest, dass er unter seinen Jeans nackt war. Sein Penis sprang vor in ihre Hand, und sie schloss die Finger um seine heiße Erektion.

Ein Stöhnen entrang sich Dylans Brust, und Hope löste sich ein wenig von ihm, um ihm ins Gesicht sehen zu können. Seine Augen waren grünlich schimmernde Schlitze, sein Atem ging unregelmäßig. Hope senkte den Blick auf ihre Hand, auf sein dunkles Schamhaar, das zwischen dem Reißverschluss und seinem großen Penis sichtbar war. Sie ließ die Handfläche an seinem glatten Glied hinaufgleiten und strich mit dem Daumen über die samtige Eichel.

»Hope«, flüsterte er, und seine Stimme klang so heiser, als ob sie ihn folterte. Er löste ihre Hand von seinem Körper und legte sie sich auf die Schulter. Dann umfasste er die Rückseiten ihrer Schenkel und hob sie hoch, bis sie auf dem Arbeitstresen saß. Er wich einen Schritt zurück und stand im nächsten Augenblick völlig nackt vor ihr. Hope hätte gern ein wenig Zeit gehabt, um ihn eingehend zu betrachten, die Schönheit seines Körpers, der festen Muskeln und der eindrucksvollen Proportionen auf sich wirken zu lassen, doch er ließ ihr keine Gelegenheit. Er trat zwischen ihre Beine und küsste zärtlich ihren Hals.

»Ich will dich, Hope«, sagte er. »Ich bin verrückt vor Verlangen nach dir.« Er küsste die innere Rundung ihrer Brust. Sie bog den Rücken durch, und er sagte: »Ich werde verrückt, wenn ich nur daran denke.«

Er küsste die Spitze ihrer Brustwarze und bearbeitete sie mit der Zunge. Hope schloss die Augen, ein Schauer lief ihr über den Rücken. Dylan schleckte sie wie die Eiskrem, von der er zuvor gesprochen hatte, dann saugte er ihre straffe

Haut in seinen heißen, nassen Mund. Er saugte weiter, während er die Hand unter ihren Rock und zwischen ihre Schenkel schob. Er umfasste sie dort, schob die Handfläche in ihren Schritt und drückte sanft. Dann wandte er sich der anderen Brust zu und sog die Warze in den Mund. Seine Hand glitt über die Innenseite ihres Schenkels, dann schlüpften seine Finger unter den Saum ihres Slips.

»Du bist feucht«, flüsterte er, als er sie zwischen den Beinen berührte, dort, wo sie seine Zärtlichkeit am dringlichsten ersehnte, wo sie heiß und nass war und seine Berührung Verlangen nach mehr in ihr weckte. »Ich möchte in dir sein.« Mit jeder Zärtlichkeit, jedem Streicheln seiner Hand brachte er sie einem Orgasmus nahe. Er zog ihr den Slip herunter und ließ ihn zu Boden fallen.

Während Hope ihren Rock abstreifte, entnahm Dylan der Schachtel hinter ihm auf dem Tresen ein Kondom. Hope stieß den Rock mit dem Fuß von sich und sah zu, wie er das dünne Gummi über seinem Penis abrollte.

»Komm zu mir«, sagte er, und sie schlang die Arme um seinen Nacken und die Beine um seine Taille. Sanft zog er sie vom Tresen herab über den warmen Kopf seines Penis. Er ertastete den Eingang und stieß hinein, während er gleichzeitig ihre Schenkel herabdrückte. Doch er kam nicht sehr weit, denn ein stechender Schmerz durchdrang Hopes lustvolle Benommenheit, und sie schrie auf.

»Schschsch, ist ja gut«, flüsterte er, drückte sie fest an sich und ging mit ihr zum Küchentisch. »Es wird schon gut. Ich will, dass es schön ist für dich.« Er bettete sie auf die kühle hölzerne Tischplatte, und ihre Hand landete in der Torte. Die Torte rutschte zum anderen Tischende, doch keiner von beiden achtete darauf. Dylan neigte sich über Hope und küsste ihren Hals und ihre Brust, während er ihre Füße auf den Tisch stellte und ihre Schenkel auseinander schob.

Er wiegte sich in den Hüften, drang langsam in sie ein und rückte immer weiter vor, bis er sich vollends in ihr versenkt hatte. Sein Stöhnen war wie ein Grollen, das aus den tiefsten Tiefen seiner Seele kam.

»Oh, verdammt«, fluchte er und vergrub die Finger in ihrem Haar. »Ist alles in Ordnung?«

Hope konnte in aller Aufrichtigkeit sagen, dass sie es nicht wusste. So etwas wie Dylan Taber hatte sie einfach noch nie erlebt, und dann begann er, sich zu bewegen, und es war, als tanzten glühend heiße Blitze über ihre Haut. Ihr Keuchen wurde zum Stöhnen, als er sich zurückzog und dann tief in sie eindrang. Hitze sammelte sich zwischen ihren Schenkeln und breitete sich über Bauch und Brust aus wie ein Flächenbrand. Er füllte sie völlig aus, berührte sie so tief, dass sie sich ganz und gar von ihm umfangen fühlte.

Sie hob die Hände an seine Wangen, wobei sie Zuckerguss an seinem Kinn und in seinem Haar verteilte. Sie zog sein Gesicht zu sich herab. »Mehr als nur in Ordnung«, sagte sie und küsste seinen Mund.

Er küsste sie lange und inbrünstig, während er sich über ihr bewegte, in sie hinein- und wieder herausglitt in langsamem, gleichmäßigem Rhythmus, der eine Spannung aufbaute, mehr und mehr, bis sie beide kaum noch atmen konnten. Dylan wich gerade weit genug zurück, um ihr in die Augen sehen zu können, und sein Atem ging keuchend im Takt mit den Stößen seiner Hüften. Jedes Nervenende ihres Körpers war wach und prickelte in warmer Lust, trug sie höher, immer höher hinauf bis zur Erfüllung. Die Spannung wurde stärker, heißer, die Lust krümmte ihr die Zehen. Und dann zog sie sie völlig unter die Oberfläche. Welle auf Welle versengte sie vom Kopf bis zu den Fußsohlen, und sie schrie Dylans Namen.

Sie packte seine bloßen Schultern und klammerte sich an

ihn, während ihr Inneres ihn pulsierend umschloss. Es setzte sich fort und fort; so etwas hatte sie in ihrem ganzen Leben noch nicht erfahren. Er bewegte sich schneller, heftiger, stieß wieder und wieder in sie hinein, bis alle Luft aus seinen Lungen wich, als hätte er einen Schlag vor die Brust empfangen. Seine Muskeln unter ihren Händen wurden steinhart.

Danach war nichts zu hören außer ihren schweren, erschöpften Atemzügen. Haut klebte an Haut, und beiden fehlte die Kraft, sich vom Tisch zu erheben. Dylans Stirn ruhte neben Hopes rechtem Ohr, seine Finger waren noch immer mit ihrem Haar verwoben. Ein warmes, flattriges Nachglühen legte sich über ihre Haut. Hope drehte den Kopf und küsste Dylans Schläfe.

»Mein Gott«, seufzte er. »Das war unglaublich.«

Hope lächelte. Sie war der gleichen Meinung. Er hatte ihr gerade den erstaunlichsten Sex ihres Lebens beschert. Liebe war es nicht. Hope kannte den Unterschied zwischen Sex und Liebe. Was Dylan ihr geschenkt hatte, war der unglaublichste Orgasmus ihres Lebens. Nein, Liebe war es nicht, aber es war wunderbar gewesen. Und auch er selbst war wundervoll.

11. KAPITEL

Aus den Fingerspitzen eines Mannes schießen Blitze

Dylan lehnte sich mit der bloßen Schulter gegen den Türrahmen und hob seinen Kaffeebecher. Er nahm einen Schluck und schob die freie Hand in die Tasche seiner Levi's. Die Morgensonne schien durch die Jalousien, warf gestreiftes Licht über Dylans Bett und setzte goldene Akzente in Hopes Haar. Sie lag unter dem zerwühlten Laken, einen Arm über den Kopf geworfen, das Gesicht leicht ins Kissen gedrückt. Ihr Atem ging langsam und gleichmäßig im Schlaf.

Dylan rieb mit dem warmen Becher über seine Brust und betrachtete Hope. In den frühen Morgenstunden hatte sie verlangt, dass er sie nach Hause brachte, doch er hatte sie von diesem Gedanken abzulenken verstanden.

Es war schon eine Weile her, dass er Sex gehabt hatte. Und noch länger lag es zurück, dass er mit einer Frau im Arm geschlafen hatte, und er wusste nicht, welches von beidem ihm am meisten gefehlt hatte. Aufzuwachen und ihre sanften Rundungen an seinem Körper zu spüren, ihr seidiges Haar in seinem Mund – er hatte völlig vergessen, wie sehr ihm so etwas fehlte. Das andere … das hatte er nicht vergessen, er hatte sich nur nicht mehr erinnert, wie gut es tat.

Dylan hätte nicht sagen können, mit wie vielen Frauen er in seinem Leben geschlafen hatte. Er war keineswegs stolz auf seine Vergangenheit, doch die ließ sich nicht mehr ändern. Als Heranwachsender hatte er es toll getrieben. In den Zwanzigern wurde er dann ein bisschen gemäßigter. Mit dreißig war er eindeutig wählerischer, hatte aber trotzdem noch kaum einen Gedanken an das volle Ausmaß der Bedeutung eines derart intimen Akts verschwendet. Erst während seiner Beziehung mit Julie war es ihm klar geworden. Ein gerissenes Kondom und die Geburt seines Sohnes waren nötig gewesen, um ihm die äußerlichen Konsequenzen zu verdeutlichen, doch darüber hinaus hatte er auch erkannt, dass die Intimität tiefer gelagerte emotionale Folgen mit sich brachte.

Hope regte sich in seinem Bett, und er betrachtete ihren Fuß, der unter dem Laken hervorlugte.

Bis jetzt war er nicht bereit gewesen, ein Risiko einzugehen, aber Hope Spencer hatte ganz offenbar etwas an sich, was ihn die Konsequenzen einer Affäre mit ihr außer Acht lassen ließ. Etwas, das über den Duft ihrer Haut und den Geschmack ihres Kusses hinausging. Über ihren schönen Körper und die Gefühle, die sie ihm bescherte.

Dylan mochte ihren trockenen Humor, ihre spöttische Art und ihr Lachen. Er mochte es, dass sie sich nicht die Butter vom Brot nehmen ließ. Und er mochte den pinkfarbenen Lack auf ihren Zehennägeln.

Er wollte mehr über sie wissen.

Sie hatten sich in der Nacht dreimal geliebt. Beim ersten Mal hektisch und explosiv, beim zweiten Mal langsam und … explosiv. Beim zweiten Mal hatte er sich Zeit gelassen, hatte den Zuckerguss der Torte von Hopes Brustwarzen geleckt und Pfirsichscheiben gegessen, die er auf ihre Brüste gelegt hatte, die dann aber über ihren Bauch hinunter bis auf ihre Schenkel gerutscht waren. Auch sie hatte Torte von seinem Körper verspeist. Von seinem Bauch und auch noch tiefer. Beim dritten Mal hatte es unter der Dusche begonnen und in seinem Bett geendet.

Und er würde es immer wieder tun. Dagegen war er offenbar machtlos. Er wollte Hope nicht verletzen. Er wollte sich selbst und Adam keinen Schmerz zufügen, doch er wusste, dass er immer wieder mit Hope zusammen sein würde. Zu Anfang hatte er geglaubt, eine gemeinsame Nacht würde reichen. Weit gefehlt. Er würde sehr, sehr vorsichtig sein müssen.

Hope bewegte die Hand, und Dylan sah zu, wie sie langsam aufwachte. Sie blinzelte und zog die Brauen zusammen.

»Guten Morgen«, sagte er und stieß sich vom Türrahmen ab.

Sie fuhr im Bett hoch, als hätte ein kalter Guss sie aufgeschreckt. Ihr Haar schwang über ihr Gesicht zu einer Seite, das Laken glitt ihr bis zur Taille herab. »Wo bin ich?«, fragte sie. Ihre Stimme war heiser vom Schlaf und einer Nacht, in der sie ihren Mund zu völlig anderen Aktivitäten als Reden benutzt hatte.

»Wenn du das nicht mehr weißt, dann habe ich meine Sache nicht gut gemacht«, antwortete er und trat ans Bett. Er setzte sich, einen Fuß auf den Boden gestützt, neben sie und strich ihr das Haar aus dem Gesicht. »Erinnerst du dich jetzt?«

Sie antwortete nicht, doch ihre Wangen färbten sich rosig.

»Hier«, sagte er und hielt ihr den Kaffeebecher an die Lippen. »Vielleicht hilft das.«

Hope nahm ein paar tiefe Schlucke, dann schob sie den Becher von sich. »Du solltest mich doch nach Hause bringen.«

Dylan senkte den Blick auf ihre vollen Brüste, deren rosige Brustwarzen sich auf Grund der kühlen Luft verhärteten. »Ich hab's wohl vergessen.«

Sie wich vor ihm zurück und zog das Laken hoch bis unter die Achseln. »Ich wollte nicht hier aufwachen.«

Er sah ihr ins Gesicht. »Warum nicht?«

»Weil ich morgens immer scheußlich aussehe. Ich habe keine frische Wäsche und nichts Frisches zum Anziehen, und meine Augen sind verquollen.«

Er hätte beinahe gelacht, wenn sie ihm nicht so ernst erschienen wäre. In seinen Augen sah sie so gut aus, dass er sich am liebsten auf sie gestürzt und sein Gesicht in ihre Halsgrube geschmiegt hätte. Er wollte sie dazu bringen, dass sie lächelte und seinen Namen seufzte. Stattdessen stand er auf und ging zum Schrank. Er entnahm ihm einen Frottee-Bademantel, den er nie trug, weil er ihm zu kurz war. Den warf er aufs Bett, dann wandte er sich der Kommode zu. »Die hier sind nie getragen worden«, sagte er, nachdem er ein Paar Boxershorts gefunden hatte. »Meine Mutter hat sie mir zu Weihnachten geschenkt, aber ich trage keine Unterwäsche.« Er warf die Shorts zu dem Bademantel. »Sie versucht noch immer, mich zu erziehen.« Er lächelte flüchtig, aber sie sagte kein Wort. Offenbar war es ihm nicht gelungen, ihr ihre Befangenheit zu nehmen. »Ich mache Frühstück«, sagte er und verließ das Zimmer, damit sie sich in Ruhe ankleiden konnte.

Seine bloßen Füße bewegten sich geräuschlos den Flur entlang, vorbei an Adams Zimmer und dem Bad. In der Küche erwarteten ihn die Überreste der Torte. Etwas früher, als der Kaffee durchlief, hatte er die größten Brocken aufgesammelt, aber Tisch und Boden waren immer noch mit klebrigem Zuckerguss verschmiert.

Dylan öffnete den Kühlschrank und überprüfte seinen Inhalt. Da er nicht vorgehabt hatte, in den nächsten zwei Wochen heimzukommen, hatte er ihn vor seiner Abreise geleert, und entsprechend wenig Vorräte fand er nun vor. Eine Packung Margarine, ein Glas Senf und einen Rest Ketchup. Im Schrank fand er Makkaroni und Käse, ein Glas Kartoffeln sowie Obst- und Gemüsekonserven.

Er hörte, wie am anderen Ende des Flurs die Badezimmertür geöffnet und wieder geschlossen wurde, dann wurde der Wasserhahn aufgedreht. Im ganzen Haus gab es nichts Vernünftiges zu essen, und er konnte Hope nicht zu einem Frühstück im Café einladen. Nicht, wenn sie seine Boxershorts trug, schon gar nicht, wenn die Nachricht, dass er mit ihr zusammen gefrühstückt hatte, sich bis zum Mittagessen überall herumgesprochen haben würde.

Dylan holte Handfeger und Kehrschaufel aus dem Besenschrank und fegte, so gut es ging, die Tortenreste zusammen. Wenn er in einer anderen Stadt lebte, wenn er ein ganz gewöhnlicher Mann wäre und nicht ausgerechnet der Sheriff, der Hiram Donnellys und seine eigene Vergangenheit zu bewältigen hatte, wäre es nicht so wichtig gewesen, aber er war nun mal kein gewöhnlicher Mann, und Hope passte auch nicht so recht zu den Einheimischen.

Er warf die Tortenreste in den Müll und lächelte vor sich hin. Wenn Paris ihn demnächst fragte, wie ihm der Kuchen geschmeckt hatte – und sie würde ihn fragen, denn das versäumte sie nie –, dann konnte er ehrlichen Herzens antworten, dass es die beste Torte gewesen war, die er jemals gegessen hatte.

Dylan räumte Schaufel und Handfeger weg, und als er sich umdrehte, stand Hope in der Tür. Sie hatte sich das Haar gekämmt, ihr Gesicht sah frisch gewaschen aus. Seine Boxershorts lugten unter dem kurzen Bademantel hervor.

»Ich habe nichts fürs Frühstück vorrätig«, gestand er.

Sie löste den Blick von seinem und sah sich in der Küche um. »Macht nichts. Vor Mittag esse ich gewöhnlich sowieso nichts. Weißt du, wo meine Sachen sind?«

Er rückte einen Küchenstuhl vom Tisch und zeigte auf das Bündel von Kleidungsstücken, die er säuberlich zusammengelegt hatte.

»Du hast meine Sachen gefaltet?«

Er hob die Schultern und blickte ihr nach, als sie zum Tisch ging. Im Grunde hatte er sich keine Gedanken darüber gemacht, was ihn an diesem Morgen erwarten würde. Aber selbst, wenn er es getan hätte, wäre er nie auf die Idee gekommen, dass Hope so kühl und abweisend sein könnte. Sie erinnerte ihn an die Frau, die eines schönen Tages in ihrem Porsche in die Stadt gefahren war. Irgendwann im Lauf der Nacht, zu irgendeinem Zeitpunkt zwischen dem Einschlafen in seinen Armen und dem Aufwachen in seinem Bett, hatte sich etwas verändert, und er hatte nicht die geringste Ahnung, was das sein konnte.

Als sie ihre Kleider an sich nahm, griff er nach ihrer Hand. »Was hast du für heute geplant?«

»Ich muss arbeiten. Ich bin ziemlich im Rückstand mit meinem Programm.«

»Sind die Polizeiberichte schon eingetroffen?«

»Ja.«

»Ich könnte dir beim Durcharbeiten helfen.«

»Ach nein, danke.« Sie blickte auf irgendeinen Punkt hinter seiner linken Schulter, und er legte die Fingerspitzen unter ihr Kinn und drehte ihr Gesicht so, dass sie ihn ansehen musste. Ihre Augen verrieten nichts, und gerade dadurch verriet sie ihm das, was er wissen musste. Sie versteckte sich vor ihm, und das wollte er nicht zulassen. Er senkte seinen Mund auf ihre Lippen und gab ihr einen leichten Kuss. Sie wollte zurückweichen, doch er umfasste ihren Nacken zärtlich mit seiner warmen Hand. Den Mund dicht vor ihren Lippen, zeichnete er mit der Zungenspitze die Konturen ihres Mundes nach und spürte, wie sie kaum merklich nachgab. Ihre Schultern entspannten sich, ihre Haltung entkrampfte sich, und dann entfuhr ihr ein leiser Seufzer und ein kaum hörbares »Ahhh«. Er küsste sie ein wenig intensiver. Er küsste sie, bis sie die Hände um seinen Hinterkopf legte. Bis sie sich auf die Zehenspitzen erhob und ihre Brüste an seinen bloßen Oberkörper presste. Er löste sich ein wenig von ihr und sah ihr in die Augen. »Tut mir Leid, dass es kein Frühstück gibt.«

»Mmm … ich bin immer noch satt von der Torte.«

Dylan lächelte. Verdammt noch mal, er mochte sie.

Hope entschied sich für das Foto einer ganz normal aussehenden Großmutter aus ihrem Computer-Archiv. Sie versah sie mit lila Haar und lila Lippenstift. Während sie die Augen dieser Außerirdischen unter dem lila Lidschatten ein wenig runder und die Finger ein bisschen zu lang machte, fragte sie sich, ob Walter so viel lila Farbe für zu weit hergeholt halten und eine Änderung verlangen würde. Nicht einmal in ihren wildesten Fantasien hätte Hope sich eine Figur wie Eden Hansen ausmalen können.

So gut war nicht einmal sie.

Sie hatte ihrem Herausgeber bereits zwei Alien-Artikel geschickt. Beide hatten ihm gut gefallen; er wollte mehr. Sie drückte VERSENDEN in der Befehlsleiste und schickte ihre dritte Story auf den Weg.

Der erste Artikel war gerade erschienen, und laut Walter war die vorläufige Leserreaktion positiv. Die Zeitschrift wollte die Serie so lange wie möglich fortsetzen. Was Hope sehr recht war. Sie hatte reichlich Material für die nächste Zeit. Und wenn es ihr ausgehen sollte, brauchte sie lediglich einen Ausflug in die Stadt zu machen. Zurzeit schrieb sie die besten Artikel ihrer gesamten Karriere, und sie benötigte keinen Psychiater, um zu wissen, dass das daran lag, dass sie sich nicht mehr so leer fühlte und versuchte, aus einem ausgetrockneten Brunnen zu schöpfen.

Durch ihren Umzug nach Gospel hatte sie ihrer Karriere

und ihrem Leben unversehens neuen Auftrieb gegeben. Sie schlief so tief und fühlte sich so gut wie schon lange nicht mehr. Sie hatte schon immer gewusst, dass ihr Leben und ihre Kreativität so eng miteinander verbunden waren, dass, wenn ein Teil aus dem Gleis geriet, auch der andere Teil darunter litt. Eine Zeit lang hatte sie die Wahrheit wohl einfach ignoriert. Sie hatte sich auf etwas konzentriert, das sie glaubte kontrollieren zu können, nämlich auf ihren Beruf, um dann festzustellen, dass sie im luftleeren Raum schwebte.

Jetzt verfügte sie über ein gesellschaftliches Leben, und sie hatte etwas, woran sie arbeiten konnte, das völlig anders war als ihre Storys für die *Weekly News of the Universe*. Wenn ihre Außerirdischen ihr Kopfschmerzen bereiteten, nahm sie sich ihren Artikel über Hiram Donnelly vor. Ob sie ihn je verkaufen würde, wusste sie nicht, aber schon durch das Schreiben bot sich ihr ein neues Ventil.

Sie griff nach dem großen Umschlag, der vor ein paar Tagen mit der Post gekommen war, und entnahm ihm den FBI-Bericht. Aus den Abschnitten, die nicht ausgeschwärzt waren, hatte sie erfahren, dass das FBI von einem Mitglied des Sheriff-Büros den Hinweis und das Beweismaterial für Unterschlagungen bekommen hatte. Von einem Informanten, der Zugang zur Buchführung hatte. Hope hätte gern gewusst, ob Hazel Avery diese Person gewesen war. Oder vielleicht sogar Dylan.

Sie lehnte sich in ihrem Stuhl zurück und blickte auf das Telefon neben ihrem Monitor. Dylan hatte gesagt, er würde sich melden. Als er sie am Morgen vor ihrem Haus absetzte, hatte er gesagt, er hätte auf der Double-T-Ranch zu tun, würde sie aber am Abend anrufen. Sie sah auf die Uhr auf ihrem Monitor. Viertel nach fünf. Offiziell schon Abend.

Hope schob den Stuhl zurück und stand auf. Wenn sie an

die vergangene Nacht dachte, überkamen sie gleichzeitig Erregung und Entsetzen. So, als müsste sie lachen und sich im nächsten Augenblick verstecken. Sie fühlte sich schizophren. In zwei Teile gespalten. Wunderbar lebendig und zu Tode verängstigt. Auf der Suche nach einer Bedeutung in einer bedeutungslosen Affäre. Bemüht, sich selbst zu schützen, während sie sich auf Kollisionskurs befand mit etwas, das ihr wehtun würde. Völlig außer Kontrolle.

Er hatte Zuckerguss von ihrem Körper geschleckt, und sie waren so intim gewesen, wie zwei Liebende es nur sein konnten, und doch hatte er ihr, bevor er sie am Morgen nach Hause brachte, eine Baseball-Kappe gegeben, unter der sie ihr Haar verbergen sollte. Er hatte ihr eine seiner großen Levi's-Jeans-Jacken geliehen, die sie anziehen sollte, damit kein Mensch in der Stadt sie erkannte und Gerüchte in die Welt setzte. Das hatte er jedenfalls als Begründung angegeben, und sie fragte sich, ob es der Wahrheit entsprach oder ob er sich insgeheim schämte, mit ihr gesehen zu werden.

Er hatte nach ihrer Narbe gefragt. Er hatte sie schließlich doch bemerkt, als sie unter der Dusche standen. Sie hatte behauptet, ihr Ex-Mann hätte ihr den Bauch geliftet, weil es weder der rechte Ort noch der passende Zeitpunkt für die Wahrheit gewesen war. Dann hatte er ihre alte Hysterektomie-Narbe geküsst und ihr Gewissensbisse wegen ihrer Lüge beigebracht.

Er hatte ihre Kleider zusammengelegt. Eine Kleinigkeit für ihn, aber sie hatte es als große Geste betrachtet. Während sie schlief, hatte er ihren BH und ihren Slip gefaltet und zusammen mit ihrem Top und dem Rock säuberlich gestapelt, als käme alles gerade frisch aus dem Trockner. Und als sie versuchte, sich ihm zu entziehen, ein wenig Distanz zwischen sich und ihm zu schaffen, da hatte er sie an sich gedrückt und ihr das Gefühl gegeben, dass der Sex der vergangenen Nacht doch nicht ganz so bedeutungslos gewesen war.

Es würde so leicht sein, sich in Dylan zu verlieben. So leicht und so dumm. Er hatte ihr schon einmal erklärt, dass eine Freundin das Letzte wäre, was er im Augenblick gebrauchen konnte. Sie war überzeugt, dass er es ernst gemeint hatte. Wenn er sich eine Frau in seinem Leben gewünscht hätte, dann wäre sicherlich schon eine an seiner Seite gewesen, bevor sie, Hope, in Gospel auftauchte. In Gospel hatte er die freie Auswahl. Er wollte keine Beziehung. Das hatte er ihr deutlich zu verstehen gegeben. Er wollte Sex, und obwohl auch sie Sex wollte, wusste sie doch, dass sie letztendlich mehr verlangen würde. Sie wusste, dass er ihr schon bald mehr bedeuten würde, als er es bereits jetzt tat, und es würde ihr wehtun, wenn er nicht genauso empfand. Das war nicht seine Schuld. So stand es eben zwischen ihnen.

Am besten wäre es, der Sache jetzt gleich ein Ende zu setzen, bevor sie verletzt wurde.

Wenn und falls er anrief, brauchte sie ihm nur zu sagen, dass sie ihn nicht mehr sehen wollte. Sie musste die Willenskraft aufbringen, Nein zu sagen.

Doch schließlich sprach sie überhaupt nicht mit ihm. Als das Telefon klingelte, nahm sie den Hörer nicht ab. Sie traute sich selbst nicht. Seit dem Augenblick, als Dylan sie in der Nacht nach dem Zwischenfall in der Buckhorn-Bar geküsst hatte, war ihre Willenskraft irgendwo in Deckung gegangen. Hope glaubte nicht daran, dass sie ausgerechnet jetzt wieder in Erscheinung treten würde. Nicht unter dem Eindruck ihrer Erinnerung an seinen Kuss, nicht nach dieser Nacht. Nicht, solange sie nur die Augen zu schließen brauchte, um seinen Mund auf ihrem Körper zu spüren.

Nicht, solange sie sich mit absoluter Klarheit an das verführerische Timbre seiner Stimme erinnerte, als er den Kopf zwischen ihre Beine senkte und sagte: »Entspann dich, Schätzchen, ich will doch nur diesen kleinen Pfirsich hier verspeisen.«

Nein, ihre Willenskraft war unter Null gesunken.

Sie würde ihm so lange wie möglich aus dem Weg gehen müssen, doch in einer so kleinen Stadt war es praktisch unmöglich, ihm nicht irgendwann zu begegnen.

Wenn sie ihn das nächste Mal traf, würde sie sich ganz natürlich geben. Völlig cool, so, als hätte sie in der Vergangenheit schon jede Menge Affären gehabt.

Gegen Mitternacht ging Hope zu Bett und zuckte bei jedem Geräusch zusammen, fragte sich, ob er gekommen und ob es überhaupt Dylan gewesen war, der vor wenigen Stunden angerufen hatte. Es hätte auch Shelly sein können. Oder Walter. Oder irgendein Meinungsforscher. Wahrscheinlich war es gar nicht Dylan gewesen. Der Mistkerl.

Kurz vor zehn am nächsten Morgen klopfte Shelly an Hopes Haustür. Hope hatte sich gerade angezogen, ihr Haar war noch nass von der Dusche.

»Dylan hat eben angerufen«, sagte Shelly, als sie Hope in die Küche folgte. »Er wollte, dass ich dich besuche und nachsehe, ob bei dir alles in Ordnung ist. Er sagte, er hätte gestern Abend angerufen, aber du wärst nicht zu Hause gewesen.«

»Ich habe den Hörer nicht abgenommen.« Hope griff nach der Kaffeekanne und schenkte zwei Becher voll. »Ich war total in meine Arbeit vertieft.«

»Er sagte, er hätte heute Morgen auch noch mal angerufen.«

Hope hob ihren Becher und blies hinein, um ihr Lächeln verbergen zu können. Sie hatte das Telefon nicht gehört;

vielleicht hatte sie gerade unter der Dusche gestanden, als er anrief.

»Läuft da was zwischen euch beiden?«

»Nein, nichts. Möchtest du Milch und Zucker?«

»Nein.« Shelly hob ebenfalls ihren Becher an und blies auf den heißen Kaffee. Durch den Dampf hindurch sahen die beiden Frauen einander an. »Hast du gewusst, dass ein Informant aus dem Sheriff-Büro die Informationen über Hiram Donnelly an das FBI weitergegeben hat?«

»Ja.«

»Und weißt du auch, wer es war?«

»Hazel?«

»Nein.«

»Dylan?«

»Wieder falsch.«

»Weißt du es wirklich?«

»Ja«, antwortete Shelly lächelnd. »Aber ich sag's dir nicht. Willst du wissen, warum?« Sie wartete Hopes Antwort gar nicht ab. »Weil ich ein Geheimnis für mich behalten kann. Niemand weiß es, außer mir und dem FBI. Wenn man mich bittet, ein Geheimnis für mich zu behalten, dann tu ich das. Ich bin eine gute Freundin.« Sie sah Hope viel sagend an, als wollte sie zum Ausdruck bringen, dass dies auf Hope nicht zuträfe.

»Okay.« Hope gab nach, und die Worte sprudelten aus ihr heraus. »Okay, ich habe die Nacht des Vierten Juli bei Dylan verbracht.«

»Wusste ich's doch! Als Paul mir sagte, dass Dylan dich nach Hause bringt, war mir klar, dass er seine abgeschmackten, billigen Tricks an dir ausprobieren würde.«

Hope war zu verlegen, um zugeben zu können, dass Dylan sich nicht sonderlich hatte anstrengen müssen. »Du darfst mit keinem Menschen darüber reden. Ich bin mir nicht sicher, wie ich das finde, was zwischen uns gewesen ist, und Dylan will nicht, dass unsere Affäre zum Stadtgespräch wird.«

»Oh, dieser Dylan«, spottete Shelly und winkte mit der verletzten Hand ab. »Er glaubt, sein Privatleben wäre heilig oder so. Irgendwie privater als das anderer Leute. Er denkt, die ganze Stadt brennt darauf zu erfahren, was mit ihm los ist.« Sie zuckte mit den Achseln. »Was natürlich stimmt, aber ich schwöre dir, von mir erfährt niemand auch nur ein Sterbenswörtchen.«

Hope blies in ihren Kaffee und nahm einen Schluck. Als sie den Blick hob, starrte Shelly sie neugierig an. »Was ist? Willst du Einzelheiten wissen?«

»Nur, wenn du mir welche verraten willst.«

»Ich sage dir nur so viel: Ich habe die Nacht mit ihm verbracht und jede Minute genossen.« Sie nahm einen weiteren Schluck und setzte hinzu: »Sehr genossen!«

Über ihre Becher hinweg lächelten sie einander zu. Zwei völlig verschiedene Frauen, die in der jeweils anderen eine Freundin erkannten.

»Wie geht's deiner Hand?«, fragte Hope.

»Gut.« Shelly sah ihre Hand an und bemerkte: »Dieser Nagellack macht Paul an, aber er fängt schon an zu blättern.«

»Los, wir lackieren uns die Nägel.« Hope bedeutete Shelly, ihr zu folgen. Sie suchte ihre Utensilien zusammen und stellte sie auf den Couchtisch im Wohnzimmer. Hope entschied sich für Rebellious Red, während Shelly Mountain Huckleberry auswählte.

»Siehst du ihn wieder?«

Hope schüttelte den Kopf. »Nein. Ich glaube, das wäre keine gute Idee.«

»Warum nicht?«

Hope nahm den Nagellackentferner zur Hand und griff nach einem Beutel Wattebäuschchen. »Na ja, es führt doch sowieso zu nichts, denn in fünf Monaten reise ich wieder ab.« Der Gedanke an den Abschied von Gospel weckte unverhofft Traurigkeit in ihr. Hier fühlte sie sich so lebendig, hier hatte sie so viel gefunden, aber es war nicht ihr Zuhause. Sie konnte sich einfach nicht vorstellen, für immer hier zu leben, andererseits hatte sie noch nie versucht, es sich vorzustellen. Sie schraubte den Deckel von der Entfernerflasche und tränkte einen Wattebausch mit der Flüssigkeit. »Dylan will keine Freundin, und ich wäre am Ende die Leidtragende.«

Shelly dachte eine Weile nach, dann sagte sie: »Mag sein. Wie schade, dass du nicht einfach nur deinen Spaß haben kannst. Du weißt schon, du könntest ihn benutzen und ausnutzen, solange du hier bist.«

Das fand Hope ebenfalls ausgesprochen schade.

Als Shelly gegangen war, frisierte Hope ihr Haar zu einem eingeschlagenen Pferdeschwanz und zog ein blaues Sommerkleid an. Das Oberteil des Kleides sah aus, als wären zwei Tücher zusammengenäht und im Nacken und Rücken geknotet, der Rock reichte bis zum halben Oberschenkel. Nachdem sie Make-up aufgelegt und ihre Lippen glänzend rot geschminkt hatte, fuhr sie in die Stadt. Zuerst hielt sie vor dem M&S-Markt, um frisches Gemüse und eine große Tafel Schokolade zu kaufen.

Sie stöberte in der kleinen CD-Sammlung, die bei den Postkarten und dem Kaugummi ausgestellt war. Für Country-und-Western-Musik hatte sie sich noch nie begeistern können, aber da sie jetzt in einer Stadt lebte, in der Country als cool galt und sonst nichts, suchte sie eine CD von Dwight Yoakam heraus und legte sie in ihren Einkaufskorb.

Seine Musik hatte sie noch nie gehört, doch sie hatte ihn im Kino gesehen. Und jemand, der so toll den Bösewicht spielen konnte, musste eigentlich auch noch andere Talente aufweisen können.

Stanley stand wie immer an der Kasse. Vor ihm lag aufgeschlagen die *Weekly News of the Universe*.

»Lesen Sie schon wieder Geschichten über Außerirdische?«, fragte Hope, als sie ihren Korb vor der Kasse abstellte.

»Ja, aber dieses Mal geht es um einen Trupp Außerirdischer im Nordwesten. Hier steht, die verkleiden sich als Menschen und legen die Bewohner der Gegend reihenweise rein.«

»Tatsächlich? Hm.«

»Hier steht, die stecken dahinter, wenn Rucksacktouristen sich verirren und verletzen.«

Hope riss die Augen auf. »Wow.«

»Hier steht, sie schließen sogar Wetten darüber ab.«

»Das ist ja furchtbar.«

»Es ist gemein, über das Pech der anderen Wetten abzuschließen.« Stanley drehte die Zeitschrift um zeigte auf die Doppelseite in der Mitte. »Sie können mich für verrückt erklären, aber ich finde, das da sieht aus wie der Gospel-See.«

Hope nahm das Foto, das sie selbst an dem Tag am Strand mit Shelly und den Jungen geschossen hatte, näher in Augenschein. Sie hatte nicht damit gerechnet, dass jemand den See erkennen würde. »Mich erinnert es eher an Eugene in Oregon«, behauptete sie, um ihn von seinem Verdacht abzulenken.

»Könnte sein. Bei diesen militanten Umweltschützern da drüben in Eugene würde ein Alien kaum auffallen.« Er schüttelte den Kopf und griff nach Hopes Einkaufskorb. »Aber es könnte genauso gut der Gospel-See sein.«

Hope war eine ziemlich gute Schauspielerin, wenn sie sich anstrengte, und nun gab sie vor, ernsthaft über seinen Verdacht nachzudenken. »Meinen Sie wirklich?«

»Nein, aber es macht Spaß zu überlegen, wer hier in der Stadt ein Außerirdischer sein könnte.«

Sie hob den Blick von der Zeitschrift und lächelte. »Vielleicht die Dame vom Sandman-Motel?«

»Ada Dover?« Er lachte und tippte den Preis ihrer Orangen ein. »Da könnten Sie Recht haben. Die ist wirklich ein komischer Vogel.«

»Ja, irgendwie unheimlich.«

»Keine Sorge.« Er tätschelte ihre Hand, dann fuhr er mit dem Kassieren fort. »Ich beschütze Sie schon vor den Aliens.«

»Danke, Stanley«, sagte sie und lächelte immer noch, als sie den M&S-Markt verließ. Sie gab ein paar Filme zum Entwickeln – Bergfotos, die sie von ihrem Garten aus geschossen hatte – und steuerte die Chevron-Tankstelle an. Die Zapfsäulen waren vorsintflutlich, und nachdem sie aufgetankt hatte, musste sie in den kleinen Laden gehen, um mit ihrer Kreditkarte bezahlen zu können.

Als sie wieder hinauskam, stand Dylan an der anderen Seite der Zapfsäulen, an seinen blauen Pick-up gelehnt, den er voll tankte. Sein schwarzes T-Shirt steckte im Bund seiner schwarzen Jeans, der schwarze Stetson war tief in die Stirn gezogen. Er sah aus, als wäre er gerade der Kinoleinwand entstiegen – ein unwiderstehlicher Schwerenöter –, um Unheil zu stiften und reihenweise die Herzen rechtschaffener Frauen zu brechen.

Sie verlangsamte ihre Schritte, und ihr Herz setzte einen Schlag aus. Unter dem Hutschatten konnte sie seine Augen nicht sehen, aber sie spürte trotzdem seinen Blick auf ihrer Haut. Wie immer fühlte sie ihn trotz der Entfernung am ganzen Körper. Als Hope sich ihrem Wagen näherte, richtete Dylan sich auf, und langsam trat ein Lächeln auf seine Lippen.

»Du siehst aus, als hätte dich jemand in sein Taschentuch gewickelt«, sagte er, und seine samtige Stimme zog sie an wie ein Magnet, führte sie in Versuchung mit der Erinnerung an die Berührung seiner Hände und seiner Lippen.

Hope blickte an sich hinab. Ihr fiel keine geistreiche Antwort ein. »Oh« war das Einzige, was sie über die Lippen brachte. Sie blickte auf in seine überschatteten Augen, sah sein verführerisches Lächeln, und feige, wie sie war, senkte sie den Kopf und stieg in ihren Porsche. Sie ließ den Motor an, brauste von dannen und ließ die Versuchung hinter sich im Staub zurück.

Oh. Und das war alles? Einfach nur *Oh*? Ihre Knöchel am Lenkrad traten weiß hervor, und ihre Wangen glühten während des gesamten Heimwegs. *Oh*? Wahrscheinlich hielt er sie jetzt für eine Idiotin. Von wegen cool und weltgewandt.

Sie trug ihre Einkäufe ins Haus und räumte die Lebensmittel in den Kühlschrank. Sie hätte zu gern gewusst, was Dylan jetzt über sie dachte. Nachdem sie sich wie eine Schwachsinnige aufgeführt hatte.

Sie brauchte nicht lange zu warten. Sie hatte gerade die ersten paar Songs auf ihrer Dwight-Yoakam-CD gehört, als jemand gegen die Tür hämmerte. Sie stellte den CD-Player aus, öffnete die Tür, und da stand Dylan in voller Lebensgröße, äußerst männlich und sehr verärgert. »Was zum Teufel versuchst du dir zu beweisen?«, fragte er und stapfte in den Flur. Der Duft seines Aftershaves folgte ihm. Hope blickte nach draußen, konnte seinen Pick-up jedoch nirgends entdecken.

»Wo ist dein Wagen?«

»Du bist wie eine Wahnsinnige aus der Tankstelle herausgedüst und hättest um ein Haar Alice Guthries Kombi gerammt. Sie hatte ihre Kinder auf dem Rücksitz angeschnallt, und durch deine Schuld hätte jemand ernsthaft zu Schaden kommen können.

»Der Kombi war noch ein ganzes Stück von der Ausfahrt entfernt.« Hope schloss die Tür hinter ihm und verschränkte die Arme unter der Brust.

Das Licht der Deckenlampe warf Prismen über den Flur und auf Dylans schwarzes T-Shirt. In dem engen Raum wirkte er überlebensgroß. Ein starker, muskelbepackter Macho in Schwarz. Er stemmte die Hände in die Hüften und musterte Hope unter seiner Hutkrempe hervor. »Warum weichst du mir aus?«

»Tu ich ja gar nicht.«

»Warum gehst du nicht ans Telefon?«

»Ich habe gearbeitet.«

»Aha.«

Er glaubte ihr nicht, und sie beschloss, es mit Aufrichtigkeit zu versuchen. »Ich dachte, es wäre besser, wenn wir uns nicht mehr sehen.«

»Warum nicht, zum Teufel?«

Aber ganz so aufrichtig wollte sie nun auch wieder nicht sein. »Weil ich nicht will, dass du immer, wenn du Sex willst, einfach bei mir hereinschneist.«

Er kniff die Augen zusammen. »Du glaubst, deswegen wäre ich gekommen?«

Sie wusste es nicht, aber wieder hatte sie das Gefühl, dass ihr jegliche Kontrolle entglitt. Dieses Gefühl, dass sie sich auf Kollisionskurs befand. »Stimmt das etwa nicht?«

»Nein.« Er neigte sich über sie und sagte: »Vielleicht wollte ich mich nur mit eigenen Augen davon überzeugen, dass dir nichts fehlt. Vielleicht suche ich auch deine brillante Unterhaltung. Oder vielleicht sehe ich dich nur gern an.« Er rückte ihr noch ein bisschen näher. »Und vielleicht bin ich einfach gern mit dir zusammen.«

Hopes Herz pochte heftig.

»Vielleicht hat mein Kommen nicht das Geringste mit Sex zu tun.«

»Tatsächlich?«

»Vielleicht.« Er legte einen Finger unter ihr Kinn und hob ihr Gesicht zu sich an. »Vielleicht will ich dich nur küssen. Mehr will ich vielleicht gar nicht.« Er wandte den Kopf ganz leicht zur Seite und sagte an ihren Lippen: »Vielleicht fehlt mir dein Geschmack im Mund.«

Ihr stockte der Atem, das Herz schlug ihr heftig in der Brust, und sie konnte sich nicht mehr genau erinnern, warum sie ihn wegschicken wollte. Nun ja, erinnern konnte sie sich eigentlich schon, doch was später geschehen würde, war ihr im Augenblick ziemlich egal. Jetzt befand sie sich in der Gegenwart, und die war erfüllt von einem großen, verführerischen Cowboy, dessen Berührung sie in Flammen aufgehen ließ und das Verlangen in ihr weckte, seine Brust zu streicheln und sich an ihn zu schmiegen. »Möchtest du reinkommen?«, fragte sie, obwohl er das Haus längst betreten hatte.

»Vielleicht.« Er öffnete den Mund über ihren Lippen und küsste sie so intensiv, dass für Hope nichts mehr zählte außer ihm. Er war wie Magie, er sandte Blitze durch ihren gesamten Körper.

Dylan wich ein wenig zurück und sah ihr in die Augen. »Möchtest du, dass ich reinkomme?«

Wenn sie Ja sagte, ließ sie sich auf mehr ein als auf ein geistreiches Gespräch. Wollte sie das? Wollte sie mit ihm zusammen sein, solange es möglich war, oder wollte sie allein sein und voller Sehnsucht an ihn denken? »Ja«, sagte sie, sowohl als Antwort auf seine Frage als auch zu sich selbst. Sie wandte sich um, bevor sie es sich anders überlegen konnte, und seine Stiefelschritte hallten auf dem Holzfußboden, als er ihr folgte. »Darf ich dir etwas zu trinken anbieten?«, fragte Hope ihn mit einem Blick über die Schulter.

»Nein, danke«, antwortete er, indem er langsam den Blick von ihrer Kehrseite löste und sie ansah.

Bevor sie vollends die Kontrolle verlor, sagte Hope: »Wir müssen ein paar Grundregeln aufstellen.«

»Gut. Ich rufe an, bevor ich zu dir komme.« Er griff nach ihrer Hand. »Aber dann musst du auch den Hörer abnehmen.«

»Mach ich, aber du …« Sie unterbrach sich, als er ihre Hand an seinen Mund hob und sein warmer Atem ihr Gelenk kitzelte.

»Was soll ich, Schätzchen?«, fragte er, doch der Ausdruck in seinen grünen Augen, die sie fest ansahen, verriet ihr, dass er es längst wusste. Er wusste, dass er sie dort hatte, wo er sie haben wollte, und er genoss es.

»Ähm … du sollst vorher anrufen.«

»Das sagte ich doch schon.« Er küsste ihr prickelndes Handgelenk, und das Kitzeln setzte sich über ihren Arm hinweg fort.

»Ach so.«

»Wolltest du noch weitere Regeln vorschlagen?«

Wenn er sie so ansah, als wollte er sie im nächsten Moment vernaschen, konnte sie nicht denken. Sie löste ihren Blick von seinem und sah zum Esszimmer hinüber, wo der FBI-Bericht auf dem Tisch lag. »Ich habe keine Lust auf schmutzige Spielchen«, sagte sie, und das entsprach, so weit sie es beurteilen konnte, der Wahrheit.

Dylan runzelte die Stirn, er ließ ihre Hand los. »Gut.« Er

nahm den Hut ab und warf ihn aufs Sofa. »Bevor wir weitermachen, erklär mir bitte, was du unter schmutzigen Spielchen verstehst.«

»Perversitäten.«

»Dann definiere mir Perversitäten.«

Sie überlegte kurz. »Ich will keine Peitschen.«

»Sprichst du aus Erfahrung?«

»Nein.«

»Woher weißt du dann, dass du Peitschen nicht magst?«

»Ich mag keine Schmerzen. Wenn ich mir in den Finger schneide, schreie ich nach Morphium.«

»Magst du es denn, gefesselt zu werden?«

Hope war noch nie gefesselt worden, und die Vorstellung, dass Dylan sie fesselte, jagte ihr erwartungsvolle Schauer über den Rücken. »Ja.«

»Mit Handschellen an die Bettpfosten?«

Sie war auch noch nie mit Handschellen an irgendwelche Bettpfosten gefesselt worden. Sie nickte. Ja, das erschien ihr durchaus möglich. »Darf ich dir Handschellen anlegen?«

»Jederzeit«, sagte er mit einem frechen Grinsen, dann zog er sie an seine Brust. »Ist das alles, oder gibt es noch mehr Regeln?«

»Ich glaube, das reicht.«

Er senkte das Gesicht und flüsterte an ihrem Ohr: »Wenn ich dich also an mein Bett fesseln und dir die Füße küssen würde, hättest du nichts dagegen einzuwenden?«

»Nein.«

Er legte die Hand an ihre Wange und küsste ihren Hals. »Und wenn ich meine Hände hinten an deinen Oberschenkeln bis zu deinem Po hinaufschieben und dich an meine Lippen heben würde? Wäre das zu schmutzig?«

»Nein.« Sie schloss die Augen. »Das wäre schon in Ordnung.«

»Das ist mehr als nur in Ordnung.« Er strich an ihrem Arm hinauf. »Und Hope?«

»Hm?« Sie öffnete die Augen und sah ihn an.

»Ich würde nie etwas tun, was du nicht möchtest. Ich würde dich nie kränken oder dir Schmerzen zufügen.« Er griff nach dem Knoten in ihrem Nacken. »Es sei denn, du bittest mich recht hübsch darum.«

12. KAPITEL

Umweg über den Highway zur Hölle

Unter Dylans Fingern öffnete sich der Knoten, und die Träger ihres Kleides glitten Hope von den Schultern. Dylan sah ihr tief in die Augen und entdeckte dort genau das, was er brauchte. Es fand Ausdruck in ihren leicht gesenkten Lidern und dem Brennen in dem klaren Blau. Er umfasste ihre Brust und fühlte, wie die Brustwarze sich unter seiner Berührung aufrichtete. Hope fuhr sich mit der Zungenspitze über die Lippen, und Dylan küsste sie und schmeckte das Verlangen auf ihren Lippen. Ihr Verlangen nach ihm. Das gleiche Verlangen, das ihn in der vergangenen Nacht wach gehalten und ihm eine steinharte Erektion beschert hatte.

Er schob die Träger weiter herab; das Kleid rutschte bis auf Hopes Taille hinunter und blieb dort hängen. Dylan lehnte sich zurück und betrachtete, was er da in der Hand hielt. Perfekt. Weich. Birnenförmig, mit einer Spitze, die an eine kleine Himbeere erinnerte. Ihre Brust füllte seine große Hand, und er drückte sie sanft. Er spürte, wie Hope den Atem einsog und anhielt.

Wie hatte er je glauben können, eine Nacht mit ihr würde ihm reichen? Nach dieser einen Nacht begehrte er sie noch stärker als zuvor, als sie nur ein Wunschtraum gewesen war. Jetzt wusste er, dass sie seine kühnsten Träume übertraf. Besser war als alles, was er je besessen hatte. Und er wusste, dass er, solange Hope für ihn greifbar war, unablässig die Arme nach ihr ausstrecken würde.

Hope griff in den Stoff seines T-Shirts und zog es aus dem

Hosenbund. Er vollendete ihr Werk, indem er es sich über den Kopf streifte, und noch bevor das T-Shirt den Boden berührte, spürte er Hopes Hände. Sie strichen über seine Seiten, seine Schultern und seine Brust. Sie beugte sich vor und küsste seinen Hals. Ihre warme, feuchte Zunge jagte Schauer über seinen Rücken und brachte ihm eine Erektion ein, so hart, dass sie pochte.

Sie fuhr mit den Fingern durch sein Brusthaar, dann knöpfte sie seinen Hosenschlitz auf, griff hinein und befreite seinen Penis. Das war eines der Dinge, die ihm so gut an Hope gefielen: Sie war nicht zu schüchtern, sich zu nehmen, was sie haben wollte.

Dylan blickte nach unten, zwischen ihren Brüsten hindurch auf seinen Penis in ihrer weichen weißen Hand. Er hatte keine Ahnung, was aus ihrer Affäre werden sollte, und im Moment war es ihm auch egal. Das Blut pochte ihm in den Adern, im Kopf, in den Lenden. Die Lust krampfte ihm die Eingeweide zusammen. Er legte die Hand über ihre und bewegte sie hinauf und hinunter, sein Penis glitt durch ihre hohle Hand wie durch Samt.

Dylan wusste, dass eine Zeit kommen würde, da er sie nicht berühren konnte. Da sie nicht zur Stelle sein würde, um ihn zu berühren. Doch jetzt war sie da, und er wollte es so und nicht anders. Er wollte den sehnsüchtigen Schmerz im Unterleib und das schwere Pochen im Bauch. Er wollte dieses Gefühl des Hingerissenseins, als wäre er unter einen Schnellzug geraten. Zu Boden geworfen von etwas, das er nicht aufhalten konnte und wollte.

»Lieb mich, Dylan«, flüsterte Hope.

Er legte beide Hände auf ihre Schultern. »Ihr Großstadtmädchen«, sagte er und befreite sie von ihrem Kleid. »Ihr habt es immer so eilig. Wir haben den ganzen Tag. Und die ganze Nacht.«

Ihren Mund dicht vor seinem, fragte sie: »Du musst nirgendwo hin? Hast keine dringenden Termine?«

»Nein. Ich habe heute schon mit Adam gesprochen, und seinen Hund habe ich bei meiner Mutter untergebracht.« Er drängte seine Hüften gegen ihre. »Jetzt bin ich genau da, wo ich sein möchte.« Er hätte gern noch in dieser Haltung verharrt, doch Hope entwand sich seinem Griff.

»Was hast du vor?«

»Bleib, wo du bist.« Sie sah ihn über die Schulter hinweg an und lächelte. »Ich bin sofort zurück.«

Er blickte an sich herab, auf seine Erektion, die wie ein Ast aus seinem Hosenschlitz ragte, und fragte sich, wo zum Kuckuck sie ausgerechnet jetzt hin wollte. Hatte sie ihn nicht gerade noch gebeten, sie zu lieben? Er zog sein Portemonnaie aus der Gesäßtasche und warf es auf den Couchtisch.

»Mach dich inzwischen nützlich«, rief Hope aus dem Esszimmer. »Du könntest dich zum Beispiel schon mal ausziehen.«

Er schlüpfte aus seinen Stiefeln und stopfte seine Socken hinein. Als er die Jeans von seinen Schenkeln streifte, tönten die Klänge von Gitarre und Geige durchs Haus. Dylan warf die Jeans neben seine Stiefel und hob den Kopf. Hope kam zurück, kam auf ihn zu, und ihre Brüste hüpften leicht mit jedem Schritt. Aus dem Nebenzimmer sang Dwight Yoakam über einen wilden Ritt. Verdammt, Dylan würde nie wieder seine Musik hören können, ohne an Hope zu denken, die, nur mit ihrem winzigen Slip bekleidet, auf ihn zukam.

»Ich habe bisher nie Country-und-Western-Musik gehört«, sagte sie. »Aber ich will meinen Horizont erweitern. Neue Erfahrungen machen.«

Er zog sie zu sich heran, drückte sie an seine Brust und kam zu der Überzeugung, es wäre nahezu seine Pflicht, ihr eine neue Erfahrung zu vermitteln. Während Dwight von einer Frau sang, die an seinem Oberschenkel aufwärts strich, rieb Dylan sich an Hope Spencers Oberschenkeln und legte die Hände um ihr kleines Gesäß in dem dünnen seidigen Slip. Ihre Brüste schmiegten sich an seinen Oberkörper, und er presste das Becken an ihren Leib. Er küsste sie heftig, ein langer wirrer Wettstreit nasser Zungen und nach Luft ringender Münder. Seine Hand glitt um sie herum und von vorn in ihren Slip. Sie war feucht, und als er die Stelle fand, an der sie warm und schlüpfrig war, entrang sich ihr ein langes, raues Stöhnen.

Erneut entwand sie sich seiner Umarmung, doch dieses Mal ließ sie ihn nicht allein. »Setz dich«, befahl sie, und ihre Stimme klang genauso berauscht, wie sie sich fühlte. Sie wartete nicht darauf, dass er ihre Forderung erfüllte. Stattdessen legte sie die Hände auf seine Brust und schob ihn, bis er auf dem Sofa zu sitzen kam. Sie nahm zwischen seinen gespreizten Knien Aufstellung und streifte sich den Slip herunter. Als sie ihn mit dem Fuß hinter sich warf, ließ Dylan den Blick an ihren Beinen hinaufwandern bis zu der Linie, wo die Sonnenbräune aufhörte. Noch letzte Woche hatte er sich gefragt, ob sie wohl eine echte Blondine war. Inzwischen wusste er es, und, Herrgott noch mal, es hatte ihn fast umgebracht, dieses Wissen mit sich herumzutragen. Noch an diesem Morgen hatte er sich ihren Schritt vorgestellt und war dabei mit dem Traktor gegen die Scheune seiner Mutter gefahren.

Wenn er Hope jetzt nur ansah, konnte er kaum atmen. »Ich brauche einen Partyhut«, sagte er.

»Was?«

»In meiner Brieftasche ist ein Kondom.«

Hope nahm sein Portemonnaie vom Tisch und entnahm ihm den in Goldfolie versiegelten Gummi. »Ich dachte, du wärst nicht wegen Sex hergekommen.«

Er lächelte. »Aber man darf doch hoffen, Hope.«

Er zog eine Braue hoch, als sie das Kondom aus der Folie löste und zwischen die Lippen nahm. Vor seinen verdutzten Augen schob sie es ihm mit dem Mund über den Penis. »O Gott«, stöhnte er, während sie seinen Horizont erweiterte und ihm eine völlig neue Erfahrung vermittelte.

Als sie sich schließlich rittlings auf seinem Schoß niederließ, war er dem Höhepunkt bereits gefährlich nahe. Sie brachte seinen Penis in Position und senkte sich dann langsam auf ihn herab, bis er tief in ihr begraben war. Durch die dünne Latexschicht umgab ihr heißes Fleisch seine Erektion wie maßgeschneidert. Sie schauderte, und er spürte überdeutlich ihre Enge. Sie packte ihn bei den Schultern und lehnte sich weit zurück. Ihre Lippen waren geöffnet, ihr Atem ging flach, und dann fiel ihr Kopf zur Seite. Ihre Wangen glühten rosig. Der Hunger in ihren klaren blauen Augen galt ihm, als wäre er der einzige Mann, der ihr genau das geben konnte, was sie verlangte.

Sie seufzte seinen Namen, und er legte die Hände auf ihren Rücken. Er küsste ihre Brüste, und als sie ihre festen Muskeln anspannte, musste er kämpfen, um nicht schon vor ihr zu kommen. Er versuchte, an etwas anderes zu denken, während er doch mit jeder Faser seines Körpers voll und ganz auf Hope konzentriert war. Darauf, wie es sich anfühlte, in ihr zu sein. Auf die Wärme ihrer Kontraktionen. Auf den stechenden Schmerz und das dumpfe Sehnen in seinen Lenden.

Sie straffte sich und legte ihre Stirn an seine. Er atmete die Luft aus ihren Lungen, während sie sich auf und ab bewegte, ihn mit einem langsamen, stetigen, immer stärker werdenden Rhythmus umfing. Er umfasste ihr Gesäß, zog sie hart auf sich herab und veranlasste sie zu schnelleren Bewegungen.

Er glaubte, es könnte nichts Schöneres geben, als in Hope zu sein, doch mit dem nächsten Stoß wurde er eines Besseren belehrt. Es wurde noch viel heißer. Und nass, wie ihr Mund, nur noch schöner. Hitze flog über seine Haut wie ein rasendes Feuer. Hope stöhnte und umfing ihn ganz fest, pulsierte um ihn herum, zog sich zusammen. Die heftigen Kontraktionen ihres Orgasmus brachten ihm eine Erfüllung, die ihm das Herz zusammenzog und die Luft abschnürte.

Er kam tief in ihr, und noch während er sich mit dem letzten Stoß in sie ergoss, begriff er, warum es plötzlich so unglaublich schön war.

Das Kondom war gerissen.

Hope legte den Kopf an Dylans Schulter. Die Musik aus dem CD-Player erfüllte die Stille, nur unterbrochen von ihrer beider keuchendem Atem. Hope hätte niemals geglaubt, dass Sex mit Dylan noch besser sein konnte als in der ersten Nacht. Da hatte sie sich getäuscht. Vielleicht war es dieses Mal noch schöner gewesen, weil sie gelassener war. Entspannter. Eher bereit, sie selbst zu sein.

Sie wartete, bis ihr Atem sich normalisiert hatte, dann erst sprach sie. »Ich fürchte, du hast mich für jeden anderen Mann verdorben.« Als er kein Wort darauf sagte, löste sie sich von ihm und sah ihm ins Gesicht. Er wirkte nicht wie ein Mann, der das Nachschwingen von etwas Schönem genoss. »Was ist los?«

»Steh auf«, sagte er nur.

Kaum hatte Hope sich auf die Knie erhoben, packte er sie an den Hüften und stellte sie vor sich auf die Füße. Wortlos nahm er seine Jeans und ging ins Bad.

Hope blickte ihm nach, bis er verschwunden war. Die Badezimmertür fiel hinter ihm zu, und die schillernde Seifenblase ihres eigenen Nachschwingens zerplatzte brutal. Sie stand mitten in ihrem Wohnzimmer, fühlte sich plötzlich sehr nackt und ausgeliefert. Was war geschehen? Was war schief gegangen? Was hatte sie getan?

Sie griff nach ihrem Kleid und zog es sich über den Kopf. Sie wusste nicht, was passiert war oder was sie getan haben könnte. Alles war wunderbar gewesen, bis zu einem gewissen Punkt danach. Bis sie diesen Scherz gemacht hatte, dass Dylan sie für jeden anderen Mann verdorben hätte. Vielleicht war es das. Vielleicht hatte er es so verstanden, dass sie ihn verpflichten wollte.

Hope knüpfte den Knoten ihres Kleides im Nacken und sah zum Flur hinüber. So musste es wohl gewesen sein. Sie hatte ihn verärgert. Wahrscheinlich würde er jetzt gehen. Die Vorstellung, dass er zur Tür ihres Hauses hinausging, ließ sie frieren.

Die CD war zu Ende, die Toilettenspülung rauschte. Dylan erschien in seinen schwarzen Jeans, sah aber kein bisschen glücklicher aus als vor seinem Verschwinden. »Verhütest du?«, fragte er.

»Was?« Ihr Blick heftete sich auf die angespannte Linie seines Mundes. Sie schüttelte den Kopf. »Ich wollte sagen, nein.«

»Scheiße!«

Hope fuhr zusammen. »Was?«

»Was?« Er fuhr sich mit den Fingern seitlich durchs Haar. »Hast du nicht gemerkt, dass das Kondom gerissen ist?«

Sie überlegte kurz. Dachte an den Moment, als sich alles plötzlich so viel besser anfühlte als vorher. »Oh«, sagte sie.

Dylan ließ die Hände sinken. »Wann bekommst du deine Tage?«

Er fürchtete eine Schwangerschaft. Etwas, woran sie schon so lange nicht mehr gedacht hatte, dass es ihr nie in den Sinn gekommen wäre. »Noch lange nicht«, beruhigte sie ihn.

»Wie lange?«

»Ich bin nicht schwanger.«

»Dessen kannst du nicht sicher sein.«

»Ich gebe dir mein Wort darauf.«

Er ging zum Sofa, setzte sich und stützte die Ellbogen auf die Knie. Sein nackter Fuß landete auf ihrem achtlos weggeworfenen Slip. »Du lieber Himmel.«

»Ich bin nicht schwanger, Dylan.«

»Das kannst du nicht wissen, Hope. In diesem Augenblick schwimmt meine DNS stromaufwärts, Millionen fröhlicher kleiner Kaulquappen auf dem Weg zum Ziel.« Er rieb sich das Gesicht. »Verdammt!«

Hope gab sich Mühe, es nicht allzu persönlich zu nehmen, doch es gelang ihr nicht.

»Ich will nicht noch ein uneheliches Kind, dessen Mutter in einem anderen Staat lebt. Ich kann das nicht noch einmal durchmachen.« Er schüttelte den Kopf und blickte zu ihr hoch. »Ich will das nicht.«

Hope versuchte, ihre Überraschung zu verbergen. Sie wusste nicht, ob ihm klar war, was er ihr gerade gestanden hatte. »Glaub mir. Ich bin nicht schwanger.«

»Woher willst du das wissen?«

Es hat nichts zu bedeuten, sagte sie sich. Es war nicht wichtig, aber wenn sie es ihm jetzt sagte, ausgerechnet zu dem Zeitpunkt, da sie sich in Dylans Gegenwart unbefangen zu fühlen begann, würden all ihre Unsicherheiten in Bezug auf ihren Körper wieder in ihr aufbrechen. »Es ist nicht möglich.«

Er senkte den Blick auf ihren Leib und trommelte mit den Fingern auf der Sofalehne. »Was soll das heißen?«

Hope trat zum Kamin und starrte auf die kalte steinerne

Einfassung. Sie wandte Dylan den Rücken zu und grub die Zehen in das Bärenfell, das Hirams Blutfleck bedeckte. Sie wusste nicht recht, wie sie es ihm sagen sollte. Im Grunde sollte es bedeutungslos sein, aber für einige Männer war es doch wichtig. »Ich habe dir doch erzählt, die Narbe an meinem Unterleib stamme von einem Lifting, weißt du noch? Na ja, das war gelogen. Als ich noch sehr jung war, ging es mir oft so schlecht, wenn ich meine Tage hatte, dass ich ständig in der Schule fehlte. Die Ärzte befürchteten, dass auch andere Organe in Mitleidenschaft gezogen werden könnten, und als die Medikamente nicht anschlugen, musste ich mich operieren lassen. Dadurch kann ich keine Kinder bekommen.«

»Krebs?«

Sie sah ihn über die Schulter hinweg an. »Nein, Gebärmutter-Schleimhautentzündung.«

»Lieber Himmel.« Er seufzte. »Warum hast du mir das nicht einfach gesagt? Es hörte sich ja an, als wärst du dem Tod geweiht.«

»Hast du schon mal von Gebärmutter-Schleimhautentzündung gehört?«

»Klar. Meine Mutter litt daran und hatte eine Hysterektomie, als ich ungefähr sechzehn war.«

»Ich war einundzwanzig.«

Er stand auf und ging auf sie zu. »Das war sicher furchtbar für dich.«

Sie hob die Schultern und betrachtete den Luchs auf dem Kaminsims. »Danach ging es mir so viel besser, dass es mir die Sache wert war. Ich hatte viel mehr Freiheit. Ich musste nicht den halben Monat damit verbringen, die andere Hälfte zu fürchten. Ich sagte mir, dass ich Kinder adoptieren könnte, wenn ich mal welche haben wollte. Ein leibliches Kind zu bekommen war mir nie so wichtig. Vielleicht, weil ich glaubte, es wäre einem Mann, der mich liebt, auch nicht so wichtig.«

»Das sollte es auch nicht sein.«

Sie wusste es besser. »War es aber.« Sie spürte, dass er hinter sie trat.

»Vermutlich war es für deinen Ex-Mann von Bedeutung«, sagte er, bedrängte sie mit seinem kräftigen, massiven Körper und mit intimen Fragen.

Sie hatte mit keinem Menschen über das, was in ihrer Ehe vorgefallen war, geredet. Sie wollte im Grunde auch jetzt nicht darüber sprechen, doch Dylan legte ihr die Hände auf die Schultern und drehte sie zu sich um. Sie sah zu ihm auf, und er erwiderte ihren Blick mit seinen grünen Augen, so geduldig, als wäre er bereit, den ganzen Tag lang auf ihre Antwort zu warten. »Er dachte, es wäre ihm nicht wichtig, aber er täuschte sich«, sagte sie.

Seine Daumen strichen über ihre nackte Haut. »Dann ist er ein Esel.«

»Ja, aus vielerlei Gründen, aber nicht aus diesem einen.« Wieder sah sich Hope gedrängt, ihren Ex-Mann Dylan gegenüber zu verteidigen, aber wenn er die Wahrheit erfahren sollte, dann musste er eben alles wissen. »Ich glaube, als wir heirateten, war es ihm wirklich nicht wichtig. Er war mit seiner Praxis beschäftigt, und wir waren häufig auf Reisen. Wir versicherten einander, ein erfülltes Leben und eine wunderbare Ehe zu führen, weil wir, wenn uns danach war, einfach ein paar Sachen packen und das Wochenende in Carmel verbringen konnten. Wir redeten uns ein, unser Leben wäre besser als das unserer Freunde, die durch Kinder gebunden waren, und dass wir uns, wenn wir wollten, in jedem beliebigen Zimmer unseres Hauses lieben konnten. Wir konnten ins Flugzeug steigen und nach Scottsdale oder Palm Springs zum Golfen fliegen. Und all das haben wir auch getan, aber es war nicht genug. Zumindest nicht für ihn.«

»Er hat dich wegen einer Krankenschwester verlassen, stimmt's?«

»Nein. Auch das war gelogen.«

Seine Daumen hielten inne, er zog die Brauen hoch.

»Ich kannte dich einfach nicht gut genug, um dir erzählen zu können, dass mein Mann eine Affäre mit meiner Freundin hatte. Das war zu beschämend.« Sie wandte den Blick ab, doch er legte die Hand an ihre Wange und zwang sie sanft, ihn wieder anzusehen.

»Er ist ein Esel«, wiederholte Dylan.

»Er behauptete, er wäre unbeabsichtigt in diese Affäre hineingerutscht, aber das glaube ich nicht. Er behauptete auch, ihre Schwangerschaft wäre nicht beabsichtigt gewesen, und auch das glaube ich nicht. Womöglich hat er es selbst nicht gewusst, bevor es geschehen war, aber ich glaube, er wünschte sich das, was ich ihm nicht geben konnte. Er wollte ein leibliches Kind.« Sie senkte den Blick auf Dylans nackte Brust. »Ich schätze, es ist biologisch bedingt. Wahrscheinlich wollen alle Männer leibliche Kinder.«

»Vielleicht ist es manchen Männern einfach wichtiger als anderen.«

»Du hast leicht reden. Schließlich hast du Adam.«

»Ja, schon, was aber nicht heißt, ich wäre von Anfang an überzeugt gewesen, dass er mein Kind ist.« Er strich an ihrem Arm hinunter und nahm ihre Hand in seine. »Julie und ich wohnten zu der Zeit, als Adam gezeugt wurde, nicht einmal zusammen, und ich war nicht so sicher, ob sie nicht noch andere Freunde hatte.«

»Aber Adam hat deine Augen.«

»Ja, jetzt. Bei seiner Geburt waren sie dunkelblau und total verschwollen. Ehrlich gesagt, er sah irgendwie aus wie

Winston Churchill. Er hatte es sehr schwer und war ein hässlicher kleiner Knirps. Aber in der Sekunde, als ich in sein kleines Gesichtchen sah und er mich anblickte, wurden wir zu Freunden. Und das hatte nichts mit Biologie zu tun. Er war meiner. Er war *mein* Sohn.«

Hope blickte Dylan in die Augen, und ihr Herz wurde weit. Sie war stolz auf ihn, ohne recht zu wissen, warum. Vielleicht, weil er ein richtiger Mann war. Weil er einfach er selbst war. Sie neigte sich ein wenig vor und legte den Kopf an seine nackte Schulter. »Du bist ein guter Mensch, Dylan Taber.«

»Wieso? Weil ich tu, was ich tun muss? Die meisten Männer sind so. Du hast nur zufällig einen Kerl geheiratet, der die Prioritäten anders setzte.«

»Ich glaube, irgendwann im Lauf unserer Ehe hat er sich verändert. Da sah er mich mit anderen Augen. Zuerst dachte er, ich würde ihm reichen, aber das war ein Irrtum.« Es wurde ganz still und ruhig in ihr. Das hatte sie nicht sagen wollen. Sie hatte ihm nicht ihre Seele bloßlegen wollen. Dylan gab ihr zu sehr das Gefühl, bei ihm geborgen zu sein.

»Du machst Witze. Du bist so ziemlich die perfekteste Frau, die zu berühren ich je das Vergnügen hatte.«

Sie wollte ihm gern glauben. Sie wollte es mehr als alles auf der Welt. Aber sie glaubte ihm nicht. Nicht richtig. »Nein, perfekt nicht.«

Er schwieg eine Weile, dann sagte er: »Wieso? Weil du keine Gebärmutter hast?«

So, wie er es sagte, klang es so medizinisch. »Das hört sich an, als ob wir über einen Blinddarm redeten.«

»Ja, so ungefähr.« Mit beiden Händen hob er ihr Gesicht zu sich.

»Aber es ist nicht das Gleiche. Ein Blinddarm ist nicht zur Reproduktion geeignet.«

»Ich möchte in diesem Punkt ja nicht unsensibel erscheinen, aber zum Frausein gehört doch wohl verdammt viel mehr als das Reproduzieren. Und zum Mannsein gehört verdammt viel mehr, als Frauen zu schwängern. Wenn du mich fragst, ist dein Ex-Mann ein Blödmann, und dadurch, dass er sich auf diese Affäre mit deiner Freundin eingelassen hat, hat er dir einen Riesengefallen getan. Mir auch. Denn sonst wärst du jetzt womöglich in Carmel oder beim Golfen in Palm Springs. Stattdessen stehst du hier ohne Slip mit mir herum.

Sie lachte. »Stimmt.«

Er schob eine Hand rücklings unter ihr Kleid und legte sie auf ihren nackten Po. »Und ich hätte dich nicht für andere Männer verdorben.«

»Das hast du gehört?«

»Natürlich.« Er rieb seine Nase an ihrer. »Möchtest du mir noch weitere Lügen eingestehen, bevor ich dich ein bisschen mehr verderbe?«

Für heute hatte sie genug gebeichtet. »Das war's.«

Der Wind peitschte Hopes Pferdeschwanz um ihren Kopf, als sie den Bestand an Kassetten in Dylans Pick-up sichtete. Dwight Yoakam, Aaron Tippin, John Anderson, Garth Brooks … und AC/DC. Letztere nahm sie aus der Box und hielt sie hoch. »*Highway to Hell*?«

Er sah sie durch seine verspiegelte Sonnenbrille an und grinste wie ein Sechzehnjähriger. »Mit den Jungs habe ich eine Menge Partys gefeiert.«

»Ich dachte, Cowboys hören nur Country-Musik.«

Er zuckte mit den Schultern und richtete seine Aufmerksamkeit wieder auf die Straße. »Ich habe früher auch gern Blue Oyster Cult gehört. Und natürlich Waylon Jennings und Willie Nelson.«

»Ich kann mich erinnern, dass mein Bruder gern AC/DC hörte.«

»Wusste gar nicht, dass du einen Bruder hast.«

»Doch.« Sie legte die Kassette ein und sagte: »Evan lebt mit Frau und Kindern in Deutschland. Ich sehe ihn nicht oft.«

Plötzlich dröhnten die Töne einer elektrischen Gitarre und kreischender Gesang durch das Wageninnere. Hope reduzierte die Lautstärke von ohrenbetäubend auf erträglich, lehnte sich zurück und genoss die Fahrt durch die wilde Natur von Idaho. Zuvor hatte Dylan sie mit der verwegenen Idee aus dem tiefsten Schlaf geweckt, rucksackbewehrt zu einem See zu wandern, den er ihr zeigen wollte.

Da sie ohnehin Fotos für ihre Alien-Storys brauchte, hatte sie gegen eine Wanderung nichts einzuwenden. Bis Dylan ihr mitteilte, dass sie über Nacht bleiben und am nächsten Morgen zurückkehren würden. Sie hatte sich geweigert, eine Übernachtung im Zelt auch nur in Betracht zu ziehen, doch dann hatte er sich über sie geneigt und ihren Hals geküsst und ihr versichert, er würde nicht zulassen, dass sie den Bären in die Klauen fiel. Es war nicht etwa sein Versprechen gewesen, sie zu beschützen, das sie umgestimmt hatte, sondern etwas, was sie schon vor Tagen erkannt hatte: Sie war ganz versessen auf seine Art und Weise, ihren Hals zu küssen.

Seit dem Mittwochnachmittag, als er in ihr Haus stürmte und versicherte, er wäre nicht wegen Sex gekommen, war eine Woche vergangen. Eine Woche seit dem Zwischenfall mit dem Kondom. Eine Woche, seit sie ein Kondom benutzt hatten. Hope hatte Dylan jeden Tag gesehen. Hatte jede Nacht mit ihm geschlafen. Er hatte ihr den Twostepp beigebracht und war bei Nacht mit ihr angeln gegangen. Er hatte ihr von seinem Leben als Kriminalbeamter bei der Mordkommission erzählt. Wie und warum er es hassen gelernt hatte und wie sehr er sein Leben jetzt genoss. Sie berichtete ihm vom College und von der Zeit, als sie für die *Los Angeles Times* Todesanzeigen geschrieben hatte, und wie sie versuchte zu lernen, das Leben wieder zu genießen. Sie besprachen den Artikel über Hiram, an dem sie arbeitete. Sie stellte Fragen, er antwortete. Nein, er war nicht der Informant gewesen, der das FBI auf den Plan gerufen hatte, und er wusste auch nicht, wer es war. Nein, er war in der Nacht, als der alte Sheriff sich umgebracht hatte, nicht als Erster am Tatort gewesen, sondern war kurz nach dem Eintreffen der FBI-Agenten zur Stelle gewesen. Er hatte die Fotos und Videos und die Leiche eines Mannes gesehen, der die Beherrschung über sich selbst verloren hatte.

Sie fragte ihn nach seiner Einschätzung.

»Er litt an einer Krankheit, die ihm über den Kopf wuchs. Wer betrügt und stiehlt und alles aufs Spiel setzt, der hat ein Problem. Je tiefer er sich verstrickte, desto mehr wollte er haben. In Kalifornien ist es nicht so schwer, die richtigen Adressen für solche Bedürfnisse zu finden. Aber hier sind wir in Gospel, Schätzchen. Wenn du dich fesseln lassen willst, musst du dahin gehen, wo so etwas angeboten wird. Und das kostet Geld.« Er lächelte und zwinkerte ihr zu. »Es sei denn, man findet jemanden, dem das so viel Spaß macht wie dir.«

Die Erinnerung daran, wie Dylan sie in der Nacht zuvor an einen Stuhl gefesselt hatte, ließ Hope erröten. Dass sie für die *Weekly News of the Universe* arbeitete, hatte sie mit keinem Wort erwähnt. Seine Reaktion darauf, dass sie die *People* nach ihrem Interesse an dem Donnelly-Artikel gefragt hatte, war irgendwie negativ gewesen. Sie wusste nicht, ob er ihrem Geständnis mit Herablassung begegnen würde. Im Augenblick hielt sie es noch für besser, ihn im

Glauben zu lassen, dass sie für eine Nordwest-Illustrierte schrieb.

Meistens sahen sie fern oder hielten nur Händchen und schwiegen. Das gefiel Hope am besten. Einfach ruhig dazusitzen, still zu sein, zu wissen, dass er da war.

Shelly war der Meinung, dass es ernst wurde zwischen ihnen. Hope wusste es besser. Immer wenn er zu ihr kam, parkte er den Wagen hinter dem Haus der Aberdeens. Manchmal kam er mit dem Boot über den See. Wenn sie bei ihm zu Hause waren, stellte er den Pick-up in seinem Schuppen ab. Seine Gründe klangen allesamt völlig logisch. Wenn die Leute wussten, dass er zu Hause war, würde man ihn besuchen. Man würde plaudern und klatschen und ihm zu essen bringen, und dann bliebe ihm nicht mehr viel Zeit für Hope. Ja, das hörte sich einleuchtend an, aber ihr kam es so vor, als wäre es nicht die ganze Wahrheit. Ihr war, als würde etwas unausgesprochen bleiben, und wieder fragte Hope sich, ob es ihm peinlich war, mit ihr gesehen zu werden. Sie wusste, dass er nicht gern als Klatschobjekt herhielt, hätte aber gern gewusst, ob es ihn auch dermaßen stören würde, wenn nicht ausgerechnet seine Beziehung mit *ihr* das Thema gewesen wäre.

Sie musterte ihn, den Stetson auf seinem Kopf, seine Finger, die den Hard-Rock-Takt aufs Lenkrad trommelten, und sie fragte sich, was genau sie ihm bedeutete. Sie wusste wohl, was sie für ihn empfand, und das machte ihr Angst. Es schlich sich in ihre Brust und verursachte ihr panisches Herzklopfen. Sie war nicht verliebt in Dylan, noch nicht, doch es konnte passieren, wenn sie nicht gut Acht gab. Und sie hatte vor, überaus achtsam zu sein.

Dylan trat auf die Bremse und bog in eine staubige, holprige Straße ein. Rasch kurbelten sie die Scheiben hoch, und Dylan nahm die Kassette aus dem Rekorder. Die sanft hügeligen Wiesen waren Kiefernwäldern gewichen, und nach drei Meilen endete die Straße am Iron Creek. Vor ihrem Aufbruch am Morgen hatte Dylan darauf bestanden, dass sie sich Shellys Wanderstiefel und ihren Daunenparka auslieh. Die Stiefel bestanden aus wasserfestem Gewebe und Goretex und waren bedeutend leichter, als Hope erwartet hatte. Der Parka war zu einer Wurst zusammengerollt und steckte in ihrem Rucksack. Jetzt herrschten fünfunddreißig Grad Wärme bei wolkenlosem Himmel, und Hope trug Shorts mit Armeemuster und ein grünes Oberteil. Sie hatte nur ein wenig wasserfeste Wimperntusche aufgetragen, und Dylan hatte sie mit einem Lippenstift mit Sonnenschutzfaktor fünfzehn ausgestattet, den sie in der Tasche trug. Sie fühlte sich ein bisschen nackt ohne Rouge und Lippenumrander, doch Dylan behauptete, sie gefiele ihm gut so. Sie glaubte ihm nicht eine Sekunde lang, aber schließlich hatte er sie auch schon am frühen Morgen gesehen, wenn sie am allerschlimmsten aussah.

Der Pick-up kam auf einem durch Pfähle gekennzeichneten Parkplatz im Wald zum Stehen. Ein Jeep und ein Wagen mit Camping-Anhänger standen auf der anderen Seite des Platzes. Kurz zuvor hatte Dylan erklärt, die Gegend würde ziemlich verlassen sein, wie immer mitten in der Woche. Er hatte Recht.

Dylan trug seine gewohnten Levi's, ein blaues T-Shirt und einen Hut. Zweierlei war ungewohnt: Er hatte seine Cowboy-Stiefel gegen Wanderschuhe eingetauscht, und er hatte sich eine Pistole an die Hüfte geschnallt.

»Was willst du mit dem Ding?«

»Die Mücken verjagen«, sagte er, dann setzte er seine Sonnenbrille ab und sprühte sich mit Insektenschutz ein.

»Nein, ich spreche von der Pistole.«

»Bedeck dein Gesicht«, sagte er und sprühte auch sie ein.

»Ich habe doch versprochen, dich vor den Bären zu beschützen, oder?«

»Oh, mein Gott«, stieß sie hinter ihren Händen hervor. »Du hast aber nicht gesagt, dass du auf Bären schießen willst.«

»Du hast mich nicht gefragt.«

Sie ließ die Hände sinken, und er sprühte ihren Bauch und ihre Beine ein. »Gut, kommt jetzt nicht der Moment, da du sagst, Bären schmecken genau wie Hühnchen?«

»Bären schmecken kein bisschen wie Hühnchen.« Er trat hinter sie und besprühte ihren Rücken. »Bärenfleisch ist zäh wie Stiefelleder und hat einen strengen Wildgeschmack.«

Hope wollte nicht wissen, woher er das wusste. »Glaubst du, dass wir Bären sehen werden?«

»Kaum.« Er verstaute die Flasche mit Insekten-Spray in seinem Rucksack. »Sobald sie uns wittern, laufen sie wahrscheinlich weg, lange, bevor wir sie zu sehen kriegen. Schwarzbären sind gewöhnlich nicht aggressiv, aber wenn wir einem begegnen, brauchen wir nur Lärm zu machen. Ich schieße ein paar Mal in die Luft, um ihn zu verscheuchen. Meistens wollen die Bären sowieso nur wissen, wo man sich befindet, damit sie in die entgegengesetzte Richtung flüchten können.« Er nahm den Rucksack, der Adam gehörte, aus dem Wagen und half Hope, ihn sich auf den Rücken zu schnallen. Im Gegensatz zu dem süßen kleinen Rucksack von Ralph Lauren, den sie im vergangenen Sommer bei Saks gekauft hatte, besaß dieser einen Metallrahmen und zwei stabile Gurte, die über Hüften und Brust geschnallt wurden. Dylan stellte die Weite der Gurte für sie ein und trat dann zurück, um ihren Sitz zu begutachten. Hopes Brüste wurden zusammengepresst, und Dylan stellte die Gurte noch einmal nach. Damit beschäftigte er sich deutlich länger, als nötig gewesen wäre. Mit den Fingerknöcheln strich er über Hopes Oberteil, und dann gab er nicht einmal mehr vor, sich um den Sitz der Gurte zu kümmern, sondern umfasste ihre linke Brust. Als sie aufblickte, drehte er ihr Gesicht zur Seite und küsste sie ausgiebig und zärtlich. Seine Hand glitt über ihren Bauch und dann um ihre Taille. »Ich möchte dir den schönsten Ort zeigen, den ich je gesehen habe«, flüsterte er an ihrem Mund. Sein sanfter Kuss hatte das Verlangen nach mehr geweckt, doch als ihre Zunge die seine suchte, löste er sich von ihr. »Ich glaube, es wird dir gefallen.«

Und das bedeutete wohl, dass dies nicht unbedingt die günstigste Gelegenheit war, ihm zu gestehen, wie wenig ihr in Wirklichkeit an Mutter Natur gelegen war.

Dylan schulterte seinen eigenen Rucksack, eine etwas größere Ausgabe von Adams Version. Trotzdem staunte Hope darüber, dass er ein Zwei-Mann-Zelt darin untergebracht hatte.

Dylan griff nach ihrer Hand. Durch dichten Kiefernwald folgten sie dem Iron-Creek-Wanderweg, und dann und wann blieb Dylan stehen, um sie auf Blumen hinzuweisen, die sie vielleicht für ihren erfundenen Artikel fotografieren konnte. Am kristallklaren Wasser des Iron Creek wuchsen Glockenblumen, Heidekraut und Alpenrosen. Er pflückte ein Maßliebchen und steckte es Hope hinters Ohr, und es schien ihm so viel Freude zu bereiten, ihr zu helfen, dass sie es nicht über sich brachte, ihm die Lüge über ihren Naturartikel einzugestehen. Sie schoss ein paar Fotos von Pflanzen und auch ein paar von Dylan.

Die zweite und dritte Stunde waren nicht so einfach wie die erste. Der Wald wurde dichter, und der Weg glich mehr und mehr einer schmalen, in den Berg gehauenen Zickzacklinie. Üppige Vegetation bedeckte den Boden und verbarg nahezu die umgestürzten Bäume und Felsbrocken. Eichhörnchen schnatterten, huschten über den Boden und verschwanden in den Baumkronen. Über Hopes Kopf im Geäst riefen Vögel einander etwas zu und sangen ihre Lieder in den Kieferndufт hinein.

Hopes Waden schmerzten, und sie fürchtete, dass sich an ihrer Ferse eine Blase bildete. Sie musste sich beim Aufstieg nach vorn neigen, weil sie sonst vermutlich hintenübergekippt wäre.

Dylan nannte ihr die Namen verschiedener Berggipfel und erzählte von der Zeit, als er Dickhornschafe in den White Clouds gejagt hatte. Hope brach sich einen Fingernagel ab, und er kramte seinen Nagelklipper hervor, damit sie den Schaden mit der kleinen Feile beheben konnte.

»Du bist ein Mädchen durch und durch.« Er lachte und ließ sie vor sich hergehen, als der Weg schmaler wurde. Es tat ihr Leid, nun nicht mehr seine Beine und sein Hinterteil betrachten zu können, und in den Gesprächspausen fragte sie sich erneut, was er wohl für sie empfand. Sie versuchte, sich ein Leben mit ihm auszumalen, konnte es jedoch nicht, und genauso wenig gelang es ihr, sich ein Leben ohne ihn vorzustellen. Sie hatten einander nichts versprochen. Hatten nie über das Morgen gesprochen, und Hope hätte gern gewusst, wie ihre Beziehung sich verändern würde, wenn Adam von dem Besuch bei seiner Mutter zurückkehrte. Am Sonntag wurde Dylans Sohn zurückerwartet, und Hope war überzeugt, dass dann alles anders wurde. Allerdings hatte sie keine konkreten Vorstellungen hinsichtlich der Art der Veränderungen.

Dylan half ihr, über Felsbrocken und umgestürzte Baumstämme zu balancieren, als sie einen Bach überquerten. Sie rasteten auf einem mächtigen Felsblock, damit Hope verschnaufen konnte, und sie schnallten ihre Rucksäcke ab und lehnten sie gegen den Stein. Während Hope Erdnüsse aß und aus ihrer Feldflasche trank, nahm Dylan den Hut ab und goss sich Wasser über den Kopf. Es lief ihm in den Nacken und durchnässte sein Hemd, und er schüttelte sich wie ein Hund, sodass die klaren Tropfen sprühten. Und dann brachte er endlich die Sprache auf Adam. Hope saß ganz still in Erwartung seiner weiteren Pläne. Wie auch immer sie aussehen mochten, sie würde schon damit zurechtkommen, sagte sie sich.

»Er scheint dich zu mögen«, sagte Dylan, setzte sich neben Hope und polierte einen roten Apfel mit seinem Hemdsärmel. Ein Windhauch zauste sein feuchtes Haar und trocknete die goldbraunen Spitzen. »Aber wenn er zu Hause ist, kann ich nachts nicht mehr bei dir bleiben.« Dylan biss in den Apfel und hielt ihn dann einladend Hope hin. »Wenn mein Sohn älter ist, werde ich ihm wohl kaum verbieten können, Mädchen über Nacht mit nach Hause zu nehmen, wenn ich es selbst getan habe. Außerdem fange ich nächste Woche wieder an zu arbeiten. Ich möchte gern Zeit für dich abzweigen, aber es wird nicht einfach sein.« Er nahm noch einen Bissen von seinem Apfel. »Und ich rede nicht nur von Zeit für einen Quickie an irgendeiner Ecke.«

Sie stieß den Atem aus, den sie unbewußt bis jetzt angehalten hatte. »Na ja, wir können auch Unternehmungen mit Adam zusammen planen«, sagte sie, und es war ihr Ernst. »Er ist ein witziger kleiner Bursche, und mich würde er nicht stören.« Sie blickte auf in seine Augen, die so dunkelgrün waren wie die Kiefern hinter ihm. »Und schließlich hast du doch auch mal Mittagspause, oder?«

»Ja«, sagte er lächelnd und warf den Apfelrest weg. »Mindestens eine Stunde.«

Sie strich über sein nasses T-Shirt und verschränkte die Finger in seinem Nacken. Sie lehnte sich an ihn, und ihre Brüste streiften seinen kühlen, nassen Oberkörper. »Und wenn ich zu dir ins Büro kommen und irgendeine Beschwerde vorbringen würde? Käme ich überhaupt an deiner Sekretärin vorbei?«

»Hängt davon ab, worüber du dich beschweren willst.«

Sie zog seinen Kopf zu sich herab und küsste ihn auf den Mund. »Vielleicht darüber, dass ich einsam bin«, flüsterte sie. »Vielleicht darüber, dass ein gewisser Cowboy mir fehlt, und sein großer …« Sie unterbrach sich und schob die Hand über seinen Hosenschlitz. Durch den verwaschenen Stoff hindurch umfasste und streichelte sie ihn, bis er steif wurde.

»Und sein großer … was?«

»Eigendünkel«, sagte sie und verlockte ihn mit Mund und Zunge. Er bettete sie behutsam rücklings auf den Felsblock und presste seine Lippen auf ihren Mund. Ihre Haut begann zu glühen, doch das hatte nichts mit der vom Himmel sengenden Sonne zu tun. Die Hitze seines Kusses ließ sie die Hüften gegen seine drängen und mit den Fingern durch sein nasses Haar fahren. Er barg sein Gesicht an ihrem Hals. »Ich mag es so sehr, wie du dich genau hier anfühlst«, flüsterte er an ihrer Kehle. »Ich liebe deine weiche Haut und deinen Duft nach Puder.«

Das war nicht unbedingt eine Liebeserklärung, doch für seine Begriffe kam es einer solchen so nahe, wie es ihm möglich war, und das Herz tat ihr weh. »Ich mag dich auch«, sagte sie, schob die Hand unter sein T-Shirt und streichelte seinen Rücken.

Er sah ihr ins Gesicht; sein Atem ging ein wenig schwer. »Tut mir Leid, Schätzchen. Ich kann dir meinen großen Dünkel im Moment nicht zeigen.« Er nahm ihre Hand fort und gab ihr einen Kuss auf die Stirn.

»Später. Unterm Sternenhimmel.«

Hopes Hand hielt inne. »Unterm Sternenhimmel? Du hast doch ein Zelt eingepackt, oder?«

»Nein, aber ich habe meinen großen Schlafsack mitgenommen. Darin wird es allerdings vielleicht ein bisschen eng.« Sein Grinsen verriet, dass er den ganzen Abend längst geplant hatte, bevor sie überhaupt ihre Sachen packten. »Wir schaffen das schon.«

Hope richtete sich auf. »Und die Insekten?«

»Du atmest bestimmt nur ganz wenige ein.« Sie schlug sich die Hand vor den Mund, und er lachte. »Du merkst es nicht einmal, denn du schläfst ja. Und wenn du einen Käfer erwischst, dann musst du einfach kauen.«

Sie hatte keine Lust, im Schlaf Insekten einzuatmen und Käfer zu kauen. Sie wollte aber auch nicht zimperlich sein, und dennoch entschlüpfte ihr hinter der vorgehaltenen Hand ein kleiner jämmerlicher Laut.

»Die Sache mit dem Käfer war nur ein Scherz«, sagte er, was nicht eben geeignet war, sie zu beruhigen.

Sie wanderten zum Bergkamm beim Alpine-See und blickten hinunter auf die kleine grüne Wasserfläche in -zig Metern Tiefe. Stimmen klangen zu ihnen hinauf, doch durch das Meer dicht stehender, smaragdgrüner Bäume hindurch konnten sie nichts sehen. Hope hatte beinahe das Gefühl, auf dem Dach der Welt zu stehen.

»Horch«, flüsterte Dylan.

»Jetzt höre ich niemanden mehr reden«, sagte sie.

»Ich meine nicht die Stimmen.« Er schwieg einen Moment und nahm ihre Hand. »Hörst du es?«

Sie hörte den Wind in den Baumwipfeln pfeifen, die Rufe der Vögel und vielleicht das Rauschen des Bachs, den sie überquert hatten. »Was soll ich denn hören?«

»Das ist schwer zu erklären, aber Shelly sagt, es ist, als lausche man Gott. Ich finde, es ist eher wie ein Puls, oder als wenn man Schönheit hört, statt sie zu sehen.« Er zuckte mit den Schultern. »Es ist für jeden anders, aber wenn du es hörst, weißt du, was ich meine. Du hast das Gefühl zu fallen, und du kannst überhaupt nichts dagegen tun.«

Sie stiegen höher hinauf; der Pfad war mittlerweile in den Fels gehauen. Hope lauschte angestrengt, doch sie hörte Gott nicht. Sie hörte auch keine Schönheit oder sonst was, fühlte sich jedoch zunehmend erschöpft. Sie überquerten Bachläufe und gingen um Tundra-Teiche herum. Hopes Pferdeschwanz war zerzaust, sie war überzeugt, dass sie einen Sonnenbrand auf der Nase hatte, und sie musste einen Fingernagel deutlich kürzer feilen als die anderen.

Gerade als sie stehen bleiben und fragen wollte, ob sie eine Rast einlegen könnten, erreichten sie die schneebedeckten Ufer des Sawtooth-Sees. Das Wasser war so blau und so kristallklar, dass sie bis zum Fuß des Granitfelsens, der sich ihnen gegenüber erhob, den Boden sehen konnte.

»Dieser See ist fünfundsiebzig Meter tief«, erklärte Dylan. »Aber das Wasser ist so sauber, dass es aussieht, als könnte man ans andere Ufer waten.«

Eine Weile war sie ganz still und sah zu, wie der gefrorene Schnee in den See von der Farbe reinsten Saphirs tropfte. Obwohl die Schönheit um sie herum Ehrfurcht erweckte, konnte sie Gott nicht hören.

»Das hier wollte ich dir zeigen. Es ist das schönste Fleckchen Erde, das ich je gesehen habe.« Dylan nahm ihre Hand und drückte sie. »Es erinnert mich an dich«, sagte er.

Und in diesem Moment konnte Hope es hören, und es war schöner als alles, was sie im Leben vernommen hatte. Ihr Herz wurde ganz weit in der Brust, ihr Puls begann zu rasen. Sie hatte das Gefühl zu fallen, genau wie Dylan es beschrieben hatte. Sie fiel Hals über Kopf und verliebte sich in Dylan Taber, und sie konnte überhaupt nichts dagegen tun.

13. KAPITEL

Engelbesuch im Traum

»Das da ist der Große Bär.« Dylan ergriff Hopes Handgelenk und wies hinauf in den Nachthimmel. »Und das da ist der Kleine Bär.«

Was den Schlafsack betraf, hatte er Recht gehabt. Sie behalfen sich irgendwie. Eng, aber gemütlich, bot der Daunensack gerade genug Platz, damit sie Seite an Seite liegen konnten. Abgesehen von ihren Schuhen waren sie voll bekleidet, mit Jeans und Pullovern. Dylan hatte ihr erklärt, am Morgen würde sie dankbar sein, wenn sie nicht in völlig ausgekühlte Kleider steigen musste. Hope hatte noch nie unter freiem Himmel übernachtet und musste sich auf seine Erfahrung verlassen.

Sie hatte den Kopf an Dylans Schulter gebettet, sein Körper strahlte Hitze ab wie ein Ofen. Er hatte eine Luftmatratze aufgeblasen, auf der sie nun im Schlafsack lagen, und wenn auch ihre Nase kalt wurde, sah Hope doch nicht den geringsten Grund zur Klage.

»Da ist der Polarstern«, sagte Dylan und führte ihre Hand nach Westen. »Und Kassiopeia.«

Hope hatte sich nie etwas aus Sternbildern gemacht und musste sich auch in diesem Punkt auf Dylan verlassen.

»Sie ist kopfüber an ihren Thron gefesselt und muss, auf dem Kopf stehend, um den Himmel kreisen.« Er zog Hopes Hand an seine Lippen und küsste ihre Fingerspitzen. »Ich freue mich, dass du mich hierher begleitet hast.«

»Ich freue mich, dass du mich hergeführt hast.« Von all

den herrlichen Orten, die sie in ihrem Leben besucht hatte oder sich in diesem Augenblick vorstellen konnte, war keiner so verlockend wie der, an dem sie jetzt mit Dylan Taber im Schlafsack mitten in der Wildnis von Idaho lag. Mit dem Mann, den sie von ganzem Herzen, aus tiefster Seele liebte.

Er stützte sich auf einen Ellbogen auf, und sie sah in sein dunkles Gesicht vor dem mit Sternen gespickten Himmel. »Hope?«

»Ja?«

»Ich möchte dir etwas sagen.« Er legte ihre Hand an seine Wange, die rau von Bartstoppeln war. »In meinem Leben war ich mit Frauen zusammen, die mir gleichgültig waren, und auch mit Frauen, die mir viel bedeuteten. Aber ich habe nie eine Frau gekannt, für die ich so empfand wie für dich.« Er senkte den Kopf und flüsterte an ihren Lippen: »Manchmal, wenn ich dich ansehe, kann ich kaum atmen. Wenn du mich berührst, vergesse ich zu atmen.« Er küsste sie langsam und zärtlich, und mit jedem Druck seiner Lippen und jeder Berührung seiner Zunge weitete sich ihr Herz vor Sehnsucht. Es war wunderschön und schrecklich und ganz neu. Dann löste Dylan sich von ihr und sagte: »Ich weiß nicht, was daraus noch werden soll, aber ich möchte immer mit dir zusammen sein. Du bist mir sehr wichtig.«

Das war nun nicht unbedingt eine Erklärung seiner unsterblichen Liebe, doch es trieb ihr Tränen in die Augen. Sie schob die Hände unter sein Sweatshirt und fuhr mit den Fingern durch sein kurzes, seidiges Brusthaar. Sie spürte, wie er scharf Luft holte und sein Herz heftig zu schlagen begann. »Ich möchte auch immer bei dir sein«, sagte sie, und wieder wurde ihr das Herz ganz weit.

Dann zeigte sie ihm mit ihrem Körper, ohne Zuhilfenahme von Worten, was sie fühlte. Und durch das Durcheinander ihrer Kleidung in dem viel zu engen Schlafsack hindurch berührte er sie, als ob er genauso empfand. Er liebkoste sie wie etwas sehr Zerbrechliches, das ihm unersetzlich war. Unter den Sternschnuppen liebte er sie, als wären sie die einzigen Menschen auf dem Planeten. Unter dem Sternbild der Kassiopeia hatte Hope das Gefühl, ebenfalls im Kopfstand um den Himmel zu kreisen.

Sie dachte nicht mehr an Insekten und Käfer und schmiegte sich in die Arme des Mannes, den sie liebte. Und das war nicht nur unglaublich Angst erregend, sondern einfach unglaublich. Zum ersten Mal seit ihrer Ankunft in Gospel stand nicht ganz so eindeutig für sie fest, dass sie auch wieder abreisen musste. Sie hatte sich in den Sheriff einer Stadt verliebt, in der es weder ein Kino noch einen vernünftigen Supermarkt gab. Hope fragte sich, wie sie ohne Dylan würde leben können, wenn er sie nicht bat zu bleiben.

Am Morgen bereitete er ihr ein scheußliches Frühstück aus Haferflocken und Trockenei, und es war nur geringfügig besser als das Abendessen aus Tüteneintopf, das er am Vorabend aufgetischt hatte. Er lachte und küsste ihr zerzaustes Haar und nannte sie übertrieben anspruchsvoll.

Sie packten ihre Rucksäcke und legten den Weg bergab in der Hälfte der Zeit zurück, die sie für den Aufstieg benötigt hatten. Als sie gegen Mittag bei Dylan zu Hause ankamen, schälten sie sich aus den Kleidern und fielen ins Bett, ohne sich zuvor den Staub von der Haut zu duschen.

Hope war so erschöpft, dass sie sich nicht daran erinnerte, eingeschlafen zu sein, als sie die Augen wieder aufschlug. Ein wenig orientierungslos betrachtete sie das Nachttischchen und erkannte Dylans Wecker. Unter dem Laken schmiegte sich sein Oberkörper an ihren Rücken, seine Hand lag zwischen ihren nackten Brüsten. Durch ihren dünnen Seidenslip hindurch spürte sie seine heißen Lenden an ihrem Gesäß. Wahrscheinlich hatte seine Umarmung sie geweckt. In ihrem Haar und in ihren Kleidern, die in einem Häufchen vor seinem Bett lagen, hing immer noch der Geruch von Dylans Camping-Kocher.

Die Augen fielen ihr zu, doch abrupt schlug sie sie wieder auf. Sie hatte das Gefühl, dass jemand sie beobachtete, und stützte sich auf einen Ellbogen. Sie blickte auf das Fußende des Betts. Adams große grüne Augen starrten ihr entgegen. Sein Gesicht war ausdruckslos, so als verstünde er nicht recht, was er da sah.

»Dylan«, flüsterte Hope, »Wach auf.«

Seine einzige Reaktion bestand darin, dass er ihre Brust umfasste und Hope enger an sich zog.

Sie löste den Blick von Adam und sah über ihre Schulter. Mit dem Ellbogen stieß sie gegen Dylans massiven Brustkorb. »Dylan, wach auf.«

»Hmmm?« Seine Lider hoben sich flatternd. »Schätzchen, ich bin zu müde«, sagte er, und seine Stimme war heiser vom Schlaf. Aber er war nicht zu müde, um mit der Hand über ihren Bauch zur Hüfte und wieder zurück zu streichen. »Wenn ich's mir recht überlege, bin ich dafür eigentlich nie zu müde.«

»Dylan!« Durch das Laken hindurch griff sie nach seiner Hand. »Adam ist zurück.«

»Was?« Sein Brusthaar kitzelte ihren Rücken, als er sich aufrichtete und zum Fußende blickte. Das Schweigen dehnte sich aus, während Vater und Sohn einander anstarrten. »Adam«, setzte er langsam an und räusperte sich. »Wie kommst du denn hierher?«

»Mom hat mich gebracht.« Adam deutete nach links, und Hope und Dylan sahen zu der großen Blondine hinüber, die am Türrahmen lehnte. Sie trug eine buttermilchfarbene Lederhose und eine Seidenbluse in der gleichen Farbe. Sie kam Hope entfernt bekannt vor, doch sie glaubte nicht, ihr schon einmal begegnet zu sein.

»Wir hätten wohl lieber anrufen sollen«, sagte sie und straffte sich. »Ich warte im Wohnzimmer, bis ihr zwei euch angezogen habt.« Sie streckte die Hand nach Adam aus. »Komm. Wir warten draußen auf deinen Daddy.«

Adam starrte seinen Vater und Hope noch ein paar Sekunden lang an, dann verließ er das Zimmer.

»Lieber Himmel«, fluchte Dylan und ließ sich zurück ins Kissen fallen. Er schob die Finger an den Schläfen durch sein Haar und blickte zur Decke auf. »Was zum Teufel hat er hier zu suchen? Es ist noch nicht Sonntag, und was will Julie hier? Was für ein Chaos. Was für ein verdammter Albtraum.«

Hope setzte sich auf und zog sich das Laken über die Brust. »Was soll ich jetzt tun?«

»Hast du Adams Gesicht gesehen?« Er seufzte und barg sein Gesicht in den Händen. »Wenn ich das nur wüsste. Vielleicht glaubt er, du wärst zu Besuch gekommen und plötzlich so müde geworden, dass du einfach ein Nickerchen machen musstest. Oder so ähnlich. Dass du gestürzt wärst, dich verletzt hättest und dich hinlegen musstest.«

»Ja, und du hast einfach nur meine Brust untersucht.«

Er sah sie zwischen seinen Fingern hindurch an.

»Adam hat gesehen, wie deine Hand unter dem Laken umherwanderte. Er ist nicht dumm. Ich glaube nicht, dass er auf irgendeine lahme Geschichte hereinfällt. Sag ihm einfach die Wahrheit.«

Dylan ließ die Hände sinken. »Erzähl mir bitte nicht, wie ich mit meinem Sohn zu reden habe. Ich kann es nicht ausstehen, wenn Leute, die selbst keine Kinder haben, mir sagen wollen, was ich tun soll. Ich werde mir überlegen, was das Beste für ihn ist, und ich glaube nicht, dass es im Augenblick richtig wäre, ihm mein Liebesleben mit dir zu erklären.«

»Schön.« Sie warf das Laken von sich und stand auf. »Erzähl ihm, was du willst.« Sie schloss die Schlafzimmertür und sammelte ihre Kleider auf.

»Hope.«

Sie kehrte ihm den Rücken zu, stieg in ihre Shorts und knöpfte sie zu.

»Hope.« Dylan trat hinter sie und legte ihr die Hände auf die Schultern. »Ich hätte das nicht sagen dürfen, diese Sache über Leute, die selbst keine Kinder haben. Tut mir Leid.«

Sie hob ihren BH auf und wandte sich um, um Dylan ins Gesicht zu sehen. Er entschuldigte sich für das Falsche. »Ich respektiere deine moralische Einstellung und deinen Wunsch, deinem Sohn ein Vorbild zu sein. Ehrlich.« Sie schloss den BH im Rücken und richtete die Träger. »Es ist bestimmt sehr schwierig, aber ich habe keine Lust, dein schmutziges Geheimnis zu sein.« Sie dachte an die Gelegenheiten, wenn er zu ihr gekommen und seinen Pick-up vor Shellys Haus geparkt hatte. »Ich will nicht etwas sein, worüber du lügst oder am besten überhaupt nicht redest. So will ich nicht leben.«

»Okay.«

Sie griff nach ihrer Bluse, und er nahm sie ihr aus den Händen. »Wir werden diese Sache durchstehen«, sagte er. »Irgendwie. Aber ich warne dich, was er heute gesehen hat, wird Adam nicht gefallen. Er wird es mir oder dir bestimmt nicht leicht machen.« Er hob ihr Kinn leicht an und sah ihr in die Augen. »Die Frau da draußen ist seine Mama, und er träumt davon, dass wir zu dritt zusammenwohnen und eine glückliche Familie sind. Daran arbeitet er schon, seit …«

»Oh, mein Gott«, fiel Hope ihm ins Wort und packte sein Handgelenk. »Juliette Bancroft!«

»Ich habe mich schon gefragt, wie lange es noch dauert, bist du sie erkennst.«

»Mist!« Sie betastete ihr staubiges Haar. »Ich sehe total beschissen aus.«

Dylan reichte ihr die Bluse. »Du bist selbst an deinem schlimmsten Tag noch hübscher als Julie.«

Das war zwar eine unerhörte Lüge, aber plötzlich nicht mehr ihre größte Sorge. Jetzt wusste sie wieder, warum die Frau an der Tür ihr so bekannt vorgekommen war, und das lag keineswegs an ihren Fernsehauftritten. Hope musste schnellstens aus dem Haus verschwinden, bevor Juliette sich daran erinnerte, dass sie einander in Blaines Praxis begegnet waren, ein paar Wochen, bevor er ihr die Scheidungspapiere vorgelegt hatte. Während die Scheidung lief, hatte Hope einiges unternommen, um ihrem Ex-Mann eins auszuwischen. Unter anderem ging es dabei um ein gewisses Filmsternchen und eine geheim gehaltene Brustvergrößerung.

Während Dylan eine saubere Levi's und ein T-Shirt anzog, schlüpfte Hope in ihre schmutzigen Socken und band die Schnürsenkel von Shellys Wanderstiefeln. »Ich glaube, ich mache mich am besten schnellstens aus dem Staub, damit ihr drei euch in Ruhe unterhalten könnt.«

»Ich bringe dich nach Hause.«

»Ich kann zu Fuß gehen. Es sind ja nur drei Meilen, und ich jogge täglich mehr als das.«

»Ich bringe dich trotzdem heim.«

»Ich will aber zu Fuß gehen. Dann habe ich Zeit zum Nachdenken. Wirklich.«

»Ganz ehrlich?«

»Ja.«

Sie folgte Dylan den Flur entlang zum Wohnzimmer. Adam saß in einem Schaukelstuhl und schaukelte so heftig, dass die Federn quietschten und die Rückenlehne gegen die Wand schlug, rumms, quietsch, rumms. Finster heftete er den Blick auf Hope, und sein Kummer schmerzte sie mehr, als sie es für möglich gehalten hätte. Es gab ihr einen Stich ins Herz und blieb dort liegen wie ein kalter Klumpen, und Hope fragte sich, ob sie und Adam je wieder Freunde sein würden. Sie blickte zu Juliette hinüber, die dem Raum den Rücken zukehrte, als ob sie nichts hörte, und die Fotos von Adam und Dylan auf dem Fernseher betrachtete.

»Adam, lass das«, befahl Dylan seinem Sohn. Der Schaukelstuhl schlug nur noch heftiger gegen die Wand.

Juliette drehte sich um und sah Dylan an. »Ich wollte schon immer gern wissen, wie du dich eingerichtet hast. Das hier erinnert mich ein bisschen an das Haus, in dem wir zusammen gewohnt haben, als Adam noch ein Baby war.«

»Das Haus hat dir nie gefallen«, sagte er und richtete den Zeigefinger streng auf seinen Sohn. »Hör sofort auf damit.«

»Das stimmt nicht ganz.« Juliettes Blick wanderte zu Hope, und unter normalen Umständen hätte Hope sich ihres Aussehens geschämt, besonders in Gegenwart der perfekten und schönen Juliette Bancroft. Heute allerdings hoffte sie, ihr schmutziges Haar und das fleckige T-Shirt würden ihre Identität verschleiern. »Adam hat nichts davon erwähnt, dass du eine Freundin hast.«

»Ich gehe jetzt.« Hope dachte an ein schnelles Entkommen durch die Hintertür und wollte sich seitlich aus dem Zimmer verdrücken. »Ihr habt sicher eine Menge zu besprechen.«

Der Schaukelstuhl schlug ein letztes Mal gegen die Wand, und Dylan zerrte seinen Sohn hinaus. »Ich ruf dich später an. Verabschiede dich von Ms. Spencer, Adam«, verlangte er.

Adam gab keinen Ton von sich, und Hope schaffte es bis

zum Durchgang zur Küche, bevor Juliettes Stimme sie zurückhielt.

»Moment! Ich weiß, wer Sie sind. Sie sind Dr. Spencers Ex-Frau.«

Hope schloss die Augen. Mist!

»Sie arbeiten für den *National Enquirer*«, fügte Juliette hinzu.

Hope ließ den Blick vom wütenden Gesicht des Lieblingsengels von Amerika zu Dylan wandern. Er runzelte die Stirn, stand da wie erstarrt und hielt Adam an einem Arm fest.

»Nein, ich arbeite nicht für den *Enquirer*«, widersprach Hope.

»Sie waren die anonyme Quelle, aus der vertrauliche und private Informationen über Dr. Spencers Patienten durchgesickert sind.« Juliette erhob die Stimme und richtete einen anklagenden Zeigefinger auf Hope. »Sie haben denen die Sache mit meiner verdammten Brustoperation gesteckt!« Hope staunte über die Sprache der Frau. Ganz Amerika hatte bestimmt nie im Leben ein einziges schmutziges Wort von ihren perfekten Engelslippen gehört. »Er sagte, er könnte es nicht beweisen, wäre aber sicher, dass Sie es waren.«

Unter den gegebenen Umständen war Juliette wohl zu Recht erzürnt, aber sie hätte sich nicht in Adams Gegenwart so gehen lassen dürfen. »Zu meiner Verteidigung kann ich nur sagen«, begann Hope, »dass Blaine ein Schwein war und dass ich ihm wehtun wollte. Ich habe nicht überlegt, wem ich damit schaden würde, aber es hat mir später aufrichtig Leid getan, dass ich auch anderen Leid zugefügt habe. Ich bereue sehr, was damals passiert ist.«

Dylan ließ seinen Sohn endlich los. »Du arbeitest als Reporterin für den *National Enquirer*?«

»Nein. Vor etwa vier Jahren war ich deren anonyme Quelle für ein paar Insider-Storys, und dann habe ich als Freiberuflerin noch ein paar Artikel über Modesünden geliefert. Solche Sachen, aber heute arbeite ich nicht mehr für sie.«

»Jetzt schreibst du Flora-und-Fauna-Artikel, nicht wahr?«

Sie wollte es ihm nicht eingestehen. So nicht. »Na ja, nicht direkt.«

»Was schreibst du denn nun genau?«

Aber sie konnte jetzt auch nicht mehr lügen. Hope holte tief Luft und sagte: »Ich bin fest angestellt und schreibe für die *Weekly News of the Universe*. Ich liefere Geschichten über Bigfoot und Außerirdische.«

Dylan legte den Kopf in den Nacken und sah sie aus schmalen Augen an. »Adam, geh in dein Zimmer«, befahl er, ohne den Blick von Hope zu lösen.

»Ich will aber nicht.«

»Ich habe nicht gefragt, ob du willst. Ich habe gesagt, geh in dein Zimmer.«

So langsam und schwerfällig, als wären seine Füße aus Blei, schlich der Junge aus dem Raum. Niemand sprach ein Wort, bevor sich die Tür hinter ihm geschlossen hatte.

»Also«, begann Dylan, »die ganze Flora-und-Fauna-Geschichte war Quatsch. Du schreibst für ein Boulevardblättchen.«

»Ich schreibe keine Klatschkolumnen, sondern Alien-Storys«, erklärte sie und breitete die Arme aus. »Das ist mein Beruf.«

»Und das soll ich dir glauben? Nachdem du seit deiner Ankunft hier in der Stadt was deinen Job betrifft immer nur gelogen hast? Du liebe Zeit! Da hast du dich gestern bestimmt köstlich amüsiert, als ich dir all diese Blumen für deinen Artikel gezeigt habe.«

»Ich habe nicht über dich gelacht.«

»Und die Geschichte über Hiram Donnelly ist dann wohl auch gelogen?«

»Nein, den Artikel will ich wirklich schreiben. Ich habe nie ...«

»Wie hast du von Adam erfahren?«, unterbrach er sie.

Sie verstand seine Frage nicht.

»Und wie lange dauert es noch, bis ich in deiner Zeitschrift über meinen Sohn lesen kann?«

Hope brauchte eine Weile, bis sie begriff, was er damit meinte. Das verheimlichte Kind der Liebe des liebsten Engels von ganz Amerika wäre eine Sensation. »Das würde ich Adam niemals antun. Dir würde ich so etwas niemals antun, und wenn es auch schwer zu glauben sein mag, auch Juliette nicht.«

»Stimmt, es fällt mir schwer, das zu glauben«, sagte Juliette.

Hope blickte in die Gesichter der Menschen um sie herum. Juliette machte sich gar nicht die Mühe, ihren Zorn zu verbergen, und Dylan zog sich von Sekunde zu Sekunde mehr in sich zurück. »Wer hat dich hergeschickt, Hope?«

»Meine Zeitschrift, aber nicht aus dem Grund, den du vermutest. Sie haben mich hergeschickt, damit ich Fotos mache und Artikel schreibe. Im Augenblick arbeite ich an einer Serie über eine von Außerirdischen unterwanderte Stadt.« Sie schüttelte den Kopf, und das Herz verkrampfte sich in ihrer Brust. »Erst letzte Woche habe ich Eden Hansen als Vorlage benutzt. Ihr lila Haar und ihren lila Lidschatten. Aber ich schwöre, bis vor zwei Minuten wusste ich noch nicht, dass Juliette Adams Mutter ist. Das musst du mir glauben.«

»Ich glaube, ich kenne dich überhaupt nicht.«

Hope legte die Hand aufs Herz, als könnte sie sich so vor seinem kalten Blick schützen. Als könnte sie ihr Herz beschützen, das im Begriff war zu brechen. »Als ich dich kennen lernte, habe ich dir nicht gesagt, was ich beruflich mache, weil es dich nichts anging. Nachdem ich dich näher kannte, wusste ich nicht, wie ich dir erklären sollte, dass ich gelogen hatte, was meine Beschäftigung betraf, und irgendwie war auch nie der richtige Zeitpunkt.«

»Ich könnte dir schon ein paar Gelegenheiten aufzählen, bei denen du etwas hättest sagen können. Zwischen dem Vierten Juli und heute zum Beispiel wäre jeder Zeitpunkt gut gewesen.«

Darauf wusste sie nichts zu erwidern außer: »Du hast Recht, vielleicht hätte ich es dir sagen sollen.«

»Ja, vielleicht. An dem Tag, an dem du in die Stadt kamst, habe ich mich gleich gefragt, was ein Großstadtmädchen wie dich wohl in ein abgelegenes Nest wie Gospel verschlagen konnte. Ich schätze, jetzt weiß ich es endlich, und es hat nichts zu tun mit Bigfoot oder Außerirdischen oder korrupten Sheriffs. Du hattest von Adam erfahren und bist gekommen, um in unserem Leben herumzuschnüffeln.«

»Glaubst du das wirklich?«

Er verzog den Mund zu einem schmalen Strich und sagte nichts. Es war auch nicht nötig.

»Ich habe doch gesagt, dass ich dir so etwas nicht antun würde, und ich tu es auch nicht, aber wahrscheinlich glaubst du mir erst, wenn du nichts über Adam in der Presse findest.« Sie sah ihn ein letztes Mal an und ging zur Tür hinaus, an den Rucksäcken vorbei, die sie an die Außenwand gelehnt hatten, bevor sie ins Haus rannten, um gleich ins Bett zu fallen.

Die Sonne von Idaho blendete sie, und sie überschattete die Augen mit der Hand, während sie Dylans Zufahrt entlang an einem ihr unbekannten Wagen vorbei zur Straße hinunterging. Sie hatte sich große Mühe gegeben, sich nicht in ihn zu verlieben. Tief im Inneren hatte sie gewusst, dass er ihr das Herz brechen würde. Und sie hatte sich nicht getäuscht.

Seit dem Augenblick, als Dylan die Augen öffnete und Adam am Fußende seines Bettes stehen sah, ging sein Leben zum Teufel.

»Was meinst du, was wird sie tun?«, fragte ihn Julie.

»Ich weiß es nicht«, antwortete er wahrheitsgemäß. Er wollte Hope gern glauben. Er wollte ihr von ganzem Herzen glauben, aber er glaubte ihr nicht. »Wir müssen Adam erklären, dass wir nie verheiratet waren. Bevor er es von jemand anderem erfährt.« Er rieb sich den Nasenrücken, als könnte er so das plötzliche Pochen hinter seinen Augen vertreiben. Er hatte Hope so viel von seinem Leben erzählt. Einer Klatschreporterin, die ihn belogen hatte. »Er muss es erfahren, bevor er in den M&S-Markt geht, um sich Kaugummi zu kaufen, und dort die Geschichte auf der Titelseite eines Boulevardblättchens liest.«

»Ja, ich glaube auch, es ist an der Zeit, dass du es ihm sagst. Was meinst du, besteht auch nur die geringste Hoffnung, dass deine Freundin nicht darüber schreibt?«

Er senkte die Hand und sah Julie an. Sie hatte Angst um ihre Karriere. »Was tust du überhaupt hier?«

»Ich habe Adam nach Hause gebracht.«

»Das weiß ich. Warum?«

Sie verschränkte die Arme unter der Brust und holte tief Luft. »Nun, du erinnerst dich sicher, dass ich dir schon am Flughafen sagte, wir müssten unbedingt miteinander reden?«

Er erinnerte sich nicht, doch das bedeutete nicht zwangsläufig, dass sie es nicht erwähnt hatte.

»Wahrscheinlich ist dir bekannt, dass ich häufig mit Gerard LaFollete zusammen bin«, begann sie, in der Annahme, er würde sich über ihre Karriere auf dem Laufenden halten.

»Nein, das wusste ich nicht. Ist er nicht ein französischer Schauspieler?«

»Ja, und er will mich heiraten. Ich habe zugestimmt.«

»Was hält Adam davon?«

»Na ja, ich dachte, du könntest es ihm erklären.«

Natürlich dachte sie das. Dylan setzte sich auf das Sofa, stützte die Ellbogen auf die Knie und legte den Kopf in die Hände. Unter normalen Bedingungen hätte es ihm vielleicht nicht so viel ausgemacht, Adam erklären zu müssen, dass seine Mama diesen Franzosen heiratete. Dann wäre es ihm auch leichter gefallen, mit Adam über Hope zu reden, doch inzwischen wusste er gar nicht mehr, ob er eine Beziehung mit ihr hatte oder wollte. Über Hope wusste er nur zwei Dinge mit Sicherheit: Erstens, dass sie für ein Boulevardblättchen arbeitete, und zweitens, dass er liebend gern mit ihr zusammen war. Das eine hätte das andere nicht unbedingt ausschließen müssen, doch leider war es in diesem Fall so.

Er blickte zu Julie auf, die da stand, als setzte sie als selbstverständlich voraus, dass er sich um Adam kümmerte. »Nein«, sagte er. »Du wirst mit ihm reden müssen.«

»Ich habe es versucht. Gerard hat uns letzte Woche besucht, damit Adam ihn kennen lernte, bevor ich dem Jungen von meinen Absichten erzählte. Na ja, Adam führte sich so entsetzlich auf, dass ich keine Möglichkeit sah, mit ihm darüber zu reden. Ich habe versucht, dich anzurufen, aber du warst ja nie zu Hause.« Sie setzte sich in den Schaukelstuhl und schob die Hände zwischen die Knie. »Er hat Gerard ein Schimpfwort mit S ins Gesicht geschleudert.«

»Oha! Er hat deinen Freund einen Scheißkerl genannt?«

»Nein. Eine Schwuchtel.«

»Oh.« Dylan hatte den Typ schon im Fernsehen gesehen, und sein Eindruck war, dass der Bursche tatsächlich wirkte, als wäre er vom anderen Ufer. Die paar Male, als Dylan am Telefon mit Adam gesprochen hatte, war er ihm nicht anders als sonst erschienen.

»Gut, darüber rede ich mit Adam, aber du berichtest ihm von deinen Heiratsplänen. Ich habe allerdings den Verdacht, dass er längst etwas ahnt. Deshalb hat er sich so aufgeführt.« Er lehnte sich auf dem Sofa zurück. »Wir werden ihn gemeinsam darüber aufklären, dass wir nicht verheiratet sind. Wenn wir es richtig machen, wird es nicht sonderlich traumatisch für ihn sein. Der Zeitpunkt hätte günstiger sein können, aber jetzt haben wir wohl keine Wahl mehr.«

Er hob die Schultern. Wie viel schlimmer konnte es noch werden? Sein Sohn war kaum eine Stunde wieder zu Hause, er hatte Dylan mit Hope im Bett gesehen, war aus dem Sessel gezerrt und in sein Zimmer geschickt worden. Jetzt konnte es nur noch besser werden. »Ich hole Adam«, sagte er, ging jedoch zunächst ins Bad und schluckte vier Aspirin-Tabletten.

Zwei Stunden später glaubte er, er hätte genauso gut mit dem Kopf gegen eine Mauer rennen können, so wenig hatten die Tabletten ihm geholfen.

Von der Hintertür aus sah er zu, wie Julies Mietwagen aus seiner Zufahrt und dann in Richtung Stadt fuhr. Sie hatte erst für den Nachmittag des kommenden Tages einen Flug von Sun Valley aus bekommen und war davon ausgegangen, dass sie bei Dylan und Adam würde bleiben können. Nach den Stunden, die er mit ihr verbracht hatte, bestand jedoch nicht mehr die geringste Chance, dass er sich mit ihrem Bleiben einverstanden erklären würde. Er hatte im Sandman-Motel angerufen und ihr ein Zimmer für die

Nacht bestellt. Bis zum Morgen würde die gesamte Stadt über seine Angelegenheiten informiert sein, aber ausnahmsweise einmal war es ihm egal. Wenn er noch länger mit Julie hätte zusammen sein müssen, wäre er nicht sicher gewesen, ob er sie nicht doch erwürgen sollte.

Sie hatte ihm allein den schwarzen Peter zugeschoben, hatte es so dargestellt, als hätte sie ihn geheiratet, wenn er sie nur gefragt hätte. Er hatte sie nie gefragt, weil sie darüber geredet hatten und sich einig gewesen waren, dass ein Kind keinen Heiratsgrund darstellte. Zu dem Schluss waren sie gemeinsam gekommen, nicht er allein, denn in Wahrheit verhielt es sich so, dass er sie, wenn es ihr ehrlicher Wunsch gewesen wäre, geheiratet hätte, obwohl er wusste, dass er einen Fehler beging.

Er schloss die Hintertür und machte sich auf die Suche nach seinem Sohn. Er fand ihn auf seinem Bett liegend, er weinte in sein Kissen. Einer seiner Turnschuhe war verschwunden, die Socken waren auf die Knöchel heruntergerutscht, seine Shorts hatten sich um die Taille verzogen. Er war ein erbärmliches Häuflein Elend.

»Hast du Hunger?«, fragte Dylan von der Tür her.

»Nein.« Adam wälzte sich auf den Rücken, sein Gesicht war rot gefleckt vom Weinen. »Warum steht mein Rucksack da draußen?«

»Hope und ich sind zum Sawtooth-See gewandert.«

Adam sah seinen Vater an. »Und sie hat *meinen* Rucksack genommen?«

»Ja.«

»Ich will nicht, dass sie meine Sachen anfasst. Ich hasse sie.«

Dylan trat ans Bett. »Vor ein paar Wochen konntest du sie noch gut leiden.«

»Das war vorher.«

»Wie, vorher?«

Adam drehte das Gesicht zur Wand. »Bevor ihr Sex gemacht habt.«

Vor etwa einem Jahr hatte Dylan Adam die Sache mit den Blümchen und Bienchen weitgehend erklärt, bis auf den wirklich peinlichen Teil. Er überlegte sich seine Antwort genau und achtete auf die richtige Wortwahl. »Was Hope und ich getan haben, ist nichts Schlimmes. Wir sind beide erwachsen, und mit dir haben wir erst am Sonntag gerechnet.«

Adam richtete sich auf und kniff die Augen zusammen. »Du brauchst das aber gar nicht mehr zu machen, denn du hast ja mich. Soll sie sich jemand anderen suchen, der ihr ein Baby macht.«

»Was?« Dylan setzte sich auf die Bettkante. »Man hat doch nicht nur Sex, um Kinder zu machen, Adam.«

»So. Das hast du aber gesagt. Du hast gesagt, der Mann steckt seinen Penis in die Frau, um ein Baby zu machen.«

Nun gut, vielleicht hatte er die ganze Blümchen-und-Bienchen-Geschichte doch schlimmer vermasselt, als er angenommen hatte. »Männer wollen auch gern mit Frauen schlafen, wenn sie gar kein Baby haben wollen.«

»Warum?«

»Weil ... na ja ...« Er wusste nicht, was er sagen sollte, aber da er ohnehin schon alles verdorben hatte, dachte er sich, dass er sich vielleicht doch am besten mit der Wahrheit aus der Affäre zog. »Na ja, weil es einfach ein tolles Gefühl ist.«

»Wie denn?«

Wie erklärte man einem Siebenjährigen die Freuden des Sex? »Hmm ... das ist so, als könntest du dich endlich an einer Stelle kratzen, die schon den ganzen Tag gejuckt hat. Oder wenn deine Füße richtig kalt sind und du in ein warmes Bad steigst, und das tut so gut, dass du eine Gänsehaut kriegst«, sagte er und sah, wie er in den Augen seines Sohnes an Ansehen verlor.

»Ekelhaft!«

»In ein paar Jährchen wirst du anders darüber denken.«

Adam schüttelte den Kopf. »Nie im Leben.«

Dylan hielt es für angebracht, schnellstens das Thema zu wechseln. »Magst du mir von deiner Reise erzählen?«

Adam sah nicht so aus, als wäre er bereit, auf das Ablenkungsmanöver einzugehen, tat es dann aber doch. »Es war ganz gut.«

»Deine Mom sagt, du hast ihren Freund kennen gelernt, Gerard.«

»Der sprach so komisch.«

»Deine Mom hat auch gesagt, du hättest ihn Schwuchtel genannt. Das war nicht sehr nett.«

»Warum konnte Mom nicht hier bleiben?«, fragte Adam, der offenbar seinerseits gern einen Themenwechsel herbeiführen wollte. Dylan ließ es jedoch nicht zu.

»Wo hätte sie denn wohl schlafen sollen?«

»Bei dir. Hope hat auch bei dir geschlafen.«

Nun ja, um der Wahrheit die Ehre zu geben, Hope hatte weiß Gott bei ihm geschlafen, aber von Schlaf konnte kaum die Rede sein. »Das ist etwas anderes. Deine Mom will den Franzosen heiraten.«

»Vielleicht solltest du sie lieber heiraten«, schlug Adam vor und zupfte an dem Pflaster auf seinem Knie. »Sie hat gesagt, sie hätte dich geheiratet, wenn du sie gefragt hättest. Also frag sie jetzt.«

»Zu spät. Sie liebt Gerard LaFollete.« Dylan klopfte auf seinen Oberschenkel, und Adam krabbelte auf seinen Schoß. »Es gibt viele verschiedene Gründe dafür, dass Leute nicht heiraten, aber die Tatsache, dass deine Mom und ich nie geheiratet haben, bedeutet keineswegs, dass wir dich nicht lieb haben. Oder«, fügte er hinzu und legte die Wahrheit ein bisschen großzügig aus, »dass wir uns gegenseitig nicht mögen. Ich werde deine Mama immer lieb haben, weil sie mir dich geschenkt hat. Und wenn ich dich nicht hätte, müsste ich ständig furchtbar traurig sein.«

»Ja.« Adam legte den Kopf auf Dylans Schulter. »Ich bin dein kleiner Kumpel.«

»Ja.« Er schlang die Arme um seinen Sohn und drückte ihn liebevoll an sich. »Ich freue mich, dass du zu Hause bist.«

»Ich auch. Wo ist Mandy?«

»Als ich deinen Hund zuletzt gesehen habe, jagte er die Pfauen deiner Großmutter, und deine Großmutter jagte Mandy.«

Adam wich mit leuchtenden Augen ein bisschen zurück. Geschichten von frechen Hunden liebte er über alles. »Hat Großmutter Mandy gekriegt?«

»Nein, aber vielleicht sollten wir Mandy zurückholen.«

Adam nickte und lehnte den Kopf wieder an Dylans Schulter.

»Wenn Mom heiratet, heiße ich dann Adam LaFollete?«

»Nein, du bleibst immer Adam Taber.«

»Gut.«

Ja, gut. Zum ersten Mal, seit Adam zur Tür hereingekommen war, sah Dylan wieder einen Lichtstreif am Horizont. Die Tatsache, dass sein Sohn von Juliettes Heiratsabsichten gesprochen hatte, war ein Schritt in die richtige Richtung. Vielleicht nahm Adam jetzt Abschied von seinem Traum, dass sie alle zusammenleben könnten. Julie hatte die Freiheit, ihr eigenes Leben zu führen, und Dylan fühlte sich plötzlich bedeutend freier, sein Leben nach seinen Vorstellungen zu gestalten. Jawohl, jetzt, da es zu spät war.

»Und du machst keinen Sex mehr mit Hope, oder?«

Ganz so frei durfte er sich wohl doch nicht fühlen. Er wusste nicht, was er darauf antworten sollte. Was Adam hören wollte, war ihm klar, doch er brachte es nicht über die Lippen. Das wäre, als würde er einen Schritt zurückweichen, nachdem er doch endlich vorangekommen war. Und komischerweise hatte er, bevor er Hope kennen lernte, gar nicht gewusst, wie sehr er sich genau das wünschte.

Er saß auf dem Bett seines Sohnes, hielt Adam an sich gedrückt und fühlte sich so allein wie noch nie in seinem Leben. Bevor er Hope kannte, hatte er gewusst, dass er einsam war, jetzt aber spürte er es schmerzlicher denn je. Irgendwie hatte sie sich in sein Inneres geschlichen, und es war, als würde sie frisches Leben in seine Lungen blasen, sein Blut und seine Säfte wieder in Wallung bringen. Und jetzt, da sie wahrscheinlich aus seinem Leben gegangen war, fühlte er sich nur noch leer.

»Komm, holen wir deinen Hund ab«, sagte er, weil er Adam nicht die Antwort geben konnte, die er sich wünschte. Noch nicht. Nicht, solange er nicht wusste, was er tun würde. Nicht, bevor er wusste, wie er Hope und dieses ganze, verworrene Chaos einschätzen sollte.

Hope hatte nicht vor, sich zu verstecken, als ob sie etwas ausgefressen hätte. Sie würde sich nicht in ihrem Haus verkriechen, auf den alten Holzfußböden auf und ab gehen und alle paar Minuten ans Fenster laufen. Um Viertel vor acht an diesem Abend streifte sie ihr pfirsichfarbenes Sommerkleidchen über, schminkte sich und lud sich selbst zum Essen ein. Das Beste, was die Stadt zu bieten hatte, war leider das Cozy Corner Café.

In der Musikbox lief Kneipenmusik, und in dem Lokal roch es genauso wie beim ersten Mal, als Hope es betreten hatte. Die abendliche Stoßzeit war vorüber; in einer Nische saß ein Pärchen mit einem Baby, und am Tresen hockten drei halbwüchsige Mädchen und lachten und rauchten.

Offenbar hatte man im Cozy Corner noch nie von rauchfreien Zonen gehört; man kümmerte sich wohl auch nicht übermäßig um minderjährige Raucher. Aber immerhin hatten die Mädchen kein pinkfarbenes Haar und trugen auch keine Sicherheitsnadeln im Gesicht.

Hope wählte eine Nische ziemlich weit hinten und bestellte sich einen Cheeseburger ohne Zwiebeln und mit Mayonnaise auf einem Extrateller, dazu eine große Portion Pommes ohne Salz und einen Schoko-Milch-Shake. Vielleicht fand sie Trost in ungesundem Essen.

Arbeit stand außer Frage; sie hatte den Großteil des Tages damit verbracht, gegen die Tränen anzukämpfen und sich zu fragen, ob zwischen Dylan und ihr wirklich alles aus war, zu überlegen, ob sie ihn anrufen sollte, und darauf zu warten, dass er sie anrief. Sie war ihm nicht gleichgültig, das hatte sie aus seinem Tonfall herausgehört und in seiner Zärtlichkeit gespürt.

Stundenlang hatte sie mit dem Gedanken gespielt, zu ihm zurückzugehen und ihn zu zwingen, ihr zuzuhören, ihm klarzumachen, dass sie ihn nie hintergehen würde. Er musste ihr glauben, doch vermutlich ließ er sich erst überzeugen, wenn tatsächlich nirgendwo Artikel über ihn oder Adam oder Julie erschienen.

Hope hatte die Fußböden aufgewischt, ihre Wäsche erledigt und die Toiletten gescheuert. Sie hatte ein ausführliches Bad genommen, sich der Gesichtspflege und der Maniküre gewidmet, nur um nicht an Dylan denken zu müssen. Um nicht an seine kalte, verschlossene Miene denken zu müssen, als er sagte, er glaube nicht einmal, sie richtig zu kennen. Nichts hatte gewirkt.

Paris Fernwood servierte Hope den Milch-Shake. Während die Kellnerin einen langstieligen Löffel und einen Strohhalm auf der Serviette bereitlegte, erinnerte Hope sich an ihren ersten Tag in der Stadt und ihre zweite Begegnung mit Paris. Sie erinnerte sich an den Blick, mit dem Paris Dylan bedachte, daran, wie sich ihre braunen Augen verschleierten und ihre harten Züge plötzlich weich wurden. Dylan hatte die Frau zum Strahlen gebracht, und Hope hätte gern gewusst, ob sie selbst ihn genauso ansah wie Paris, und wenn ja, ob er es bemerkte.

»Danke«, sagte Hope und befreite den Strohhalm aus seiner Hülle.

Ohne den Blick zu heben, murmelte Paris: »Keine Ursache«, und ging weiter.

Bemitleidenswert, dachte Hope, als die Kellnerin hinter den Tresen schlüpfte und anfing, Aschenbecher auszuleeren. So war ihr Paris an jenem ersten Tag vorgekommen. Inzwischen verstand sie sie ein bisschen besser. Es war nicht leicht, die Liebe zu Dylan Taber zu überwinden. Schon gar nicht, wenn man nicht sicher war, ob sie wirklich vorüber war. Hope befand sich in einem Zwischenstadium; ihr Herz war noch nicht vollends gebrochen. Noch nicht. Sie hatte das Gefühl, am Rand eines Abgrunds entlangzubalancieren, und Dylan war der Einzige, der sie zurückreißen konnte.

Sie steckte den Strohhalm in den Milch-Shake und sog einen großen Klumpen Schokoladeneis an. Sie hatte ihr Herz in Dylans Hände gelegt, und nun war es an ihm zu entscheiden, was er damit machen wollte.

Paris kam mit Hopes Bestellung und riss die Rechnung aus dem kleinen grünen Büchlein, das sie in der Schürzentasche mit sich trug.

»Brauchen Sie sonst noch was?«, fragte sie und klatschte die Rechnung auf den Tisch.

»Ich glaube nicht.« Alles war so, wie sie es bestellt hatte. »Danke.«

»Mhm.« Wieder blickte Paris Hope nicht an, bevor sie ging.

Hope wusste nicht, was sie der Kellnerin je zu Leide getan haben könnte, aber es handelte sich offenbar um etwas schwer Wiegendes. Sie goss Ketchup auf ihren Teller und tunkte ein paar Pommes hinein. Sie waren heiß und fettig und nicht ganz so köstlich, wie sie erwartet hatte. Sie strich zusätzliche Mayonnaise auf ihren Cheeseburger. Auch der war nicht köstlich, aber vermutlich war das Essen gar nicht schuld an ihrer Unzufriedenheit. Es war ihre Stimmung. Sie wollte Trost, und dazu war die Mahlzeit nicht geeignet.

Ein Hauch von Rot in ihrem Augenwinkel zog ihre Aufmerksamkeit auf sich, und Hope hob den Blick zu der Frau, die an ihrem Tisch stand. Sie musterte die Ralph-Lauren-Jeans und das rote Seidenoberteil, und trotz der braunen, kinnlangen Perücke und der dunklen Sonnenbrille erkannte sie Juliette Bancroft auf Anhieb.

»Wenn Sie nicht auffallen wollen«, sagte Hope, »dann nehmen Sie die Sonnenbrille ab.«

Ohne um Erlaubnis zu fragen, setzte Juliette sich Hope gegenüber. »Haben Sie Mike Walker angerufen?«, fragte sie. Sie bezog sich dabei auf den berüchtigten Reporter vom *National Enquirer*. Dann setzte sie die Sonnenbrille ab und verstaute sie in ihrer Handtasche.

»Ich sagte doch schon, ich arbeite nicht für den *National Enquirer*.«

»Ich weiß. Sie schreiben für die *Weekly News of the Universe*, und das Blättchen hat, soweit ich mich erinnere, ebenfalls eine Klatschspalte.«

»Stimmt.« Hope schwieg und aß ein paar Pommes frites. »Aber wir bezahlen keine Reporter dafür, dass sie in anderer Leute Leben herumwühlen. Alles, was Sie in unserer Hollywood-Klatsch-Spalte lesen, ist Schnee von gestern.«

Juliette griff nach der Speisekarte. »Ich habe bereits mit meinem Agenten gesprochen«, sagte sie, während sie die Karte studierte. »Er hat mit meinem PR-Chef geredet, und der wird der Presse nur mit ›Kein Kommentar‹ antworten, bis wir der Meinung sind, dass der richtige Zeitpunkt für eine Stellungnahme gekommen ist.« Sie legte die Karte zurück auf den Tisch.

»Von mir wird niemand ein Wort erfahren.«

Juliette hob den Blick. »Wegen Dylan?«

»Natürlich«, antwortete sie, ohne zu zögern. »Aber selbst, wenn Dylan mir gleichgültig wäre, könnte ich doch Adam niemals wehtun.«

»Dylan und ich, wir haben mit Adam geredet, und ich denke, er wird es verkraften. Ich bin diejenige, die am meisten leidet, wenn die Sache herauskommt«, sagte Juliette.

»Und ich«, fügte Hope hinzu. »Dylan würde mir nie verzeihen, wenn er die Geschichte in einem Klatschblättchen lesen müsste.«

Paris stellte ein Glas Wasser auf den Tisch. »Was darf ich Ihnen bringen?«, fragte sie.

»Ist das Wasser aus der Flasche?«, wollte Juliette wissen.

»Nein, frisch aus dem Hahn.«

Juliette schob das Glas von sich.

»Haben Sie irgendwas Kalorienarmes?«

»Salat«, antwortete Paris.

»Schön. Dann möchte ich Geflügelsalat mit Vinaigrette.«

»Vinaigrette führen wir nicht.«

»Dann eben Thousand Island Dressing, aber bitte auf einem Extrateller. Und eine Cola light mit viel Eis.«

»Möchten Sie das Eis auf einem Extrateller?«

Erstaunt darüber, dass Paris sich tatsächlich einen Scherz

erlaubte, blickte Hope zu ihr auf, doch der ausgesprochen wütende Gesichtsausdruck der Kellnerin verriet ihr sehr deutlich, dass sie es keineswegs scherzhaft meinte.

»Geben Sie es einfach ins Glas.« Juliette schüttelte den Kopf, als Paris gegangen war. »Ich verstehe nicht, wie Menschen es ertragen können, hier zu leben.«

»Man findet mit der Zeit Geschmack daran«, sagte Hope und wunderte sich selbst nicht weniger als Juliette über diese Bemerkung.

»Wie lange kennen Sie Dylan?«

»Eine Weile.«

»Es war ein Schock für mich, als ich heute in sein Haus kam und Sie in seinem Bett vorfand.«

»Es war ein Schock für mich, aufzuwachen und Sie in seinem Haus zu sehen.«

Juliette verzog die roten Lippen zu einem widerstrebenden Lächeln. »Sie sind ihm wohl nicht gleichgültig.«

Hope nahm einen Schluck von ihrem Milch-Shake. Sie wusste nicht genau, wie Dylan zu ihr stand. Er hatte ihr zwar gesagt, dass sie ihm viel bedeutete, mehr aber nicht. Jetzt würde sie es vielleicht nie erfahren.

Ein Einheimischen-Pärchen nahm in der Nische hinter Juliette Platz und verlangte einen Hochstuhl für das Kleinkind. Paris brachte ihn, und Hope staunte, wie nett und gesprächig sie den Leuten gegenüber war.

»Sie sind nicht der Typ Frau, den ich mir für Dylan vorstelle«, sagte Juliette und lenkte Hope von der plötzlichen Veränderung in Paris' Verhalten ab.

»Wieso nicht?«

»Mir war schon immer klar, dass er eines Tages eine hübsche Frau finden würde, aber ich dachte, er würde eine etwas … hausbackenere, möchte ich sagen, bevorzugen.« Juliette schob das braune Haar ihrer Perücke hinters Ohr, dann legte sie beide Hände auf den Tisch. Jetzt erst bemerkte Hope den eindrucksvollen Diamanten an ihrem Finger. »Wie viel hat Dylan Ihnen über mich erzählt?«, wollte sie wissen.

»Nicht besonders viel. Nur, dass er und Sie nie verheiratet waren und dass er Adam mitgenommen hat, als er fortzog«, antwortete Hope, in der Meinung, dass Juliette mehr nicht von ihr erwarten durfte.

»Als Dylan aus L. A. wegging, hat er Adam mitgenommen, weil er ein wunderbarer Vater ist.« Juliette senkte den Blick auf ihre Hände. »Frauen werden schief angesehen, wenn sie das Sorgerecht für ihr Kind abgeben, selbst dann, wenn es das Beste für das Kind ist. Man sagt so einer Frau nach, sie wäre nicht ganz in Ordnung, sie hätte kein Herz. Das stimmt einfach nicht. Ich liebe meinen Sohn, und ich wollte nie ein Geheimnis aus ihm machen.«

Dazu wusste Hope nichts zu sagen. Sie selbst hatte keine Kinder, würde niemals Kinder haben, doch sie glaubte nicht, dass sie andernfalls das Sorgerecht abgeben würde, ganz gleich, wie wunderbar der Vater war.

»Ich erzähle Ihnen das alles nur für den Fall, dass sie tatsächlich eine Story daraus machen. Ich erzähle es Ihnen, damit Sie auch meinen Standpunkt kennen. Ich habe Dylan das Sorgerecht für Adam überlassen, weil Dylan ein guter Vater und ein guter Mensch ist. Ich habe ihm das Sorgerecht überlassen, weil ich sie beide liebe.«

Als Hope in die himmelblauen Augen des Lieblingsengels von ganz Amerika blickte, glaubte sie ihm. Es fiel nicht ins Gewicht, ob sie Juliette Bancroft verstand oder sogar mochte. Sie hatte einfach Recht. Dylan war ein guter Vater und ein guter Mensch.

Schon bevor sie sich verliebt hatte, fühlte sie sich ihm nahe, und zum ersten Mal seit sehr, sehr langer Zeit hatte sie ihr Leben und dunkle, schmerzhafte Geheimnisse mit jemandem geteilt. Sie hatte das alles mit Dylan geteilt. Sie vertraute Dylan, und er hatte ihr genug vertraut, um seinerseits sein Leben mit ihr zu teilen.

Aber nur bis zu einem gewissen Punkt. Sie hatte ihm nicht die Wahrheit über ihren Beruf gesagt, und er hatte sie im Hinblick auf die Frau, die jetzt mit ihr am Tisch saß, belogen. Er hatte behauptet, Adams Mutter wäre Kellnerin. In dieser Sache hatte er ihr dann doch nicht vertraut. Sie hatte ihn belogen, er hatte sie belogen. Das war vielleicht nicht der beste Ausgangspunkt für eine Beziehung, doch sie würden damit zurechtkommen.

Im Augenblick gab sich Dylan verflixt scheinheilig, aber das würde sich in Kürze ändern. Wenn ihm klar wurde, dass sie keine Klatschreporterin war, müsste er sich entschuldigen. Sie würde ihm dann verzeihen, hoffte allerdings, dass er sie nicht übermäßig lange auf diesen Augenblick warten ließ. Geduld war nicht unbedingt ihre Stärke.

Und Adam. Während ihrer kurzen Zeit in Gospel hatte sie ihn lieb gewonnen, und sein Zorn kränkte sie fast genauso wie der seines Vaters.

14. KAPITEL

Mikrofon fängt das Geräusch von brechendem Herzen auf

Das Kabel von Hopes Discman schwang vor ihrem T-Shirt hin und her, als sie in Richtung Main Street joggte. Die Sonnenbrille schützte ihre Augen vor der Morgensonne, und aus den Kopfhörern bemitleidete Jewel ihr gebrochenes Herz. Hope sog die kühle Bergluft in ihre Lungen, und ihr Pferdeschwanz hüpfte im Takt zu ihren Schritten.

Dylan hatte sich nicht gemeldet. Am Abend zuvor hatte er nicht angerufen, am Morgen auch nicht. Hope war nicht sehr begabt im Warten. Nicht, wenn sie das Gefühl hatte, es ginge um ihr Leben. Sie hatte ihm bis halb zehn am Vormittag Zeit gelassen und erst nach Ablauf dieser Frist ihre Joggingshorts angezogen und sich auf den Weg zu seinem Haus begeben.

Sie war verliebt in ihn, und sie war sicher, dass sie ihm auch nicht gleichgültig war. Sie hatte drei Jahre und mehr als tausend Meilen Fahrt benötigt, um ihn zu finden. Sie könnten ihre Probleme gemeinsam lösen. Sie hatte keine Lust, jetzt aufzugeben, doch je näher sie seinem Haus kam, desto heftiger krampfte sich ihr Magen zusammen. Als sie die Stadt erreicht hatte, war sie sich nicht sicher, ob es klug war, vor seiner Tür aufzutauchen, doch andererseits war sie des Wartens auf ihn herzlich überdrüssig. Sie musste wissen, was er dachte und fühlte. Und auch, was genau sie ihm bedeutete.

Bei Hansens Kaufhaus bog sie um die Ecke und verlangsamte ihre Schritte. Vor dem Cozy Corner Café, einen halben Straßenzug entfernt, drängten sich die Massen. Anscheinend waren sogar ein Kamera-Team da, Fotografen und ein chaotisches Durcheinander von Schaulustigen.

Auf Anhieb erkannte sie Dylans zerbeulten Cowboy-Hut in der Menge. Sie nahm die Kopfhörer aus den Ohren, und ihr Magen verkrampfte sich noch mehr. Je näher sie kam, desto schlimmer wurde es.

Dylans Stimme erhob sich über das Chaos. »Ms. Bancroft gibt keinen Kommentar«, sagte er.

Die Masse wälzte sich die Straße entlang, vorbei an Jims Eisenwarenladen, während Reporter Fragen brüllten, die nie beantwortet wurden, Fotografen knipsten und meterweise Film abgedreht wurde. Über alles hinweg hörte Hope Adams Schreien und sein erbarmungswürdiges Flehen, man möge doch bitte seine Mutter in Ruhe lassen. Die Menge umzingelte Dylans Pick-up, und Hope drängte sich durch die Reihen der Reporter. Über die Schulter eines Journalisten hinweg sah sie, wie Dylan Juliette und Adam in die Fahrerkabine seines Pick-ups schob und die Tür zuschlug. Sie drängte weiter nach vorn und durchbrach das Durcheinander.

»Ich war's nicht!«, schrie sie und packte Dylans Unterarm.

Er biss die Zähne zusammen und sah sie mit loderndem Blick an. »Bleib mir verdammt noch mal vom Leibe«, sagte er und schüttelte ihre Hand ab. »Und lass meinen Sohn in Ruhe.« Er kämpfte sich durch die Menschenmenge zur Fahrertür seines Pick-ups, ließ den Motor an, und wenn die Reporter nicht schnell genug zur Seite gesprungen wären, hätte er sie womöglich rücksichtslos niedergemäht.

Als der Wagen losfuhr, warf Hope einen Blick in die Fahrerkabine auf Juliette, die so blass war, dass kein Make-up gereicht hätte, um ihren Schock zu übertünchen. Hope sah Adams tränenüberströmtes Gesicht, und das Herz tat ihr weh. Auch um ihrer selbst willen. Es war vorbei. Sie hatte Dylan verloren. Jetzt würde er ihr nie mehr glauben.

Dumpfe Ungläubigkeit erfasste sie, als sie sah, wie die Fotografen Dylans flüchtenden Pick-up fotografierten. Sie hob die Hände, als wollte sie es verhindern – das Klicken der Kameras, die laufenden Filmaufnahmen, Dylans Flucht. Dann hörte es plötzlich auf. Die Menge zerstreute sich, und Hope blieb wie angewurzelt allein auf dem Gehsteig zurück, wo Dylan ihr geraten hatte, ihm vom Leibe zu bleiben. Wo ihre Welt zusammengestürzt war.

Sie wandte sich zu den Leuten um, die hinter ihr in den Ladeneingängen standen und aus dem Cozy Corner strömten. Sie erkannte die Gesichter von Einwohnern von Gospel, und sie erkannte auch die sprachlose Verwirrung in ihren Augen.

Hope wusste nicht, wie lange sie da gestanden und die Straße hinabgeblickt hatte, und sie wusste auch nicht, wie lange sie gebraucht hatte, um zu Fuß zurück in die Timberline Road zu gelangen. Ihre Füße waren schwer wie Blei, ihre Hände kalt, und ihr Herz tat so weh, dass sie kaum atmen konnte.

Statt ins Haus zu gehen, ging sie hinüber zu Shellys Hintertür und klopfte. Sie wusste nicht, was ihre Freundin gehört hatte oder was sie glauben würde, doch in dem Moment, als Shelly die Tür öffnete, brach Hope in Tränen aus.

»Was ist denn mit dir los?«, fragte Shelly und führte Hope in die Küche.

»Hast du mit Dylan gesprochen?«

»Seit ihr meine Wanderstiefel ausgeliehen habt, nicht mehr.«

Hope warf ihre Sonnenbrille auf Shellys Arbeitsplatte

und wischte sich die nassen Wangen. »Er glaubt, ich hätte die Klatschpresse über ihn und Adam informiert«, begann sie. Shelly reichte ihr ein Papiertaschentuch, und Hope erzählte ihr die ganze Geschichte, angefangen mit dem Moment, als sie in Dylans Haus aufwachte und Adam am Fußende des Bettes erblickte. Als sie zum Schluss gekommen war, wirkte Shelly nicht einmal überrascht.

»Na ja, ich bin froh, dass endlich alles ans Tageslicht gekommen ist«, sagte Shelly, während sie zwei Weingläser aus dem Schrank nahm. »Ein kleiner Junge sollte niemals ein derartiges Geheimnis mit sich herumschleppen.«

»Du hast es schon immer gewusst?«

»Ja.« Sie öffnete den Kühlschrank und schenkte Zinfandel aus dem Karton ein. Ein Glas reichte sie Hope. »Dylan ist ein großartiger Vater, besonders wenn man bedenkt, dass ihm niemand hilft, aber manchmal ist sein Beschützerinstinkt so groß, dass er dem Kind damit nur Schaden zufügt.«

Hope nahm das Glas und sah auf den Wein. Es war noch nicht einmal Mittag, aber das störte sie nicht. »Ich glaube, jetzt hasst Dylan mich.« Sie dachte daran, wie er sie angesehen hatte. »Nein, ich *weiß*, dass er mich jetzt hasst. Er denkt, ich wäre hierher gekommen, um irgendeinem Boulevardblatt seine Geschichte zu verkaufen.« Sie hob den Blick. »Glaubst du mir?«

»Natürlich glaube ich dir. Ich weiß, wie du zu Dylan stehst, und außerdem hättest du mir wohl kaum verraten, dass du für die *Weekly News of the Universe* arbeitest, wenn du heimlich Material zu einer Schund-Story über Adam gesammelt hättest.«

»Danke.« Hope nahm einen tiefen Zug aus ihrem Glas.

»Mir brauchst du nicht zu danken. Ich bin deine Freundin.«

Über den Rand ihres Glases hinweg betrachtete sie Shellys rote Locken, die Sommersprossen, ihr T-Shirt mit der Aufschrift GARTH RULES, die riesige Gürtelschnalle und die engen Wranglers. »Ich bin froh«, sagte sie. Sie hatte drei Jahre und einen Weg von mehr als tausend Meilen benötigt, um nicht nur Dylan, sondern auch Shelly zu finden. Gemeinsam gingen sie in das kleine, an die Küche angrenzende Esszimmer, und Hope gestand Shelly, was sie für Dylan empfand.

»Ich hatte nicht die Absicht, mich in ihn zu verlieben«, sagte sie, »aber ich konnte es nicht aufhalten. Ich wusste, dass er mir wehtun würde, und so ist es nun auch gekommen.« Sie erzählte Shelly von ihrer Ehe mit Blaine und warum sie wirklich gescheitert war, und als sie damit fertig war, glaubte sie, dass sie sich jetzt eigentlich besser fühlen müsste, irgendwie gereinigt, aber das war ein Trugschluss. Sie fühlte sich nur noch verletzter und niedergeschlagener.

Wally kam zum Mittagessen und fuhr dann mit dem Fahrrad zu Dylan, nachdem Shelly angerufen und gefragt hatte, ob er auch nicht ungelegen käme. Solange Shelly den Hörer am Ohr hatte, saß Hope wie erstarrt in ihrem Sessel und spitzte angestrengt die Ohren, um wenigstens übers Telefon seine Stimme zu vernehmen. Das Herz klopfte ihr bis zum Halse, und als ihr klar wurde, was sie da tat, stand sie auf und ging ins Wohnzimmer.

Im Lauf der nächsten paar Stunden vertilgten Shelly und sie mehrere Gläser Wein und eine Packung Doughnuts.

»Ich glaube, du hast einen ordentlichen Schwips«, bemerkte Shelly, als Hope nicht aufhören konnte zu weinen.

»Normalerweise bin ich sehr glücklich, wenn ich betrunken bin«, schluchzte Hope. »Aber ich bin emotional völlig aus dem Gleis geraten.«

»Ich staune, dass du tatsächlich noch ›emotional völlig aus dem Gleis geraten‹ aussprechen kannst.«

Als Hope schließlich nach Hause taumelte, fiel es ihr

schwer, ihre Gedanken zu ordnen. In ihrem Kopf schwirrte alles durcheinander und vermischte sich zu einem undefinierbaren Wirrwarr. Mühsam kroch sie in ihr Schlafzimmer, wo sie ihren Bierhelm fand und die Boxershorts, die Dylan ihr am Morgen nach ihrer ersten Liebesnacht geliehen hatte. Sie setzte den Helm auf, zog die Boxershorts an, und dann tat sie sich selbst einen Gefallen und schlief ein. Als sie wieder aufwachte, hatte sie ein Gefühl im Kopf, als wäre ihr ein Betonklotz auf den Schädel gefallen.

Sie richtete sich auf, ihr Magen hob sich, und sie eilte ins Bad. Als sie dort auf dem kühlen Fliesenboden saß, in Dylans Boxershorts, und die Kloschüssel umarmte, wurde sie wütend. Wütend auf sich selbst und auf Dylan. Klar, sie hätte ihn nicht über so lange Zeit hinweg belügen sollen, aber so groß war ihre Lüge doch gar nicht. Nicht so groß wie seine. Er hätte ihr vertrauen und glauben müssen, doch das hatte er nicht getan, und sie hätte sich niemals in ihn verlieben dürfen. Sie fühlte sich genauso wie an dem Tag, als Blaine ihr die Scheidungsunterlagen unter die Nase gehalten hatte. Als hätte sie einen Tritt vor die Brust erhalten, nur war es dieses Mal noch schlimmer. Dieses Mal war sie selbst schuld, denn dieses Mal hätte sie es verhindern können.

Von Anfang an hatte sie gewusst, dass es für sie und Dylan keine gemeinsame Zukunft gab, und doch hatte sie es geschehen lassen. Nun ja, »geschehen lassen« war vielleicht nicht der richtige Ausdruck, aber sie hätte es immerhin verhindern können. Sie hätte laufen sollen, so schnell sie konnte, und ihm am Abend des Vierten Juli ein klares »Nein« aussprechen sollen. Sie hätte ihr Herz vor seinem Lächeln und seiner tiefen Stimme schützen sollen, die sie dahinschmelzen ließ und sie Schätzchen nannte. Sie hätte sich seiner Berührung entziehen sollen, die ihre Haut prickeln und ihr Herz schneller schlagen ließ. Sie hätte seinem Blick ausweichen sollen, der sie streichelte wie seine Hand. Sie hätte irgendwie Widerstand leisten sollen, doch das hatte sie versäumt. Sie war in seine Arme gelaufen, obwohl sie wusste, dass sie die entgegengesetzte Richtung hätte einschlagen müssen. Dafür bezahlte sie jetzt mit einem gebrochenen Herzen.

»Was soll ich nur tun?«, flüsterte sie. Ein Teil von ihr wollte fort. Wollte die Sachen packen und abreisen. Aus dieser Stadt flüchten. Gospel war ja nicht ihre Heimat.

Sie legte sich hin und schmiegte die Wange an die kühlen, sauberen Fliesen. Ein anderer Teil von ihr rebellierte jedoch gegen den Gedanken an Flucht. Sie war schon vorher einmal auf die Nase gefallen, doch dieses Mal wollte sie sich nicht vor dem Leben verstecken. Sie wollte den Schmerz nicht noch einmal die Oberhand gewinnen lassen. Sie war nicht mehr dieselbe Frau wie vor ihrer Ankunft in Gospel. Sie würde nicht am Boden liegen bleiben. Ihr Herz war gebrochen, und das tat höllisch weh, aber sie würde wieder auf die Füße kommen und ihr Leben weiterleben.

Sie hob den Kopf. Der Raum drehte sich um sie, und sie legte sich wieder hin. Ja, sie würde auf die Füße kommen und weiterleben. Sobald sie es schaffte, sich vom Badezimmerboden zu erheben.

Dylan blickte seinen Sohn über den Tisch hinweg an. Adam rollte seinen Maiskolben zum hundertsten Mal binnen fünf Minuten auf dem Teller herum. Er stieß gegen die Steak-Stückchen, die Dylan ihm zurechtgeschnitten hatte, dann gegen das Stück Brot. »Warum isst du nicht endlich, statt mit dem Mais zu spielen?«

»Ich hasse Mais.«

»Komisch. Beim letzten Mal, als es Maiskolben gab, hast du vier oder fünf Stück gegessen.«

»Jetzt mag ich Mais nicht mehr.«

Am Vortag waren sie einen Schritt weitergekommen. Nach der Katastrophe in der Stadt am Morgen waren sie zwei Schritte zurückgefallen. Adam gab sich selbst die Schuld an Juliettes Kummer. Und er gab auch Dylan die Schuld. Sein siebenjähriger Verstand kam zu dem Schluss, dass seine Mama ihn nicht frühzeitig nach Hause gebracht hätte, wenn er nicht so unartig gewesen wäre. Sie wäre nicht in Gospel gewesen, und die Reporter hätten sie nicht aufgespürt. Sie hätte nicht weinen müssen.

»Deiner Mama geht es bald schon wieder gut«, versuchte Dylan seinen Sohn zu beruhigen.

Adam hob den Kopf. »Sie hat gesagt, man würde ihren Engelfilm absetzen.«

Auf der stundenlangen Fahrt zum Flughafen von Sun Valley hatte sie eine ganze Menge gesagt. »Sie war nur traurig. Man wird ihren Film schon nicht absetzen.« Solange er Julie kannte, wusste er, dass sie sehr theatralisch werden konnte, aber so theatralisch wie an diesem Tag hatte er sie noch nicht erlebt. Sie hatte geweint und gezetert, ihr Leben wäre vorbei, und als er versuchte, sie zu beschwichtigen, warf sie ihm vor, er wäre gefühllos. Sie hatte ihm außerdem vorgeworfen, er hätte eine Klatschreporterin in ihr Leben gebracht. Sie ließ keinen Zweifel daran, dass sie ihm genauso viel Schuld wie Hope zuschrieb.

Hope. Selbst wenn Hope vor ihrer Ankunft in Gospel nichts von Adam und Juliette gewusst haben sollte, hätte sie ihre Story doch in dem Moment an den Mann gebracht, da sie die saftigen Details erfuhr. Er glaubte nicht eine Sekunde lang, dass sie nicht verantwortlich für die Szene vor dem Cozy Corner Café war. Und obwohl sie ihre Beteiligung abgestritten hatte – sogar noch in dem Moment, als sie inmitten anderer Klatschreporter und Paparazzi stand –, erschien es ihm als entschieden zu blauäugig zu glauben, sie steckte nicht bis zu ihrem süßen blonden Pferdeschwanz in der Sache drin.

Er war eine Beziehung mit Hope eingegangen unter der Prämisse, dass er sie beenden würde, sobald Adam nach Hause kam. Er hatte gedacht, er könnte ein paar Wochen in ihrer Gesellschaft genießen und dann wieder zur Tagesordnung übergehen. Allerdings hatte er rasch erkennen müssen, dass er das nicht wollte. Sie machte ihn glücklich, sie bereicherte sein Leben. Das hatte er nicht aufgeben wollen. Er hatte *sie* nicht aufgeben wollen. Er hatte die Beziehung nicht beenden wollen, aber sie war zu Ende. Es war vorbei, und er betrachtete es als Ironie des Schicksals, dass das Ende plangemäß erfolgt war.

»Warum isst du nicht?«, fragte er Adam.

»Ich hab doch gesagt, ich mag keinen Mais.«

»Und das Steak?«

»Mag ich auch nicht.«

»Dein Brot?«

»Darf ich Gelee drauftun?«

Da seit seiner Heimkehr für Adam alles schief gegangen war, entschied er, im Hinblick auf das Abendbrot großzügig zu sein. »Mir egal.« Er biss in seinen Maiskolben und sah zu, wie sein Sohn den Kühlschrank öffnete.

»Wo ist das Traubengelee?«

»Ist wohl keines mehr da. Nimm Erdbeer.«

»Ich mag keine Erdbeermarmelade.«

Dylan wusste, dass das nicht stimmte. Im Notfall aß Adam auch Erdbeermarmelade.

»Warum hast du keins gekauft?«, fragte sein Sohn, als hätte Dylan sich eines abscheulichen Verbrechens schuldig gemacht.

Dylan legte seinen Maiskolben auf den Teller und wischte sich mit der Serviette die Hände ab. »Ich hab's wohl vergessen.«

»Hattest wohl anderes zu tun.«

Und sie wussten beide, was Adam meinte. Hope. Er war zu sehr mit Hope beschäftigt gewesen. Seit sie vom Flughafen zurück waren, war Adam auf Streit aus. Dylan erkannte es und gab sich alle Mühe, sich nicht hinreißen zu lassen. »Willst du überhaupt noch was essen?«

Adam schüttelte den Kopf. »Ich will Traubengelee.«

»Pech.«

»Du holst mir das Gelee nicht?«

»Heute Abend nicht mehr.«

»Ohne Gelee kann ich auch nicht frühstücken.« Adam reckte das Kinn vor. »Und nicht zu Mittag essen. Ich glaube, ich esse nie wieder.«

Dylan stand auf. »Dann kann ich mir ja die Mühe sparen, dir was zu essen zu machen.« Er deutete auf Adams Teller. »Also, willst du wirklich nichts mehr?«

»Nein.«

»Dann geh und putz dir die Zähne und zieh deinen Pyjama an.« Ein paar spannungsgeladene Augenblicke lang sah es so aus, als wollte Adam auch darüber einen Streit vom Zaun brechen, doch dann schob er nur die Unterlippe vor und ging aus dem Zimmer. Dylan nahm Adams Teller und stellte ihn auf den Boden. »Hier, Hund«, sagte er, und Mandy kroch unter dem Küchentisch hervor und verschlang die Steak-Happen und das Brot innerhalb von Sekunden. Sie leckte an dem Maiskolben und wandte sich dann ab.

Ich hätte mir den Ärger sparen und einfach Cornflakes zum Abendbrot servieren sollen, überlegte Dylan und nahm den Teller vom Boden. Vor etwa vierundzwanzig Stunden hatte er geglaubt, sein Leben wäre komplett den Bach runtergegangen. Da hatte er sich geirrt. Es konnte noch ärger kommen. Und zwar jetzt. Jetzt war es die Hölle.

Vor dem Abendessen hatte er mit seiner Mutter telefoniert, und sie hatte ihn auf ihre optimistische Art daran erinnert, dass alles noch viel schlimmer hätte ausgehen können.

Ja, wahrscheinlich hatte sie Recht. Womöglich trat ihm jemand in die Eier oder Adam wurde krank, aber abgesehen von körperlicher Gewaltanwendung oder Krankheit glaubte er nicht, dass es noch dicker kommen könnte.

Dylan ließ das Geschirr auf dem Tisch und die Töpfe auf dem Herd stehen und setzte sich vor den Fernseher. Er griff nach der Fernbedienung und schaltete von einem Programm zum anderen, bis ein Bild von Julie auf der Mattscheibe erschien.

»Der Star aus *Himmel auf Erden*, Juliette Bancroft, hat einen siebenjährigen Sohn, den sie vor der Welt geheim gehalten hat«, begann der Bericht, während der Film ablief, der ihn und Julie mit Adam beim Verlassen des Cozy Corner Cafés zeigte. »Aus anonymer Quelle erfuhren wir, dass Juliettes Sohn bei seinem Vater in der Kleinstadt Gospel in Idaho lebt, etwa fünfzig Meilen westlich von …«

Dylan sah, wie er Julie und Adam in den Pick-up schob. Ein paar Sekunden verstrichen, dann brach Hope aus der Menge aus und packte seinen Arm. Sie sah sehr blass aus und schön wie immer. Er sah, wie ihre Lippen sich bewegten, doch die Mikrofone hatten nicht aufgezeichnet, was sie sagte. Aber das brauchte er schließlich nicht zu hören. Er wusste es ja. Er wusste, dass sie ihre Unschuld beteuerte. Das war natürlich gelogen, doch noch während er ihr Bild vom Fernsehschirm verschwinden sah, wollte ein Teil von ihm ihr Glauben schenken, obwohl er doch wusste, dass sie log. Sie kehrte sein Inneres nach außen und hatte solche Macht über ihn, dass er sie immer noch begehrte, nach allem, was sie ihm angetan hatte. Nach allem, was er über sie wusste. Sie weckte den Wunsch in ihm, sie zu packen und zu schütteln und sie an sich zu drücken und sein Gesicht an ihrem Hals zu bergen. Das Verlangen nach ihr war ein beständiger Schmerz in seiner Magengegend, so als stünde er am Rande einer Klippe und schluckte Luft.

Verärgert über sich selbst, schaltete er auf ein anderes Programm und warf die Fernbedienung aufs Sofa.

Als er an diesem Abend schlafen ging, musste er wieder an Hope denken. Hätte er Erkundigungen über sie eingeholt, bevor er sich mit ihr einließ, hätte er sich eine Menge Ärger ersparen können. Jetzt war es zu spät, aber vielleicht sollte er dieses Versäumnis gleich am nächsten Morgen nachholen. Nur für alle Fälle.

Doch am nächsten Morgen stellte er fest, dass eine Horde Paparazzi am Ende seiner Zufahrt ihr Lager aufgeschlagen hatten. Adam und er sprangen in den Pick-up und machten sich auf den Weg zur Double-T-Ranch. Das Wochenende über vertrieben sie sich die Zeit mit Reiten und mit kleinen Arbeiten, zu denen sein Schwager noch nicht gekommen war, wie die Reparatur des Kükendrahts rund um den Hühnerstall seiner Mutter und das Harken des Kieswegs. Julie rief an, um ihn wissen zu lassen, dass sie und Gerard sich auf das Weingut seines Vaters in Bordeaux zurückgezogen hatten und dass sie in ein paar Tagen der Illustrierten *People* ein Interview zu geben gedächte.

Als Dylan schließlich früh am Montagmorgen wieder zur Arbeit ging, waren die Reporter zum größten Teil fort. Während der Anwesenheitsprüfung ließ er sich auf den neuesten Stand bringen, dann bat er Hazel um die Unfallberichte und Strafzettel der letzten zwei Wochen. Er überflog die Verhaftungen wegen Trunkenheit am Steuer und las eine Beschwerde Ada Dovers über Wilbur McCaffrey, der morgens seinen Hund absichtlich rausließ, damit er sein Geschäft in den Blumenbeeten des Motels erledigte.

Er wartete, bis er den Stapel Berichte durchgesehen hatte, bevor er die Kraftfahrzeug-Meldestelle in Kalifornien anrief. Innerhalb weniger Minuten erhielt er Hopes Adresse in Los Angeles und ihre Sozialversicherungsnummer. Nachdem er diese besaß, war es unglaublich einfach, Informationen über sie zu bekommen.

Dylan erfuhr, dass sie tatsächlich bei den *Weekly News of the Universe* angestellt war und unter drei verschiedenen Pseudonymen schrieb. Vor dem Porsche hatte sie einen Mercedes gefahren, und gleich nach dem College hatte sie für den *San Francisco Chronicle* gearbeitet und später für die *Los Angeles Times*. Dylan nahm sich ihre Gerichtsakte vor und erfuhr daraus das Datum ihrer Eheschließung und ihrer Scheidung.

Er las außerdem von der Beschränkung, die auf ihre Klage hin einem Ringer namens Myron Lambardo alias Myron dem Quetscher auferlegt worden war. Den Prozess hatte sie drei Monate vor ihrer Ankunft in Gospel gewonnen, und Mr. Lambardo hatte zu seiner Verteidigung vorgebracht, dass er wütend wäre und nichts weiter verlangte, als dass Ms. Spencer die Micky-der-magische-Gnom-Serie fortsetzte und ihn wieder in einen Kraftprotz verwandelte, damit man ihn nicht für einen Homo hielt.

Das Gericht hatte nicht nur zu Hopes Gunsten befunden, sondern auch entschieden, dass »der Beklagte die Klägerin in keiner Weise bedrohen oder schlagen oder körperlich in Kontakt zu ihr treten dürfe«, dass er sie »nicht anrufen, sich der Klägerin nicht auf öffentlichen Plätzen oder Straßen in den Weg stellen dürfe und mindestens dreißig Meter Abstand zu der Klägerin halten müsse, sei es am Arbeitsplatz, zu Hause oder wo auch immer die Klägerin es verlangt«.

Dylan schüttelte den Kopf und lehnte sich in seinem Sessel zurück. Was er da las, hätte ihn eigentlich nicht wundern dürfen. Natürlich hatte Hope kein Wort über das Gerichtsurteil verlauten lassen, wie sie ja auch über diverse andere wichtige Dinge geschwiegen hatte. Dass sie von einem wütenden Zwerg verfolgt wurde, war nur eines unter vielen. Dylan fragte sich, was er wohl außerdem noch nicht wusste.

Im Verlauf der folgenden Woche dachte Hope nicht daran, sich zu Hause zu verkriechen. Sie fuhr zum Einkaufen in den schicken Boutiquen nach Sun Valley und verbrachte viel Zeit mit Shelly. Sie lernte, wie man Gurken einlegt und Heidelbeeren pflückt, und sie arbeitete an ihren Artikeln. Sie schrieb mehrere für die *Weekly News of the Universe* und brachte den größten Teil ihres Entwurfs für den Artikel über Hiram zu Papier. Nachdem sie so lange fantastische Geschichten geschrieben hatte, erwies sich der Sachtext als schwieriger, als sie erwartet hatte, doch sie genoss die Herausforderung.

Von Shelly erfuhr Hope, dass die Donnellys eine Bilderbuch-Familie gewesen waren. Die drei Kinder waren älter als Shelly, doch sie erinnerte sich, dass sie nie in Schwierigkeiten gerieten und weitgehend unter sich blieben. Zwei Jungen und ein Mädchen, aufgezogen vom Bezirkssheriff und seiner gottesfürchtigen Frau. Hiram und Minnie waren der moralische Maßstab für die Gemeinde gewesen. Obwohl sie sich als vorbildliche Familie präsentierten, waren die Kinder nicht ein einziges Mal zu Besuch gekommen, nachdem sie ihr Elternhaus verlassen hatten. In dem Bild war irgendetwas ganz schrecklich falsch. Aber was?

Hope hatte ein paar Tage mit Recherchieren verbracht, um nähere Einzelheiten über die Donnelly-Kinder zu erfahren. Wenn auch keines von ihnen persönlich mit ihr zu sprechen bereit war, entdeckte sie doch genug, um sich ihre Fragen beantworten und ihrem Artikel einen neuen Aspekt hinzufügen zu können.

Sie fand heraus, dass der älteste Sohn an Alkoholismus gestorben war, der jüngere saß wegen Kindesmisshandlung im Gefängnis, und die Tochter war Eheberaterin. Hope benötigte keine näheren Einzelheiten, um sich zusammenreimen zu können, dass die Bilderbuch-Familie hinter geschlossenen Türen durch und durch kaputt gewesen war. Besonders erstaunlich fand Hope die Tatsache, dass sie in einer Stadt, die von der Einmischung in anderer Leute Angelegenheiten lebte, so lange die Fassade hatten aufrechterhalten können.

Den größten Teil ihrer Zeit verbrachte Hope mit dem Versuch, Dylan zu vergessen, aber der Erfolg hielt nie sehr lange an. Er erschien ihr im Schlaf und auch in ihren Tagträumen. Selbst in ihrer Arbeit trat er in Erscheinung. In ihrer letzten Außerirdischen-Story tauchte eine neue Figur in Gestalt eines Alien-Sheriffs auf, der gern Frauenkleider trug. Sie nannte ihn Dennis Taylor.

Als diese Geschichte erscheinen sollte, fuhr Hope am Morgen zum M&S-Markt und holte sich die neueste Ausgabe der *Weekly News of the Universe* aus dem Zeitschriftenregal. Sie schlug die Illustrierte in der Mitte auf. Es war der erste Artikel, in dem Dennis auftrat, und das Foto zeigte einen stiernackigen Transvestiten mit einem goldenen Stern auf der Brust seines mit Federn abgesetzten Bodys. Das hätte ihr eigentlich eine Genugtuung sein müssen, doch das Bild verfehlte diese Wirkung.

Sie plauderte mit Stanley, während sie zahlte, dann ging sie. Auf dem Weg zu ihrem Wagen schlug sie die Klatschseiten auf. Ihr Blick flog über die Spalten, doch Juliette und

Adam fanden nirgends Erwähnung. Wahrscheinlich kam die Story in der nächsten Ausgabe.

Hope schlug die Zeitschrift zu und zog die Autoschlüssel aus der Jeans-Tasche. Ihre Geschichten waren erfolgreicher, als sie es sich je hätte träumen lassen, und trotzdem empfand sie nichts. War nicht glücklich. Nicht traurig. Einfach nur blah. Das Leben musste doch mehr zu bieten haben als erfolgreiche Geschichten über Außerirdische. Leben zum Beispiel. Sich öffnen und sich verlieben und sich von Cowboy-Stiefeln in Größe 45 auf dem Herzen herumtrampeln lassen.

Sie glaubte, jemanden ihren Namen brüllen zu hören, und sie hob den Blick von ihren Autoschlüsseln und schaute zum anderen Ende des Parkplatzes hinüber. Ein großes Pappschild zog ihre Aufmerksamkeit auf sich. Darauf stand: MACH EINEN KRAFTPROTZ AUS MICKY. Wer das Schild trug, konnte sie nicht erkennen; sie entdeckte nur ein Paar kleine Turnschuhe unterhalb der Pappe. Mehr brauchte sie auch nicht zu sehen. Sie wusste Bescheid, und das Herz klopfte ihr bis zum Hals.

Myron hatte sie gefunden.

Sie sprang ins Auto und düste so schnell vom Parkplatz, dass eine Familie auf Fahrrädern einen Heidenschrecken bekam. Als Hope die Main Street entlangfuhr, zitterten ihre Hände, und das Blut rauschte ihr in den Ohren.

Sie wusste nicht, ob das Gerichtsurteil auch in Idaho Gültigkeit hatte oder ob Myron sie hier unbehelligt belästigen konnte. Sie wusste überhaupt nicht, was sie tun sollte, bis sie hinter dem Büro des Sheriffs eine Parklücke fand. Sie benötigte ein paar Antworten, und sie brauchte Hilfe, hatte aber nicht die geringste Lust, Dylan mit der Sache zu befassen. Vielleicht konnte sie einfach mit einem von den Deputys sprechen. Ganz sicher konnte ihr auch jemand anderer als Dylan sagen, was sie wissen musste.

Sie hielt Ausschau nach dem Dienstwagen des Sheriffs und entdeckte ihn vor der Hintertür. Er war also in seinem Büro. Ihr heftig pochendes Herz setzte ein paar schmerzhafte Schläge lang aus. Sie wollte ihn nicht in ihr Problem hineinziehen. Als sie ihn zum letzten Mal gesehen hatte, wollte er, dass sie aus seinem Leben verschwand. Und das war sein Ernst gewesen. So weh es auch tat und selbst wenn sie Tag für Tag unablässig an ihn denken musste, war sie doch entschlossen, darüber hinwegzukommen. Über ihn hinwegzukommen. Doch das würde ihr nicht gelingen, wenn sie ihn sehen und mit ihm reden musste. Dann fiel ihr sein Wachhund von Sekretärin ein, und sie wurde ruhiger. Selbst wenn sie ihn hätte sehen wollen, wäre sie doch kaum an Hazel vorbeigekommen. Nicht einmal, wenn ihr Haar in Flammen gestanden und Dylan als Einziger über einen Feuerlöscher verfügt hätte.

Hope holte tief Luft und warf einen Blick in den Rückspiegel. Sie legte roten Lippenstift auf und wünschte sich, sie hätte etwas Hübscheres an als die vorn durchgeknöpfte weiße Baumwollbluse und die Jeans mit dem schwarzen Ledergürtel. Natürlich sah auch das hübsch aus. Aber eben nicht so umwerfend, dass jemand sich in den Hintern treten würde bei dem Gedanken, sich von ihr getrennt zu haben.

15. KAPITEL

Beweis: Stöße vor den Kopf verursachen Hirnschäden

Hope trat an den Informationsschalter und wartete, bis der weibliche Deputy aufblickte. »Ich brauche Informationen über die Gültigkeit eines Gerichtsurteils«, begann sie.

»Ist es dringend?«

»Ich denke schon.«

»Sind Sie angegriffen worden?«

»Noch nicht.«

Die Beamtin hob den Telefonhörer ab und drückte eine Taste. »Hazel, ich habe hier eine Dame, die eine einstweilige Verfügung braucht.«

»Nein.« Hope schüttelte den Kopf und bremste die Beamtin, bevor sie Dylan und seine Sekretärin hinzuziehen konnte. »Ich habe bereits ein Beschränkungsurteil. Als ich in Kalifornien wohnte, musste ich Myron Lambardo verklagen. Ich habe gewonnen, aber eben gerade habe ich ihn beim M&S-Markt gesehen.«

»Augenblick, Hazel.« Die Frau drückte eine andere Taste. »Und Sie sind sicher, dass er es war?«

»Ja. Myron kann man nicht verwechseln. Er sieht ein bisschen aus wie Patrick Swayze, nur kleiner.«

»Wie klein?«

»Er ist ein Zwerg.«

Die Beamtin blinzelte zweimal, dann ließ sie die Warte-Taste los. »Hazel«, begann sie, »die Dame hier sagt, sie wird von einem Zwerg aus Kalifornien verfolgt. Sie will wissen, ob ein Gerichtsurteil, das ihm verbietet, ihr nahe zu kommen, auch hier Gültigkeit hat.«

Hope stöhnte. »O mein Gott.«

»Sekunde, ich frag sie.« Die Beamtin musterte Hope von oben bis unten. »Sind Sie die Dame mit den pfauenblauen Stiefeln?«

»Ja.«

»Ja.« Die Frau wies auf die gläserne Doppeltür, die zu Dylans Büro führte. »Gehen Sie einfach rein. Hazel wird Ihnen helfen.«

Hope betrachtete den großen goldenen Stern, der auf die Türen gemalt war, und ihr Widerwille, Dylan zu begegnen, verdrängte die Angst vor Myron. »Ich brauche lediglich eine Auskunft. Können Sie mir die nicht geben?«

Die Beamtin schüttelte den Kopf. »Wenn jemand Ihnen von Kalifornien bis hierher gefolgt ist, muss der Sheriff informiert werden.«

Hope sah sich vor die Wahl gestellt. Sie konnte mutig sein wie ein erwachsener Mensch, oder sie konnte weglaufen und sich verstecken wie ein Feigling. Ein paar unentschlossene Sekunden lang blieb sie wie angewurzelt stehen. Vielleicht war es doch nicht Myron. Vielleicht war es irgendein anderer Zwerg, der verlangte, dass sie aus Micky dem magischen Gnom einen Kraftprotz machte. Wenn sie jetzt ging, könnte sie an einem Tag wiederkommen, an dem Dylan nicht in seinem Büro war. Wenn sie Myron einfach ignorierte, wurde er seiner Verfolgungsjagd vielleicht überdrüssig und ließ sie in Ruhe. Allerdings hatte sie das schon einmal versucht. Es hatte nicht geklappt.

Hazel stieß einen Flügel der Glastür auf und enthob Hope der Entscheidung. »Sheriff Taber sagt, Sie sollen reinkommen.«

Hope hatte ein seltsames Gefühl im Magen, als sie an Hazels Schreibtisch vorbeiging und ihr den kurzen Flur entlang folgte. Je näher sie Dylans Büro kam, desto unwohler fühlte sie sich. Und dann war er da, stand auf, als sie den Raum betrat, und sah noch besser aus, als sie ihn in Erinnerung hatte. Groß und attraktiv, mit zerzaustem Haar, als wäre er gerade mit den Fingern hindurchgefahren. Ihre Knie wurden weich, und sie blieb an der Tür stehen.

»Keine Anrufe durchstellen, Sheriff?«, fragte Hazel.

»Nein«, antwortete er, und seine Stimme, die sie so viele Tage hatte entbehren müssen, streichelte Hope wie warmer Sonnenschein an einem Tag im Dezember. »Es sei denn, der Staatsanwalt ruft an.«

Hazel musterte Hope, als wäre sie ein Scanner, der den wahren Grund für Hopes Besuch zu entdecken versucht. »Ich bin an meinem Platz, falls Sie mich brauchen, Sheriff«, sagte sie und ging. Hope blieb allein zurück mit dem Mann, den sie liebte, mit ihrem gebrochenen Herzen und ihrem empfindlichen Magen.

»Setz dich doch«, forderte Dylan sie auf.

»Nein, danke. Ich weiß, du hast zu tun, und ich will dich nicht unnötig aufhalten. Ich habe nur eine Frage, und ich dachte, einer der Deputys hätte sie mir beantworten können. Aber anscheinend wusste keiner die Antwort, und man ging wohl davon aus, dass du mich sehen wolltest. Ich weiß ja, dass es nicht so ist, und ich wäre auch gar nicht gekommen, aber …«

»Was willst du mich fragen?«, fiel er ihr ins Wort.

Sie legte die Hand auf ihren Magen und holte tief Luft. »Hat ein in Kalifornien ausgesprochenes Urteil auch in Idaho Gültigkeit?«

»Ja.«

»Gut.« Sie stieß den Atem aus und trat einen Schritt zurück. »Danke.«

»Warum fragst du?«

Sie war ihm nahe genug, um seine grünen Augen sehen zu können, nahe genug, um zu erkennen, dass er sie ansah, als wäre sie eine beliebige Einwohnerin, die reingeschneit war, um eine Beschwerde einzureichen. Als hätte er ihr nie den Sawtooth-See gezeigt und Kassiopeia, die kopfüber ihre Kreise zog.

In seinem Blick war kein Fünkchen Verlangen oder auch nur eine Spur von dem Interesse, das vom ersten Moment ihres Kennenlernens an dagewesen war. Da war gar nichts, und erst jetzt, da es verschwunden war, wurde ihr klar, wie sehr es ihr gefallen und wie begehrt sie sich gefühlt hatte. Ihre Augen brannten, und sie strich sich über den Magen, als könnte sie so den Schmerz vertreiben, den sein Anblick ihr bereitete.

»Warum?«, wiederholte er.

Wenn sie ihn ansah, fiel es ihr schwer, an etwas anderes zu denken als daran, dass sie ihn immer noch liebte und dass er kaum noch etwas für sie empfand. Sie senkte den Blick auf den Papierkram auf seinem Schreibtisch.

»Vor ein paar Monaten habe ich eine Klage gegen einen Mann namens Myron Lambardo gewonnen.« Sie hielt inne und rieb nervös über das glatte Leder ihres Gürtels, während sie sich ermahnte, bloß nicht zu weinen. »Er ist zum Teil schuld daran, dass ich nach Gospel gekommen bin. Ich musste Abstand gewinnen zu dem Chaos und dem Stress der Gerichtsverhandlung.« Sie blickte auf. »Ich habe ihn beim M&S-Markt gesehen.«

»Heute?«

»Vor ein paar Minuten.«

»Was hat er gesagt?«

»Ich glaube, er hat meinen Namen gerufen.«

»Was sonst noch?«

»Er trug ein Schild mit der Aufschrift: ›Mach einen Kraftprotz aus Micky‹.«

»Bist du sicher, dass er es war?«

»Wer sonst hätte es sein sollen?« Dylan gab sich so geschäftsmäßig. So unpersönlich, und wenn sie es auch nicht für möglich gehalten hätte, brach er ihr Herz dadurch noch ein bisschen mehr.

»Wie weit entfernt war er?«, wollte Dylan wissen.

»Ich habe ihn über den Parkplatz hinweg gesehen.«

Er wies auf den Stuhl vor seinem Schreibtisch. »Setz dich, Hope.«

Endlich sprach er wenigstens ihren Namen aus, und schon wünschte sie sich, er hätte es nicht getan. Es machte alles noch viel schlimmer, erinnerte sie an andere Gelegenheiten, wenn er sie beim Namen genannt oder ihn an ihrem Hals oder Mund geflüstert hatte.

»Nicht nötig«, sagte sie, kam aber doch einen Schritt weiter in den Raum hinein.

Dylan sah sie lange an, dann nahm er auf seinem Schreibtischstuhl Platz und tippte etwas in seinen Computer ein. »Hast du Angst, dass er dich tätlich angreifen könnte?«

»Eigentlich nicht. Er hat mich bisher nie angefasst, aber er hat mir einen Grabstein angedroht.«

Er sah sie an.

»Das ist ein Ringergriff.«

»Ich weiß.« Er las etwas vom Bildschirm ab, dann sah er Hope wieder an. »Indem er dir nach Gospel gefolgt ist, hat er die gerichtlichen Auflagen verletzt«, erklärte er. »Natürlich kann er jederzeit behaupten, er wäre aus ganz anderen Gründen hergekommen, aber ich bezweifle, dass ein Richter ihm das glauben würde.«

»Und jetzt?«

»Ich schnappe ihn mir, und abhängig davon, um welche

Uhrzeit er ins Gefängnis geht, steht er entweder noch heute oder aber morgen früh vor dem Haftrichter. Dann werden die Höhe der Kaution und der Gerichtstermin festgesetzt.«

»Ich muss noch einmal vor Gericht erscheinen?« Hope hatte nicht die geringste Lust auf eine erneute Anhörung.

»Das hängt davon ab, ob er sich schuldig bekennt. Vielleicht tut er das ja, bezahlt seine Strafe und verlässt die Stadt.«

Hope hatte ihre Zweifel. »Kannst du nicht einfach mal mit ihm reden? Er ist ja leicht zu finden, so klein, wie er ist. Und er sieht ein bisschen aus wie Patrick Swayze. Kannst du ihn nicht ein bisschen einschüchtern, damit er wieder abreist?« Sie bezweifelte allerdings, dass die Angst vor Dylan Myron in die Flucht schlagen würde. So einfach hatte er sich nie abwimmeln lassen.

Dylan lehnte sich zurück und verschränkte die Arme vor der Brust. »Wenn du willst, tu ich das, aber du musst trotzdem Anzeige erstatten. Für den Fall, dass wir dem Staatsanwalt etwas vorlegen müssen.«

Hope legte die Hände vors Gesicht und rieb sich die Stirn. Es tat ihr Leid, dass sie gekommen war. Myron würde seine Strafe bezahlen, und am nächsten Morgen konnte er sie von neuem belästigen. Sie hatte nichts erreicht durch ihr Gespräch mit Dylan, und letztendlich würde sie teurer dafür bezahlen als Myron. Myron bezahlte mit Geld, doch Hope, die Dylan sehen, seine Stimme hören musste, die ihn liebte, bezahlte mit einem Stück ihres Herzens.

Sie ließ die Hände sinken und schüttelte den Kopf. »Vergiss es einfach«, sagte sie. »Ich schätze, das kleine Stinktier darf mich weiterhin ungestraft belästigen.« Die Tränen, die in ihren Augen brannten, seit sie das Büro betreten hatte, sammelten sich auf ihrem Unterlid und ließen ihr die Sicht verschwimmen. Sie wusste nicht recht, ob sie weinte, weil sie sich so über Myron ärgerte oder weil der Mann, den sie bis zur Verzweiflung liebte, nichts mehr für sie empfand. »Das Gerichtsurteil ist ihm piepegal. Also vergiss es einfach.«

Als könnte er ihren Anblick nicht länger ertragen, wandte sich Dylan seinem Computerbildschirm zu und konzentrierte sich völlig auf das, was er dort las. Zu Hopes Entsetzen löste sich nun doch eine Träne von ihren Wimpern und rann über ihre Wange.

»Vergiss, dass ich hier war«, stieß sie hervor und rannte nahezu aus dem Raum, bevor sie sich noch weiter blamieren konnte.

Dylan blickte ihr nach und stand auf. Er wollte ihr folgen, entschied sich dann jedoch dagegen. Er war nicht sicher, was er tun würde, wenn er sie einholte. Er war nicht sicher, ob er sie nicht an seine Brust ziehen und seine Nase in ihrem Haar vergraben würde. In derselben Sekunde, in der er hörte, dass sie im Hause war, hatte sein Körper reagiert. Die Brust wurde ihm eng, und zwar schon bevor sie überhaupt sein Büro betreten hatte und umwerfend aussah in der schlichten weißen Bluse und den Jeans, die eng genug waren, um ihre niedliche Kehrseite gut zur Geltung zu bringen.

Zum Glück war es ihm gelungen, seinen Körper zu ignorieren. Er behielt die Kontrolle und hatte die Situation im Griff, als wäre sie eine beliebige Frau von der Straße. Bis sie anfing zu weinen. Als er ihre Tränen sah, wäre er beinahe aufgesprungen und zu ihr gestürzt. Trotz allem, was geschehen war, konnte sie ihn doch noch innerlich zerreißen. Er begehrte sie nach wie vor.

Er lehnte sich mit dem Gesäß an den Schreibtisch und betrachtete die gerahmten Auszeichnungen und Preise an der Wand. Er dachte an den Tag, an dem er mit Hope zum

Sawtooth-See gewandert war. Sie hatte einen Scherz darüber gemacht, dass sie, falls sie einmal Sehnsucht nach ihm haben sollte, einfach in sein Büro kommen und eine Anzeige erstatten würde.

Vor zehn Minuten, als Hazel ihm gemeldet hatte, dass Hope am Rezeptionspult wartete, war ihm die Erinnerung an diesen Tag blitzartig durch den Kopf geschossen. Die Erinnerung an ihre Hand am Reißverschluss seiner Levi's und an ihre Zunge in seinem Mund benahm ihm den Atem, und er fragte sich, ob sie einen Vorwand gesucht hatte, um ihn zu sehen. Als ihm klar wurde, dass das nicht der Fall war, empfand zumindest ein Teil von ihm eine höllische Enttäuschung.

Hope fehlte ihm, oder vielmehr die Hope, die er zu kennen geglaubt hatte. Die Gespräche mit ihr fehlten ihm. Der Klang ihrer Stimme und der Duft ihrer Haut fehlten ihm. Er sehnte sich danach, mit ihr zu schlafen und beim Aufwachen ihren Kopf neben sich auf dem Kissen zu sehen. Aber am meisten sehnte er sich danach, über seinen Abendbrottisch hinweg in ihr Gesicht zu sehen.

Er kreuzte die Füße und betrachtete die Bügelfalte in seinem Hosenbein. So sehr sie ihm auch fehlte, so sehr er sich auch nach ihr sehnte, sein Misstrauen war doch stärker. Wenn es ihm auch nicht gelingen wollte, die Hope, die er kannte, mit der Hope, die für ein schmieriges Klatschblättchen arbeitete, in Einklang zu bringen, wusste er doch, dass beide ein und dieselbe Person waren. Sie hatte ihren Beruf höher bewertet als ihn. Sie hatte die Wahl gehabt zwischen dem Verlangen, eine saftige Story zu verkaufen, und dem Verlangen nach ihm. Für ihn hatte sie sich nicht entschieden.

Dylan ging hinüber zur Zimmerecke und nahm seinen Hut vom Kleiderständer. Er hatte jetzt keine Wahl mehr, er musste sie vergessen. Und das würde er tun. Sobald er ihr Problem mit Myron dem Quetscher gelöst hatte.

Am selben Nachmittag um drei Uhr saß Myron Lambardo im Cozy Corner Café auf einem Hocker und verspeiste Pommes frites und Hamburger. Vermutlich hatte er schon in übleren Löchern gegessen. Und gerungen.

Irgend so eine dämliche Country-und-Western-Musik dröhnte aus einer alten Musikbox, und er fragte sich, ob es hier denn nichts Fetzigeres gab, Heavy Metal, zum Beispiel. Das Lokal war menschenleer bis auf die Köchin, die im Hinterzimmer Pause machte, und eine Kellnerin mit einem langen Zopf. Paris. Er hatte ihren Namen auf dem Schildchen an ihrer Bluse gelesen und fand ihn ziemlich exotisch. Sie hatte große Hände, starke Knochen und einen großen Busen. Genau die Sorte Frau, mit der er gern rang. Da hatte man was in der Hand. Paris füllte seine Cola noch einmal auf und starrte ihn nicht an, als wäre er das achte Weltwunder.

»Danke, Paris«, sagte er und beschloss, ein Gespräch in Gang zu bringen, um vielleicht an ein paar Informationen zu kommen. »Sind Sie nach Paris in Texas oder nach Paris in Frankreich getauft?«

»Weder noch. Meiner Mutter gefiel nur der Name.«

»Ich mag ihn auch. Er klingt so exotisch.« Er nahm einen Schluck Cola, dann fragte er: »Wie lange wohnen Sie schon hier?«

»Mein Leben lang. Und woher kommen Sie?«

»Von überall und nirgends. Ich bin professioneller Ringer und komme viel herum.«

»Sie sind Ringer?« Sie riss die Augen auf, ihre Wangen röteten sich vor Begeisterung. »Kennen Sie The Rock?«

»Klar«, schwindelte er. »Mein Kumpel.«

»Tatsächlich! Er ist mein Lieblingsringer.«

Er war der Lieblingsringer jeder Frau. The Rock war berühmt, und vorübergehend hatte auch Myron selbst mal der Ruhm gestreift. Als er Micky der magische Gnom war, wollte alle Welt mit ihm reden. Er hatte sogar ein paar Runden an spektakuläreren Schauplätzen gerungen und war gelegentlich mit normal großen Mädchen ausgegangen. Doch dann hatte diese zickige Reporterin, Hope Spencer, ihn in RuPaul verwandelt, und – puff! – alles war vorbei.

Mit sechsundzwanzig war er schon Schnee von gestern. Er wollte den Ruhm zurück. Nur einen Artikel. Hope brauchte nur einen einzigen Artikel zu schreiben, um seinen Ruf wiederherzustellen. Wenn sie tat, was er wollte, würde er sie auch in Ruhe lassen.

»Nehmen Sie auch an Weltmeisterschaften teil?«, fragte Paris.

»Nein, aber es ist mein Traum«, gestand er und verputzte den Rest seines Hamburgers. Die derzeitige Woge von *political correctness*, die über das ganze Land schwappte, hatte dem Sport des Zwergenringens ein Ende gesetzt. In den oberen Ringerkreisen hatte man zu große Angst vor der Reaktion der Sponsoren auf solche Kämpfe, als wäre das Ringen unter Zwergen irgendwie entwürdigender als unter normal großen Männern. In letzter Zeit überlegte Myron, ob er nach Mexiko auswandern sollte, wo Zwergenringen sehr beliebt war. »Haben Sie je daran gedacht, mal zu ringen?«

»Ich?« Paris lachte und legte die Hand aufs Herz. »Ich könnte das nie.«

Myron heftete den Blick auf ihre Hand und ihre großen Brüste. »Das könnten Sie ganz bestimmt, Süße. Und im Trikot sehen Sie sicher großartig aus.« Er sah in ihr gerötetes Gesicht. »Ich würde für mein Leben gern mal mit Ihnen ringen.«

»Oh, lieber nicht.« Sie blickte über seinen Kopf hinweg, und plötzlich trat eine Sorgenfalte auf ihre Stirn. »O nein, da kommt Dylan«, sagte sie.

Myron warf über die Schulter hinweg einen Blick auf den großen Cowboy, der aus dem Dienstwagen des Sheriffs stieg. »Heiliger Strohsack«, sagte er. »Sie müssen mich verstecken.« Er sprang auf den Hocker, setzte über den Tresen und landete auf der anderen Seite. »Wenn er nach mir fragen sollte, verraten Sie mich bitte nicht.«

»Ich glaube eher, er kommt wegen etwas, das ich getan habe.«

Myron hockte sich nieder und presste den Rücken an die Regalwand hinter dem Tresen. Er hoffte, dass Paris sich nicht irrte. Er hoffte, dass der Sheriff es nicht auf ihn abgesehen hatte. Er hatte genug gehört über Leute, die in Kleinstadt-Gefängnissen vermoderten, und die Ringer in seiner Bekanntschaft hatten alle schon mal die Geschichte von Tiny Ted gehört, der in Oklahoma verhaftet und gezwungen wurde, vor einer Horde betrunkener Deputys herumzutanzen wie ein Derwisch und alberne Schlager zu singen. So etwas war seiner Meinung nach doppelt so entwürdigend wie die Verwandlung in einen Transvestiten.

Myron hörte, wie die Tür aufgestoßen wurde und wieder zufiel. Dann folgten schwere Stiefelschritte auf dem Linoleum.

»Hallo, Paris«, sagte ein Mann nur wenige Meter von Myrons Versteck entfernt. »Wie geht's?«

»Gut. Was kann ich für dich tun, Dylan?«

»Nichts. Da draußen steht ein Wohnmobil, ein Mini-Winnebago mit Kennzeichen aus Las Vegas, und ich suche den Besitzer. Er heißt Myron Lambardo und ist etwa eins zehn groß. Hast du ihn gesehen?«

»Wieso, ist er gefährlich?«

»Ich will nur mit ihm reden.«

Eine Pause entstand, und Myron hielt den Atem an. »Er war vor einiger Zeit hier, ist aber längst wieder gegangen«, sagte Paris schließlich, und hätte Myron sich nicht verstecken müssen, hätte er sie geküsst.

»Wie lange ist es her, dass er gegangen ist?«

»Ungefähr eine Stunde.«

»Hast du gesehen, welche Richtung er eingeschlagen hat?«

»Nein«, antwortete sie. Und weil Myron sie nicht küssen konnte, fuhr er mit der Hand unter ihren Jeansrock und hinauf bis zum Knie, das er liebevoll tätschelte.

»Nun, wenn du ihn noch einmal siehst, ruf unbedingt im Büro an.«

Lange Zeit sagte sie gar nichts, und Myron fragte sich, ob sie ihn jetzt treten oder verraten würde. »Warum? Was hat er verbrochen?«

»Er hat eine gerichtliche Anordnung verletzt. Soll sich von jemandem fern halten.«

»Von wem?«

»Von Ms. Spencer.«

»Oh.« Dieses Mal trat sie ihn tatsächlich.

»Was hast du?«, fragte der Sheriff.

»Nichts. Hab nur eine Mücke zerquetscht.« Myron schlang den Arm um ihren Schenkel und hielt ihn fest, damit Paris ihn nicht noch einmal treten konnte. Sie hielt ganz still, und er rechnete jeden Moment damit, dass sie ihn verpfiff.

»Wenn du ihn bei diesem Winnebago siehst, ruf uns an.«

»Mach ich.«

Die Stiefelschritte entfernten sich, die Tür wurde geöffnet und wieder geschlossen. »Ist er weg?«, flüsterte Myron.

»Nehmen Sie die Hand unter meinem Rock weg!«

Langsam ließ Myron seine Hand an ihrem weichen Schenkel herab bis zum Knie gleiten. »Sie haben sehr schöne Haut.«

Paris trat einen Schritt zurück und blickte auf Myron hinunter, als wäre er tatsächlich eine Mücke. »Sie sind gekommen, um dieser Hope Spencer nachzustellen.«

»›Nachstellen‹ ist ein verdammt starkes Wort.« Er stand auf und schwang sich auf den Tresen. Er setzte sich auf die Kante, Paris gegenüber, sodass er fast Auge in Auge mit ihr war. »Sie soll mir bloß einen kleinen Gefallen tun.«

»Welchen denn? Willst du ein Kind von ihr?«

»Nein, zum Teufel. Ich hasse diese Frau.«

Paris' Stirn glättete sich. »Tatsächlich?«

»Ja. Sie hat mein Leben zerstört.«

»Meins auch. Seit sie in die Stadt gekommen ist, sind sämtliche Männer hinter ihr her.«

»Hinter Hope? Die ist doch viel zu mager.«

»Ach, das sagen Sie nur so.«

»Nein. Ich mag üppige Mädchen.« Er musterte sie von oben bis unten. »Mädchen wie dich.«

Hope zog ein Paar feste Arbeitshandschuhe an und machte sich über das Unkraut im alten Rosengarten vor dem Donnelly-Haus her. Die Spätnachmittagssonne brannte auf ihren Kopf hinunter, den sie mit einer Schirmmütze geschützt hatte, und Insekten summten um sie herum. Sie trug beigefarbene Shorts und ein rotes Top und hatte sich mit Sonnen- und Insektenschutzlotion eingerieben. Auf der Veranda stand sorgfältig abgedeckt ihr großer Krug mit Eistee, aus dem CD-Player tönte Bonnie Raitts Gesang.

Drei Tage waren vergangen, seit sie Myron vor dem M&S-Markt gesichtet hatte. Seitdem hatte sie ihn nicht mehr gesehen, wohl aber gehört. Sie wusste zwar nicht, woher er ihre geheime Telefonnummer hatte, aber er kannte sie nun mal, und wenn er auch nie ein Wort sagte, war sie doch sicher, dass er der anonyme Anrufer war. Sie erkannte ihn an seinem Atmen. Solche Anrufe hatte sie auch schon erhalten, als er sie in L. A. verfolgte.

Als sie Shelly darüber berichtete, winkte diese ab, als wären Hopes Ängste völlig überflüssig, aber als die unheimlichen Anrufe einfach nicht aufhörten, schlug Shelly vor, dass Paul Myron einen Tritt in den Hintern geben könnte. Wenn es nur so einfach gewesen wäre. Hope wusste aus Erfahrung, dass Myron ein Meister im Versteckspielen war.

»Was machst du da?«

Hope sah die beiden kleinen Jungen, die, nur mit Badehose und Cowboy-Stiefeln bekleidet, in ihren Garten kamen, über die Schulter hinweg an. Wallys Blick schweifte sofort zu der großen Sichel, die an der Hauswand lehnte, während Adam starr zu Boden schaute.

Bei Adams Anblick wurde es Hope merkwürdig warm ums Herz. Sie staunte selbst darüber, dass sie sich so freute, ihn zu sehen. Wie sehr sie ihn in so kurzer Zeit doch ins Herz geschlossen hatte. Einen kleinen Jungen, der sich für Steine und alles Obszöne begeistern konnte. »Habt ihr zwei euch mit Sonnenschutz eingecremt?«

Wally nickte und fragte noch einmal: »Was machst du da?«

»Ich versuche, dieses Rosenbeet sauber zu bekommen.«

»Brauchste Hilfe?«, fragte er.

Unter normalen Umständen hätte sie jede Hilfe gern angenommen, ganz gleich, wer sie ihr anbot. »Nein, danke.«

»Du könntest uns Geld dafür geben«, fuhr Wally fort, als hätte sie nicht längst abgelehnt. »Und wir würden auch tüchtig arbeiten.«

Hope sah Adam an, und endlich löste er den Blick von

seinen Schuhen und schaute ihr in die Augen. Seine Wangen röteten sich; dann wandte er den Blick ab, als wäre er verlegen und verunsichert. »Ich würde schon gern, aber ich glaube nicht, dass Adams Vater damit einverstanden wäre.«

»Es stört ihn nicht. Oder, Adam?«

Adam schüttelte den Kopf. »Nein, es stört ihn nicht, wenn ich bei dir Unkraut zupfe.«

Da war Hope jedoch anderer Meinung. »Ich hab eine Idee«, sagte sie, statt zu widersprechen. »Du suchst deinen Dad und fragst ihn. Wenn er einverstanden ist, könnt ihr mir beide beim Jäten helfen.«

»Okay«, sagten sie wie aus einem Munde und flitzten über die Straße.

Hope blickte ihnen nach, bis sie verschwunden waren, und glaubte nicht eine Sekunde daran, dass die Jungen zurückkommen würden. Ihre Gedanken wanderten zurück zu Myron, während sie die Brennnesseln ausrupfte, die unter ihrem Wohnzimmerfenster den Garten überwucherten. Kurz zuvor war jemand aus dem Büro des Sheriffs vorbeigekommen, um zu melden, dass Myrons Winnebago fort sei. Man vermutete, dass er die Stadt verlassen hatte. Hope wusste es besser, doch sie hatte sich nicht dazu geäußert. Das letzte Mal, als sie Hilfe suchte, war sie in Dylans Büro geschickt worden. Lieber nahm sie Myrons Belästigungen in Kauf, als noch einmal durch das ganze Zimmer hindurch in Dylans ausdrucksloses Gesicht sehen zu müssen.

Myron machte sie rasend, aber er tat ihr wenigstens nicht weh. Sie rupfte eine kräftige Pflanze aus und warf sie zu den anderen auf den Haufen. Lieber ließ sie sich von einem schwachsinnigen Zwerg in den Wahnsinn treiben, als dass sie sich unablässig von Dylans Desinteresse das Herz brechen ließ.

Sie hob den Kopf, als die Jungen zurückkamen.

»Adams Dad sagt, wir dürfen.«

Hope konnte es nicht fassen, dass Dylan seinen Sohn in ihre Nähe ließ. Nicht nachdem er von ihr verlangt hatte, ihn in Ruhe zu lassen. »Hat er das wirklich gesagt?«, fragte sie Adam.

Er blickte ihr offen in die Augen und sagte: »Ja.«

»Er hat gesagt, du darfst mir bei der Arbeit helfen? Hast du überhaupt meinen Namen genannt?«

»Ja.«

Verwundert und vielleicht auch ein kleines bisschen erleichtert, weil Dylan sie womöglich doch nicht für gar so schrecklich hielt, zog sie ihre Handschuhe aus und ließ sie zu Boden fallen. »Nun gut. Kommt mit.« Sie führte die Jungen ins Haus und gab jedem ein Paar rosa Gummihandschuhe, die sie zum Geschirrspülen brauchte. Sie schenkte ihnen Eistee mit viel Zucker ein, dann gingen sie wieder nach draußen und machten sich an die Arbeit. Wally redete nahezu ununterbrochen, aber Adam war sehr viel stiller als gewöhnlich.

»Hope, ich muss dich was fragen«, verkündete Wally, während er eine Brennnessel in Angriff nahm, die fast so groß war wie er.

Sie sah auf. »Schieß los, aber wenn ich keine Lust habe, muss ich nicht antworten.«

»Okay.« Er warf die Pflanze auf den Haufen. »Darf ich mal dein Auto fahren?«

Sie warf einen Blick auf ihren Porsche, der in der Zufahrt stand. »Ja.« Wally grinste breit, bis sie hinzufügte: »Wenn du alt genug bist und einen Führerschein besitzt.«

Er seufzte. »Oh, Mann.« Dann machte er sich gemeinsam mit Adam an einer Pflanze zu schaffen, die sie nur mit vereinten Kräften ausreißen konnten.

Hope kniete ein paar Meter entfernt in einem anderen

Beet und beobachtete Adam aus den Augenwinkeln. Sie behielt ihn sorgfältig im Auge, und im Verlauf der nächsten Stunde blickte er immer zu ihr hinüber, wenn er glaubte, dass sie es nicht merkte. Dabei zog er die Brauen zusammen, als müsste er angestrengt über irgendetwas nachdenken.

»Hope?«

»Ja, Wally?«

»Wieso hast du eigentlich keine Kinder?«

Sie stützte die Hände in den Handschuhen auf die Schenkel und sah die Jungen unter dem Mützenschirm hervor an. Wie immer, wenn sie mit den beiden zusammen war, wusste sie nicht recht, was sie auf ihre Fragen antworten sollte.

»Vielleicht, weil du nicht verheiratet bist?«, wollte Wally wissen.

Schließlich ergriff Adam doch das Wort. »Du Blödmann. Man muss gar nicht verheiratet sein, um Kinder zu kriegen.«

»Aha.«

»Nix aha. Meine Mom und mein Dad haben mich auch gekriegt, und sie waren nicht verheiratet«, verkündete Adam, und Hope war froh, dass er es endlich wusste und offenbar nicht darunter litt.

Wally musterte seinen Freund sehr skeptisch. »Tatsächlich?«

»Ja.«

»Oh.« Beide Jungen wandten sich wieder Hope zu und warteten auf ihre Erklärung.

»Na ja«, begann sie und entschied sich für die Wahrheit. »Als ich noch sehr jung war, musste ich operiert werden. Danach konnte ich keine Kinder mehr bekommen.«

Adam riss die Augen auf. »Du bist operiert worden? Wo?«

Hope richtete sich auf und legte die Hand auf den Leib. »Hier.«

»Tut das weh?«

»Jetzt nicht mehr.«

Adam ging auf sie zu, den Blick auf ihren Leib geheftet, als könnte er durch ihr Oberteil sehen. »Hast du eine Narbe?«

»Ja.«

»Wow!« Er sah zu Hope auf, und eine Haarlocke fiel ihm in die Stirn. Er brauchte mal wieder einen Haarschnitt. »Darf ich sie sehen?«

Hope hob die Hand und strich ihm das Haar aus der Stirn. Die sengende Sonne hatte seine Kopfhaut gewärmt, und Hope spürte, wie die Wärme unter ihrer Hand direkt zu ihrem Herzen strömte. Adam zuckte nicht zusammen und entzog sich ihr nicht, und sie lächelte ihn an. »Lieber nicht.«

»O Mann.«

Dylans Pick-up bog von der Hauptstraße in die Timberlane Road ein, und Hope wischte sich den Schmutz von den Knien. Sie hätte gern gewusst, wie lange ihr Herz noch jedes Mal, wenn sie ihn sah, so heftig reagieren würde. Sie ging zur Veranda und griff nach ihrem Eistee, wobei sie Dylan absichtlich den Rücken zukehrte, denn sie wollte ihn nicht sehen und wissen, dass er sie anblickte und nichts empfand. Eines Tages würde es nicht mehr wichtig sein, und sie würde auch für ihn nichts mehr empfinden. Genauso, wie sie keine Gefühle mehr für ihren Ex-Mann hatte. Aber es würde dauern, und heute war es leider noch nicht so weit.

»Tschüs«, riefen die Jungen wie aus einem Munde und warfen ihre Gummihandschuhe zu Boden.

»Wartet, ihr zwei. Ihr habt euer Geld vergessen!«, rief sie ihnen nach.

»Später«, schrie Wally, und die Jungen warteten kaum ab, dass der Pick-up vorbeigefahren war, bevor sie aus Hopes Garten und hinüber zu den Aberdeens flitzten.

Hope hatte den Verdacht, dass man sie hinters Licht geführt hatte. Die Jungen hatten ihr offen in die Augen gesehen und dabei gelogen. Dylan würde vermutlich nicht sehr erfreut darüber sein, und sie rechnete fest damit, dass er sich zu dem Vorfall äußern würde. Dass er etwas sagen würde, wie zum Beispiel: »Ich habe gesagt, du sollst meinen Sohn in Ruhe lassen«, weil er wahrscheinlich annahm, sie würde Adam ausfragen, um eine Story daraus zu machen.

Hope machte sich in den Blumenbeeten unter ihrem Fenster wieder an die Arbeit und wartete auf Dylan. Sie brauchte sich nicht länger als zehn Minuten zu gedulden, bis er die Zufahrt hinaufschlenderte und ihren Garten betrat. Er trug seine Uniform, bis auf den Waffengurt, komplett mit verspiegelter Sonnenbrille.

Sie richtete sich auf und hob eine Hand, als wollte sie ihn aufhalten. »Bevor du mich anschreist: Ich habe Adam aufgefordert, dich um Erlaubnis zu bitten, bevor ich ihn zum Unkrautjäten angeheuert habe. Er und Wally sind losgegangen, um dich zu fragen, und als sie zurückkamen, hat Adam behauptet, du hättest ihm erlaubt, in meinem Garten zu arbeiten.« Sie zog ihre Handschuhe aus und hielt sie mit einer Hand. »Und für den Fall, dass du dich fragst, ob ich Adam nach Informationen über dich und Juliette ausgequetscht habe: Das habe ich nicht getan. Ehrlich gesagt, was du denkst, ist mir piepegal.« Letzteres war eine glatte Lüge, doch eines Tages würde es schon der Wahrheit entsprechen.

Dylan verlagerte sein Gewicht von einem Fuß auf den anderen und sah Hope durch die Sonnenbrille an. »Bist du fertig?«

»Ich glaube, das war so ziemlich alles.«

»Ich komme nur, um mich zu vergewissern, ob Deputy Mullins dich heute aufgesucht hat.«

»Irgendeiner war hier, ja.«

»Dann weißt du also, dass Myron vermutlich die Stadt verlassen hat.«

»Ja. Ich weiß, dass du das vermutest.«

Er zog eine Braue hoch. »Du glaubst es nicht?«

»Ich weiß, dass er nicht fort ist. Er ruft mich ständig an.«

»Was sagt er?«

»Nichts. Er atmet nur schwer.«

Er verzog den Mund und schob sich mit zwei Fingern den Hut aus der Stirn. »Du hast ihn an seinem Atmen erkannt?«

»Er hat es schon vorher so gemacht. Wenn sich nicht noch jemand in der Stadt herumtreibt, der nur ins Telefon atmet, dann ist es Myron.«

»Er könnte auch von außerhalb anrufen.«

Hope zuckte mit den Schultern. »Vielleicht.« Doch sie glaubte es nicht. »Warte hier, ich hole schnell mein Portemonnaie. Adam ist weggerannt, bevor ich ihm sein Geld geben konnte.«

»Lass nur. Adam hat gelogen, als er sagte, er hätte meine Erlaubnis eingeholt und dürfte in deinem Garten arbeiten. Für eine Lüge soll er nicht auch noch belohnt werden. Zur Strafe hat er unentgeltlich bei dir Unkraut gezupft.«

Das erschien Hope ziemlich hart. »Meinst du wirklich? Er hat richtig schwer gearbeitet.«

»Ich meine es ernst, aber in Zukunft muss er mich nicht um Erlaubnis fragen, wenn er für dich arbeiten will.«

»Heißt das, du hast nichts dagegen?«

»Ja. Was auch immer zwischen uns vorgefallen ist, und trotz allem, was du getan hast, glaube ich doch nicht, dass du Adam für deine Zeitschrift aushorchen würdest.«

Das war wahrscheinlich als Kompliment gemeint. Er unterlag vermutlich der irrtümlichen Annahme, dass er nett zu ihr war – der Mistkerl. Sie warf ihre Handschuhe auf den Boden, ging auf Dylan zu und blieb ganz knapp vor ihm stehen. »Was *ich* getan habe? Ich habe nichts getan, und eines Tages wirst du auch begreifen, dass du ein ... dass du ein ...« Sie war so wütend und aufgewühlt, dass ihr kein passendes Schimpfwort einfiel.

Dylans Mundwinkel zuckte. »Ein was?«

Er lachte sie aus. Er hatte ihr das Herz gebrochen, und jetzt lachte er sie aus. Sie verschränkte die Arme unter der Brust und sagte: »Ein Spießbürger-Sheriff, der nicht mal in der Lage ist, einen Zwerg zu stellen. Das würde ich ja noch verstehen, wenn hier in der Stadt eine Zwergenvereinigung ansässig wäre, aber es gibt keine.« Dylan presste die Lippen zusammen, und sie ging noch weiter. »Wie schwer kann es sein, einen Mann zu finden, der gerade mal eins zehn groß ist? Es ist schließlich nicht so, dass er in der Menge nicht auffiele.«

»Hör mal zu, Schätzchen. Wenn du nicht diese einzigartige Begabung hättest, dir Freunde zu schaffen, dann würde dieser Zwerg dich gar nicht verfolgen.«

Er hatte sie Schätzchen genannt, was ihre Wut nur noch steigerte. »Raus aus meinem Garten.«

»Und wenn nicht? Rufst du dann den Sheriff? Hol dir einen Stift und schreib dir die Nummer auf. Sie lautet neun-eins-eins.«

Hope legte ihm die Hände auf die Brust und schob. Er rührte sich nicht von der Stelle, und sie versuchte es noch einmal, schob ihn so heftig, dass sie die Füße in den Boden stemmen musste. Der Schwung riss sie nach vorn, und ihre Hände glitten an seinem Uniformhemd hinauf. Sie taumelte gegen seinen massiven Oberkörper und schnappte nach Luft.

Dylan umfasste ihre Taille, und ein paar endlose Sekunden hielt er sie so, als wollte er sie im nächsten Moment von sich stoßen. Hope sah ihr Spiegelbild in seinen Brillengläsern, erkannte flüchtig ihren Schrecken und ihre Überraschung, und dann umschlang er sie mit beiden Armen und zog sie zu sich hoch, sodass sie sich auf die Zehenspitzen erheben musste. Er äußerte irgendetwas in der Richtung, dass er gehen müsse, senkte aber stattdessen den Kopf und küsste sie. Wie immer begann ihre Haut zu prickeln, wohlig warme Schauer liefen ihr über den Rücken. Dylan streichelte ihre Schultern und zog Hope eng an seinen warmen Körper. Es war so lange her, und er hatte ihr so gefehlt. Der Duft seiner Haut, seine Zärtlichkeiten – alles hatte ihr so gefehlt. Seine Zunge streichelte ihre, und der Kuss wurde heiß und glutvoll.

Dylan stöhnte, ein Laut purer Lust und Sehnsucht. Er sprach den tiefsten, ursprünglichsten Teil ihres Ichs an, und bevor sie reagieren konnte, tat sie etwas, was sie noch nie zuvor geschafft hatte. Sie fand die Kraft, sich seiner Umarmung zu entziehen, bevor er sie wieder völlig vereinnahmen konnte.

Sie leckte ihre feuchten Lippen und holte tief Luft. Ihr war schwindlig und wirr im Kopf. Dylan begehrte sie, ganz gleich, wie sehr er bemüht war, das Gegenteil zu vermitteln. »Du bist ein Lügner, Dylan Taber.«

»Ich? Ich soll der Lügner sein?«

Es war nicht fair. Es war nicht fair, dass sie endlich einen Mann gefunden hatte, den sie lieben konnte, und dass dieser sie nicht liebte. »Und ein Heuchler obendrein.«

Er setzte die Sonnenbrille ab und schob sie in seine Brusttasche. »Was zum Teufel redest du da?«

»Du bist sauer, weil ich hinsichtlich meines Arbeitgebers gelogen habe. Das war eine kleine Lüge, die leider immer größer und größer wurde und eine Bedeutung gewann, die ihr nicht zustand. Und du hast Recht: Ich hätte dir reinen Wein einschenken sollen, bevor du es anderweitig erfahren konntest, aber du hast mich auch angelogen, Dylan. Du hast gelogen, als du sagtest, Dylans Mutter wäre Kellnerin.«

»Ich hatte gute Gründe dafür.«

»Ja, zum Beispiel den, dass du mir nie vertraut hast.«

»Augenscheinlich habe ich ja recht daran getan, dir nicht zu vertrauen.«

Hope hob ihre Handschuhe vom Boden auf. »Ich habe es satt, mich dir gegenüber für Dinge zu verteidigen, die ich nicht getan habe. Zum letzten Mal: Ich habe die Klatschpresse nicht informiert.«

Er sah sie an, als könnte er ihr mit Hilfe seines eindringlichen Blicks ein Geständnis entlocken. »Das werde ich nie mit Sicherheit wissen, oder?«

»Nein.« Sie schüttelte den Kopf. »Du wirst es nie wissen, denn sonst müsstest du mir ohne handfesten Beweis einfach glauben. Du müsstest mir vertrauen, aber das wirst du niemals tun, weil ich dir im Grunde nie etwas bedeutet habe.«

»Da irrst du dich.« Er richtete den Blick auf einen Punkt oberhalb ihres Kopfes und sagte: »Du hast mir viel bedeutet.«

»Nicht genug.« Ein letztes Mal sah sie den Mann an, den sie mit aller Kraft ihres gebrochenen Herzens liebte. »Und ich habe Besseres verdient als einen Mann, dem ich nicht genug bedeute.«

Myron Lambardo klemmte seine Zigarre zwischen die Stummelfinger und nahm sie aus dem Mundwinkel. Er blies eine Qualmwolke und ein paar Rauchringe in Richtung Decke. Wenn er sich noch einen einzigen Tag in seinem Wohnmobil in Paris' Schuppen verstecken musste, würde er ausflippen. Womöglich würde er Amok laufen.

Er stützte sich auf einen Ellbogen und sah hinunter in Paris' Gesicht. Unter dem Laken auf seinem Bett lag ihr nackter Körper, an seinen geschmiegt. Sie war eine nette Frau, und sie bedeutete ihm mehr, als ihm je eine Frau bedeutet hatte, mit Ausnahme seiner Mama, versteht sich.

Paris kochte unvergleichlich gut, und bis vor zwei Tagen war sie Jungfrau gewesen. In der ersten Nacht war sie zu ihm in den Winnebago gestiegen, sie hatten miteinander geschlafen, und er konnte es immer noch nicht recht fassen, dass er ihr erster Mann gewesen war. *Sie* hatte *ihn* ausgewählt, und dank dieses Wissens schwoll ihm die Brust und stolzierte er wie ein Gockel. Schade nur, dass er nicht der Typ war, den es lange an einem Ort hielt, denn sonst hätte er mit ihr zusammen sesshaft werden können.

»Ich wollte, du könntest morgen Abend zu der Tanzveranstaltung kommen«, sagte sie und blickte ihn verträumt an. »Die Stadthalle wird zum Gründungsball mit bunten Fahnen und Girlanden geschmückt. Alle ziehen sich ganz schick an, und es gibt sogar eine Tanzkapelle. Ich könnte dir den Twostepp beibringen.«

Natürlich wusste sie, dass er sich nirgends in der Stadt blicken lassen durfte, aber er fand es dennoch ausgesprochen lieb von ihr, dass sie sich wünschte, mit ihm tanzen gehen zu können. Selbst, wenn dazu diese dämliche Country-und-Western-Musik gespielt wurde.

»Ich fürchte, ich muss hier bald meine Zelte abbrechen.«

Paris zog die Stirn in Falten. »Ich will nicht, dass du gehst.«

»Glaubst du denn, ich könnte mich für immer hier in deinem Schuppen verstecken?«

Sie lächelte. »Ich fand es schön, dich bei mir zu haben. Es hat Spaß gemacht, mich heimlich zu dir rauszuschleichen.«

»Ja, aber ich kann trotzdem nicht länger bleiben. Weißt

du, ich überlege, ob ich nach Mexiko gehe. Da sich hier keine Sponsoren für Zwergenringen mehr finden und Hope Spencer meinen Ruf ruiniert hat, glaube ich nicht, dass ich in diesem Land noch eine Zukunft habe. Ich spiele schon länger mit dem Gedanken, mein Glück in Mexiko zu versuchen. Es war schon immer mein Traum, einmal zu den weltbesten Ringern zu zählen. Diese Typen werden geachtet.«

Sie schmiegte das Gesicht an seine Brust, und er spürte ihre Tränen. »Du wirst mir fehlen, Myron.«

Er steckte die Zigarre in den Mund und streichelte ihre Schulter. »Du mir auch, Paris. Du bist eine tolle Frau.«

»So toll finde ich mich eigentlich gar nicht. Ich bin nicht eben stolz darauf, dass ich in meiner Wut all diese Reporter hergerufen habe.«

»Hättest du das nicht getan, wären wir uns nie begegnet.«

»Stimmt«, schluchzte sie. »Und du bist das Beste, was ich je erlebt habe.«

16. KAPITEL

Verirrte Frau in der Wildnis gefunden

Dylan bog in seinem Dienstwagen von der Schnellstraße ab und parkte im Schatten eines dichten Kieferngehölzes. Es war bald acht Uhr morgens, und er brachte sein Radargerät in Stellung, um Raser abzufangen. Viele würde er wohl nicht erwischen. Um diese Zeit am Morgen herrschte gewöhnlich nicht viel Verkehr, doch es gab auch immer ein paar Nachzügler, die zu spät zur Arbeit kamen und deshalb die Geschwindigkeitsgrenze überschritten. Er gab der Zentrale seinen Standort durch und lehnte sich dann mit der *People* und der *Weekly News of the Universe* in seinem Sitz zurück. Beide Illustrierte hatte er am Morgen im M&S-Markt erstanden. In der *People* schlug er zunächst das Interview auf, das Julie der Zeitschrift gegeben hatte. Er hatte es ungefähr zur Hälfte gelesen, als es ihn dermaßen anwiderte, dass er das Blatt hinter sich auf den Rücksitz warf. Es fehlte nicht viel, und Julie hätte ihm unmissverständlich unterstellt, Adam gekidnappt und nach Gospel verschleppt zu haben. Sie stellte Dylan als regelrechten Mistkerl dar, während sie als Unschuldsengel aus der Geschichte hervorging. Dylan fragte sich, wie viele Leute ihren Unsinn wohl glauben mochten.

Er griff nach der *Weekly News of the Universe*, überschlug eine Geschichte über Blut saugende Vampire und fand Hopes Alien-Artikel. Ein paar Mal musste er schmunzeln und fand die Geschichte ziemlich amüsant, bis er beim Weiterlesen auf Dennis Taylor stieß, den Transvestiten-Sheriff einer abgelegenen Kleinstadt in der Wildnis.

»Gott im Himmel«, fluchte er, als er über sich selbst in einem pinkfarbenen Body mit Marabufedern las. Es wurde berichtet, dass der Sheriff Wetten darüber abzuschließen pflegte, wie viele ahnungslose Touristinnen er unter dem Vorwand, »ihnen den schönsten Ort auf Erden zeigen zu wollen«, hinauf in die Berge würde locken können. Die Wetten des Sheriffs in dieser Geschichte hatten nicht gebrochene Knochen, sondern gebrochene Herzen zum Gegenstand.

Er klappte die Zeitschrift zu und warf sie auf den Sitz neben sich. Er war besessen von Hope; eine andere Erklärung gab es nicht. Besonders, nachdem er sie am Vortag geküsst hatte. Er konnte an kaum etwas anderes denken als an die Beschaffenheit ihrer Zunge und den Geschmack ihrer Lippen. Sein Herz hatte wie rasend geklopft, alles Blut war aus seinem Kopf gewichen, um sich in seinen Lenden zu sammeln, und in diesen kurzen Augenblicken, als er Hope wieder in den Armen hielt, überkam ihn ein überwältigendes Gefühl der – Richtigkeit. So, als würde jede Faser seines Körpers Ja flüstern.

Er hatte geglaubt, er würde sie mit jedem Tag, der verging, weniger vermissen, aber das Gegenteil war der Fall. Er vermisste ihr zerzaustes Haar zwischen seinen Fingern, er vermisste es, sie auf dem Kissen neben sich schlafen zu sehen. Kürzlich im M&S-Markt hatte er nach einem Pfirsich gegriffen und daran geschnuppert, bevor ihm auch nur bewusst wurde, dass er auf der Suche nach dem Duft ihrer Haut war. Erst an diesem Morgen, als er im Kühlschrank den Eierkarton gesucht hatte, musste er plötzlich daran denken, wie sie nackt auf seinem Küchentisch lag und ihn mit vor Lust glänzenden Augen ansah, während er sich tief in ihr versenkte. Die Erinnerung hatte ihm den Magen zusammengekrampft und die Glut ins Gesicht getrieben, und er hatte das Gesicht in den Kühlschrank gesteckt, um sich abzukühlen. Adam war in die Küche gekommen und hatte gefragt, was er da mache. Er hatte gelogen und behauptet, er suche nach Eiswürfeln.

Ich habe dir nie etwas bedeutet, hatte sie gesagt, aber da irrte sie sich. Er war verliebt in sie. Er war schon öfter verliebt gewesen, aber so wie jetzt noch nie. Zum ersten Mal in seinem Leben war die Liebe, die er für eine Frau empfand, allumfassend und verzehrend, und er sehnte sich nach dem Gefühl ihrer Hand in seiner. Herz und Seele waren betroffen; die Liebe ging so tief, dass er sich ein Leben ohne Hope nicht mehr vorstellen konnte. Sie füllte ihn ganz aus und überließ ihn der Sehnsucht nach einem flüchtigen Anblick ihres Lächelns und dem Klang ihrer Stimme. Es musste etwas geschehen. Jeder neue Tag ohne Hope war schlimmer als der vorangegangene, und als er jetzt in seinem Dienstwagen saß und sich das Morgenlicht durch die Windschutzscheibe ergoss, wusste er, was er zu tun hatte. Er musste ihr glauben. Nicht nur um seiner selbst willen, sondern auch wegen Hope. Er musste ihr ohne Beweise oder Zeugen einfach glauben. Er musste auf sein Herz hören und auf das tiefste Innere seiner Seele, die von bedingungsloser Liebe und von Vertrauen zu einem anderen Menschen wusste. Und am Ende glaubte er ihr einfach deswegen, weil er sie liebte.

Es blinkte auf dem Display des Radargeräts, und Dylan richtete sich auf, als ein kleiner Winnebago mit Las-Vegas-Kennzeichen vorbeiraste. Den Hut in die Stirn geschoben, legte er den Gang ein, trat aufs Gaspedal und schoss hinaus auf die Schnellstraße, während er das Kennzeichen durchgab. Er schaltete das Blaulicht ein, und in weniger als einer halben Minute hatte er das Wohnmobil eingeholt.

Er wusste nicht, was er von Myron Lambardo zu erwarten hatte. Er hoffte nur, dass ihm nicht eine lange Verfolgungsjagd bevorstand, und er hoffte, dass Myron sich seiner Verhaftung nicht widersetzte. Dylan fand es einfach nicht in Ordnung, einen Zwerg zu Boden zu ringen. Schon gar nicht, wenn der Zwerg selbst ein Ringer war.

Der Winnebago drosselte das Tempo und fuhr an den Straßenrand. Dylan hielt hinter ihm und schaltete die Videokamera auf dem Dach seines Dienstwagens ein. Als er sich der Fahrertür näherte, wurde die Scheibe heruntergekurbelt, und er sah zum ersten Mal Myron dem Quetscher ins Gesicht. Er musste zugeben, dass der Ringer tatsächlich ein bisschen Ähnlichkeit mit Patrick Swayze hatte. Er wirkte nur kompakter.

»Darf ich bitte Ihren Führerschein sehen?«, fragte er und schaute tiefer ins Wageninnere. Plötzlich blieb sein Blick an der Frau auf dem Beifahrersitz hängen. »Paris?«

»Tag, Dylan.«

Er starrte die Frau an, die er schon sein Leben lang kannte. »Was machst du denn hier?«

»Ich verlasse mit Myron die Stadt.«

Paris war keineswegs für gesunden Humor bekannt, doch jetzt erlaubte sie sich offenbar einen Scherz mit ihm. Myron streckte ihm seinen Führerschein entgegen, und Dylan nahm ihn an sich. Das Foto entsprach dem, das er im Computer gefunden hatte.

»Myron bringt mir das Ringen bei. Mein Künstlername wird Zuckerchen sein«, begeisterte sie sich.

Dylan hob den Blick von dem Führerschein. »Jetzt bin ich sicher, dass du Witze machst.«

Sie warf schmollend die Lippen auf. »Fällt es dir wirklich so schwer zu glauben, dass ein Mann mich mögen könnte?«

Er hatte das Gefühl, in einen Gruselfilm geraten zu sein. Oder in eine von Hopes Geschichten. Das alles konnte doch nicht wahr sein. »Das habe ich nicht gesagt, Paris.«

»Myron mag mich. Wir lieben uns und werden heiraten, sobald wir in Las Vegas sind.«

Es hörte sich an, als ob sie es ernst meinte. Aber ehrlich, das konnte doch nicht sein? »Das dauert noch ein Weilchen. Dein Bräutigam ist ein Gesetzesbrecher.«

»Aber ich gehe endgültig außer Landes.« Myron ergriff zum ersten Mal das Wort. »Ich will dieser Hope Spencer nie wieder begegnen. Die Tussi hat mein Leben ruiniert. Bevor ich Paris kennen lernte, hatte ich kein Ziel. Jetzt bin ich ein anderer Mensch.«

»Ganz bestimmt.« Dylan musterte die Frau, die aussah wie Paris, sich aber völlig anders benahm. »Ist dir bewusst, dass du dich mit jemandem einlässt, der Frauen belästigt?«

»Er belästigt keine Frauen.« Sie lächelte ihren Bräutigam an und ergriff seine Hand. Ihr Gesicht wirkte ungewohnt weich. Wie das einer verliebten Frau. »Er ist nur beharrlich.«

»Nun, diese Beharrlichkeit bringt ihn jetzt ins Gefängnis.«

Paris zog die buschigen Brauen zusammen, und Dylan erlebte eine völlig neue Seite des umgänglichen Mädchens, das er seit der Einschulung kannte. »Wag es nicht, mir alles zu verderben, Dylan Taber. Ich habe mein Leben lang auf einen Mann wie Myron gewartet. Auf einen Mann, der mich liebt. Und ich habe Gott weiß genug Zeit damit verschwendet, auf dich zu warten.«

»Auf mich?« Dylan wich einen Schritt zurück.

»Glaubst du denn, ich hätte dir all diese Kuchen und Torten nur zum Spaß gebacken? Ist dir nie aufgefallen, dass du der einzige Mann in der Stadt warst, für den ich gebacken habe?« Sie lachte, aber es klang sehr bitter. »Das hast du bestimmt nicht gemerkt. Schon gar nicht, nachdem Hope Spencer in die Stadt gekommen ist. Du bist ja wie besessen von ihr. Von ihr mit ihrem blonden Haar und dem knochigen Hintern.«

»Hör mal, Paris«, setzte er an, schwieg dann jedoch, weil er nichts zu sagen wusste. Er hatte immer geglaubt, sie würde so viel backen, weil es ihr Hobby wäre, und er war sich auch nicht allzu sicher, dass sie sich in Bezug auf Hope täuschte. »Wissen deine Eltern Bescheid?«

»Ich rufe sie aus Las Vegas an.«

»Hören Sie«, warf Myron ein. »Wenn Sie mir meinen Führerschein zurückgeben, mach ich, dass ich schnellstens rauskomme aus diesem Bundesstaat.«

So ausgesprochen ungern Dylan Myron auch laufen lassen würde, hörte er sich doch zunächst einmal an, was der Mann zu sagen hatte.

»Was mich betrifft, sind Hope Spencer und ich quitt«, fuhr Myron fort. »Sie hat mir mein Leben ruiniert, aber ohne sie hätte ich niemals Paris kennen gelernt. Heute in einer Woche bin ich schon in Mexiko und fange ein neues Leben mit Paris an, und Sie werden mich nie wieder sehen.«

Die Alternative bestand darin, ihn zurück in die Stadt zu schleppen, in Untersuchungshaft zu nehmen und eine Gerichtsverhandlung und Anhörung, die Hope nicht wünschte, über sich ergehen zu lassen. Dylan gab dem Zwerg seinen Führerschein zurück. »Achten Sie bloß darauf, dass Sie mir nicht noch einmal über den Weg laufen. Und kommen Sie nicht auf die Idee, Ms. Spencer noch einmal zu belästigen.« Er sah Paris an. »Bist du sicher, dass du es so willst?«

»O ja.« Sie fing wieder an zu schwärmen, und wieder wurden ihre Züge ganz weich, als sie Myron ansah. »Ich bin noch nie so glücklich gewesen. Endlich habe ich die Chance, mir ein Leben außerhalb des Lokals meiner Eltern aufzubauen, eine eigene Familie zu gründen.«

Wahrscheinlich hatte er schon Verrückteres gehört, überlegte Dylan, aber sicher war er sich nicht.

Paris griff nach ihrer großen Handtasche und stellte sie

auf den Schoß. »Das hier wollte ich dir eigentlich schicken«, sagte sie, entnahm der Tasche einen Stapel Umschläge und reichte ihm einen davon. »Aber wenn du schon mal hier bist …«

Dylan nahm den Umschlag und trat zurück. »Viel Glück, Paris.«

»Sie braucht kein Glück, solange sie mich hat«, behauptete Myron, legte den Gang ein und bog auf die Schnellstraße.

Dylan blieb am Straßenrand stehen, bis das Fahrzeug endgültig außer Sicht war. Verdammt noch mal, was für ein verrückter Vormittag. Er ging zurück zu seinem Wagen und stieg ein. Paris Fernwood heiratete Myron Lambardo alias Myron der Quetscher alias Micky der magische Gnom und wollte selbst Ringerin werden. Er konnte sie sich einfach nicht in einem Ringkampf vorstellen.

Er schaltete das Blaulicht ab und riss den Umschlag auf, den Paris ihm gegeben hatte. Er rechnete mit der Mitgliedschaft im Kochklub von Gospel. Stattdessen fand er eine weitschweifige, sentimentale Hymne auf ihre große Liebe zu Myron Lambardo vor. Du liebe Zeit, sämtliche I's waren statt mit Punkten mit kleinen Herzchen versehen. Und am Schluss fügte sie noch ein hastiges »Übrigens« an …

Ich wollte dir oder Adam nicht schaden. Und ich wollte, ich könnte sagen, es täte mir Leid, dass ich ein paar Klatschblätter angerufen habe, aber wie sollte es mir Leid tun, wenn ich dadurch meine große Liebe gefunden habe?

Paris Fernwood –
in Kürze Mrs. Myron Lambardo

Dylan las den letzten Absatz noch dreimal, bevor er den Brief zerknüllte und auf den Sitz neben sich warf. Ein paar

Sekunden ließ er zu, dass sich seine Hände vor Wut am Lenkrad zu Fäusten ballten, doch dann entspannte er sich. Das Wissen, dass Paris die Schuldige war und nicht Hope, fiel jetzt nicht mehr ins Gewicht. Nicht, seit er Hope ohne Beweise glaubte. Aber letzte Woche wäre es ins Gewicht gefallen. Hätte er es letzte Woche schon gewusst, wäre ihm eine Menge Kummer erspart geblieben.

Als er an die Nächte dachte, die er schlaflos mit quälenden Sorgen um Adam und Hope verbracht hatte, kochte die Wut in ihm hoch, und er war aufrichtig froh darüber, das Paris auf dem Weg nach Mexiko war und nicht mehr in derselben Stadt lebte wie er. Er wünschte Paris nichts Böses, doch Glück wünschte er ihr auch nicht. Im Gegenteil, er hoffte, dass irgendeine große, starke mexikanische Señorita sie ihm Ring zu fassen kriegte und eine Brezel aus ihr machte.

Die Mitglieder des Gründungstags-Komitees schoben Überstunden, um für den diesjährigen Ball das perfekte Motto zu finden. Sie stritten und diskutierten und zogen zu guter Letzt Hölzchen. Das siegreiche Motto – »Mit Siebenmeilenstiefeln ins neue Millennium« – war Iona Osborns Idee.

Die Stadthalle hatte einen frischen grünen Anstrich erhalten, und die Dekorationen im Inneren reflektierten die Wildnis draußen. Tausende von Sternen aus Goldfolie hingen von der Decke, und es duftete nach den frisch geschlagenen Kiefern, die in Stanley Caldwells Meisterwerk aus Pappmaché und Drahtgeflecht steckten – ein imposantes Abbild der Sawtooth-Berge.

Pete Yarrow und seine Band, die Wild Boys, sorgten für die musikalische Untermalung des Abends. Petes bisher einzige Ruhmestat waren seine zwei Gastauftritte in der Fernsehsendung *Star Search*, und das reichte aus, um ihn zum

Lokalmatador und in die Kleinstadt-Prominenz zu erheben. Die Musik war eine grobschlächtige Mischung aus Country, Bluegrass und Rockabilly. Wenn Pete gelegentlich einen falschen Ton griff, schienen sich seine Mitbürger auf dem Tanzboden nicht im Geringsten daran zu stören.

Bier kostete einen Dollar fünfzig das Glas, Wein zwei Dollar und eine Büchse Selters einen Dollar. Wasser gab es gratis. Die Einwohner von Gospel kamen in ihrem Sonntagsstaat. Die Frauen trugen meterweise Tüll und Spitze, die Männer Anzüge, einige wenige hatten sich auch für die bequemere Cowboy-Montur entschieden.

Stanley Caldwells monumentale Nachbildung der Sawtooth-Berge stand, von weichem weißem Licht angestrahlt, in einer Ecke des Saals.

Hope stand vor Stanleys Monument und interessierte sich ganz besonders für den Flecken aus blauem Glitzer, der den Sawtooth-See darstellte. Da sie nicht sonderlich auf Tüll stand, trug sie ein schlichtes schwarzes Kleid, das sie auf einem ihrer Shopping-Ausflüge in Sun Valley gekauft hatte. Das Kleid war ärmellos, tief ausgeschnitten und eng anliegend. An den Beinen trug sie Nahtstrümpfe, ihre Füße steckten in hochhackigen Pumps. Sie hatte ihr Haar lockig und duftig geföhnt und die Ohrläppchen mit Diamantsteckern geschmückt. Sie sah gut aus und war sich dessen bewusst.

Nach Shellys Worten ließ Dylan sich nie auf dem Gründungstagsball blicken, und nachdem er, als er Adam bei ihr abholte, so auffällig schlechter Laune gewesen war, glaubte sie nicht, dass er in diesem Jahr eine Ausnahme machen würde. Was Hope nur recht war – sie hatte sich nicht für ihn zurechtgemacht. Nun ja, ein wenig vielleicht doch. Nur ein bisschen – für den Fall, dass er doch noch kam.

Obwohl sie wusste, dass sie gut aussah, kam sie sich ein

wenig fehl am Platze vor zwischen all den anderen Frauen, die lebhafte Farben und allerlei Firlefanz trugen. Selbst Shelly, die gewöhnlich größten Wert auf bequeme Kleidung legte, hatte sich in Seide und Pailletten gezwängt, als ginge sie zum Abschlussball. Sie und Paul hopsten sich auf dem Tanzboden die Seele aus dem Leib.

»Entschuldigen Sie.« Jemand erhob seine Stimme über die Musik. »Ich glaube, wir kennen uns noch nicht.«

Hope blickte über die Schulter hinweg auf eine alte Dame in einer blauen Wolke und stöhnte innerlich auf. Der Scheinwerfer von der Gebirgsnachbildung bestrahlte ihr himmelblaues Haar und ließ ihren blauen Lidschatten und die blau getuschten Wimpern leuchten. Genau wie an jenem Tag in Eden Hansens Kaufhaus ertappte Hope sich dabei, wie sie die Frau in entsetztem Staunen anstarrte. Sie wollte es nicht, aber sie konnte den Blick nicht losreißen.

»Wir haben uns letzte Woche im Kaufhaus getroffen«, erinnerte Hope sie.

»Nein, das war meine Schwester Eden. Ich bin ihre Zwillingsschwester, Edie Dean.«

Du liebe Zeit! »Es gibt zwei von Ihrer Sorte?«

»Ja, aber meine Schwester bevorzugt Lila.«

Hope zwang sich, an all dem Blau vorbei in Edies Augen zu sehen. »Jetzt erinnere ich mich.«

»Iona Osborn vom Cozy Corner Café hat mir erzählt, dass Sie Artikel für die *News of the World* schreiben.«

»*News of the Universe*«, berichtigte Hope. »Woher weiß Iona von diesen Artikeln?«

»Iona Osborn arbeitet für Paris, und gestern Abend hat Paris ihr davon erzählt.«

Sie hatte damit rechnen müssen, dass es irgendwann herauskam.

»Da Sie ja noch nicht so lange in der Stadt sind, hatten Sie noch keine Gelegenheit, meinen Schwager Melvin kennen zu lernen.«

»Nein, ich glaube, das Vergnügen hatte ich noch nicht.«

»Vergnügen, Quatsch. Melvin ist ein rattengesichtiger, in Schafe vernarrter Betrüger, glauben Sie mir. Wenn meine Schwester auch nur so viel Verstand hätte, wie der liebe Gott jeder dummen Ziege gegeben hat, dann würde sie ihn mit ihrem Buick plattfahren.«

Um Gottes willen, nicht schon wieder.

»Also, ich hab mir da was ausgedacht. Wenn die Außerirdischen in Ihren Artikeln mal jemanden entführen sollen, wäre Melvin das geeignete Opfer. Und wenn sie ihn dann in ihr Raumschiff raufbeamen, sollten sie Elektroden an seinem Pimmel anbringen.« Edie reckte die Faust in die Luft und schüttelte sie. »Und ab geht die Post!«

»Ähm ... schön.« Hope wich ein paar Schritte zur Seite und tauchte in der Menge unter. Sie hatte sich von Anfang an gedacht, dass irgendwer in Gospel herausfinden könnte, welche Art von Artikeln sie tatsächlich schrieb, aber dass es ausgerechnet Paris Fernwood sein würde, hätte sie nie erwartet. Und wenn Paris und Edie informiert waren, wusste mittlerweile wahrscheinlich die ganze Stadt Bescheid. Hope war sich nicht im Klaren darüber, was sie davon halten sollte. Vielleicht eine Mischung aus Angst und Erleichterung. Keine Lügen mehr. Keine Geheimnisse. Natürlich würde sie sich jetzt jedermanns Ideen für ihren nächsten Artikel anhören müssen, angereichert mit ein paar Lebensgeschichten. Aber wenn ein paar Leute sie wegen ihrer Artikel schief ansahen, was störte es sie? Dieselben Leute schlossen Wetten über Beinbrüche ab und warfen mit Kloschüsseln um sich – und sie aßen Hoden, um Himmels willen.

Hope ging um den großen Saal herum und schaute sich

auf dem Weg zur Bar in der Menge um. Obwohl sie wusste, dass es sinnlos war, hielt sie Ausschau nach Dylan.

Sie bestellte sich ein Glas Zinfandel und kramte in ihrem Täschchen nach Geld. »Ich habe von Ihren Artikeln gehört«, sagte Burley über den Lärm der Musik hinweg und reichte ihr das Glas. »Ich kannte bisher keinen Menschen, der Bigfoot begegnet ist.«

Hope sah ihm forschend ins Gesicht und erkannte den Humor in seinen Augen. »Ich bin Bigfoot nie begegnet.« Sie gab ihm das Geld. »Aber ich habe mehrere Außerirdische und einen besessenen Hund interviewt.«

Er lachte, und Hope wandte sich ab. Sie nahm einen Schluck Wein und ließ den Blick über den spärlich beleuchteten Tanzboden schweifen. Die Diskokugel an der Decke ließ Shellys grüne Pailletten und Pauls smaragdfarbene Krawatte Funken sprühen. Paul hüpfte um Shelly herum wie ein Kreisel. Den Song hatte Hope noch nie gehört. Er handelte von einem Cowboy und seinem Pick-up. Hope entdeckte Hazel Avery in pinkfarbener Seide. Sie tanzte mit einem Mann, wahrscheinlich ihrem Gatten.

Hope nahm noch einen Schluck Wein und dachte an den Tag, an dem Dylan ihr den Twostepp beigebracht hatte. Zu Beginn der Lektion waren sie vollständig bekleidet gewesen, am Ende allerdings nackt. Sie hatten sich auf dem Bärenfell vor dem Kamin geliebt. Und jetzt fragte sich Hope, wie viele andere Frauen er wohl beim Tanzen ausgezogen haben mochte.

Ein großer, schlanker Cowboy, den sie noch nie gesehen hatte, forderte sie zum Tanzen auf, doch gerade, als sie ihr Glas auf einem freien Tisch abstellen wollte, stellte Dylan sich dem jungen Mann in den Weg.

»Hau ab«, sagte er und bedachte den Cowboy mit einem strengen Blick. Dann fügte er noch drohend hinzu:

»Freundchen.« Bevor Hope etwas sagen konnte, hatte Dylan ihre Hand genommen und zog sie zum Tanzboden.

Als sie sich endlich von dem Schrecken, ihm hier zu begegnen, von dem Schock seiner Berührung und dem Klang seiner Stimme, die ihr wohlige Schauer über die Haut trieb, erholt hatte, blickte sie auf in sein dunkles Gesicht, das nur von der Diskokugel über ihren Köpfen beleuchtet wurde. Splitter von gespiegeltem Licht glitten über sein Haar und über seine Schultern in einem schicken marineblauen Wollblazer. Er trug ein weißes Oberhemd und eine burgunderrote Krawatte, und selbst im Dämmerlicht über dem Tanzboden konnte sie das Verlangen in seinen Augen erkennen. Sie hatte es sooft gesehen, und es hatte ihr gegolten. Sie senkte den Blick auf seinen Krawattenknoten. »Das war nicht nett«, sagte sie mit gepresster Stimme, während er die Hand auf ihren Rücken legte. »Er hat mich sehr höflich aufgefordert. Es war nicht nötig, dass du ihn so provokant Freundchen nanntest.«

»Das war Buddy Duncan. Ich kenne ihn gut. Er wohnt in Challis.«

»Ach so.« Sie blickte wieder auf, in sein Gesicht und auf die Konturen seines Mundes. »Wie kommst du hierher? Shelly hat gesagt, du kommst nie zum Gründungsball.«

»Shelly redet zu viel.« Er versuchte, sie an seine Brust zu ziehen, aber sie wehrte sich. Er wollte sie. Sie las es in seinem Blick und spürte es in dem unruhigen Streicheln seiner Hand auf ihrem Rücken. Aber Verlangen war nicht Liebe. Und sie wollte mehr von ihm.

»Was willst du hier?«, fragte sie.

»Entspann dich, dann sag ich's dir.« Er zog sie noch energischer an sich, und sie verlor den Kampf. »So ist's besser«, sagte er und drückte sie an seine Brust. Er neigte den Kopf über sie und sprach dicht an ihrem Ohr. »Ich bin hier, weil du hier bist. Wenn ein Mann eine Frau liebt, will er mit ihr zusammen sein. Selbst, wenn er dafür Anzug und Krawatte tragen muss. Er will sie im Arm halten und den Duft ihres Haares riechen.«

Seine Worte rührten an ihr Herz, und sie gab den Versuch auf, ihn auf Abstand zu halten. Sie wagte kaum zu atmen, vor Angst, ihn falsch verstanden zu haben.

»Ich habe nachgedacht über das, was du gestern gesagt hast«, erklärte er, während sie sich langsam über die Tanzfläche bewegten. »Darüber, dass du mir wichtig genug sein solltest, um dir glauben zu können, und du hast Recht. Ich hätte dir von Anfang an glauben müssen.«

Sie blickte an seinem Kinn vorbei in seine Augen. Sie wollte unbedingt wissen, warum er ihr jetzt glaubte, wenngleich sie Angst vor der Antwort hatte. »Hast du herausgefunden, wer es war, der die Klatschpresse informiert hat?«

In den paar Sekunden, die verstrichen, bevor er antwortete, sank ihre Hoffnung. Er hatte ihr nicht geglaubt. Jemand hatte ein Geständnis abgelegt. Im Grunde hatte sich nichts verändert, und sie hatten keine gemeinsame Zukunft.

»Ja«, sagte er, und sie bemühte sich erneut, ihn auf Abstand zu halten. »Halt still, oder ich muss dich wieder fesseln.«

»Lass mich los, Dylan.« Tränen brannten in ihren Augen, und sie fürchtete, mitten im Saal vor der ganzen Stadt losheulen zu müssen.

»Schätzchen, loslassen werde ich dich niemals wieder.« Er hielt sie noch fester und drückte sie so eng an sich, dass sie kaum atmen konnte. »Ich habe erfahren, dass Paris die Presse informiert hat, doch zu dem Zeitpunkt war es schon nicht mehr wichtig. Wenn man feststellt, dass man jemanden liebt, muss man diesem Menschen glauben, sonst bereitet man sich selbst nur eine Menge unnötigen Kummer.«

Sein warmer Atem streifte ihre Schläfe, als er sagte: »Ich liebe dich, Hope. Ohne dich war mein Leben nichts wert.«

Sie war so unglücklich ohne ihn gewesen; sie musste es genau wissen. »Tatsächlich? Warst du traurig?«

»Ja.«

Zum ersten Mal, seit er sie in die Arme genommen hatte, lächelte sie. Sie hatte das Gefühl, gleichzeitig lachen und weinen und sich an seine Brust schmiegen zu müssen. »Wie traurig?«

Er lehnte die Stirn an ihre. »Jeden Morgen beim Aufwachen habe ich so ein kaltes Gefühl im Bauch, als ob im Haus etwas fehlt, Sauerstoff zum Beispiel oder Sonnenlicht. Etwas, das ich brauche. Dann blicke ich hinüber zu dem leeren Kissen und verstehe, dass du es bist, die mir fehlt. Und wenn ich abends schlafen gehe, liege ich wach und frage mich, ob du vielleicht auch an mich denkst. Frage mich, ob du mich genauso vermisst, wie ich dich vermisse.«

»Dylan?«

»Hmm.«

»Du hast mir auch gefehlt.«

Das Lied war zu Ende, und bevor das nächste einsetzte, tippte Thomas Aberdeen Dylan auf die Schulter und bat ihn um den nächsten Tanz mit Hope.

»Nein, zum Teufel«, antwortete Dylan mit lauter, klarer Stimme und sah Thomas aus zusammengekniffenen Augen an. »Such dir selbst eine Frau, verdammt! Diese hier gehört mir!«

Nun, damit war ihre Beziehung jetzt wohl allgemein bekannt. Hope legte eine Hand an Dylans Wange und zwang ihn, sie anzusehen. »Er konnte doch nicht wissen, dass ich deine Frau bin.«

»Dann sollte ich es ihm vielleicht beweisen«, sagte er,

senkte den Kopf und küsste sie, bis sie keine Luft mehr bekam. Er beugte sie über seinen Arm zurück, als wäre er Rhett Butler, und vor den Augen aller, die es sehen wollten oder auch nicht, küsste er sie heiß und feucht und unwahrscheinlich gut. Als er sich wieder aufrichtete, schmiegte er die Hände um ihre Wangen und sah ihr tief in die Augen. »Alle sollen wissen, dass ich dich liebe, Hope.«

»Und sie sollen wissen, dass ich dich ebenfalls liebe.«

Lachfältchen erschienen in seinen Augenwinkeln. »Ich bin froh, dass du das gesagt hast, denn ich fürchtete schon, ich müsste dich mit nach Hause nehmen und mit Handschellen an einen Stuhl fesseln, bis du es endlich sagst.«

»Du brauchst mich nicht zu fesseln. Ich liebe dich. Ich liebe dich seit dem Tag, an dem du mir den Sawtooth-See gezeigt hast. Wahrscheinlich sogar schon länger.«

Er rieb seine Nase an ihrer. »Ich habe unsere Beziehung ganz ordentlich in Gefahr gebracht, nicht wahr? Aber wenn du es zulässt, will ich den Rest meines Lebens darauf verwenden, dich glücklich zu machen.«

Hope blinzelte und konnte die Tränen nicht mehr zurückhalten. »Was wollen wir dann noch hier? Bring mich nach Hause.«

»Schätzchen, ich warte schon seit dem Moment, als ich den Saal betreten habe, darauf, dass du das sagst.«

Auf der Fahrt zum Donnelly-Haus saß Hope neben Dylan in der Fahrerkabine seines Pick-up. Ihre Hand lag auf seinem Schenkel, ihr Kopf an seiner Schulter. Als sie das letzte Mal bei Nacht in seinem Pick-up mitgefahren war, hatte sie ihm die Kleider vom Leib gerissen, doch im Moment reichte es ihr, im Lichtschein des Armaturenbretts dazusitzen und seiner Stimme zu lauschen. Später war noch Zeit genug, um einander die Kleider vom Leib zu reißen. Das Leben lag ja noch vor ihnen. Im Augenblick hatten sie Wichtigeres zu erledigen. Sie mussten mit Adam reden.

Durch Jacke und Hemd hindurch küsste sie Dylans Schulter, und er legte den Arm um sie. In der dämmrigen Enge der Fahrerkabine hatte sie das Gefühl, sie beide wären die einzigen Menschen auf dem Planeten. Wie in der Nacht am Sawtooth-See, als sie sich in ihn verliebt hatte. Ihr Herz wurde weit, und in ihrem Kopf drehte sich alles, als wäre sie die arme Kopf stehende Kassiopeia.

Sie hörte zu, als Dylan ihr von Myron und Paris erzählte, die zusammen die Stadt verlassen hatten und in Mexiko eine Karriere als Ringerpärchen beginnen wollten. Sie persönlich glaubte nicht daran, doch sie wünschte den beiden aufrichtig viel Erfolg, damit sie bloß nicht zurückkamen und ihr noch einmal das Leben schwer machten.

»Ich liebe dich«, flüsterte sie.

»Ich liebe dich auch, aber du weißt, dass du mich nur mit Anhang kriegst. Wie stehst du zu Adam?«

Darüber brauchte sie nicht lange nachzudenken. »Er ist ein feiner Bursche, Dylan. Er ist gescheit und witzig, und ich habe ihn gern um mich.«

»Dann bleib bei uns«, sagte er und küsste ihren Scheitel. »Bleib für immer bei uns. Ich weiß, das ist ziemlich viel verlangt, aber ich bitte dich trotzdem. Ich bitte dich, um unsertwillen dein Leben in L. A. aufzugeben; für mich, einen Mann mit einem kleinen Sohn. Ich weiß nicht, ob du Lust hast, eine Mama zu sein, und ich weiß, dass es eine Menge zu bedenken gibt.«

Es war nicht viel verlangt, und es gab auch nicht viel zu bedenken. Überhaupt nicht. Sie würde das sein, was Adam sich wünschte, eine Mutter oder eine Freundin oder auch beides. »Hast du Adam erklärt, wie du zu mir stehst?«

»Ja, und wenn er auch nicht gerade Freudensprünge gemacht hat, hat er immerhin gesagt, er würde einen besonders schönen Stein für dich suchen. Das heißt, er mag dich.« Er nahm ihre Hand von seinem Schenkel und küsste ihre Finger. »Ich sollte vielleicht auch einen besonderen Stein für dich suchen. Einen großen, glitzernden.«

»Ich brauche keinen besonderen Stein. Ich brauche nur dich.« Sie straffte sich und wandte sich seinem in Dunkelheit getauchten Profil zu. »Willst du mich bitten, dich zu heiraten?«

»Im Moment nicht.«

Vermutlich war es besser, noch ein paar Monate damit zu warten. Hope fragte sich, ob er womöglich ein ganzes Jahr warten wollte.

»Wenn wir mit Adam geredet haben, bringe ich dich nach Hause und werde dich dort lieben, und wenn du ganz weich und glücklich und zufrieden bist, dann werde ich dich fragen.«

Sie lachte, maßlos erleichtert. »Warum willst du so lange warten?«

»Nun, ich habe entdeckt, dass du kurz nach dem Liebesspiel zu allem Ja sagst. Dann lässt du mich Torte von deinem Körper essen, dann lässt du dich fesseln, dann lässt du dich auch heiraten.«

Sie hob die Schultern. »In Ordnung.«

Sie war nach Gospel gekommen, um Bigfoot und Außerirdische zu suchen, doch dann hatte sie schließlich etwas völlig anderes gefunden. Etwas Besseres. Sie hatte eine Heimat für ihr Herz gefunden. Die Zukunft lag vor, saß neben ihr. Sie hatte Dylan und Adam und Shelly. Sie hatte ihren Beruf, und am Morgen hatte sie eine E-Mail vom *Time Magazine* erhalten. Dorthin hatte sie eine Anfrage geschickt, und man zeigte sich sehr interessiert an ihrem Artikel über Hiram Donnelly. Das war zwar noch keine Garantie, aber

Garantie bekam man ja auch höchstens auf Toaster. Der Rest war harte Arbeit und viel Glück. Nachdem sie nach Gospel gekommen war, hatte sie einen Mann gefunden, der sie liebte. Sie brauchte keine Garantie.

Vielleicht würde sie als Nächstes ein Buch schreiben. Ein Buch über eine Kleinstadt, in der man Rocky-Mountain-Austern aß und Kloschüsseln schleuderte. Wo zwei ältliche Zwillingsdamen sich die Haare färbten und schmerzhafte Todesarten für den Mann der jeweils anderen erdachten.

Nein, dachte Hope, als der Pick-up in Dylans Zufahrt einbog. Romane mussten realistischer sein als das wirkliche Leben, sonst glaubte kein Mensch die Geschichte. Kein Mensch würde glauben, dass außerhalb der Fantasie eines Schriftstellers tatsächlich eine Stadt wie Gospel existierte.

So gut schrieb nicht einmal sie.